शिखर 20

बिज़नेस के नये शिखर

शिखर 20

बिज़नेस के नये शिखर

अपने हौसले से ख़्वाब को हकीक़त बनाने वाले

नये उद्यमियों की कहानी

अनबाउंड स्क्रिप्ट

अनबाउंड स्क्रिप्ट

शिखर 20

बिज़नेस के नये शिखर

ISBN : 978-93-92088-29-2
प्रथम संस्करण : 2022

प्रकाशक : अनबाउंड स्क्रिप्ट
एच-604, प्लॉट नं. 49, इंद्रप्रस्थ एक्सटेंशन,
दिल्ली - 110 092

वेबसाइट : www.unboundscript.com
ई-मेल : books@unboundscript.com

मुद्रक : यश प्रिंटोग्राफिक्स, नोएडा
मूल्य : 199/-

Shiikhar 20 Business Ke Naye Shikhar
Edited *by* Ashish Mishra

अपने हौसले से ख़्वाब को हकीक़त बनाने के लिए
कोशिश करने वाले सभी उद्यमियों के नाम

भूमिका

कुछ खोजें व्यापार, व्यवसाय और मानवीय व्यवहार को क्रन्तिकारी रूप से बदल देती हैं। सदियों पहले भाप के इंजन ने आवागमन को सुविधाजनक बनाकर बाज़ार का प्रसार भर नहीं किया। बल्कि उसके सामाजिक-राजनीतिक प्रभाव इससे बहुत गहरे थे। इतिहासकार मानते हैं कि रेल से भारतीयों में राष्ट्रवाद की भावना का प्रसार हुआ।

इसी तरह पिछली सदी के उत्तरार्ध में कंप्यूटर, इंटरनेट और डिजिटल तकनीक के प्रसार ने बाज़ार, व्यापार और हमारी ज़रूरतों को बदल दिया। अकल्पनीय ढंग से नये व्यवसाय खड़े हुए। इनमें से अधिकांश की शुरुआत बेहद कम पूँजी से एक स्टार्ट-अप की तरह हुई थी। जो पन्द्रह-बीस वर्षों में जीवन में अनिवार्य विश्वसनीय ब्राण्ड बन गये। आज इनके बिना हम अपने जीवन की कल्पना नहीं कर सकते। आज जोमाटो, ओयो, ओला, फ्लिपकार्ट, पॉलिसी बाज़ार, मेक माई ट्रिप को अपने जीवन से निकालते ही लगता है हम सदियों पीछे लौट गये हैं। और यह सब पिछले पन्द्रह-बीस सालों में हुआ है। इन कंपनियों की कहानी एक नई दुनिया के निर्माण की कहानी है। हमारे अपने समय की कहानी है।

इस किताब में एप बिजनेस, हेल्थ, फ़ैशन, वेलनेस आदि कई क्षेत्रों छः स्त्री और चौदह पुरुष नायकों की कहानियाँ हैं। ये नायक आपके अपने समय के नायक। आपकी अपनी पहुँच के नायक हैं। जिनमें आप खुद अपना संघर्ष, अपना चेहरा और निश्चय ही अपना भविष्य भी देख सकते हैं।

अनुक्रम

शिखर 20

बिज़नेस के नये शिखर

1

फ्लिपकार्ट

अब हर विश होगी पूरी

सचिन बंसल
बिन्नी बंसल

सचिन बंसल और बिन्नी बंसल भारतीय उद्यमी हैं। इन दोनों ने एक साथ मिलकर 2007 में ई-कॉमर्स प्लेटफॉर्म फ्लिपकार्ट की स्थापना की। बिन्नी बंसल और सचिन बंसल मूल रूप से चंडीगढ़ के रहने वाले हैं। सचिन बंसल और बिन्नी बंसल शायद आज भारतीय ई-कॉमर्स उद्योग के दो महत्वपूर्ण व्यक्ति हैं। दोनों ने अपनी पढ़ाई एक साथ ओपी जिंदल मॉडर्न स्कूल, हिसार से पूरी की और फिर आई.आई.टी. दिल्ली में कंप्यूटर साइंस से इंजीनियरिंग की पढ़ाई की। उसके बाद सचिन बंसल ने टेकस्पैन में काम करना शुरू किया जबकि बिन्नी बंसल ने सरनॉफ कॉर्पोरेशन में काम किया। 2007 में फ्लिपकार्ट शुरू करने से पहले, दोनों ने कुछ समय के लिए एमाज़ॉन के लिए भी काम किया। एमाज़ॉन की तरह फ्लिपकार्ट भी किताबों की दूकान के रूप में शुरू हुआ। बाद में और चीज़ें जोड़ी गईं। सितंबर 2015 में, इसके दोनों संस्थापकों को फोर्ब्स इंडिया की सूची में 1.3 बिलियन डॉलर की कुल संपत्ति के साथ 86वें स्थान पर रखा गया था।

फ्लिपकार्ट ने "मिंत्रा", "वी रीड", "चकपक डॉट कॉम" और "माइंम 360" सहित कई कंपनियों का अधिग्रहण कर लिया। आज से एक दशक पहले यह कल्पना करना कठिन था कि कोई छोटी सी कंपनी ख़रीदारी के हमारे तरीक़े को इस तरह बदल सकती है। लेकिन फ्लिपकार्ट ने ठीक ऐसा ही किया है। 2007 में अधिकांश भारतीय अपनी खरीदारी ऑफ़लाइन करते थे। इंटरनेट दुनिया भर में अपने पैर पसार रहा था, और स्टीव जॉब्स ने 2007 में दुनिया का पहला आईफोन लॉन्च किया था, जो आने वाले वर्षों में पूरे स्मार्टफोन उद्योग को बदल देने वाला था। लेकिन लोग दूकानों तक जाकर ही कुछ ख़रीदना पसंद करते थे।

भारत में दो सॉफ्टवेयर इंजीनियर, सचिन बंसल और बिन्नी बंसल ने, प्रौद्योगिकी की बदलती दिशा पर ध्यान दिया और ई-कॉमर्स के भविष्य को समझा। भले ही उस समय भारत में केवल 50 मिलियन इंटरनेट उपयोगकर्ता थे, लेकिन वे जानते थे कि आने वाले समय में पूरा भारत इससे जुड़ने वाला है। वे इस अवसर का उपयोग ऑनलाइन शॉपिंग प्लेटफॉर्म बनाने के लिए करना चाहते थे। और यह जानते थे कि यह भारत में खरीदारी के अनुभव को अगले स्तर पर ले जाएगा।

आज तेजी से आगे बढ़ते भारत में 570 मिलियन से अधिक इंटरनेट उपयोगकर्ता हैं और ऑनलाइन खरीदारी करने वालों की संख्या में काफी वृद्धि हुई है। भारत के सबसे भरोसेमंद ऑनलाइन शॉपिंग प्लेटफॉर्म को बनाने के लिए टू-मैन मिशन के रूप में जो शुरू हुआ था, वह आज इतनी बड़ी कंपनी में परिवर्तित हो गया है, जो 100 मिलियन से अधिक ग्राहकों को 80 श्रेणियों में 80 मिलियन से अधिक उत्पादों की सूची प्रदान करता है।

दोनों ने एक साथ एमाज़ॉन में काम किया लेकिन जल्द ही दोनों एमाज़ॉन में अपनी नौकरी से ऊब गए और विचारों के साथ खेलना शुरू कर दिया। ई-कॉमर्स से प्रभावित होकर, उन्होंने तुलनात्मक-खरीदारी की एक वेबसाइट शुरू करने का फैसला किया। उनकी योजना एक ऐसी वेबसाइट बनाने की थी जो उपयोगकर्ताओं को विभिन्न वेबसाइटों पर उत्पादों की कीमतों की तुलना करने में मदद करती।

लेकिन जब उन्होंने विभिन्न ई-कॉमर्स वेबसाइटों को देखना शुरू किया, तो उन्हें जल्द ही यह एहसास हो गया सभी वेबसाइटें काफी खराब थीं। वे जानते थे कि लोग कभी भी इतने खराब डिज़ाइन वाले वेबसाइटों से नहीं खरीदेंगे। उन्होंने तुलनात्मक खरीदारी वाली वेबसाइट के बारे में विचार करना छोड़कर यह सोचना शुरू किया कि क्या वे एक बेहतर ई-कॉमर्स वेबसाइट बना सकते हैं और अपने ग्राहकों को बेहतर खरीदारी अनुभव प्रदान कर सकते हैं। और दोनों को यह विश्वास था कि वे ऐसा कर सकते हैं।

समय बर्बाद किए बिना, दोनों ने एमाज़ॉन छोड़ दिया और 4 लाख रुपये से 2007 के सितंबर में फ्लिपकार्ट की शुरुआत की। उन्होंने अपने प्लेटफॉर्म पर किताबें बेचने का फैसला किया, क्योंकि यह आसान था। जबकि इलेक्ट्रॉनिक्स या फैशन जैसी अन्य चीज़ों के विक्रेताओं को सूचीबद्ध करना, उन्हें खोजना, काफी महँगा था।

जैसे ही उन्होंने अपने प्लेटफॉर्म पर किताबों को सूचीबद्ध करने के लिए विक्रेताओं की तलाश शुरू की, उन्हें जल्द ही पता चला कि यह उतना आसान नहीं होने वाला। लोगों का

अभी इंटरनेट से सहज जुड़ाव नहीं हुआ था, इसलिए अधिकांश विक्रेता अत्यधिक संशय में थे और उन्हें इस मॉडल पर भरोसा नहीं था। लेकिन दोनों लगे रहे और अंततः कुछ विक्रेताओं को मनाने में कामयाब रहे। विक्रेताओं के आश्वस्त होने पर, उन्होंने अपनी वेबसाइट अक्टूबर 2007 में लॉन्च की।

अक्टूबर के अंत तक, उन्हें अपना पहला ऑर्डर वीवीके चंद्र नामक एक युवा तकनीकी विशेषज्ञ से प्राप्त हुआ था, जो तेलंगाना के महबूब नगर में रहते थे। इस पहले ऑर्डर ने जल्द ही उन्हें चिंतित कर दिया क्योंकि उनके विक्रेताओं ने उन्हें बताया कि यह पुस्तक अनुपलब्ध है। पूरे बंगलौर में पुस्तक की खोज करने के बाद, दोनों ने पुस्तक पाने में कामयाबी हासिल की और सफलतापूर्वक अपना पहला ऑर्डर दे दिया।

उस पहले ऑर्डर के साथ, फ्लिपकार्ट आधिकारिक तौर पर कारोबार में प्रवेश कर गया। अपना पहला ऑर्डर पहुंचाने के उनके प्रयासों ने अपने ग्राहकों के प्रति उनकी प्रतिबद्धता को दिखाया और इसका उन्हें भविष्य में फायदा मिला। टू-मैन स्टार्टअप होने के नाते, उन्होंने अपनी वेबसाइट विकसित करने से लेकर किताबें डिलीवर करने तक हर चीज का ध्यान रखा। वे 2007 में ही 20 शिपमेंट देने में कामयाब हो गये।

छह महीने के भीतर उनका यह स्टार्टअप चल निकला और वित्तीय रूप से लाभदायक हुआ। वे 2008 में एक 2BHK अपार्टमेंट में चले गए, जो आने वाले वर्षों के लिए उनके कार्यालय के रूप में काम करने लगा। धीरे-धीरे, उनके व्यवसाय में उछाल आने लगा और 2009 के वित्तीय वर्ष के अंत तक फ्लिपकार्ट 40 मिलियन रुपये की किताबें बेच चूका था।

पुस्तक प्रेमियों के बीच फ्लिपकार्ट लोकप्रिय था और निवेशकों ने इस पर ध्यान देना शुरू कर दिया था। 2009 में फ्लिपकार्ट ने अपना पहला निवेश दस लाख डॉलर का एक्सल से प्राप्त किया। 2009 के अंत तक, फ्लिपकार्ट के पूरे भारत में 150 से अधिक कर्मचारी और 3 कार्यालय थे। इतने कम समय में, सचिन और बिन्नी ने अपनी कंपनी को जबरदस्त गति से विकसित करने में कामयाबी हासिल की थी। सचिन बड़े सपने देखने में अच्छे थे और फ्लिपकार्ट के विचारों और दृष्टि के पीछे वही थे, जबकि बिन्नी को योजनाओं को कार्यान्वित करने का महारत था। उन्होंने एक दूसरे में एक महान साथी पाया, जो एक दूसरे के कौशल के पूरक थे। सचिन ने जो सपना देखा था, बिन्नी ने उसे हकीकत में बदल दिया।

अब जबकि फ्लिपकार्ट पहले से ही भारत में पुस्तक प्रेमियों के लिए पहली पसंद बन

चूका था तो यह स्टार्टअप अपना अगला कदम उठाने के लिए तैयार था। नए साझेदारों और अधिक निवेश के साथ, फ्लिपकार्ट इलेक्ट्रॉनिक्स श्रेणी में गोता लगाने के लिए तैयार था। इस तरह उन्होंने 2010 में मोबाइल बेचना शुरू किया। लेकिन महीनों बीत जाने के साथ जहाँ और किताबों की बिक्री बढ़ती रही, मोबाइल की बिक्री स्थिर रही। यह स्पष्ट था कि ग्राहक 500 रुपये जैसी छोटी राशि का ऑनलाइन भुगतान करने के लिए तैयार थे, लेकिन वे पहले स्पर्श किए बिना और महसूस किए बिना मोबाइल के लिए 10,000 रुपये या 15,000 जैसी बड़ी रकम का भुगतान करने के लिए बिल्कुल तैयार नहीं थे।

फ्लिपकार्ट को अभी भी अपने ग्राहकों के बीच इतना विश्वास पैदा करने के लिए एक लंबा रास्ता तय करना था। इस समस्या ने संस्थापकों को अलग तरह से सोचने पर मजबूर कर दिया। और वे कैश ऑन डिलीवरी शुरू करने के एक शानदार विचार के साथ आने में सक्षम थे। फ्लिपकार्ट अपने ग्राहकों के लिए कैश ऑन डिलीवरी विकल्प पेश करने वाले पहले ईकॉमर्स स्टार्टअप में से एक था। दोनों संस्थापक भारतीय उपभोक्ताओं के बीच विश्वास बनाने पर तुले हुए थे और उन्होंने बिना किसी सवाल के वापसी नीति पेश करके उस सपने को दोगुना कर दिया और इसके बाद एक रिप्लेसमेंट नीति का पालन किया। वे ग्राहकों की संतुष्टि के लिए लाभ का त्याग करने को तैयार थे।

आज, ये तीन सुविधाएँ भारत में प्रत्येक ई-कॉमर्स वेबसाइट द्वारा पेश की जाती हैं, लेकिन 2010 या 2011 में इसके बारे में नहीं सुना गया था। ग्राहकों ने इन विकल्पों को पसंद किया क्योंकि उन्होंने उन्हें अपनी शर्तों पर उत्पादों का भुगतान करने और खरीदने में लचीलापन प्रदान किया। जो लोग ऑनलाइन खरीदारी से डरते थे, वे अब ऑनलाइन खरीदारी के लिए उत्सुक थे और उत्पादों को अपने दरवाजे पर प्राप्त कर रहे थे।

अब ऑफलाइन खरीदारी की तरह, उनके पास यह विकल्प था कि सामान लौटाकर पैसा वापस पा जाएँ। यह एक गेम-चेंजर था और फ्लिपकार्ट की बिक्री और भी तेजी से बढ़ने लगी थी। 2009 के वित्तीय वर्ष में केवल 40 मिलियन रुपये के राजस्व से, फ्लिपकार्ट ने वित्तीय वर्ष के अंत तक अपने राजस्व को 750 मिलियन रुपये तक बढ़ा दिया।

फ्लिपकार्ट ने सभी श्रेणियों में विस्तार करना जारी रखा। 2012 तक फ्लिपकार्ट एक बड़ा यूनिकॉर्न बन चुका था। सचिन और बिन्नी भारत के बढ़ते स्टार्टअप का चेहरा बन चुके थे। फ्लिपकार्ट भारत में ईकॉमर्स स्पेस का निर्विवाद नेता था। हालाँकि 2013 में एमाज़ॉन के भारत में प्रवेश करते ही चीजें बदलने वाली थीं। एमाज़ॉन के अलावा, फ्लिपकार्ट को एक अन्य

भारतीय ईकॉमर्स स्टार्टअप स्नैपडील से भी कुछ प्रतिस्पर्धा का सामना करना पड़ रहा था। जबकि स्नैपडील फ्लिपकार्ट की तुलना में अभी भी छोटा था। लेकिन एमाज़ॉन एक बड़ी शक्ति थी। लेकिन सचिन और बिन्नी अपने ग्राहकों को जानते थे और उन्होंने विश्वास का ब्रांड बनाया है।

फ्लिपकार्ट ने फैशन ईकॉमर्स में विस्तार करने के लिए 2014 में Myntra का अधिग्रहण किया। बाद में 2016 में, फ्लिपकार्ट ने ऑनलाइन फैशन कॉमर्स में तेजी का प्रतिमान बनाते हुए फैशन ईकॉमर्स स्टार्टअप जबॉन्ग का अधिग्रहण किया। यह संस्थापकों द्वारा एक स्मार्ट कदम साबित हुआ क्योंकि उन्होंने महसूस किया कि वे अपने दम पर एक बनाने के बजाय दो प्रमुख फैशन ईकॉमर्स प्लेटफॉर्म प्राप्त करना बेहतर है, जिससे उन्हें समय और पैसा दोनों कम खर्च करना पड़ता।

फ्लिपकार्ट की भारतीय बाजार को समझने की क्षमता और जमीन से एक कंपनी बनाने में उनके संस्थापकों और टीम के अनुभव ने उन्हें एमाज़ॉन की तुलना में लाभ दिया जिससे उन्हें अपने प्रतिस्पर्धी एमाज़ॉन से आगे रहने में मदद मिली। 2018 तक फ्लिपकार्ट भारत का अग्रणी ऑनलाइन रिटेलर बना रहा। 2018 में वॉलमार्ट ने फ्लिपकार्ट समूह में 77% हिस्सेदारी हासिल की। अधिग्रहण के बाद, बिन्नी बंसल ने अध्यक्ष की भूमिका ग्रहण की और समूह सीईओ के रूप में काम किया। अधिग्रहण के बाद फ्लिपकार्ट में उनकी 5.5% हिस्सेदारी का मूल्य 1 बिलियन डॉलर आंका गया था। उन्होंने व्यक्तिगत कदाचार के आरोपों पर नवंबर 2018 में फ्लिपकार्ट से इस्तीफा दे दिया। 2018 में अधिग्रहण के बाद, सचिन बंसल भी फ्लिपकार्ट से बाहर हो गए। फ्लिपकार्ट और उसके संस्थापकों की यह यात्रा बेहद रोमांचक है।

सूत्र: **वर्तमान पर पकड़ और भविष्य की संभावनाओं की समझ ही उद्यमिता का सार है।**

फ्लिपकार्ट के संस्थापक दो दशक पहले दुनिया में आ रही इंटरनेट क्रान्ति से जुड़े थे। वे उसकी बारीकियों से वाकिफ़ थे। दोनों ने एक साथ एमाज़ॉन में काम किया था। वे जानते थे कि भारत में मोबाईल और इंटरनेट के विस्तार के साथ ऑनलाइन बाज़ार बहुत तेज़ी से बढ़ने वाला है। उन्होंने उस भविष्य की संभावना में निवेश किया। आज उनकी दूरअन्दाज़ी और सफ़लता सामने है।

क्या आप जानते हैं?

फ्लिपकार्ट पर बिकने वाली पहली किताब कौन सी थी?

यह तो आप जानते ही होंगे कि फ्लिपकार्ट एक ऑनलाइन बुक स्टोर की तरह शुरू हुआ था। इस पर बिकने वाली पहली किताब थी—Leaving Microsoft to Change the World. इसकी पैकिंग सचिन बंसल ने की थी और बिन्नी बंसल ने एक डिलवरी ब्वाय की तरह पहुँचाया था। एक इंटरव्यू में उन्होंने बताया कि वो दोनों इन किताबों की झूठी रिव्यू लिखा करते थे ताकि लोग खरीदें। आज यह कितना अविश्वसनीय लगता है!

बिग बास्केट

पारस्परिक सहयोग से साधारण लोग भी असाधारण काम कर जाते हैं

हरि मेनन

आज से एक दशक पहले क्या आपने कभी ये सोचा था कि घर या ऑफिस में आराम से बैठे होंगे और एक ही क्लिक पर आपके घर या वृद्ध माता-पिता के पास राशन, ताज़े फल व सब्जियाँ, दूध, ब्रेड आदि चीज़ें पहुँच जाएँगी? लेकिन यह अकल्पनीय काम बिग बास्केट ने कर दिखाया। यह एक दशक से, इसी एप के ज़रिए हमारे घरों तक किराने का सामान पहुँचा रहा है। बस हमें अपने मोबाइल एप से ज़रूरत की चीज़ों का चुनाव करके उसी एप पर भुगतान कर देना है।

दिसंबर 2011 में हरि मेनन ने अभिनय चौधरी, वी.एस. सुधाकर और विपुल पारेख के साथ मिलकर BigBasket की स्थापना की थी। बिग बास्केट ने भारत में किराना ख़रीदारी का नक्शा ही बदलकर रख दिया। आज यह कम्पनी भारत के 26 शहरों में है, और कोच्चि सबसे आखिरी शहर है, जहाँ इस कंपनी ने अपना स्टोर खोला है। 60,000 चीज़ें व 1000 से भी ज़्यादा ब्रांड; ताज़े फल, सब्जियाँ, सभी तरह के अनाज, तेल और मेकअप का सामान भी इसकी वेबसाइट पर उपलब्ध है। इन सब सफलताओं के पीछे एक प्रमुख नाम है- हरि मेनन। जिनका सूत्रवाक्य है कि सबसे अच्छा तो अभी आगे है।

हरि मेनन बिग बास्केट के सीईओ व सह-संस्थापक हैं। इनका जन्म 1963 में मुंबई में हुआ। इन्होंने बिरला इंस्टीट्यूट ऑफ़ साइंस एण्ड टेक्नोलॉजी से स्नातक किया फिर कारनेगी मेलन यूनिवर्सिटी से एमबीए। बिग बास्केट से पहले वह कई कम्पनियों में सी.ई.ओ. के पद पर कार्यरत रहे, जिसमें सिंफनी, टिमेली, सेरस आदी बड़े-बड़े नाम शामिल हैं। उनका व्यवसायी

जीवन उतार-चढ़ाव से भरा हुआ है।

बिग बास्केट से पहले हरि मेनन ने अपने साथियों के साथ फेबमार्ट शुरू किया था, जो कि एक ऑनलाइन ई-कॉमर्स प्लेटफॉर्म था। फ़ेबमार्ट की ऑनलाइन सेवा बन्द करके हरि ने अपने साथियों के साथ बाज़ार में किराना के रिटेल स्टोर खोले थे। जिसके 300 से अधिक स्टोर तमिलनाडु, बंगलोर, कर्णाटक आदि शहरों में खोल चुके थे, परंतु बाद में उन्होंने इसे आदित्य बिरला ग्रुप को बेच दिया था।

फ़ेब मार्ट किन्हीं कारणों से सफलता प्राप्त नहीं कर सका। उस समय भारत में ऑनलाइन सुविधाएं बिज़नेस के लिए पर्याप्त ठीक नहीं थीं। इंटरनेट सबकी पहुँच में नहीं था। तबतक पेमेंट गेटवे की भी उचित सुविधा नहीं थी। हरि मेनन कहते है— 'आप पूंजी इकट्ठा कर सकते हैं, परंतु बिज़नेस चलाने के लिए उपयुक्त परिस्थितियाँ आपके साथ न हों तो आपका बिज़नेस नहीं चल सकता है।'

लेकिन बिग बास्केट की स्थापना के दौर तक ये परिस्थितियाँ बन चुकी थीं। 2009-10 के आस पास भारत में इंटरनेट का प्रयोग बढ़ने लगा था। तथा फ्लिपकार्ट जैसी ऑनलाइन कम्पनियाँ बाज़ार में अच्छा नाम कमा रही थीं। उस वक़्त ऑनलाइन बाज़ार में किराना छोड़ सब कुछ आ गया था।

इसमें पहली महत्त्वपूर्ण बात तो यह थी कि इस बिज़नेस को समझना उनके लिये आसान था, क्योंकि इससे पहले उन्होंने ऑनलाइन बिज़नेस किया था, तो सभी तकनीकें और लोगों तक पहुँचने का तरीका समझते थे। दूसरे, अपने खुदरा किराना बिज़नेस के कारण वह इस बाज़ार को समझते थे। अब मेनन के पास एक आधार मौजूद था बस देर थी उस पर काम करने की। उन्होंने आखिर तय कर लिया कि उन्हें यह काम करना है, क्योंकि अब इसकी उपयुक्त परिस्थितियाँ तैयार हो चुकी हैं।

अब नया चैलेंज था फंड इकट्ठा करने का और ग्राहक तैयार करने का। फल, सब्ज़ी, राशन आदि चीज़ें व्यक्ति बहुत छाँट कर लेता है। आज भी बाज़ारों में सब्ज़ीं की दूकान पर लोग एक किलो टमाटर लेने के लिये ज़रूरत से ज्यादा समय खर्च कर देते हैं। लोग किसी खास किस्म का ही चावल-दाल लेते हैं, जो उनके घर के पास की दूकान या बगल के बाज़ार में मिलता है। ऐसे में लोग ऑनलाइन सामानों पर भरोसा कैसे करेंगे?

मेनन के पास इस समस्या का भी समाधान था। उन्होंने निश्चय किया कि वह जिस भी शहर में जाएँगे, वहाँ शुरुआत फल व सब्ज़ियों से करेंगे। और ताज़ा फल-सब्जियाँ सप्लाई

करेंगे। ताज़ा सामान सप्लाई करेंगे, बाज़ार में उन्हें एक नाम देंगे और इस तरह से वह अपनी अलग पहचान बनाएँगे। वह कहते भी हैं कि "सर्फएक्सेल में आप कुछ नहीं कर सकते, वह प्रोडक्ट वही रहेगा, बस उसकी डिलीवरी जल्दी कैसे हो, प्रोडक्ट साफ़-सुथरा हो, लेकिन किराने का इससे कहीं ज़्यादा बड़ा परिप्रेक्ष्य है, यहाँ गुणवत्ता मायने रखती है, और इसकी गुणवत्ता निर्धारित होगी फल और सब्ज़ियों की गुणवत्ता से। अगर आपने वह ठीक से कर लिया तो आप जीत गये और नहीं कर पाये तो आप बाज़ार से बाहर।"

ताज़ा फल-सब्ज़ियाँ ग्राहकों तक पहुँचाने के लिये एक बेहद मज़बूत नेटवर्क होना चाहिए। जिसमें किसानों से टाईम से माल को उठाना, वेयरहाउस तक पहुँचाना आदि शामिल है। मेनन इस नेटवर्क में किसान को महत्त्वपूर्ण मानते हैं। क्योंकि किसान उत्पादक है, और यह उसकी इच्छा पर निर्भर है कि वह अपना माल कहाँ और किसको बेचे।

मेनन कहते हैं कि "अगर हमारे नेटवर्क का कोई किसान अपना उत्पाद किसी को बेचना चाहता है तो वह कहे कि मुझे बिगबास्केट के साथ काम करना पसंद है और मैं उन्हें दूंगा अपना उत्पाद। हमारा लक्ष्य है ये, हम इसे ही हासिल करना चाहते हैं।"

इस बिज़नेस को चलाने के लिये मेनन के तीन सिद्धांत हैं, जिन्हें वह फॉलो करते हैं। पहला, फिल रेट; अगर ग्राहक 10 पीस मांगा रहा है तो हमारे पास 10 पीस होने चाहिए। क्योंकि अगर हमारे पास सिर्फ़ 9 पीस ही हुए तो ग्राहक को वो 1 पीस लेने दुकान जाना पड़ेगा और इससे हमारी इमेज खराब होगी। आज बिग बास्केट का फिल रेट 99.5% है। और यह पिछले 10 साल से नहीं बदला। दूसरा है, समय पर डिलीवरी, चाहे कितना भी ट्रैफिक हो, निर्धारित समय पर डिलीवरी होनी ही चाहिए। और तीसरा है, इन स्टॉक। जब कस्टमर साइट पर जाए तो उसे कम से कम सामान आउट ऑफ़ स्टॉक दिखे। इससे उसके मन में हमारी गलत छवि नहीं बनती। बिग बास्केट का इन-स्टॉक 96% है।

बिग बास्केट ने ग्रोसरी के आलवा और भी चैनल खोले हैं, जिसमें बीबी डेली और बीबी इंस्टंट हैं। जिनकी सुविधाएँ 26 शहरों में से प्रमुख 10 शहरों में होंगी।

बीबी इंस्टंट में सभी सुविधाएँ ग्राहक को तुरंत मिल जाएँगी। जैसे, मानिए कि आप केक बना रहे हैं और बेकिंग सोडा आपके पास नहीं है, तो ये कुछ ही मिनटों में आप तक पहुंचा जाएगा। यह अभी कुछ ही प्रोडक्ट्स पर लागू है, लेकिन जल्द ही सभी पर लागू हो जाएगा। इसी तरह बीबी डेली, जो आपकी प्रतिदिन की ज़रूरतों को पूरा करती है। आप तक दूध, अण्डा ब्रेड आदि रोज़ की ज़रूरत की चीज़ें पहुँचाती है। अभी ये सुविधाएं अलग-अलग एप पर हैं,

लेकिन जल्द ही एक साथ एक एप पर होंगी।

मेनन कहते हैं कि "मैं अपना बहुत सा वक़्त अपने कर्मचारियों के साथ बिताता हूँ, दूसरा किसानों के साथ और फिर ग्राहकों के साथ। अगर ये तीनों मेरे बिज़नेस से संतुष्ट हैं तो मेरा बिज़नेस कभी गलत नहीं हो सकता।"

मेनन का मानना है कि ग्राहक कभी गलत नहीं हो सकता। उन्होंने अपना ईमेल सार्वजनिक किया है, जिससे ग्राहक सीधे उनसे जुड़ सकें और अपनी प्रतिक्रियाएँ दे सकें। और बहुत से ग्राहक उन्हें लिखते भी हैं। मेनन शाम को ऑफिस से घर जाकर अपना ईमेल देखते हैं और वह खुद और उनकी टीम इन ईमेल का जवाब देती, और यह टीम उनकी समस्याओं का समाधान करती है।

आज बिग बास्केट देश के स्टार्टअप की दुनिया में एक जाना-माना नाम है। शाहरुख ख़ान इसके ब्राण्ड अम्बेसडर हैं। बिग बास्केट की सफलता का अंदाजा आप इस बात से भी लगा सकते हैं कि 2019 में कंपनी का टर्नओवर 3200 करोड़ रुपये का था।

लोगों की ज़रूरतें पहचानिए और उनकी अपेक्षाओं पर खरे उतरिए, यह बाज़ार आपका है।

सूत्र : अगर किसी देश में लोग जूते नहीं पहनते तो इसका यह मतलब नहीं कि वहाँ लोग जूते पहनेंगे ही नहीं और जूता-उद्योग असफल हो जाएगा। बल्कि इसका यह भी मतलब होता है कि एक पूरा बाज़ार जूते के लिए प्रतिस्पर्धाहीन और खाली पड़ा है, बस लोग जूते का लाभ जान जाएँ।

बिग बास्केट से पहले लोग किराने की ऑनलाइन खरीदारी नहीं करते थे, लेकिन इस कंपनी ने ग्राहकों में विश्वास पैदा करके और घर बैठे सुविधाएँ देकर पूरा बाज़ार मार लिया।

2

पेटीएम

पेटीएम करो!

विजय शेखर शर्मा

क्या आपको यकीन होगा अगर कोई यह बताए कि 27 साल की उम्र तक विजय शेखर शर्मा 10,000 रुपये प्रति माह की सैलेरी पर काम कर रहे थे और आर्थिक तंगी से जूझ रहे थे। फिर ऐसा क्या हुआ कि उनकी ज़िन्दगी बदल गई? यह कहानी बेहद रोचक है।

पेटीएम एक ऐसा एप है जो आजकल लगभग सभी के फोन में मौजूद रहता है। यह भारत की सबसे बड़ी कंपनियों में से एक है, लेकिन हम में से ज्यादातर लोग पेटीएम की स्थापना करने वाले विजय शेखर शर्मा द्वारा किए गए वास्तविक संघर्ष और प्रयासों को नहीं जानते हैं। उन्होंने इस सफ़र की शुरुआत बहुत कम रुपयों से की थी पर अब वह 3 बिलियन डॉलर की कंपनी के मालिक और सीईओ हैं।

विजय शेखर शर्मा का जन्म अलीगढ़ के एक मध्यमवर्गीय परिवार में हुआ था। उनके पिता स्कूल टीचर थे और विजय बहुत मेधावी छात्र थे। उन्होंने अपनी स्कूली शिक्षा हिंदी माध्यम के स्कूल से पूरी की, इसलिए उनके लिए अंग्रेजी लिखना और पढ़ना मुश्किल था। ज़ल्द ही उन्हें पता चल गया कि एक अच्छे कॉलेज में प्रवेश पाने के लिए बेसिक अंग्रेजी जानना ज़रूरी है।

उन्होंने इसे अपनी कमजोरी नहीं माना, लेकिन एक चुनौती के रूप में ज़रूर लिया और पुरानी पत्रिकाओं को पढ़कर और अपने दोस्तों से किताबें उधार लेकर अंग्रेजी सीखनी शुरू कर दी। वे एक समय में दो पुस्तकें, अंग्रेजी वाक्यों की एक पुस्तक और अनुवाद के लिए दूसरी पुस्तक लेते थे।

विजय अपने गांव के उन दो लोगों में से एक थे, जो इंजीनियरिंग करने के लिए गए थे। विजय के पास प्रतिष्ठित दिल्ली इंस्टीट्यूट ऑफ टेक्नोलॉजी से इंजीनियरिंग की डिग्री है। विजय के अनुसार यदि कोई हिंदी माध्यम के स्कूल में पढ़ता था तो उसे कई कठिनाइयों का सामना करना पड़ता था। 1990 के दशक में एक हिंदी-माध्यम स्कूल में पढ़ने वाले बच्चे को शायद ही कभी किताबों और कोचिंग की सुविधा मिलती थी! इसलिए, विजय को एहसास हो गया था कि वह सफलता की राह पर अकेले हैं।

DTU में अपने समय के दौरान, उन्होंने अपने जीवन को लोकप्रिय बॉलीवुड फ़िल्म 'तारे ज़मीन पर' की तरह पाया! यानी वह अपने शिक्षक के होठों को हिलता हुआ देख सकते थे, लेकिन एक भी शब्द समझ में नहीं आता था। परीक्षा की तैयारी के दौरान, वह और उनके दोस्त उत्तर पढ़ते थे और प्रश्नों को नहीं जानते थे क्योंकि प्रश्न अंग्रेजी में लिखे होते थे। हालाँकि, उसने अपने सबसे बड़े डर में से एक पर सफलतापूर्वक विजय प्राप्त कर ली।

विजय के जीवन में एक महत्त्वपूर्ण मोड़ तब आया जब वह एक रविवार को बाजार गए और फोर्ब्स पत्रिका ली। उन्हें ऐप्पल, इंटेल, एचपी जैसे मेगा-ब्रांडों की सफलता की कहानियों के बारे में पता चला और कैसे वे स्टार्टअप सर्किट में सबसे बड़े नामों में से एक बन गए। प्रत्येक कंपनी में एक बात समान थी: वे सभी बेसमेंट गराज से बनाए गए थे! विजय सिलिकॉन वैली जाने के बारे में सोचने लगे। लेकिन पैसे और संसाधनों की कमी के कारण यह संभव नहीं था। धीरे-धीरे उन्होंने सीखा कि वह भले सिलिकोन वैली नहीं जा सकते लेकिन अपने लिए सिलिकॉन वैली भारत में बना ज़रूर सकते हैं!

इसलिए उन्होंने 1997 में अपने कॉलेज के दिनों के दोस्त हरि के साथ एक इंटरनेट कंपनी शुरू की। वे दोनों सर्च इंजन विकसित करना चाहते थे। हालाँकि उनके माता-पिता उन्हें एक ठीक-ठाक नौकरी करने पर ज़ोर देते थे। लेकिन एक नई कंपनी विकसित करने के उनके दृढ़ संकल्प ने उन्हें पारंपरिक नौकरी में लंबे समय तक रहने की नहीं दिया।

अपने पूरे जीवन में विजय एक ऐसा पक्षी बनना चाहते थे जो स्वतन्त्र हो। वह कभी एक ही ट्रैक पर बार-बार चलने वाला घोड़ा नहीं बनना चाहते थे। इसलिए अपने सपने को आगे बढ़ाने के लिए, उन्होंने 2001 में ONE97 कम्युनिकेशंस से अपनी नौकरी छोड़ दी और एक कंपनी शुरू की।

इस काम के दौरान उन्होंने सीखा कि कैश फ्लो सबसे ज़रूरी है। क्योंकि उनके ग्राहक कभी भी समय पर भुगतान नहीं करते थे। इसलिए आगे बढ़ने के लिए उन्होंने उस समय

कंपनी का 40% हिस्सा अपने एक एंजेल निवेशक को 8 लाख रुपये में बेच दिया। विजय के लिए यह कठिन समय था क्योंकि उनकी बहन की शादी होने वाली थी और शादी बचाने के लिए पैसों की ज़रूरत थी। उनके पिता और परिवार के लिए एक बड़ी समस्या थी। इससे प्रेरणा लेते हुए, उन्होंने पेटीएम विकसित किया, एक ऐसा मंच जिसका उद्देश्य समाज के गरीब और आर्थिक रूप से पिछड़े वर्गों के मुद्दों को हल करना था। यह संस्था ऐसे लोगों के लिए बनायी गयी थी जिन्हें किसी से भी वित्तीय सहायता नहीं मिलती।

पेटीएम, जिसकी स्थापना अगस्त 2010 में हुआ, एक कंपनी के रूप में इसकी भूमिका बहुत बड़ी है। यह व्यापारियों और खरीदारों दोनों की विश्वसनीय कंपनी है। इसके अलावा इसने हाल ही में आईपीओ को शुरू किया। हालांकि, पेटीएम शेयरों की सूची के बाद से, कंपनी ने शेयर की कीमतों में कुछ चुनौतीपूर्ण गिरावट देखी गयी, जो 37% के रिकॉर्ड निचले स्तर 1,283 रुपये प्रति शेयर के स्तर पर पहुंच गया। फिर भी, कंपनी के शेयरों में आखिरकार 9% की वृद्धि देखी गई।

Paytm देश में ई-वॉलेट के उदय का पर्याय बन गया है। पेटीएम पेमेंट्स बैंक पहला प्लेटफॉर्म बन गया है जो जीरो-बैलेंस खाता सुविधा प्रदान करता है। यह प्लेटफॉर्म UPI भुगतान और खरीदारी की सुविधा भी प्रदान करता है। ई-कॉमर्स के आधुनिक युग में एक ब्रांड के रूप में पेटीएम का उदय जारी है। विजय शेखर शर्मा को अपने करियर के दौरान कई पुरस्कार और सम्मान मिले हैं। विजय शेखर शर्मा को उत्तर प्रदेश सरकार के सर्वोच्च नागरिक पुरस्कार से सम्मानित किया गया।

विजय की कहानी की तुलना महेंद्र सिंह धोनी से की जा सकती है। वे दोनों छोटे शहरों से आए थे, लेकिन दृढ़ संकल्प और जुनून से भरे हुए थे, और अंततः व्यवस्था में एक बड़ा बदलाव लाए। वास्तविक जीवन में, विजय सिम्पल हैं और कोई दिखावा नहीं करते। उनके सहयोगी उन्हें चाहते हैं क्योंकि वह एक सच्चे व्यक्ति हैं, जो सभी के प्रति विनम्र रहते हैं। भारतीय स्टार्टअप सर्किट की बात करें तो हर कोई उनसे प्यार करता है क्योंकि वह स्टार्टअप के लचीलेपन के प्रतीक हैं।

विजय शेखर शर्मा की कहानी साबित करती है कि अगर आप ठान लें और अपने जुनून का पालन करें तो आप कुछ भी हासिल कर सकते हैं। जीवन आपको अवसर देगी, यह आप पर है कि आप इस अवसर को कैसे लेते हैं। हमेशा अपने जुनून का पीछा करें और जीवन में जोखिम उठाएं।

सूत्र : आप कमज़ोर आर्थिक वर्ग से आते हैं या आपकी पढ़ाई सरकारी स्कूलों से हुई है- यह आपकी सीमा नहीं है। यह आपकी शक्ति और विशेषज्ञता है।

आप उस आर्थिक वर्ग के लिए कोई भी बिज़नेस खड़ा कर सकते हैं। कारण कि इसके मनोविज्ञान और ज़रूरतों को आपसे अच्छा कोई नहीं जानता। दरअसल सीमाएँ नई क्षमताओं को पैदा करती हैं। अपनी सीमाओं की इज्ज़त करनी चाहिए।

क्या आप जानते हैं?

UPI का मतलब?

अगर आप मोबाइल से पेमेंट करते होंगे तो UPI से आपका वास्ता जरूर पड़ा होगा। मोबाइल से किसी दूसरे बैंक अकाउंट में पैसे ट्रांसफर करने के लिए यूनिफाइड पेमेंट इंटरफेस या UPI का इस्तेमाल किया जाता है। यह कई बैंक अकाउंट को एक मोबाइल एप्लीकेशन के जरिये पैसे ट्रांसफर करने की इजाज़त देता है। इसे नेशनल पेमेंट कॉर्पोरेशन ऑफ़ इंडिया (NPCI) ने विकसित किया है। जिसका नियंत्रण रिजर्व बैंक और इंडियन बैंक एसोसिएशन के हाथों में है।

4

ज़ोमाटो

हर भोजन मायने रखता है

दीपिंदर गोयल

कई लोगों के लिए अवसाद एक नकारात्मक शब्द हो सकता है, पर दीपिंदर गोयल के लिए नहीं। वह मानते हैं कि यह सबसे बड़ा कारण है, जब लगता है कि उन्हें और मेहनत करने की आवश्यकता है। किसी भी नई चीज़ का ख्याल हमारे दिमाग में कैसे आता है? क्या वह हमारे सामने नहीं होता? कई बार ऐसा होता है कि कुछ नया और बड़ा करने के लिए हमें आस-पास की आम चीज़ें ही प्रेरित करती हैं। ऐसी चीज़ें जो हमारे सामने तो होती हैं पर हम उन्हें देख नहीं पाते। लेकिन ऐसी ही एक समस्या को दीपिंदर गोयल ने महसूस किया और उससे नींव पड़ी एक ऐसी संस्था की जिसे आज हम जोमैटो के नाम से जानते हैं।

दीपिंदर गोयल भारत में सबसे बड़े रेस्तरां एग्रीगेटर और फूड डिलीवरी सेवा में से एक, ज़ोमाटो के संस्थापक और सी.ई.ओ. हैं। ज़ोमाटो भारत के अतिरिक्त 24 से अधिक देशों, जैसे UAE, श्रीलंका, कतर, यू.के., इंडोनेशिया और कई अन्य देशों में उपलब्ध है और 10,000 से अधिक शहरों में अपनी सेवा देता है। उन्होंने और पंकज चड्ढा ने मिलकर 2008 में इसकी शुरुआत की थी। तब इसे फूडीबे के नाम से जाना जाता था। 2010 में फूडीबे का नाम बदलकर ज़ोमाटो कर दिया गया।

दीपिंदर गोयल का जन्म पंजाब के मुक्तसर में हुआ था। वह एक मध्यमवर्गीय परिवार से हैं। दीपिंदर गोयल के माता और पिता शिक्षक थे। दीपिंदर को बचपन से ही पढ़ाई में कोई खास दिलचस्पी नहीं थी। वह छठीं कक्षा और कॉलेज के प्रथम वर्ष में फेल भी हो गए थे, लेकिन इसे उन्होंने कभी अपनी जिंदगी में रुकावट नहीं बनने दिया और 2005 में आई.आई.टी. दिल्ली से गणित और कंप्यूटिंग के साथ स्नातक की पढ़ाई पूरी की।

दीपिंदर गोयल की शादी कंचन जोशी से हुई, जिनसे उनकी मुलाकात IIT दिल्ली में कॉलेज में हुई थी। गोयल की पत्नी जोशी तब गणित में एमएससी कर रही थीं और दोनों लैब में मिलते थे। उनकी एक प्यारी सी बच्ची है, जिसका नाम सियारा है।

आईआईटी दिल्ली से स्नातक की पढ़ाई पूरी करने के बाद, उन्होंने नई दिल्ली में बैन एंड कॉम्पैन वाई में एक प्रबंधन सलाहकार के रूप में काम किया। वहाँ रोज़ कैंटीन में मेन्यू देखने के लिए एक लम्बी कतार लगती थी। उन्हें महसूस हुआ कि इसमें काफी वक़्त जाया होता है। उन्होंने खाने का मेन्यू स्कैन कर के ऑनलाइन डाला जिसे लोगों ने काफी पसंद किया।

यहीं से उन्हें एक ऑनलाइन वेबसाइट का आइडिया आया। जल्द ही उन्होंने बैन एंड कॉम्पैन वाई से अपनी नौकरी छोड़कर स्वयं की उद्यमशीलता की यात्रा शुरू की और 2008 में दीपिंदर ने अपने दोस्त पंकज के साथ मिलकर एक ऐसी वेबसाइट बनाने की सोची, जिसमें उस इलाके के सभी रेस्टोरेंट के मेन्यू की जानकारी लोगों को आसानी से मिल सके। पहले उन्होंने कंपनी का नाम फूडीबे रखा, जिसे नवंबर 2010 में बदलकर ज़ोमाटो किया गया। देखते ही देखते उनकी वेबसाइट पर काफी ट्रैफिक आने लगा।

ज़ोमाटो की टैगलाइन है "Every meal matters" इसीलिए उनका मानना है कि उनका हर एक उपभोक्ता उनके लिए ख़ास है। दीपिंदर गोयल ने इस स्टार्टअप को एक बड़ी कम्पनी में बदला पर इतने वर्षों का सफ़र और ये उपलब्धि पाना आसान न था उनके राह में बहुत सी मुश्किलें भी आईं।

दीपिंदर की शुरुआती बाधा उनके परिवार से आई, जो फर्म में अपनी स्थिर नौकरी छोड़कर स्टार्टअप में शामिल होने के लिए अनिच्छुक थे। दीपिंदर की पत्नी कंचन जोशी, जो शुरू में अनिच्छुक थीं, लेकिन बाद में नये जीवन का पूरा समर्थन किया। बड़े शहरों में स्टार्टअप स्थापित करने के बाद, दीपिंदर ने संचालन में टीम की सहायता के लिए गुंजन पाटीदार को काम पर रखा। FoodieBay.com चलाना उनके लिए बहुत व्यस्तकारी था, क्योंकि उस समय लोगों के लिए यह अवधारणा अविश्वसनीय और अज्ञात कल्पना मात्र थी, और कठिनाइयाँ अपार थीं। पहले दो वर्षों के दौरान, उन्होंने बिना किसी बाधा के वेबसाइट चलाई, लेकिन इसे स्केल करना मुश्किल हो गया क्योंकि अधिक से अधिक रेस्तरां और पब ज़ोमाटो के तहत कवर किए जा रहे थे। घटते वित्तीय संसाधनों और धन प्राप्त करने में परेशानियों के कारण भी उनके लिए यह एक कठिन समय था। पर दीपिंदर ने हार नहीं मानी और इसका डटकर सामना किया।

जब ज़ोमाटो की टीम फंडिंग के लिए परेशान थी, तब Info Edge उसके बचाव में आया। अगस्त 2011 में, Info Edge ने FoodieBay.com में 10 लाख डॉलर का निवेश किया। उसके बाद दीपिंदर और उनकी टीम ने कंपनी का नाम बदलकर Zomato.com कर दिया। दीपिंदर के मार्गदर्शन में इस कंपनी ने दुबई, यूएई, श्रीलंका, कतर, यूनाइटेड किंगडम, दक्षिण अफ्रीका, फिलीपींस और न्यूजीलैंड जैसे देशों में विस्तार किया। वर्ष 2011-2012 के दौरान, ज़ोमाटो ने 2.04 करोड़ के राजस्व की सूचना दी जो वित्तीय वर्ष 2012-2013 के दौरान 11.38 करोड़ तक बढ़ गया। मार्च, 2012 में ज़ोमाटो की वेबसाइट पर आने वालों की संख्या लगभग 25 लाख थी। यह 2014 के दौरान तेजी से बढ़कर 625 लाख हो गया। उनका राजस्व भी बढ़ गया, 2012 में 30.06 करोड़ की ऊँचाई छूने लगा जो 2015 में 96.7 करोड़ को पार कर गया। इसके बाद तो खाने की डिलीवरी और बुकिंग के चलन ने भारत में तूफान ला दिया। अपनी शुरुआती फंडिंग के बाद से, उन्हें कई निवेशकों द्वारा वित्त पोषण मिला और 2018 में यूनिकॉर्न का दर्जा हासिल कर लिया।

ज़ोमाटो को सफलताओं के साथ-साथ कई विवादों का भी सामना करना पड़ा। जुलाई 2019 की बात है, अमित शुक्ला नाम के शख्स ने खाना ऑर्डर किया, लेकिन जब उनको मैसेज के जरिए पता चला कि कोई गैर हिंदू डिलीवरी ब्वॉय उनका खाना लेकर आ रहा है, तो उन्होंने खाने का ऑर्डर कैंसल कर दिया। इसके बाद ज़ोमाटो ने रिफंड करने से इनकार कर दिया। अमित शुक्ला ने ज़ोमाटो को टैग करते हुए इस मामले को ट्वीट कर दिया। साथ ही उन्होंने कहा कि ज़ोमाटो फूड डिलीवरी लेने के लिए बाध्य नहीं कर कर सकती है। वहीं, ज़ोमाटो ने रिफंड देने से इनकार करते हुए कहा कि खाने का कोई धर्म नहीं होता। यह अपने आप में धर्म है। देखते ही देखते इस मामले ने तूल पकड़ लिया और 'राइट टू च्वॉइस ऑफ फूड' बनाम धार्मिक भेदभाव को लेकर बहस छिड़ गई।

इस वाकया को लेकर दीपिंदर गोयल का कहना था कि "हमें भारत के विचार और हमारे सम्मानित ग्राहकों और भागीदारों की विविधता पर गर्व है। हमारे मूल्यों के आड़े आने वाले किसी भी व्यवसाय को खोने पर हमें खेद नहीं होगा।"

ऐसे कठिन समय में भी दीपिंदर गोयल ने भारत के विविधता का सम्मान किया और किसी भी प्रकार के भेदभाव के खिलाफ़ खड़े हुए जबकि इससे उनके कम्पनी को काफी नुकसान भी हुआ। उनका यह साहस अपने आपमें उल्लेखनीय है।

दीपिंदर ने हम सबको ये सिखाया है कि अपने सहकर्मियों के लिए उदाहरण स्थापित

करके व्यवसाय कैसे बढ़ाया जा सकता है। उनके मार्गदर्शन में, ज़ोमाटो को कई पुरस्कार मिले हैं, जिनमें से अधिकांश उपयोगकर्ता की पसंद है – जो ग्राहकों की संतुष्टि को साबित करता है। निराशा और संकट के पलों से उबरकर एक ऐसी बड़ी क्रांति लाना कोई आसान उपलब्धि नहीं है। यही दीपिंदर गोयल ने हासिल किया है। ज़ोमाटो के उपभोक्ताओं का एक बड़ा वर्ग ज़ोमाटो के बिना जीवन की कल्पना नहीं कर सकता। दीपिंदर सपनों की उड़ान भरने वाले लोगों के प्रेरणा श्रोत हैं। हम इनसे सीख सकते हैं; कड़ी मेहनत और प्रयास से कुछ भी हासिल किया जा सकता है।

सूत्र : क्या आप ऐसी कोई एक भी चीज़ खोज सकते हैं जिससे किसी काम में आसानी आती हो ? अगर हाँ, तो आप बाज़ार में पक्का सफ़ल होंगे। क्योंकि मनुष्य की तमाम कामनाओं में से सबसे अदम्य कामना है-हर चीज़ में आसानी।

क्या आप जानते हैं

एग्रीगेटर क्या होता है ?

इसका मतलब है—जोड़ने वाला। ऑनलाइन बाज़ार में इसका अर्थ हुआ स्वतंत्र अभिकर्ताओं को एक प्लेटफ़ॉर्म पर इकठ्ठा करने वाला। जैसे, ज़ोमाटो, ओयो, ओला, उबार आदि के पास ज़रूरी नहीं कि कोई अपना होटल या कार हो। ये सब स्वतंत्र होटलों और कार-चालकों को आसान व्यवस्था, पारस्परिक लाभ और विश्वास के साथ एक जगह जोड़ देते हैं।

5

बायज़ूज़

पढ़ाई से प्रेम

बायजू रवींद्रन

बायजू रवींद्रन एक भारतीय व्यवसायी और शिक्षक हैं, उन्होंने एडुटेक स्टार्ट-अप "बायज़ूज़ द लर्निंग एप" की सह-स्थापना की। रवींद्रन का स्टार्ट-अप बायज़ूज़ एक फ्रीमियम मॉडल पर चलता है और छात्रों को आईआईटी-जेईई जैसी भारतीय परीक्षाओं के लिए तैयारी करवाता है। NEET, CAT और IAS, साथ ही अंतरराष्ट्रीय परीक्षाएं जैसे GRE और GMAT के लिए भी प्रशिक्षित करता है। यह एशिया का एकमात्र स्टार्टअप है जिसमें मार्क जुकरबर्ग और उनकी पत्नी प्रिसिला चान द्वारा बनाई गई एक संस्था "चैन जुकरबर्ग इनिशिएटिव" द्वारा पैसा लगाया गया है। 2017 में, "बायजू द लर्निंग एप" को "हार्वर्ड यूनिवर्सिटी" द्वारा अपने केस स्टडी के रूप में शामिल किया गया था। बायजू रवींद्रन द्वारा शुरू की गई इस यूनिकॉर्न कंपनी की मौजूदा कीमत 3.6 अरब डॉलर है।

बायजू रवींद्रन का जन्म 1981 में केरल, के अज़ीकोड गाँव में रवींद्रन और शोभनवल्ली के यहाँ हुआ था। उन्होंने मलयालम माध्यम के स्कूल में पढ़ाई की, जहाँ उनकी माँ एक गणित की शिक्षिका थीं और पिता एक भौतिकी के शिक्षक थे। वे अक्सर कक्षाएं छोड़ते थे और फिर घर पर सीखते थे। एक साक्षात्कार में, उन्होंने कहा कि "हालांकि मेरे माता-पिता शिक्षक हैं, परन्तु उन्होंने मुझ पर कभी भी परीक्षा में अच्छा प्रदर्शन करने के लिए दबाव नहीं डाला। इसके बजाय, मेरे पिता ने मुझे खेल की ओर धकेल दिया।" इसके परिणामस्वरूप बायजू ने फुटबॉल, क्रिकेट, टेबल टेनिस और बैडमिंटन सहित विश्वविद्यालय स्तर पर छह खेल खेले। एक खिलाड़ी होने के बावजूद, बायजू ने कभी भी खेलों में अपना करियर बनाने की योजना नहीं बनाई। अधिकांश छात्रों की तरह, उन्होंने केवल दो व्यवसायों- मेंडिकल और

इंजीनियरिंग के बारे में सोचा। उन्हें पता था कि मेडिकल छात्र के रूप में उन्हें खेलों के लिए समय नहीं मिलेगा, इसलिए उन्होंने एक इंजीनियर बनने का फैसला किया।

कन्नूर के गवर्नमेंट कॉलेज ऑफ इंजीनियरिंग से बी.टेक पूरा करने के बाद, वह एक इंजीनियर के रूप में एक बहुराष्ट्रीय शिपिंग कंपनी में शामिल हो गए। सन् 2003 में जब वे बंगलोर में छुट्टी पर थे तो उनके दोस्त कैट परीक्षा की तैयारी कर रहे थे। चूंकि बायजू गणित में अच्छे थे, इसलिए उनके दोस्तों ने उन्हें मार्गदर्शन करने के लिए कहा। उन्होंने न केवल अपने दोस्तों की मदद की, बल्कि परीक्षा में भी शामिल हुए, सिर्फ "मज़े" के लिए। आश्चर्यजनक रूप से उन्हें पूरे 100 प्रतिशत अंक मिले।

वह यह सुनिश्चित करना चाहते थे कि उन्हें यह 100 प्रतिशत अंक यों ही ग़लती से तो नहीं मिल गया था, इसलिए, उन्होंने एक बार फिर परीक्षा देकर 100 प्रतिशत हासिल किया। उन्हें आई.आई.एम. के सभी छह संस्थानों से फोन आया, लेकिन, उन्होंने सभी प्रस्तावों को अस्वीकार कर दिया; क्योंकि उनकी MBA करने में कोई दिलचस्पी नहीं थी।

उनके दोस्तों ने भी अच्छे अंकों के साथ परीक्षा पास की। इस प्रकार, एक पेशेवर शिक्षक बनने की उनकी यात्रा अपने दोस्त के घर की छत से शुरू हुई। वह एमबीए उम्मीदवारों को कम से कम समय लेने वाले तरीके से गणित की समस्याओं को हल करने के लिए टिप्स और ट्रिक्स के साथ मार्गदर्शन करते थे। एक साक्षात्कार में, उन्होंने कहा, "जैसे-जैसे छात्रों की संख्या बढ़ती गई, उनकी कक्षाओं का स्थान दोस्त की छत से एक कक्षा में, एक सभागार में और अंततः एक स्टेडियम में चला गया।

बायजू रवींद्रन, चूँकि उन्हें पढ़ाने में मज़ा आ रहा था, इसलिए उन्होंने अपनी नौकरी छोड़ने का फैसला किया और पढ़ाना शुरू कर दिया। उन्होंने प्रारंभिक कार्यशालाओं को मुफ्त रखा, और उन्नत कार्यशालाओं के लिए केवल तभी पैसा लिया जब छात्र को उनकी शिक्षण शैली पसंद आयी हो।

वह छात्रों के बीच इतने लोकप्रिय हो गए कि एक समय में, वे दिल्ली, पुणे, मुंबई और चेन्नई सहित विभिन्न शहरों में लगभग 20,000 छात्रों के लिए गणित की कार्यशालाएँ ले रहे थे। 2009 में, उन्होंने छात्रों को उपलब्ध कराने के लिए अपने व्याख्यान रिकॉर्ड करना शुरू किया जिससे देश के 45 शहरों तक पहुंचे। कुछ छात्र, जो अभी-अभी आईआईएम से पास हुए थे, ने उनसे संपर्क किया और बायजू की कक्षाओं को एक नए डोमेन में ले जाने का विचार प्रस्तावित किया। इसलिए, उन्होंने अपने पूर्व छात्रों के साथ, "थिंक एंड लर्न" नाम की एक

कंपनी की स्थापना की, जो स्कूली छात्रों के लिए सामग्री तैयार कर रही थी। बायजू ने इस विचार पर काम किया कि "प्रतियोगी परीक्षाओं में अच्छा प्रदर्शन करने के लिए, छात्रों की अवधारणा स्पष्टता होनी चाहिए, जो केवल एक व्यक्ति को स्कूली शिक्षा के दौरान ही प्रदान की जा सकती है।"

2011 में, उन्होंने अपनी पत्नी दिव्या गोकुलनाथ के साथ बायजू की स्थापना की, जिनसे वह तब मिले जब वह अपनी GRE परीक्षा की तैयारी की लिए उनकी कक्षा में एक छात्रा के रूप में आया करती थीं। 2015 में उन्होंने अपना फ्लैगशिप प्रॉडक्ट 'Byju's–the learning' लॉन्च किया। यह उनके लिए गेमचेंजर साबित हुआ। स्मार्टफोन की बढ़ती लोकप्रियता के बीच उनका यह एप भी पॉपुलर होता गया। इतना ज्यादा कि सिर्फ 7 साल में रवींद्रन अरबपति बन गए। कंपनी ऑनलाइन एजुकेशनल कंटेंट उपलब्ध करवाती है। कुछ कंटेंट तो फ्री हैं, लेकिन एडवांस लेवल के लिए फीस देनी होती है। अगस्त 2015 तक, बायजू के एंड्रॉयड और आईओएस ऐप के 2.5 लाख से अधिक वार्षिक ग्राहकों के साथ 55 लाख से अधिक डाउनलोड किया गया।

सितंबर 2016 में, फेसबुक के संस्थापक मार्क जुकरबर्ग और उनकी पत्नी प्रिसिला चान द्वारा बनाई गई एक परोपकारी संस्था, 'चैन-जुकरबर्ग इनिशिएटिव' ने बायजू की फर्म में 5 करोड़ डॉलर का निवेश किया, जिससे यह फेसबुक द्वारा वित्त पोषित होने वाला भारत का पहला स्टार्ट-अप बन गया। 2017 में, "बायजू- द लर्निंग एप" को "हार्वर्ड यूनिवर्सिटी" द्वारा अपने केस स्टडी में शामिल किया गया। उसी वर्ष बायजू रवींद्रन को फोर्ब्स पत्रिका के कवर छापा गया था। 14 फरवरी 2019 को, उन्हें अर्न्स्ट एंड यंग द्वारा एंटरप्रेन्योर ऑफ द ईयर अवार्ड से सम्मानित किया गया। जुलाई 2019 में, "बायजूस-द लर्निंग एप" भारतीय क्रिकेट टीम जर्सी का आधिकारिक प्रायोजक बन गया।

जुलाई 2019 तक के उपलब्ध आंकड़ों के मुताबिक पिछले एक साल में इसका वैल्यूएशन चौगुना हो गया है। जो इसे देश की शीर्ष पांच सबसे मूल्यवान इंटरनेट कंपनियों में से एक बनाता है। इस यूनिकॉर्न कंपनी की मौजूदा कीमत 3.6 अरब डॉलर है।

सितंबर 2020 तक Byju's के 6.4 करोड़ सब्सक्राइबर थे। इसके उपभोक्ता काफी तेजी से बढ़ रहे हैं। Byju's किंडरगार्डन से लेकर 12वीं क्लास तक के बच्चों के लिए ऑनलाइन लर्निंग क्लास उपलब्ध कराती है। इसके अलावा इंजीनियरिंग कॉलेज, मेडिकल कॉलेज और सिविल सर्विसेज के एंट्रेन्स टेस्ट के लिए ट्रेनिंग भी उपलब्ध कराती है।

फोर्ब्स के अनुसार, 2020 तक, बायजू, उनकी पत्नी और उनके भाई रिजू रवींद्रन की कुल संपत्ति 3.05 अरब अमेरिकी डॉलर थी। आज, बायजू 33 लाख उपयोगकर्ताओं और 22 लाख सशुल्क ग्राहकों के साथ दुनिया के सबसे सफल एडुटेक स्टार्ट-अप में विकसित हो गया है।

बायजू को गैर-आधिकारिक सदस्य के रूप में राष्ट्रीय स्टार्टअप सलाहकार परिषद में भी जोड़ा गया है। अप्रैल 2021 में बायजू ने भारतीय टेस्ट-प्रेप प्रदाता आकाश एजुकेशनल सर्विसेज लिमिटेड को लगभग 1 अरब अमेरिकी डॉलर में खरीदा था। इससे पहले भी बायजू कई राष्ट्रीय और अंतरराष्ट्रीय एजुकेशनल सर्विसेज वाली कंपनियों को खरीद चुके हैं। रवींद्रन ने एक बार कहा था कि मैं देश की शिक्षा व्यवस्था के लिए इस तरह का काम करना चाहता हूं जैसा डिज़्नी ने मनोरंजन के लिए किया है। बायजू रवींद्रन ने कहा कि एप के जरिए बच्चे सीखना शुरू करेंगे तो उन्हें सिम्बा पसंद आएगा। उन्होंने अपने एप में डिज़्नी की तरह 'द लायन किंग' के सिम्बा, फ्रोजन के अन्ना के माध्यम से वन क्लास के छात्रों को मैथ और अंग्रेजी पढ़ाया। उनके इस एप में एनिमेटेड वीडियो, गेम और स्टोरीज भी हैं।

बायजू कहते हैं कि मैं अपनी सफलता का श्रेय कक्षाओं के बाहर बिताए समय को देता हूं। मेरे माता-पिता और शिक्षकों ने मुझे पूरी आजादी दी जिससे मैंने बहुत सारे कौशल सीखे। मैंने विश्वविद्यालय स्तर पर कई खेल खेले हैं। आप वहां जो सीखते हैं वह बहुत उपयोगी होता है। जब आप मनोरंजन के लिए गेम खेलते हैं, और मनोरंजन के लिए ही व्यवसाय करते हैं, तो आप इसे वर्षों, दशकों तक भी करते रह सकते हैं।

क्या आप जानते हैं?

एडुटेक स्टार्ट-अप क्या है?

इसका सामान्य मतलब है तकनीक के सहारे शिक्षा। इंटरनेट के प्रसार के बाद दुनियाभर में शिक्षण और सीखने के तरीक़ों में बहुत बदलाव आ रहा है। दुनिया भर में सैकड़ों कम्पनियाँ हैं जो सीखने के तरीक़ों को और रुचिकर बनाकर ख़ूब पैसा कमा रही हैं। ऐसी कई कम्पनियाँ तो भारत में ही हैं। जैसे- Simplilearn, CultureAlley, Toppr, Unacademy आदि।

फ़र्स्ट क्राई

बच्चों की शॉपिंग कोई
बच्चों का खेल नहीं है

सुपम माहेश्वरी

विज्ञापन की यह टैगलाइन बच्चों के लिए शॉपिंग पर बिल्कुल सटीक बैठती है। टैगलाइन से ही पता चल जाता है कि बच्चों के लिए कुछ खरीदना कितना मुश्किल काम है। उनके खाने-पीने से लेकर पहनने, घूमने के लिये सभी चीजें बड़ों से बिल्कुल अलग हैं। और दूसरी तरफ़ बच्चे को सँभालना और उनके लिये खरीददारी करना तो असम्भव ही जान पड़ता है। अगर आप एकल परिवार में हैं या वर्किंग पैरेंट हैं। तो ऐसे में एक वेबसाइट ऐसी है जो बच्चे की ज़रूरत का सारा सामान आपके घर देकर जा रही है। इस तरह से आधी दिक्कतें पहले ही सुलझ जाती हैं। यह काम भारत में अपनी एप और वेबसाइट के माध्यम से फ़र्स्ट क्राई कर रहा है। ये अपनी वेबसाइट के ज़रिए भारत के लाखों परिवारों की सहायता कर रहे हैं और उनके काम को आसान कर रहे हैं।

भारत में आज कई ई-कॉमर्स कम्पनियाँ बाज़ार में हैं, जो विभिन्न क्षेत्रों में कार्यरत हैं और निरंतर सफलता की ओर बढ़ रही हैं। ये कम्पनियाँ व्यक्ति की ज़रूरत की चीज़ें मुहैया करवा रही हैं। लेकिन कोई ऐसी कम्पनी नहीं थी जो समाज के सबसे छोटे मनुष्य की ज़रूरतों का ख्याल रखे। जबकि इस सबसे छोटे मनुष्य को ही सबसे ज़्यादा ध्यान और देखभाल की आवश्यकता होती है। सुपम माहेश्वरी ने इस मौके को पहचाना और फ़र्स्ट क्राई की स्थापना की।

सुपम माहेश्वरी फ़र्स्ट क्राई के सह-संस्थापक और सीईओ हैं। सुपम ने यह बिज़नेस अमिताव साहा, प्रशान्त जाधव और संकेत हट्टीमत्तूर के साथ मिलकर शुरू किया था। उन्होंने यह बिज़नेस मात्र 2.5 करोड़ रुपए की पूंजी के साथ शुरू किया था।

सुपम ने दिल्ली के कॉलेज ऑफ़ इंजीनियरिंग से मेकैनिकल से 1995 में स्नातक किया और 1997 में आई.आई.एम. अहमदाबाद से पोस्ट ग्रेजुएशन किया। अच्छी पढ़ाई के बावजूद

भी उन्होंने कभी किसी जगह नौकरी नहीं की, बल्कि अपना स्टार्टअप शुरू किया। वह अपने परिवार में पहली पीढ़ी के व्यवसायी थे। परिवार के पहले व्यवसायी होने के कारण कई रिश्तेदारों ने इन्हें डराया भी कि यह एक खराब आइडिया है, लेकिन सुपम को खुद पर विश्वास था। इनका पहला स्टार्टअप ब्रेनवीसा टेक्नोलॉजी था। यह भारत का बहुत बड़ा ई-लर्निंग प्लेटफॉर्म था। यह कंपनी दुनियाभर के व्यवसायों को उनकी समस्याओं के लिए समाधान देती थी। 8 साल से भी कम समय में सुपम ने ब्रेनवीसा को विश्व के एक बड़े ई-लर्निंग कम्पनी के रूप मे खड़ा कर दिया। ब्रेनवीसा का ऑफिस भारत, अमेरिका, यूरोप और आस्ट्रेलिया आदि में है। उनके पास 450 लोगों की विशाल टीम के साथ टेलीकॉम, टेक्नोलॉजी, विमानन, रसद, फार्मास्युटिकल आदि क्षेत्रों के एक्सपर्ट मौजूद थे। बाद में इसे यू.एस. स्थित कम्पनी इनकॉग ग्लोबल ने खरीद लिया था। लेकिन सुपम 2009 तक इसके साथ जुड़े हुए थे, जब तक कि उन्होंने फ़र्स्ट क्राई नहीं शुरू किया था।

सुपम ही पहले व्यवसायी थे, जिन्होंने दूसरे दूकानदारों को अपनी वेबसाइट पोर्टल पर सामान बेचने की अनुमति दी थी, बाद में इस तरीक़े को दूसरे उद्यमियों ने भी यह अपनाया। ब्रेनवीसा में काम करते हुए सुपम खुद एक बच्ची के पिता बने थे। अपने काम के सिलसिले में उन्हें कई बार विदेश आना जाना पड़ता था। वह अपनी बिज़नेस यात्राओं के दौरान विदेश से अपनी बेटी के लिये उसकी ज़रूरत का सामान लाया करते थे। यह सामान अच्छी गुणवत्ता का होता था। बाद में सुपम ने जब वह सामान लोकल मार्केट में ढूँढने की कोशिश की तो वह उन्हें नहीं मिला। जो सामान मिलता भी वह अच्छी गुणवत्ता का नहीं होता था। उनको यह तकलीफ सिर्फ़ अपनी ही नहीं लगी बल्कि बहुत से माता-पिता ऐसे थे जो अपने बच्चे के लिए अच्छी गुणवत्ता का सामान अपने आस-पास की मार्केट में नहीं खोज पाते थे। उन्हें लगा कि ऐसा कोई स्टोर होना चाहिए जो सिर्फ़ बेबी प्रोडक्ट्स रखे। सामान अच्छा हो, तथा उनकी ज़रूरत का हर सामान हो। पूरा फोकस केवल बच्चों की ज़रूरत के सामान पर हो।

इसी प्रेरणा ने नये बिज़नेस आइडिया को जन्म दिया। सुपम ने देशी और विदेशी दोनों तरह के उत्पादों की डिमांड पर रिसर्च करना शुरु किया और पाया कि भारत मे बेबी केयर प्रोडक्ट का 50,000 करोड़ रुपये व्यापार था, जिसमें से 95% ऑफलाइन था। इस बीच बेबी केयर उत्पादों की मांग और लोगों के खर्च करने की क्षमता में उल्लेखनीय वृद्धि हुई है। लेकिन अच्छी गुणवत्ता वाले प्रोडक्ट की आम जनता तक पहुंच आसान नहीं थी। अब एकबिज़नेस मॉडल उनके पास था, अब वह एक ऐसा प्लेटफार्म बनाना चाहते थे, जहां पर उच्च गुणवत्ता वाले प्रोडक्ट्स और भारतीय पैरेंट्स के बीच की दूरी को कम किया जा सके। और 2010 में दुनिया के सामने आया एशिया की पहली बेबी केयर वेबसाइट। सुपम ने ऐसी ई-कॉमर्स साइट का निर्माण किया जो कि बच्चों के लिए गुणवत्ता युक्त प्रोडक्ट्स रखती है। यह वेबसाइट आसानी से चलाई जा सकती है।

बच्चों के लिए सामान लेने हेतु यह सबसे अच्छी जगह बन गई।

सुपम कहते हैं: "इच्छुक उद्यमियों को याद रखना चाहिए कि वह सही बिज़नेस के मौके को पहचानें, अच्छी तरह से प्लान करें और इसे देखने के लिए सब्र, विश्वास और साहस रखना चाहिए।"

सुपम एक तेज तर्रार बिजनेसमैन हैं, जो ठोस योजना और उसके उचित क्रियान्वयन के लिये जाने जाते हैं। वह एक कुशल रणनीतिकार और लीडर हैं। वह अपनी टीम का नेतृत्व बेहतर ढंग से करते हैं। उन्होंने वेबसाइट को स्थापित करने के साथ साथ फ़र्स्ट क्राई के रिटेल स्टोर भी खोले जहाँ बच्चों के कपड़े, खिलौने और उनकी अन्य ज़रूरत की चीज़ें थीं। इस ब्राण्ड का पूरा फोकस 9 वर्ष से कम, 9 वर्ष या अल्पवयस्क बच्चे हैं। उन्हीं को केंद्र में रखकर इस पूरे व्यवसाय की संकल्पना की गई है।

2014 में फ़र्स्ट क्राई ने बिगहग नाम से बच्चों के फुटवीअर की शुरूआत की। 2015 में इन्होंने देश के 6 हजार से अधिक अस्पतालों के साथ टाई-अप किया और उन माँओं को फ़र्स्ट क्राई किट दी जिन्होंने नवजात बच्चे को जन्म दिया। यह बेचने की शानदार योजना है, इससे वह तुरंत ग्राहक तैयार करने में कामयाब रहते हैं। अब तक इस तरह से वह लाख से ऊपर ग्राहक तैयार कर चुके हैं। 2016 में इन्होंने महिंद्रा का बेबी एंडेवर खरीदा, जिसे अब बेबी ओये कहा जाता है।

आज भारत मे 100 से अधिक शहरों में FirstCry के 300 से अधिक आउटलेट हैं। कंपनी में 1200 से अधिक एम्प्लॉई काम करते हैं। आज भारत में बच्चों, नई माँओं और नवजात बच्चों से संबंधित सामान का यह सबसे बडा़ ऑनलाईन स्टोर है। यह 2 करोड़ परिवारों के साथ जुड़ा हुआ है। इसके ब्राण्ड एम्बैसडर अमिताभ बच्चन हैं।

फ़र्स्ट क्राई को वर्ष 2013 में "मोस्ट पॉपुलर ऑनलाईन साईट" का अवार्ड मिल चुका है। सुपम कहते हैं: "व्यवसायी वह नस्ल है, जो सपने देखने की हिम्मत रखते हैं। वो हारने की हिम्मत रखते हैं और जीतने की भी; जो भी उनके हिस्से आये।"

7

लेबल

कपड़ों का पुनर्जीवन

रितु कुमार

हमारे देखने और महसूसने का तरीका हमारे युग से जुड़ा होता है। आज से सौ साल पहले मनुष्य दुनिया को, और स्वयं को भी, जैसे देखता था, आज उसी तरह नहीं देखता। धीरे-धीरे समय की गति तीव्र होती गयी है। अब तो दो पीढ़ियों और दो दशकों में ही यह बदलाव साफ़ दिखायी पड़ने लगता है। कोई डिज़ाइनर ऐसा ही एक व्यक्ति होता है जिसे अपने समय और किन्हीं ख़ास परिस्थितियों में लोगों के देखने के तरीक़ों की सटीक पहचान होती है। जो काम कोई पेंटर रंगों के साथ करता है। कोई कवि शब्दों के साथ करता है। वही काम कोई डिज़ाइन कपड़ों के साथ करता है। कोई खुद को कैसे देखता है, लोगों को कैसे दिखना चाहता है और लोग उसे कैसे देखना चाहते हैं और इस सबके साथ आराम भी एक चीज़ है—कितने ही आयाम हैं फ़ैशन के—यह सिर्फ़ कपड़ों की कटाई और सिलाई नहीं है, उससे बहुत बड़ी कला है। रितु कुमार फैशन के इसी क्षेत्र में कलात्मक उड़ान लेती हैं । बड़े-बड़े, नेता-अभिनेता उनके डिज़ाइन किए कपड़ों में खुद को देखना चाहते हैं। सिर्फ़ भारत ही नहीं बल्कि उसके बाहर भी वह ख़ूब लोकप्रिय हैं।

रितु कुमार का जन्म नवम्बर, 1944 को अमृतसर में हुआ। रितु के माता–पिता उच्च शिक्षित थे और उन्होंने उन्हें हमेशा अपनी पंसद की उच्च शिक्षा प्राप्त करने के लिए प्रोत्साहित किया। रितु कुमार ने दिल्ली के लेडी इर्विन कॉलेज से स्नातक की उपाधि प्राप्त की इसके पश्चात उन्होंने ब्रिआरक्लिफ़ कॉलेज, न्यूयॉर्क से अपनी उच्च शिक्षा पूरी की। रितु कुमार के पति शशि कुमार हैं जो उनके काम में बराबर की भागीदारी रखते हैं। उनके दो बेटे अमरीश कुमार और अश्विन कुमार हैं। एक फैशन डिजाइनर होने के साथ–साथ वे जीवन में परिवार की

भूमिका को भी मानती हैं।

रितु कुमार की फैशन जगत की यात्रा सरल नहीं रही। बाक़ी फैशन डिजाइनर की तरह उन्हें भी जीवन में संघर्ष करना पड़ा। उन्होंने अपने काम की शुरुआत कोलकाता से की। उन्होंने वर्ष 1960 में कोलकाता में 4 हैण्ड प्रिंट्स और 2 ब्लॉक्स की सहायता से यह उद्योग शुरू किया। इसकी शुरुआत उन्होंने मात्र 50 हज़ार रुपयों से की। उद्योग शुरू करते हुए उन्हें अपनी आगे की यात्रा के बारे में कुछ भी नहीं पता था वह बस अपने काम को लगन और मेहनत से करने में जुटी रहीं।

रितु कुमार के कारोबार में आज चार फैशन ब्रांड हैं, जिनके दुनियाभर में 150 से ज्यादा स्टोर हैं। ये ब्रांड लोगों के लिए डिजाइनर कपड़े बनाने का काम करते हैं। लेबल नाम से एक ब्रांड रितु कुमार ने 2002 में लॉन्च किया था। इस ब्रांड में युवाओं और वैश्विक उपभोक्ताओं को ध्यान में रखकर डिजाइनर कपड़े तैयार किये जाते हैं। इसी के साथ R.I. रितु कुमार ब्रांड में वह दुल्हनों के परिधानों के साथ ही खास मौकों के लिए कपड़े डिजाइन करती हैं। इसके उत्पादों को देसी विरासत में गिना जाता है। इन्हें देश के सबसे बेहतरीन कारीगर और हस्तशिल्पी तैयार करते हैं। R.K. इनका सबसे नया ब्रांड है। इसे ज्यादा से ज्यादा उपभोक्ताओं तक पहुँचाने के लिए बनाया गया है।

रितु कुमार का मानना है कि आप ज़िंदगी में तभी सफल हो सकते हैं, जब आप सन्तुष्ट न हों। उनका मानना है कि किसी भी ब्रांड की सफलता इस बात पर निर्भर नहीं होती कि इसमें कितनी चीज़ें शामिल हैं। बल्कि टैक्सटाइल एक लंबी रिसर्च का मसला है। उन्होंने अपने काम पर काफी लंबे समय तक रिसर्च करने के बाद इसे व्यापार में बदला। रितु कुमार समान सोच वाले अन्य डिजाइनरों के साथ मिलकर काम करती हैं। उनके कपड़ों में पूर्व और पश्चिम का सम्मिलन साफ देखा जा सकता है। हालाँकि उनके काम की विशिष्टता भारतीय पारम्परिक कपड़ों में झलकती है जो कढ़ाई की भारतीय विरासत को दर्शाने का काम करते हैं।

रितु कुमार सिर्फ़ उच्च वर्ग के लिए कपड़े डिज़ाइन नहीं करतीं, बल्कि उनके यहाँ मध्य वर्ग के लिए भी कपड़ों की एक रेंज है। इन कपड़ों में वे रेशम, चमड़ा और कपास का प्रयोग अधिक करती हैं। रितु कुमार कपड़ों पर की जाने वाली फुलकारी और हाथ के काम पर विशेष रिसर्च करती हैं। इस रूप में उन्होंने भारतीय कपड़े को पुनर्जीवित करने का काम किया है।

रितु कुमार के पार्टी ड्रेस काफ़ी खास होते हैं और अंतरराष्ट्रीय प्रतियोगिताओं में

इनाम के हक़दार हैं। रितु कुमार ने मिस इंडिया प्रतिभागियों, जैसे कि मनप्रीत बरार, रानी जयराज, रुचि मलहोत्रा और लारा दत्ता के वस्त्रों को भी डिज़ाइन किया था। इन सभी ने अंतरराष्ट्रीय प्रतियोगिताओं में सर्वाधिक उत्कृष्ट पार्टी ड्रेस के लिए पुरस्कार जीते, बाद में रितु ने इस बुटीक को केवल रितु नाम दिया।

रितु कुमार का कारोबार शिल्पकारों के संरक्षण पर टिका हुआ है । वह भारतीय शिल्पकलाओं को अपने कपड़ों के माध्यम से प्रदर्शित करती हैं और उसे दुनिया भर के बाज़ार में उतारती हैं। रितु कुमार अपने कपड़ों के लिए भारत को एक बड़े डिज़ाइनर बाज़ार के रूप में देखती हैं। इसकी खासियत परिधानों की विविधता है। इस रूप में वह मानती हैं कि मेक्सिको, पेरिस के फैशन लगभग एक जैसे हैं, लेकिन भारतीय पहनावे में आप बहुत से प्रयोग कर सकते हैं। उनके अनुसार हमारे यहाँ का शिल्प बहुत उच्च्य स्तर का है। शिल्प न सिर्फ़ हमारे कपड़ों तक है बल्कि हमारे मंदिरों और स्थापत्य कलाओं में भी शिल्प की भरमार है। फैशन डिजाइनर के तौर पर वह मानती हैं कि भारत में कपड़े की सिलाई सबसे अंतिम काम है। कपड़े की छपाई से लेकर उनपर किये जाने वाले काम पहले स्थान पर हैं। इस रूप में अपने काम में कपड़े को प्रमुखता देती हैं। उनके अनुसार भारतीय फैशन बाज़ार जितने विकल्प और कहीं मौजूद नहीं हैं। कपड़ों से लेकर रंगों तक हमारा समाज और बाज़ार विविधता से भरा हुआ है।

रितु कुमार के अनुसार, "यह बिल्कुल मायने नहीं रखता की आप किस क्षेत्र से हैं, या क्या काम कर रहे हैं, अगर आप महिला हैं और करियर बना रही हैं तो यह चुनौतीपूर्ण है। खेती किसानी करने वाली महिला हो या कोई बैंकर ....उसे हमेशा ही समय का संतुलन बनाना होता है। बड़ी जद्दोजहद समय को संभालने में हो जाती है और बहुत ही कम महिलाएं सफल हो पाती हैं। इसकी एक बड़ी वजह यह है कि जब आप घर पर नहीं होतीं तो अपराधबोध महसूस करती हैं ,और जब घर पर होती हैं तो भी एक गिल्ट हमेशा साथ रहता है। दो जिम्मेदारियों को निभाना हमेशा ही कठिन होता है।"

रितु कुमार ने न सिर्फ़ भारत में अपने ब्रांड को बढ़ाया बल्कि उन्होंने इसके साथ ही बुटीक कल्चर की भी शुरुआत की। रितु कुमार का फैशन ब्रांड दिनों–दिन बाज़ार में फैलता जा रहा है। उनकी ब्रान्च पेरिस, लंदन, न्यूयॉर्क तक फैल गयी हैं। उनकी कम्पनी का फैशन बाज़ार में टर्नओवर सबसे ज़्यादा है। जो कि करीब 10 करोड़ का है। कुमार की फैशन वेवसाइट पर वर्ष 2019 में करीब 1,658,109 लोगों ने विजिट किया। भारतीय बाज़ार में शादियों के महीनों में उनका कारोबार हमेशा आसमान छूता है।

रितु कुमार के अनुसार फैशन इंड्रस्टी बहुत ग्लैमरस नजर आती है, लेकिन कोई भी उस मेहनत के बारे में बात नहीं करता जो इसे चमक देती है। हर व्यक्ति के ग्लैमरस दिखने के पीछे संघर्ष की लंबी कहानी है। रितु कुमार ने अपने करियर में बहुत से अवॉर्ड जीते हैं, उनमें निफ्ट द्वारा लाइफटाइम अचीवमेंट अवॉर्ड, पीएचडीसीसी द्वारा आउटस्टैंडिंग महिला उद्यमी अवॉर्ड, जुलाई 2000 बैंगलोर में किंगफिशर फैशन फटाशिया में लाइफ टाइम अवॉर्ड शामिल है। वह एक औरत के लिए जीवन और कारोबार के बीच संतुलन को सबसे ज़रूरी मानती हैं। बकौल रितु कुमार सफलता के लिए मेहनत के साथ गम्भीरता भी ज़रूरी है। यदि आप जीवन में कुछ बहुत शिद्दत से पाना चाहते हैं तो उतनी ही लगन से उसपर काम कीजिए। हो सकता है आपको सफलता मिलने में समय लगे, लेकिन वह एक दिन मिल जाती है। जीवन में निरंतरता बनाये रखना सफलता की पहली सीढ़ी है।

सूत्र : क्या आपमें कोई कला दृष्टि है? मसलन आपको साहित्य की अच्छी समझ हो, रंगों की समझ हो, इंटीरियर या कपड़ों की समझ हो, तो अपनी इस समझ को पैसे में बदलने के बारे में सोचें। उसे बाज़ार में बेचने के तरीक़े सोचें। यह ऐसा बिजनेस होगा जिसमें आपको सबसे ज्यादा आनन्द आएगा।

क्या आप जानते हैं?

दुनिया का सबसे पुराना फ़ैशन ब्राण्ड कौन सा है?

सबसे पुराना फ़ैशन ब्रांड HERMES है। जिसकी स्थापन पेरिस में 1837 में हुई और जो आजतक बाज़ार में अपनी दमदार उपस्थिति के साथ कायम है। यह कंपनी शुरुआत से बैग बनाती है जिसकी माँग आज भी कम नहीं हुई है।

पॉलिसी बाज़ार

इंश्योरेंस लेना
भूलकर भी मत भूलना

यशिष दहिया

जीवन अनिश्चितताओं का नाम है। व्यक्ति के जीवन में कब कौन सी घटना घट जाए, कोई नहीं बता सकता है। कभी-कभी तो ऐसी परिस्थितियां बनती हैं कि उस इंसान के साथ उसका पूरा परिवार मुसीबत का शिकार हो जाता है। ऐसी बातें आदमी के मनोबल को तोड़ देती हैं। उसको किसी भी दिशा से किसी भी सहारे की उम्मीद नहीं रहती। लेकिन ऐसी कोई परिस्थिति आने पर यदि आपके पास आर्थिक सहारा हो तो वह आपके भीतर थोड़ी उम्मीद जिलाए रखता है। जैसे बीमार होने पर अस्पताल का खर्च, गाड़ी का इंश्योरेंस, बिज़नेस डूब जाने पर या चोरी हो जाने पर आर्थिक कवर, आपके न रहने पर आपके परिवार की देख रेख के लिए आर्थिक सहायता। इंश्योरेंस पॉलिसी व्यक्ति की इन्हीं सब चिंताओं का एक समाधान है। बीमा उन्हें सामजिक सुरक्षा प्रदान करता है। यशिश दहिया ने इन सब बातों को समझकर पॉलिसी बाज़ार डॉट कॉम शुरू किया।

यशिष दहिया पॉलिसी बाज़ार डॉट कॉम के सह-संस्थापक व सीईओ हैं। इन्होंने आलोक बंसल और अवनीश निर्जर के साथ मिलकर 2008 में यह कंपनी स्थापित की। यह एक डिजिटल प्लेटफॉर्म–वेबसाइट और ऐप है – जो उपयोगकर्ता को बीमा कंपनियों की बीमा पॉलिसियों और अन्य वित्तीय सेवाओं की तुलना करने की सुविधा देता हैं। आज यह कंपनी भारत की सबसे बड़ी बीमा कंपनी के रूप में जानी जाती है। और यह निरंतर सफलता की ओर बढ़ रही है।

यशिष ने बॉर्डिंग स्कूल से अपनी स्कूली शिक्षा प्राप्त की है। वह पढ़ाई में ज़्यादा अच्छे नहीं थे। परंतु उनका गणित विषय अच्छा था। 12वीं के बाद उन्होंने आई.आई.टी. की

प्रवेश परीक्षा दी और वह उसमें पास हो गये। आई.आई.टी. में चार साल बिताने के बाद वह आई.आई.एम. गये, वहाँ से अपनी पोस्ट ग्रेजुएशन पूरी की। लेकिन अपने भविष्य को लेकर उन्होंने कुछ खास नहीं सोचा था। वह एक ऐसे परिवार से आते थे जहाँ सबकी सरकारी नौकरी थी और सबका भविष्य सुरक्षित था ऐसे में यशिष का अपने भविष्य के प्रति कुछ न सोचना परिवार के लिये चिंताजनक बात थी। यशिष ने फिर नौकरी करने के बारे में सोचा, और कई कम्पनियों में अच्छी पोस्ट पर नौकरी की। यशिष का मानना है कि किसी भी काम को पूरी मेहनत व लगन के साथ करना चाहिए। नौकरी के कुछ सालों बाद यशिष ने अपना बिज़नेस करने का निश्चय किया। और पॉलिसी बाज़ार डॉट कॉम की स्थापना की।

लेकिन क्या एक नये बिज़नेस के रूप में पॉलिसी से सम्बंधित काम फायदेमंद साबित हो सकता है? पॉलिसी बेचना कोई आसान काम नहीं है। एजेंट दरवाज़ा खटखटाते रह जाते हैं और महीने में 2 या 3 पॉलिसी मुश्किल से बेच पाते हैं। भारत जैसे देश में लोग सबसे कम खर्च अपने इंश्योरेंस पर करते हैं, जबकि लोग यह भली-भांति जानते हैं कि मुसीबत पहले से बता कर नहीं आती। यशिष ने भी अपने आस-पास कई ऐसे लोगों को देखा था जिनकी ज़िंदगी में अचानक कुछ ऐसी घटनाएँ घटीं, जिसने उन्हें चारों तरफ से बेबस व बेसहारा कर दिया था और वित्तीय सहायता न होने के कारण मुश्किलें दुगुनी हो गई थीं। तब यशिष के दिमाग में एक ही बात आयी कि इन लोगों ने इंश्योरेंस क्यों नहीं कराया? इसी विचार ने उन्हें इस क्षेत्र में काम करने के लिए प्रोत्साहित किया। उन्होंने नौकरी छोड़कर, 18 लोगों की अपनी टीम के साथ यह नया व्यवसाय शुरू किया। उन्हें मालूम था कि इस व्यवसाय में अधिक लाभ नहीं होगा, लेकिन समाज का एक बहुत बड़ा हिस्सा इससे प्रभावित होगा।

उनका कहना है कि "पॉलिसी बाज़ार का एक विजन है कि प्रत्येक भारतीय के पास बीमा के ज़रिए खरीदी गई सामाजिक सुरक्षा हो। उन्हें अच्छी और विश्वसनीय डिजिटल सेवा मिले। और जबतक जुटे रहना होगा जब तक कि वह हासिल न हो जाए।"

पॉलिसी बाज़ार डॉट कॉम बीमा सेवाओं के लिए एक तुलनात्मक वेबसाइट के बतौर शुरू हुई थी। उस समय, भारतीय बीमा उद्योग बहुत ज़्यादा पारदर्शी नहीं हुआ करता था। पॉलिसी ज्यादातर एजेंटों के माध्यम से बेची जाती थी। वह जितना बता देता था आम आदमी को उतना ही पता होता था। लोगों को उन पर विश्वास करना मुश्किल होता था। पॉलिसी बाजार ने बीमा उद्योग की यह तस्वीर बदल दी है। इन्होंने अपने वेबसाइट के माध्यम से ग्राहकों को मोटे तौर पर चुनने के लिए कई बीमा पॉलिसियों का विवरण सूचीबद्ध करके प्रस्तुत किया है। यह मूल्य-तुलना वेबसाइट के रूप में शुरू हुई। यह बीमा और बीमा नीतियों के बारे में जानने के

लिए एक सूचना पोर्टल है। इसका उद्देश्य भारतीय बीमा खरीदारों को पॉलिसी योजना की तुलना करने और खरीदने के लिए एक ऑनलाइन मंच प्रदान करना था।

पॉलिसी बाज़ार वेबसाइट ने बाद में अपने बाज़ार में विस्तार के लिए एक पॉलिसी की मूल्य तुलना करने वाली वेबसाइट से एक बीमा-विक्रय कम्पनी में बदल गई। कम्पनी का दावा है कि अब तक देश के 25% लाइफ इंश्योरेंस और 7% हेल्थ इंश्योरेंस इन्होंने किये हैं।

पॉलिसी बाज़ार सभी प्रकार की बीमा योजना अपनी वेबसाइट के माध्यम से प्रदान करता है। सन् 2015 में, पॉलिसी बाजार ने एंड्रॉयड तथा आईओएस उपयोगकर्ताओं के लिए अपना एप लॉन्च किया। उपयोगकर्ता 40 से अधिक बीमा प्रदाताओं से बीमा पॉलिसियों की शोध, तुलना और खरीदने के लिए पॉलिसी बाजार वेबसाइट या एप का उपयोग कर सकते हैं। यह जीवन बीमा, स्वास्थ्य बीमा, मोटर बीमा, यात्रा बीमा आदि अनेक प्रकार का बीमा देता है। इस मंच को व्यक्तिगत पसंद के अनुसार बीमा योजनाओं की तुलना करने और खरीदने के लिए डिज़ाइन किया गया है।

पॉलिसी बाज़ार पीबी फिनटेक लिमिटेड की प्रमुख सहायक कंपनी है जो क्रेडिट उत्पाद एग्रीगेटर पैसा बाजार का भी मालिक है ।

इंश्योरेंस रेगुलेटरी एंड डेवलपमेंट अथॉरिटी ऑफ इंडिया पॉलिसी बाज़ार के इंश्योरेंस वेब एग्रीगेशन बिजनेस को रेगुलेट करता है। कंपनी बीमा वेब एग्रीगेटर विनियम, 2017 के तहत एक बीमा वेब एग्रीगेटर के रूप में पंजीकृत है। जून 2021 में, पॉलिसी बाजार ने IRDAI से बीमा ब्रोकिंग लाइसेंस प्राप्त किया और घोषणा की कि वह पूरे भारत में 100 ऑफ़लाइन आउटलेट स्थापित करेगा। कंपनी ने अपना वेब एग्रीगेटर लाइसेंस भी सरेंडर कर दिया। इसे अपने क्षेत्र में योगदान के लिए कई देशी-विदेशी पुरस्कारों से नवाज़ा गया है।

पॉलिसीबाजार डॉट कॉम ने 2008 में अपनी स्थापना के बाद से अब तक 7 दौर की फंडिंग में 36.6 करोड़ अमेरिकी डॉलर जुटाए हैं। इनके प्रमुख निवेशकों में विप्रो के चेयरमैन अजीम प्रेमजी, इन्फो इंडिया तथा टाईगर ग्लोबल मैनेजमेंट आदि का नाम शामिल है।

सूत्र : बिजनेस के जिस प्रारूप के प्रति यह लगता हो कि उपभोक्ता इसपर विश्वास नहीं करेंगे उसे एक चैलेंज मानिए कि यह विश्वास आप पैदा करके दिखाएंगे। फिर आप विश्वास पैदा करने के तरीक़े सोचिए। जल्दी ही आप पाएँगे कि आपने बिजनेस की वह जमीन खोज ली है जहाँ इसके पहले कोई गया ही नहीं था।

क्या आप जानते हैं?

पहला बीमा कब ख़रीदा गया?

बीमा सिद्धान्त का इतिहास समुद्री व्यापार के प्रारंभ से संबंधित है। अपने प्रारंभिक रूप में क्षतिपूर्ति का बीमा सिद्धांत सहकारिता के सिद्धांत पर आधारित था। समुद्र में खतरों के समय कभी कभी मजबूरी में जहाज़ को बचाने के लिए कुछ सामान समुद्र में फेंकना पड़ता था। इस हानि उस व्यापार-योजना में भाग लेनेवाले सभी आनुपातिक रूप से वहन कर लेते थे। यह सहकारिता का सिद्धांत क्रमशः बीमा के रूप में पनपा। इसका पहला लिखित प्रमाण सन् 1343 में इटली का मिलता है।

मेक माई ट्रिप

दिल तो रोमिंग है!

दीप कालरा

आपको आज से दो दशक पहले किसी नये शहर जाना होता, या किसी हिल स्टेशन, तो आप कैसे जाते? पहले टिकट बुक कराने के लिए लाइन में लगते या बस के बारे में किसी से तफ्तीस करते, होटल और उसके दाम के बारे में पूरे रस्ते परेशान रहते, लेकिन आज यह सारा काम एक एप से होता है! इस एप ने समय, पैसे और निरर्थक मानसिक व्यस्तता को जितना कम कर दिया उसके बारे में सोचना आज बड़ा सुकूनदेह लगता है। यह सब संभव किया एक एप ने—मेक माई ट्रिप ने। और इसके भी पीछे एक उद्यमी हैं—दीप कालरा। दीप कालरा एक लोकप्रिय भारतीय व्यवसायी हैं, जो भारतीय ऑनलाइन ट्रैवल कंपनी मेक माई ट्रिप के संस्थापक और सी.ई.ओ. हैं। उन्हें भारत में ऑनलाइन यात्रा का अग्रदूत भी कहा जाता है।

उनका जन्म हैदराबाद में हुआ था और उनका पालन-पोषण दिल्ली और अहमदाबाद में हुआ। वह बचपन से ही उद्यमी बनना चाहते थे। शुरू से बहुत महत्वाकांक्षी और प्रतिभाशाली छात्र थे। उनकी प्राथमिक स्कूली शिक्षा हैदराबाद में हुई। उच्च अध्ययन के लिए वह कुछ बेहतर संस्थान चाहते थे, इसलिए दिल्ली चले गए जहां वर्ष 1990 में सेंट स्टीफंस कॉलेज, दिल्ली से अर्थशास्त्र में स्नातक की डिग्री प्राप्त की और 1992 में भारतीय प्रबंधन संस्थान अहमदाबाद से एमबीए (पीजीडीएम) की डिग्री बहुत अच्छे स्कोर के साथ प्राप्त की। वह बहुत मेहनती हैं और हमेशा खुद पर विश्वास करते हैं। उनका मानना है कि उद्यमी होना मैराथन जैसा है।

कालरा आईआईएम अहमदाबाद से स्नातक होने के बाद बैंकिंग सेक्टर में अपना

करियर बनाने के विचार से एबीएन एमरो में शामिल हो गए, जो उनकी पहेली जॉब थी, जहां उन्होंने तीन साल तक काम किया। वर्ष 1995 में 3 वर्षों तक वहाँ अपनी सेवाएँ देने के बाद इस्तीफ़ा दे दिया। इसके बाद कुछ अलग करने के लिए इन्टरनेट से जानकारी प्राप्त करने लगे। सन् 2000 में, Google और Yahoo को नई ऊंचाइयों को छूते हुए देखने के बाद और उन्होंने अपनी पत्नी की कार को ऑनलाइन बेचने की कोशिश करते हुए इंटरनेट की संभावनाओं को महसूस किया, इसी बीच उनके पास कई दूसरी बैंकों से अच्छे पैकेज वाली नौकरी के लिए ऑफर आ रहे थे लेकिन उनकी योजना ऑनलाइन माध्यम से कुछ ऐसा करने की थी जिससे आम लोगो को कुछ सहायता मिल सके।

कुछ सीखने के लिए उन्होंने एक ऐसे क्षेत्र का चुनाव किया जहां उन्हे बहुत मुश्किलों का सामना करना पड़ा। उन्होंने फिर से अपनी नौकरी अमेरिकन कंपनी "एएमएफ बोलिंग" में शुरू की और उसे भारत लाने का काम अपने हाथों में लिया। अब सबसे बड़ी समस्या भारत में कंपनी के लिए निवेश इकठ्ठा करना था, क्योंकि भारत में उन्हे कंपनी में निवेश करने के लिए निवेशक खोजना कठिन था। आख़िरकार उन्होंने काफी संघर्ष और चुनौतियों के बाद इस कंपनी से 4 वर्ष बाद इस्तीफ़ा दे दिया। क्योंकि उनका लक्ष्य अपना खुद का प्लेटफ़ॉर्म खड़ा करने का था। दीप ने वर्ष 1999 में जीई कैपिटल में अपनी नौकरी की शुरुआत की, जिसमें अधिकांश कार्य ऑनलाइन होता था। यह वो समय था जब भारत जैसे देश में इन्टरनेट अपना पैर जमा रहा था। इस कंपनी के साथ कार्य करते हुए उन्हें इंटरनेट की शक्ति का भी अंदाजा होने लगा और वह समझ गये कि देश में आने वाला भविष्य पूरी तरह इंटरनेट पर आधारित होगा। फिर उन्होंने इंटरनेट के ज़रिए कुछ बड़ा करने के बारे में विचार बनाकर इस नौकरी से भी इस्तीफ़ा दे दिया। इसके बाद अपना खुद का कुछ बिज़नेस शुरू करने के लिए उन्होंने भारतीय पर्यटन उद्योग का अध्ययन किया और पाया कि भारतीय लोगों को ऑनलाइन टिकट बुकिंग की सुविधा न होने कारण टिकट काउंटरों में घंटों लाइन लगाकर बुकिंग करवाने के लिए इंतजार करना पड़ता था, जिसमे उनका बहुत समय व्यर्थ जाता था।

उन्होने लोगों की इस समस्या को देखते हुए ऑनलाइन टिकट बुक करने के लिए वर्ष 2000 में मेक माई ट्रिप नाम से एक वेबसाइट की शुरुआत की। दीप कालरा की रात-दिन की मेहनत के कारण ही बहुत कम समय में मेक माई ट्रिप ट्रेवल कंपनी ने भारत के 47 बड़े शहरों में अपने 51 रिटेल स्टोर खोल दिए, जहाँ से लोग अपने घर बैठे ही ऑनलाइन माध्यम से अपनी योजना के अनुसार टिकट बुक करवा सकते थे। उनके जी.ई. कैपिटल, ए.एम.एफ. बॉलिंग इंक. और ए.बी.एन. एमरो बैंक में वर्षों के अनुभव के आधार पर, मेक माई ट्रिप सबसे बड़ी

ऑनलाइन ट्रैवल कंपनी बन गई है, साथ ही भारत में सबसे बड़ा ई-कॉमर्स व्यवसाय।

खोजना और भटकना किसी भी व्यक्ति की चाहतों में शामिल नहीं होता। लेकिन सारी परिस्थितियाँ हमारी पकड़ में नहीं होतीं। मेक माई ट्रिप की शुरुआत अच्छी हुई परन्तु कुछ ही दिन बाद डॉटकॉम का बुलबुला फट गया; टीम ने पूरी तरह से अपनी फंडिंग खो दी। स्थिति इतनी खराब थी कि दीप को अपनी टीम का आकार आधा करना पड़ा और अपनी कंपनी में कर्मचारियों का वेतन भी आधा करना पड़ा।

मेक माई ट्रिप उन कंपनियों में से एक थी, जो बबल बस्ट से बची रहीं। बाद में, मेक माई ट्रिप के मार्केटिंग मूल्य में लगातार वृद्धि हुई। आई.आर.सी.टी.सी. द्वारा टिकटों की ऑनलाइन बुकिंग को सक्षम करने के बाद दीप और मेक माई ट्रिप को सफलता मिली। इसका मतलब यह था कि मेक माई ट्रिप के बिजनेस मॉडल से आई.आर.सी.टी.सी. सहमत थी। व्यापार के इस नए तरीके से कंपनी के मुनाफे में वृद्धि हुई, और दीप ने अपने पोर्टफोलियो का विस्तार करने का फैसला किया और उनके ब्रांड ने पूरे भारत में यात्रा सेवाएं प्रदान करना शुरू कर दिया। आई.आर.सी.टी.सी. के साथ जुड़ाव ने अद्भुत काम किया।

इसने कंपनी की लोकप्रियता को बढ़ाया और मेक माई ट्रिप की वेबसाइट तक पहुंचने वाले दैनिक आगंतुकों की संख्या में नाटकीय रूप से वृद्धि हुई। अब हर 12 में से 1 व्यक्ति अपनी फ्लाइट टिकट मेक माई ट्रिप से बुक करता था! लगभग 2,000,000 ग्राहकों की फौज के साथ, उन्होंने वर्ष 2008 में 1000 करोड़ का आंकड़ा पार किया। उसी वर्ष, कंपनी ने 50 लाख अमरीकी डालर का मुनाफा दर्ज किया। डॉटकॉम क्रैश के प्रकोप का सामना करने वाली कंपनी के लिए यह एक बड़ा टर्नओवर था। इसने दीप कालरा और उनकी टीम को एक उद्यमी के रूप में स्थापित किया। लेकिन शायद मेक माई ट्रिप की सबसे बड़ी उपलब्धि 2010 में NASDAQ में इसकी लिस्टिंग थी। इस घटना ने इस कंपनी को पंख लगा दिया और इसे शीर्ष पर पहुँचा दिया। शुरुआत में कंपनी का टर्नओवर कुछ ज्यादा नही था पर वर्ष 2016-2017 में कंपनी का टर्नओवर बढ़कर लगभग 62 बिलियन डॉलर तक जा पहुँचा। आज यह कंपनी भारत में हज़ारो लोगों को रोजगार दे रही है। दीप अगस्त 2013 से सी.ई.ओ. के रूप में कार्य कर रहे हैं। अशोक विश्वविद्यालय संस्थापकों में से एक हैं।

दीप कालरा की कंपनी, मेक माई ट्रिप को वर्ल्ड ट्रैवल द्वारा "बेस्ट ट्रैवल पोर्टल ऑफ़ इंडिया" के रूप में मान्यता दी गई। वह नैसकॉम इंटरनेट वर्किंग ग्रुप के अध्यक्ष हैं। 2020 तक दीप कालरा की कुल संपत्ति लगभग13.6 करोड़ डॉलर आंकी गई। दीप कालरा दिखाते हैं कि

कठिन समय से कैसे गुजरना है। उनकी उपलब्धियों ने उन्हें सफलता की एक कहानी बना दिया, जिसने भारत में बदलाव पैदा किया। वैश्विक स्तर पर होने वाली किसी भी बड़ी घटना से उबरना कोई आसान काम नहीं था, इसके लिए सजग योजना, रणनीति और कुछ भाग्य की आवश्यकता होती है।

सूत्र : अगर आप लोगों की जिंदगी आसान कर सकते हैं तो आप बिजनेस के बादशाह बन सकते हैं। दीप कालरा ने यही किया। उन्होंने लोगों के समय और शांति दोनों की रक्षा की।

क्या आप जानते हैं?

डॉटकॉम क्रैश क्या है?

इसे डॉटकॉम बबल, जिसे डॉट-कॉम बूम, टेक बबल और इंटरनेट बबल भी कहा जाता है। 1990 के दशक के अंत में दुनिया भर में इंटरनेट से संबंधित कंपनियों में बड़ा उत्साह था। उनका ख़ूब विस्तार हो रहा था और लोग इन कंपनियों में बिना सोचे तेज़ी से निवेश कर रहे थे। लेकिन जितनी तेज़ निवेश बढ़ रहा था उतनी तेज इंटरनेट का प्रयोग नहीं बढ़ा दूसरी तरफ़ सन् 2000 के आस-पास कम्प्यूटर में बग आने के भय से एकाएक लोग अपना पैसा निकालने लगे जिससे बहुत सी कम्पनियाँ तबाह हो गईं।

10

क्रेड

सुरक्षा और भरोसा दोनों

कुणाल शाह

कुणाल शाह भारतीय उद्यमी हैं और क्रेड के संस्थापक हैं, जिसे भारत में दूसरा सबसे तेजी से बढ़ने वाला यूनिकॉर्न स्टार्टअप माना जाता है। यह एक क्रेडिट कार्ड समाधान प्रदाता कंपनी है, जिसकी स्थापना 2018 में की गई थी। उनकी पिछली परियोजनाएं पैसाबैक और खुदरा विक्रेताओं के लिए कैशबैक आदि हैं। इसलिए कुणाल शाह को कोई चाहे तो एक क्रमिक उद्यमी कह सकता है, जिन्होंने 2009 में अपना व्यवसाय पैसाबैक और फिर 2010 में फ्रीचार्ज शुरू किया था। 2021 में, क्रेड स्टार्टअप ने 20 करोड़ डॉलर की फंडिंग के साथ 200 करोड़ डॉलर की ऊँचाई को छुआ।

कुणाल शाह का जन्म 1983 को मुंबई में एक सामान्य पृष्ठभूमि वाले परिवार में हुआ। एक साक्षात्कार में, कुणाल शाह ने अपने जीवन में आने वाली कठिनाइयों के बारे में बात करते हुए कहा, "जब आपके पास जीवन भर पैसा न रहा हो, तो आपके लिए पैसे का जो मूल्य है, वह दूसरे लोगों से अलग होता है और आप सोचते हैं कि आप इससे दूसरों के जीवन में क्या कर सकते हैं।" कुणाल के जीवन का शुरूआती हिस्सा मुम्बई में बीता। उनका जन्म और पालन-पोषण एक गुजराती परिवार में हुआ। शाह की हमेशा से वित्त और विज्ञान में गहरी रुचि रही है। उनके परिवार का दक्षिण मुम्बई में एक दवा-वितरण का व्यवसाय था और उम्मीद की जा रही थी कि वह अपने पारिवारिक व्यवसाय में शामिल होंगे। लेकिन सभी उम्मीदों के विपरीत, उन्होंने उद्यमी बनने का फैसला किया। उन्होंने 15 साल की छोटी-सी उम्र में काम करना शुरू कर दिया और शिक्षा व करियर को एक साथ जोड़ना सीख लिया। शाह ने मुंबई के विल्सन कॉलेज से दर्शनशास्त्र में स्नातक की डिग्री प्राप्त की और फिर नरसी इंस्टीट्यूट ऑफ

मैनेजमेंट स्टडीज से एमबीए में दाखिला लिया, लेकिन उन्होंने यह डिग्री पूरी नहीं की। एमबीए छोड़ने के बाद उन्होंने कुछ आर्थिक कारणों से किशोर अवस्था में अपने करियर की शुरुआत टिस इंटरनेशनल इनकॉरपोरेटेड नाम की एक बिजनेस प्रोसेस आउटसोर्सिंग कंपनी में जूनियर प्रोग्रामर के तौर पर शुरू की। जहाँ उनकी मुलाक़ात अनेक भावी उद्यमियों से हुई। सही बात तो यह है कि उद्यमिता के प्रति उनका उत्साह वास्तव में यहीं से शुरू हुआ था। टिस इंटरनेशनल में पहली नौकरी के दौरान उन्हें संदीप टंडन का साथ मिला, जो बाद में उनके साथ "फ्रीचार्ज" के सह-संस्थापक बने। कुणाल शाह एक शादीशुदा आदमी हैं। उनकी पत्नी भावना शाह पेशेवर ग्राफिक डिजाइनर हैं। क्योंकि कुणाल शाह एक टेक्निकल आदमी हैं, इसलिए उन्होंने एक ऐसा जीवन साथी चुना जो डिजिटल दुनिया को समझती हो।

कुणाल ने 2000 से 2010 तक सी.ई.ओ. के रूप में कई कंपनियों के लिए काम किया। शाह ने बेनेट, कोलमैन एंड कंपनी लिमिटेड के सलाहकार के रूप में भी काम किया है, जो द टाइम्स ऑफ इंडिया अखबार की होल्डिंग कंपनी है। इंटरनेट और मोबाइल एसोसिएशन ऑफ इंडिया में भी सलाहकार के रूप में भी कुछ समय तक काम किया था। उन्होंने हेल्थकेयर बीमा के क्षेत्र से जुड़ी कंपनी टंडम एडवांस डिवाइस लिमिटेड के लिए भी काम किया। वह एक पार्ट टाइम एंजेल निवेशक भी हैं, जिन्होंने कुहू, अनएकेडमी, ज़िलिंगो और वूनिक जैसे स्टार्टअप्स में निवेश किया है।

पैसाबैक उनका पहला उद्यम था, जिसे उन्होंने 2009 में शुरू किया था। कंपनी ने मैकडॉनल्ड्स, बरिस्ता कॉफी, डोमिनोज, क्रोमा के साथ समझौता किया था ताकि ग्राहकों को कैशबैक की पेशकश की जा सके। लेकिन उनका यह मॉडल अन्य खिलाड़ियों, जैसे— "माई स्मार्ट प्राइस", "कूपन दुनिया" और बाकी के साथ प्रतिस्पर्धा नहीं कर सका। हालाँकि कंपनी केवल एक वर्ष तक चली, लेकिन इससे प्राप्त अनुभवों को उन्होंने बाद में फ्रीचार्ज पर लागू किया। उनका अगला उद्यम फ्रीचार्ज 2010 में शुरू हुआ जिसे उन्होंने 2015 में स्नैपडील को बेच दिया। "फ्रीचार्ज" एक सेलफोन बिल रिचार्जिंग सेवाप्रदाता कंपनी थी। उस समय इसे पेटीएम का प्रतिद्वंद्वी माना जाता है। फ्रीचार्ज हर साल 1000% की अभूतपूर्व दर से बढ़ने में सक्षम था। इस कंपनी की क़ीमत 4000 हज़ार करोड़ थी। और 2015 में स्नैपडील द्वारा अधिगृहीत किए जाने से ठीक पहले वह 3 करोड़ ग्राहकों को जोड़ चूका था। स्नैपडील द्वारा फ्रीचार्ज का अधिग्रहण उस समय तब तक भारत में दूसरा सबसे बड़ा अधिग्रहण था। यह मेक माई ट्रिप द्वारा आइबीबो के अधिग्रहण के बाद दूसरे स्थान पर आता था। अधिग्रहण के बाद, शाह के नेतृत्व में फ्रीचार्ज को एक स्वतंत्र इकाई के रूप में चलाया जाता रहा। हालाँकि, उन्होंने

अक्टूबर 2016 में यह फर्म छोड़ दी।

कुणाल शाह ने अपनी कंपनी के अधिग्रहण से मिले पैसों का उपयोग भारत और विदेशों में स्टार्टअप्स में निवेश करने के लिए किया। उन्होंने Pianta (स्वास्थ्य सेवा स्टार्टअप), Unacademy, Razorpay (अरब-डॉलर फिनटेक स्टार्टअप) सहित 80 स्टार्टअप में निवेश किया।

जब एक साक्षात्कार के दौरान कुणाल से पूछा गया कि "आपके पास कोई एक डिज़ाइनर कार क्यों नहीं है?" तो इसका उत्तर देते हुए उन्होंने कहा, "मैं नहीं जानता। मैं इसके बारे में बहुत सोचता हूँ। मुझे नहीं लगता कि मैं इसके लायक हूँ। मैं अन्य लोगों के सपनों में निवेश करना पसंद करूंगा। क्योंकि इस बात से लोगों के भाग्य बदलने की अधिक संभावना है। मैं किसी स्टार्टअप में निवेश करना पसंद करूंगा। मुझे लगता है कि मैं हमेशा इस तरह रह सकता हूँ।"

कुणाल को अपनी उद्यमशीलता की यात्रा में कई बाधाओं का सामना करना पड़ा, लेकिन उन्होंने हार मानने से इनकार कर दिया। उन्होंने यह दिखा दिया कि उद्यमी बनने के लिए आपको एमबीए की डिग्री की आवश्यकता नहीं है। बल्कि किसी भी स्टार्टअप के लिए, या किसी भी सपने व लक्ष्य को प्राप्त करने के लिए अपने आप में सिर्फ़ उच्च स्तर के साहस और विश्वास की आवश्यकता है।

कुणाल शाह ने 2018 में क्रेड की स्थापना की। क्रेड के ज़रिए कुणाल शाह ने अपने ग्राहकों के लिए हवाई जहाज के टिकट और जिम सदस्यता पर छूट की पेशकश करके अपने क्रेडिट कार्ड बिलों का भुगतान करने के लिए एक प्रोत्साहन-आधारित इनाम प्रणाली की शुरुआत की। जिसका लाभ उठाने के लिए ग्राहक को 750 या उससे अधिक का क्रेडिट स्कोर होना चाहिए। क्रेड के पास 59 लाख उपयोगकर्ताओं का ग्राहक आधार है और भारत में लगभग 20% लोग क्रेडिट कार्ड द्वारा बिल भुगतान की प्रक्रिया अपनाते हैं। क्रेड का मुख्यालय बैंगलोर में है। क्रेड ऐप की मुख्य विशेषता इनाम आधारित क्रेडिट कार्ड भुगतान है। बाद में, क्रेड ने उपयोगकर्ताओं को घर के किराए का भुगतान करने की अनुमति दी और अल्पकालिक क्रेडिट भी पेश की। कई बार कंपनी के आंकड़ों को ज्यादा बढ़ाचढ़ाकर बताने के कारण और अच्छी मुद्रीकरण रणनीति की कमी के लिए आलोचना भी झेलनी पड़ी। सन् 2021 तक कंपनी ने 59 लाख से अधिक उपयोगकर्ताओं को जोड़ा था जो भारत में सभी क्रेडिट कार्ड बिल भुगतानों का लगभग 20% था। अप्रैल 2021 तक, क्रेड ने पांच अलग-

अलग उत्पादों की पेशकश की – क्रेड रेंटलपे, क्रेडिट कैश, क्रेडिट पे, क्रेड स्टोर और क्रेड ट्रैवल स्टोर। हालाँकि 20 अगस्त, 2021 से क्रेड ने पीयर टू पीयर (पी2पी) लेंडिंग फीचर भी लॉन्च किया, जिसे क्रेड मिंट के नाम से जाना जाता है, जिसका लक्ष्य अपने 75 लाख उपयोगकर्ताओं के माध्यम से मुद्रीकरण करना है।

कुणाल शाह ने CRED को एक फिनटेक के बजाय एक विश्वासआधारित कंपनी में बदल दिया। क्रेड को शुरू करने की प्रेरणा भारतीय समाज में विश्वास के मसलों को हल करने से मिली। क्रेड 2020 से 2022 तक तीन साल के लिए इंडियन प्रीमियर लीग का आधिकारिक प्रायोजक बन गया। क्रेड अपने उपयोगकर्ताओं को क्रेड कैश, के रूप में मनी टैब के तहत तत्काल व्यक्तिगत ऋण की पेशकश कर रहा है। ऋण की अवधि 1 से 48 महीने तक है। सन् 2021 में कुणाल शाह की कुल संपत्ति 8090 लाख डॉलर थी।

सूत्र : सिर्फ़ पैसा ही नहीं, अनुभव भी एक पूँजी है, जिसका निवेश किया जा सकता है।

क्या आप जानते हैं?

क्या है फिनटेक (FinTech)?

फिनटेक, 'फाइनेंशियल टेक्नोलॉजी'(Financial Technology) का संक्षिप्त रूप है। वित्तीय कार्यों में प्रौद्योगिकी के उपयोग को फिनटेक कहा जा सकता है। दूसरे शब्दों में यह पारंपरिक वित्तीय सेवाओं और विभिन्न कंपनियों तथा व्यापार में वित्तीय पहलुओं के प्रबंधन में आधुनिक तकनीक का कार्यान्वयन है। डिजिटल पेमेंट, डिजिटल ऋण, बैंक टेक, इंश्योर टेक, रेगटेक (RegTech) क्रिप्टोकरेंसी (Cryptocurrency) आदि फिनटेक के कुछ प्रमुख घटक हैं।

11

बुक माई शो

मेरा शो. मेरा समय. मेरी सीट.

आशीष हेमराजनी

आज-कल की भागदौड़ भरी ज़िंदगी में हर आदमी के लिये अपना 'मी टाईम'(अपना समय) बहुत ज़रूरी है। इसे या तो वह अपने परिवार या दोस्तों के साथ बिताता है या फिल्म, नाटक, म्यूज़िक इवेंट या स्पोर्ट मैच देखकर। यह उसके पूरे हफ्ते की थकान मिटाकर फिर से ताज़ा कर देता है। वह आने वाले नये हफ्ते के लिये मानसिक रूप से तैयार हो जाता है। लेकिन इस पूरी प्रक्रिया में यदि कोई आपसे कहे कि आपको उस इवेंट या फिल्म की टिकट लेने में लम्बी-लम्बी लाइनों में खड़ा रहना पड़ेगा, और उसके बाद भी यह ज़रूरी नहीं कि टिकट आपको मिल ही जाए, तो आप तुरंत परेशान हो जाएँगे। आप जानते हैं कि यह कोई झूठी तस्वीर नहीं है, बल्कि एक दशक पहले यह सच में हुआ करता था। इस तस्वीर को बदलने वाले शख्स का नाम है— आशीष हेमराजनी।

आशीष हेमराजनी बुक माई शो के सह-संस्थापक व सी.ई.ओ. हैं। सन् 1999 में इन्होंने अपना बिज़नेस स्टार्टअप बिग ट्री एंटरटेनमेंट की शुरुआत की। आशीष ने अपने दो दोस्त—परिक्षित डार और राजेश बालपांडे के साथ मिलकर बिग ट्री एंटरटेनमेंट की स्थापना की। बुक माई शो इसी की एक सफल शाखा है, बल्कि आज यह जाना ही बुक माई शो की वजह से जाता है। यह भारत का सबसे बड़ा ऑनलाइन टिकट बुकिंग प्लेटफॉर्म है। यह प्लेटफॉर्म फिल्म, कॉन्सर्ट, स्पोर्ट्स इवेंट, लाइव इवेंट, नाटक आदि सभी की टिकट बेचता है।

उन्होंने अपनी ग्रेजुएशन मुंबई के मीठीबाई कॉलेज से पूरी की। सिडेनहैम कॉलेज ऑफ़ कॉमर्स एण्ड एकनॉमिक से मार्केटिंग में एमबीए की डिग्री ली। आशीष ने अपने करियर

की शुरुआत 1997 में जे. वाल्टर थॉम्पसन नामक विज्ञापन कम्पनी के साथ की। कंपनी में वह अकाउंट और क्लायंट मैनेजमेंट के क्षेत्र में काम करते थे। नौकरी करने के दो साल बाद उन्होंने नौकरी से इस्तीफा दिया और अपना बिज़नेस शुरू किया।

"इस देश में बहुत संभावनाएँ हैं, यहाँ करने के लिए बहुत कुछ है।"

उनकी उद्यमिता की यात्रा मात्र संयोग से शुरू हुई। अपनी साउथ अफ्रीका की ट्रिप के दौरान उन्होंने रेडियो पर एक जिंगल सुना, जिसमे रग्बी मैच की टिकट बेची जा रही थी। वहीं से उन्हें बिज़नेस आइडिया मिला। उन्होंने भारत वापस आकर अपनी नौकरी छोड़ी और महज 24 साल की छोटी सी उम्र में व्यवसाय की दुनिया में उतर गए। अपने कमरे में ही उन्होंने बिज़नेस का प्लान बनाया।

कुछ महीनों बाद उनका एक दोस्त उनके साथ इस बिज़नेस में जुड़ा। फिर कुछ समय बाद दूसरा दोस्त भी शामिल हुआ। असली मुश्किल तो यह थी कि उनके पास पूंजी नहीं थी। क्योंकि बिज़नेस आइडिया चाहे कितना ही अच्छा हो, उसे चलाने के लिये पैसे तो चाहिए ही। न ही उन्हें पता था कि फण्ड कैसे इकट्ठा करना है। उस समय आज की तरह इंटरनेट की सुविधा भी नहीं थी। उन्होंने एक पेज का फ़ैक्स निवेशक को भेजा, उन्हें आइडिया अच्छा लगा और उन्होंने निवेश करने का वादा किया।

आज बिग ट्री एंटरटेनमेंट भारत की प्रमुख व व्यापक मनोरंजन टिकटिंग एप्लिकेशन और विश्लेषण समाधान प्रदाता कम्पनी है। बुक माई शो भारत की सबसे बड़ी एंटरटेनमेंट टिकटिंग वेबसाइट है तथा भारत में पहली बार ऑनलाइन टिकट का कांसेप्ट भी इन्हीं के माध्यम से आया है। वरना इससे पहले तक लोग घंटों सिनेमा घरों या किसी इवेंट की टिकट के लिए लाइन लगा कर खड़े रहते थे और उनका नम्बर आने पर टिकट मिलेगी भी या नहीं यह निश्चित नहीं होता था। बुक माई शो ने हमारी इस समस्या का समाधान कर दिया। इसके ज़रिए हम घर बैठे-बैठे एप या वेबसाइट के जरिये टिकट बुक कर सकते हैं। आज ऑनलाइन टिकट के व्यवसाय में 90% का व्यवसाय बुक माई शो का है। यह वेबसाइट 4 देशों में सफलता के साथ चल रही है तथा 16 लाख से अधिक ग्राहक इसके साथ जुड़े हुए हैं। अपनी स्थापना के 10 वर्ष के अन्दर ही बुक माई शो ने ऑनलाइन एंटरटेनमेंट टिकिटिंग के क्षेत्र में 70% से भी अधिक मार्केट शेयर हासिल कर लिया। इसका मुख्यालय मुंबई में है।

कंपनी की सफलता का अन्दाजा इस बात से लगाया जा सकता है कि भारत के सबसे लोकप्रिय स्पोर्ट इवेंट आईपीएल की टीम मुंबई इंडियन का यह ऑफिशिअल टिकट

बुकिंग पार्टनर है। साथ ही देशभर में आयोजित कई बड़े-बड़े कार्यक्रमों की टिकट बेचता है। साथ ही अब तक इस एप को 30 लाख से अधिक बार डाउनलोड़ किया जा चुका है, प्रतिमाह इससे 10 लाख से अधिक टिकट बुक किये जाते हैं और एक महीने में 3 करोड़ से अधिक बार इस पेज़ को देखा जाता है। टिकट बिक्री के मामले में इवेंट टिकट का बाजार प्रतिवर्ष लगभग 1500 करोड़ रुपये का है, जिसमें इवेंट्स और स्पोर्ट्स आदि आते हैं। आशीष कहते हैं कि "यूनिकॉर्न कमबख्त एक पौराणिक जानवर है। यह अस्तित्व में नहीं है। यह एक सींग वाला घोड़ा है और यह बदसूरत है। जब मुझसे पूछा गया कि क्या BookMyShow कभी यूनिकॉर्न होगा, तो मेरा जवाब था कि मुझे नहीं पता। लेकिन मुझे पक्का पता है कि हम तिलचट्टे हैं। हम बचे हैं, हम एक परमाणु प्रलय से भी बच सकते हैं। आप हमें माइक्रोवेव में रख दें और हम वहाँ भी बच जाएंगे। मैं किसी और चीज की परवाह नहीं कर सकता था।"

बुक माई शो को स्थापित हुए दो दशक से अधिक का समय हो गया है। इन दो दशकों में यह बिज़नेस कई मुश्किल परिस्थितियों से भी गुज़रा। वर्ष 2001 में डॉट कॉम के क्रैश के बाद भारत में मार्केट पूरी तरह बदल गया। 2002 से 2006 तक इस व्यापार को कोई निवेशक नहीं मिला था, जिसके कारण आशीष और उनकी टीम को अनेक दिक्कतों का सामना करना पड़ा था। उनके कई प्रतिस्पर्धियों ने अपना बिज़नेस ही बन्द कर दिया। आशीष भी एक बड़े से ऑफिस से दोबारा एक कमरे में आ गये थे।

"जब मैंने 1999 में दो दोस्तों के साथ बुक माई शो की स्थापना की, तो हमारे सामने लगभग 15 प्रतिस्पर्धी थे। फिर 2001-02 में डॉटकॉम दुर्घटना के बाद कई प्रतिस्पर्धी मार्केट से हट गए और फिर 2007 में जब बाजार बदल गया, तो हमारे कुछ और प्रतिस्पर्धी कम हो गये। सन् 2008 तक, लेहमैन संकट होने पर और कम हो गये।"

मार्च 2007 में नेटवर्क-18 ने बुक माई शो में निवेश किया। वर्ष 2012 में एक्सेल पार्टनर्स ने 100 करोड़ का निवेश किया। जून 2014 में सैफ पार्टनर्स ने 150 करोड़ रुपयों का निवेश किया। जिसने बुक माई शो की कीमत को 1000 करोड़ रुपये तक पहुंचा दिया। अब तक कंपनी ने 3 बार में 4 निवेशकों से 124.5 लाख डॉलर लिए हैं। आशीष की कुल पूँजी 3000 करोड़ रुपये है।

सूत्र : आपका ध्यान केवल ग्राहकों तक सर्वश्रेष्ठ वस्तु पहुँचाने पर होना चाहिए न कि किसी और चीज़ पर। उन लोगों की तरह व्यवहार करना बंद कीजिए जो सिर्फ़ निवेश और कमाई के बारे में सोचते रहते हैं। एक उद्यमी के रूप में आपका दायित्व एक अच्छे उत्पाद का निर्माण करना है,

जो अंतिम उपयोगकर्ताओं को खुश और संतुष्ट कर सके। बस यही आपका दायित्व है, इसका पालन करें। आप ग्राहकों का ध्यान रखेंगे तो यह सब अपने आप हो जाएगा।

-आशीष हेमराजनी

क्या आप जानते हैं?

क्या है यूनिकॉर्न ?

यूनिकॉर्न बाज़ार में एक बिलियन डॉलर से अधिक की पूँजी वाले किसी निजी स्टार्टअप कंपनी के लिए प्रयोग किया जाने वाला शब्द है। इसे ऐलीन ली नाम के उद्यमी ने 2013 में गढ़ा और लोकप्रिय किया। इसका प्रतीक एक सींग वाला घोड़े जैसा मिथकीय पशु है।

12

नायका

आपकी सुन्दरता, हमारा ज़ुनून

फाल्गुनी नायर

अगर आपके भीतर लगन और जज़्बा हो तो आप हर मुक़ाम को हासिल कर सकते हैं, फिर चाहे वह मुक़ाम कितना भी बड़ा क्यों न हो। फाल्गुनी नायर ब्यूटी और लाइफस्टाइल रिटेल कम्पनी 'नायका' की संस्थापक और सी.ई.ओ. हैं। नायका का नाम आज देश की सबसे बड़ी कम्पनियों में शुमार है। नायका स्टॉक एक्सचेंज में प्रवेश करने वाली भारत की पहली ऐसी कंपनी है, जिसका नेतृत्व एक महिला करती है। नायका आज फैशन बाज़ार में उभरता हुआ बड़ा नाम है। अपने बूते और मज़बूत इरादों के साथ फाल्गुनी ने अपने करियर की शुरूआत की थी और आज वह देश की सबसे अमीर महिलाओं में शुमार हैं। वह न सिर्फ़ साधारण महिलाओं के लिए प्रेरणास्त्रोत बनी हैं, बल्कि उद्योग जगत की महिलाएँ भी आज उनका अनुसरण कर रही हैं। फाल्गुनी सेल्फ़ मेड अरबपति महिला हैं। उन्होंने अपने करियर को स्वयं अपने बूते पर इस ऊँचाई तक पहुँचाया। देश के बड़े घरानों और कारोबारियों की बात करें तो उनके बनने और इस ऊँचाई तक पहुँचने में पीढ़ियों का समय लगा है। लेकिन फाल्गुनी इस धारणा को गलत सिद्ध करते हुए सिर्फ़ अपनी मेहनत से देश की अरबपति महिलाओं की लिस्ट में शामिल हो गईं।

फाल्गुनी नायर का जन्म 1963 में मुंबई शहर के एक गुजराती परिवार में हुआ। उनके पिता की खुद की एक बॉल-बेयरिंग कंपनी थी। फाल्गुनी ने बिजनेस की गहराइयाँ और बारीकियां बचपन से घर में सुनी और समझी। उनके घर में लोग अक्सर शेयर बाज़ार और बिजनेस की ही बातें किया करते थे। घर पर उन्हें हमेशा से बराबरी का माहौल मिला। उनके माता-पिता ने उन्हें हमेशा से एडवेंचरस होना सिखाया।

फाल्गुनी नायर शुरू से ही एक मेधावी छात्रा रहीं। इंटरमीडिएट करने के बाद उन्होंने मुंबई विश्वविद्यालय से इकोनॉमिक्स व कॉमर्स स्ट्रीम से ग्रेजुएशन पूरी की। इसके बाद उन्होंने भारत के सबसे प्रतिष्ठित मैनेजमेंट कॉलेज आई.आई.एम. अहमदाबाद से अपनी एमबीए की डिग्री पूरी की।

फाल्गुनी नायर का शुरुआती करियर भी आम नौकरी पेशा महिलाओं की तरह ही था। उन्होंने ए.एफ. फर्ग्यूसन एन्ड कंपनी से अपने करियर की शुरूआत की। फिर कोटक महिंद्रा बैंक के साथ करीब 18 साल तक जुड़ी रहीं। उस समय फाल्गुनी कोटक महिंद्रा इन्वेस्टमेंट बैंक की प्रबंध निदेशक के पद पर थीं। इसके अलावा वे कोटक सिक्योरिटीज में निदेशक के पद पर भी रह चुकी थीं। हालांकि अपने करियर के चढ़ाव पर ही उन्होंने कोटक महिंद्रा को छोड़ने का फैसला लिया और खुद को एक उद्यमी के तौर पर बाजार के सामने पेश किया।

कोटक को अलविदा कहने के बाद फाल्गुनी ने "नायका" के रूप में 2012 में अपने जीवन के दूसरे अध्याय की शुरुआत की। नायका ब्यूटी और पर्सनल केयर से जुड़ी कंपनी है। जब उन्होंने नायका की शुरुआत की तो उस समय भारतीय बाज़ार में महिलाओं के पास ऐसा कोई भी विकल्प उपलब्ध नहीं था। अपने करियर के शुरुआती दौर में फाल्गुनी देश से बाहर रहीं। 'नायका' बनाने से पहले फाल्गुनी ने जापान और कोरिया के बाजारों पर शोध किये, जिससे उन्हें फैशन इंड्रस्ट्री में उतरने की प्रेरणा मिली।

फाल्गुनी के अनुसार "बाजार किसी रोलर कोस्टर की तरह है, तो ज़रूरत यह है कि बाज़ार मंदा होने पर भी आपको उतना ही स्ट्रॉग और बढ़िया रहना चाहिए जितना आप बाज़ार के बेहतरी के समय पर थे, लेकिन अगर यह लगातार नीचे है तो यह नीचा ही है, फिर वहाँ न जाएँ।"

फाल्गुनी अपने बिजनेस आइडिया के लिए कड़ी मेहनत करती हैं। नायका की शुरुआत उन्होंने छोटे स्तर से ही की थी लेकिन आज बाज़ार में नायका न सिर्फ़ अरबों की कमाई कर रही है, बल्कि कस्टमर का विश्वास भी पा रही है।

"थिंक बिग बट स्टार्ट स्मॉल" को लेकर चलने वाली फाल्गुनी आज शेयर बाज़ार की नई बिलेनियर हैं। ब्यूटी जगत फाल्गुनी के लिए एक नई दुनिया था, लेकिन उन्होंने महिलाओं की ज़रूरतों को समझा और इसे मार्केट में उतारा दिया। शुरुआती दौर में नायका ने कई छोटे-बड़े ब्रांड के सामानों की बिक्री की, लेकिन बाद ने उन्होंने अपना खुद का ब्यूटी और पर्सनल

केयर ब्रांड खड़ा कर दिया। आज नायका के 35 स्टोर हैं। इतना ही नहीं नायका के पास नायका फैशन, एसेसरीज़, फैशन से जुड़े प्रोडक्ट्स हैं और 4000 से ज़्यादा ब्यूटी, पर्सनल केयर और फैशन ब्राण्ड शामिल हैं।

फाल्गुनी नायर ने नायका की शुरुआत 50 साल की उम्र के बाद उस समय में की जब अधिकतर लोग खुद को रिटायर्ड समझने लगते हैं। उन्होंने 50 वर्ष की उम्र में अपनी बेहतरीन नोकरी छोड़कर खुद के बिजनेस का सपना देखा और उसे अपने बूते पर आसमान तक ले गईं। नायका देश की इकलौती ऐसी यूनिकॉर्न कंपनी है, जिसकी अगुवाई एक महिला कर रही है।

फाल्गुनी कहती हैं, "औरतों को अपने लिए एक सपना रखना सीखना चाहिए, अगर आपके पास अपने लिए एक सपना होगा तो जीवन आपके लिए सुंदर हो जाएगा।"

फाल्गुनी ने जब नायका को शुरू किया वह ब्यूटी प्रोडक्ट्स के बारे में बहुत नहीं जानती थीं। लेकिन उनके पास एक नया सपना मौजूद था। उनके लिए नायका सिर्फ़ पैसा बनाने भर का जरिया नहीं है, बल्कि एक संस्था को खड़ा कर वह उसके लिए एक टारगेट ऑडियंस को भी तैयार करना चाहती हैं। नायका के माध्यम से फाल्गुनी हर औरत को जीवन नायक की तरह खड़ा करना चाहती हैं।

नायका संस्कृत से लिया गया शब्द है। जिसका अर्थ होता है—प्रमुख किरदार निभाने वाली अभिनेत्री। "नायका शुरुआत में सिर्फ़ ऑनलाइन प्रोडक्ट्स ही बेचता था लेकिन बाज़ार को देखते हुए इसकी अगली कड़ी के रूप में इसे स्टोर्स के रूप में आगे बढ़ाया गया। नायका के ऑनलाइन प्लेटफॉर्म पर 1200 से ज्यादा ब्रांड के 7 लाख से ज्यादा प्रोडक्ट मौजूद हैं। नायका में इन्वेस्ट करने वालों में आलिया भट्ट और कटरीना कैफ़ भी शामिल हैं। फाल्गुनी के पास नायका की आधी हिस्सेदारी है। शेयर मार्केट में फाल्गुनी की नेटवर्थ बढ़कर 6.5 बिलियन डॉलर के करीब है। करीब 60 मिलियन लोग प्रतिदिन नायका की साइट तक आते हैं।

नायका में फाल्गुनी 1600 से अधिक लोगों की टीम को लीड करती हैं। नायका की टीम कम समय में खड़ी की गई टीम थी। शुरुआती दौर में इसमें लगभग सभी नए लोग शामिल हुए थे। समय-समय पर टीम के सदस्यों के छोड़कर जाने या कारोबार की समझ कम होने के कारण नायका ने भी अपने क्षेत्र में बहुत उतार चढ़ाव देखे। नायका में काम करने वाले लोग टीम के तौर पर नए हैं। वे नियमित रूप से हर जटिल परिस्थिति में एक दूसरे का हौसला बढ़ाने का काम करते हैं। दअरसल नायका निवेशक आधारित बिजनेस मॉडल पर चलने वाली ई-

कॉमर्स कंपनी है। नायका बेचे जाने वाले उत्पादों को सीधे निर्माताओं से खरीदता है और इसे नई दिल्ली, मुंबई और बैंगलोर में अपने गोदामों में संग्रहित करता है। इसके तमाम उत्पाद ऑनलाइन और ऑफ़लाइन स्टोर पर उपलब्ध रहते हैं। कॉस्मेटिक एक ऐसा उद्यम है, जिसमें खरीदे गए उत्पादन और बेचे गए उत्पाद के बीच लाभ की संभावना बहुत ज़्यादा है। क्योंकि नायका अपने उत्पाद सीधे निर्माताओं से लेता है। तो इस तरह इसका बड़ा फ़ायदा कम्पनी को पहुँचता है। नायका के पास सस्ते उत्पादनों से लेकर महंगे उत्पाद मौजूद हैं, जो हर तबके की महिलाओं को आकर्षित करते हैं। साथ ही साथ नायका अपने उत्पाद को स्वयं भी बनाता है, जिससे उसका बाज़ार अब ओर बढ़ गया है। नायका उपभोक्ता के विश्वास पर काम करता है। साथ ही वह अपने काम करने वालों को भी साथ लेकर चलने वाली कम्पनी है। इस रूप में फाल्गुनी नायर न सिर्फ़ नायका को विश्वसनीय बनाती हैं, बल्कि वे अपने उद्यम को भी नई ऊंचाईयों पर ले जा रही हैं।

"आप अपने जीवन का केंद्र बिंदु खुद हैं। औरतें अपने परिवार के लिए अपने करियर को त्याग देती हैं", लेकिन वह कहती हैं, "आप अपने जीवन के सबसे महत्वपूर्ण व्यक्ति हैं और जीवन उसी तरह चलता है जैसे आप उसे चाहेंगी, सपने देखें और उन्हें पूरा करें।"

फाल्गुनी नायक एक सशक्त महिला हैं, वह बाज़ार में सिर्फ़ काम करने के मकसद से नहीं उतरीं, बल्कि इस मकसद से भी उतरीं ताकि बता सकें कि औरतें अगर ठान लें तो उनके लिए कुछ भी करना मुश्किल नहीं है। लेकिन पहले उन्हें सपने देखने की ज़रूरत है।

क्या आप जानते हैं?

लक्मे का मतलब क्या है ?

भारत के लोकप्रिय सौन्दर्य प्रसाधन ब्रांड लक्मे का मतलब है--लक्ष्मी। लेकिन यह संस्कृत या हिंदी का शब्द नहीं है। यह फ्रेंच भाषा का शब्द है।

12

ओयो

और क्या चाहिए

रितेश अग्रवाल

सफलता पाने की कोई उम्र नहीं होती। व्यक्ति निश्चय कर ले और जी-जान से उसके प्रति समर्पित हो जाए तो वह कभी भी सफल हो सकता है। ऐसा ही एक नाम है—रितेश अग्रवाल। जिन्होंने बहुत कम उम्र में बड़ी सफलता अर्जित की और हम सभी को एहसास कराया कि कड़ी मेहनत से सपनों को भी हकीक़त में बदला जा सकता है।

रितेश अग्रवाल का जन्म 1993 को ओडिशा राज्य के कटक में एक व्यवसायी परिवार में हुआ और उनका पालन-पोषण टिटिलागढ़ में हुआ। रितेश अग्रवाल ओयो रूम्स के सीईओ और संस्थापक हैं। रितेश ने उड़ीसा के रायगडा में सेक्रेड हार्ट स्कूल में पढ़ायी की। उनकी माँ एक हाउस-वाइफ हैं। उनके अलावा परिवार में तीन और भाई-बहन हैं। रितेश अपने भाई बहनों में सबसे छोटे हैं।

स्कूल छोड़ने से लेकर अरबपति बनने तक के रितेश का सफ़र काफी प्रेरणास्पद है। मात्र 25 वर्ष में रितेश अग्रवाल दुनिया की सबसे किफायती होटलों की श्रृंखला बना डाली। उन्होंने 20 साल की उम्र में दुनिया भर में किफायती होटलों की तलाश करने वाले लोगों के लिए एक समाधान बनने से अपनी यात्रा शुरू की और इस लक्ष्य के पीछे आज इतने आगे निकल आए हैं कि एकबारगी किसी को विश्वास नहीं होता।

रितेश को बहुत छोटी उम्र से ही कंप्यूटर से प्रेम था। उन्होंने महज 10 साल की उम्र में कोडिंग शुरू कर दी थी। उनका एक और जुनून था— दुनियाभर में यात्रा करना। भारतभर में यात्रा करने के दौरान उन्हें पता चला कि भारत में अच्छी सेवाएं प्रदान करने वाले किफायती

होटलों की बहुत आवश्यकता है। किफायती होटल, जो एसी, वाई-फाई, आरामदायक बिस्तर और नाश्ते की सुविधा भले प्रदान न करते हों लेकिन इन्हें बुक करने के लिए किसी को सोचना न पड़े। इस समस्या ने उन्हें कुछ करने के लिए प्रेरित किया। इस तरह उन्होंने प्रौद्योगिकी के प्रति अपने जुनून और यात्राओं में अपनी रूचि को एक साथ जोड़ दिया। शुरुआत में उनके लिए यह मुश्किल था, क्योंकि उन्हें उद्यमिता के बारे में कुछ भी नहीं पता था। रितेश ने अपनी कंपनी को आगे बढ़ाने लिए थेल्स फेलोशिप का उपयोग किया। इसके लिए उन्होंने pay pal कंपनी के सह–निर्माता थेल्स के द्वारा रखी गई एक प्रतियोगिता में अपने इस आईडिया को रखा और किस्मत से उन्हें इस प्रतियोगिता में दसवां स्थान मिला और अपनी कंपनी के लिए 65 लाख की फेलोशिप भी मिली।

उद्यमिता कोई मंज़िल नहीं है। यह यात्रा है, जहां हमेशा कुछ न कुछ सीखते रहना है और अपने ज्ञान और कौशल में सुधार करना है। रितेश ने ओरावेल स्टेज़ को लॉन्च करके अपनी यात्रा शुरू की, जिससे लोगों को अपने आस-पास किफायती होटल खोजने और बुक करने में मदद मिली। किफायती होटलों की यह निर्देशिका यात्रियों को 'पॉकेट-फ्रेंडली' होटल खोजने में मदद कर रही थी, लेकिन यह उस उद्देश्य की पूर्ति नहीं कर रही थी जिसके लिए रितेश ने यह कंपनी शुरू की थी।

जल्द ही उन्हे समझ आ गया कि इस समस्या को हल करने के लिए उन्हें सुविधा और सेवा के बारे में गहन शोध करने की आवश्यकता है, इसलिए उन्होंने पूरे भारत की यात्रा शुरू की और लगभग सैकड़ों होटलों का दौरा किया। इस सब के बाद, उन्होंने पाया कि सेवा उद्योग में प्रमुख समस्याएं उनमें किसी मानक और निश्चितता अभाव है, इसलिए उन्होंने OYO की मदद से इन समस्याओं को कम करने का फैसला किया। इसके बाद रितेश ने अपने पुराने बिजनेस मॉडल को अपडेट किया और इसे एक बेहतर बिजनेस मॉडल में बदल दिया, जिसे अब ओयो रूम्स के नाम से जाना जाता है। उन्होंने पूरे भारत में 1000 से अधिक होटलों में मानक सुविधाओं के साथ किफायती कमरे उपलब्ध कराना शुरू किया, जबकि OYO का इनमें से अपना कोई होटल नहीं था। इस कॉन्सेप्ट ने रितेश अग्रवाल को 23 साल की उम्र में ही अरबपति बना दिया था।

अक्सर ऐसा होता है की सफ़लता की राह में हमें कुछ परेशानियों और विवादों का भी सामना करना पड़ता है। इस मामले में रितेश में इससे अछूते न रहे। उन्होंने ओरावेल में अपने सह-संस्थापकों और कर्मचारियों के साथ कठिन वक़्त भी बिताया, उनके ऊपर कई तरह के आरोप भी लगे। लोगों ने आरोप लगाया कि रितेश झूठे हैं और वह कोई कोडिंग नहीं कर

सकते। सितंबर 2019 में, बेंगलुरु पुलिस ने एक व्यवसायी की शिकायत के बाद धोखाधड़ी और आपराधिक विश्वासघात के लिए रितेश और उसके दो प्रतिनिधियों के खिलाफ मामला दर्ज किया। एक पूर्व सैनिक नटराजन वी. आर. एस. ने अपनी शिकायत में कहा कि उन्होंने जून 2017 में रितेश अग्रवाल के साथ एक समझौता किया कि ओयो उन्हें बुकिंग देगा और बदले में 20% हिस्सा लेगा और उन्हें 80% मिलेगा। लेकिन अग्रवाल और उनके प्रतिनिधियों ने 20% के बजाय 80% हिस्सा ले लिया था। उन्होंने रितेश और उनके प्रतिनिधियों पर उनसे धोखाधड़ी करने का आरोप लगाया।

14 सितंबर 2020 को, मोहाली पुलिस ने चंडीगढ़ के एक व्यवसायी की शिकायत पर रितेश अग्रवाल के खिलाफ 'धोखाधड़ी और आपराधिक साजिश' का मामला दर्ज किया। उसकी शिकायत में पीड़ित ने आरोप लगाया कि रितेश और उसकी टीम ने उसे अवैध रूप से और आपराधिक इरादे से एक व्यापार समझौते से धोखा दिया। इन बातों में कितनी सच्चाई है इसकी पुष्टि हम नहीं कर सकते। लेकिन उद्यमिता के रास्ते पर आक्षेप भी मिलते ही हैं। इन सभी विवादों के बाद भी रितेश अपने रास्ते पर बढ़ते गये, उन्होंने कभी पीछे मुड़कर नहीं देखा।

रितेश अग्रवाल के बारे में कुछ ऐसी बातें हैं जो बहुत कम लोगों को पता हैं। वह महज 13 साल की उम्र में सिम कार्ड बेचते थे। जब ज्यादातर बच्चों को यह भी नहीं पता होता कि क्या करना है तब 17 साल के रितेश ने कॉलेज छोड़ दिया और एक उद्यमी बनने के अपने सपने को आगे बढ़ाने निकल पड़े। जनवरी 2013 में ओयो रूम्स अस्तित्व में आया और तबसे रितेश बढ़ते ही गए।

रितेश की इस सफलता से सीख मिलती है कि हम सभी अपने सपनों को सच्चाई में बदल सकते हैं। हमें अपने ज्ञान को हमेशा महत्त्व देना चाहिए। अपने पसंदीदा क्षेत्र के बारे में सीखते रहना और उसमें विशेषज्ञ बनना चाहिए। अपनी गलतियों को स्वीकार करने और भविष्य में सुधार करने की कोशिश करनी चाहिए। सफल होने के लिए कड़ी मेहनत के साथ धैर्य के महत्त्व को भी समझना चाहिए।

सूत्र : किसी भी समाज में उपभोक्ताओं का आर्थिक स्तर, चाहत और एक ही चीज़ के उपयोग का ढंग भिन्न-भिन्न होता है। इसका मतलब यह होता है कि बाज़ार में कोई चीज़ या मॉडल कितना भी लोकप्रिय हो लेकिन नयी चीज़ों की गुंजाइश हमेशा बनी रहती है। ज़रूरत होती है उस सबसे बच रहे उस अंतराल को पहचानने की। ओयो ने निम्न आयवर्ग की ज़रूरतों को पकड़ा और उसके लिए एक व्यवस्थित संरचना दे दी।

क्या आप जानते हैं?

OYO का मतलब जानते हैं?

यह *On Your Own* का शॉर्ट फॉर्म है। अर्थात आप इस रूम का मनचाहा उपयोग कर सकते हैं। इसकी यह व्याख्या भारत के निम्न आयवर्ग के ग्राहकों को सुविधा के साथ आत्मविश्वास देता है।

14

लेंसकार्ट

विज़न टू इंडिया

पीयूष बंसल

मनुष्य की आँखें खिड़की की तरह होती हैं। जैसे खिड़की खोलते ही हमें कमरे के बाहर की सारी चीज़ें दिखने लगती हैं, उसी तरह आँखें खोलते ही हम इस दुनिया से रूबरू होते हैं। शरीर का हर अंग ज़रूरी है, लेकिन आँखों का किसी के साथ कोई मुक़ाबला नहीं है। आँखें मनुष्य को बाहरी दुनिया से जोड़ती हैं। परन्तु तब क्या हो जब इन्हीं आँखों में दिक्कत आ जाए? नज़र का कमज़ोर होना, आज हर दूसरे व्यक्ति की समस्या है। इंटरनेट के विस्तर के साथ तमाम ऑनलाइन सुविधाएं भी आईं। तमाम ई-कॉमर्स कम्पनियाँ खुलीं, जो लोगों की समस्याओं का समाधान करने में लगी हुई हैं। ऐसे में एक ई-कॉमर्स कम्पनी ऐसी भी है, जिसने लोगों की आँख सम्बंधी समस्याओं को समझकर घर बैठे चेकअप और स्टाइलिश फ्रेम तक पहुँचाने की सुविधा दे दी। इसके पीछे थे—पीयूष बंसल। उनकी ई-कॉमर्स कम्पनी 'लेंसकार्ट डॉट कॉम' अपने ग्राहकों को चश्मा पहना रही है। इस तरह लेंसकार्ट देश का सबसे बड़ा ऑनलाइन चश्मा घर है।

पीयूष बंसल लेंसकार्ट के सीईओ और संस्थापक हैं। इनका जन्म अप्रैल, 1985 को नई दिल्ली में हुआ था। इन्होंने मेकगिल यूनिवर्सिटी, कनाडा से इलेक्ट्रिकल इन्जीनियर की डिग्री ली थी। इसके बाद माइक्रोसॉफ्ट में काम करना शुरू किया। वह हमेशा से वहाँ काम करना चाहते थे। कॉलेज के दौरान उन्होंने वहाँ इंटर्नशिप भी की थी। बिल गेट्स उनके लिए रोल मॉडल थे। वह माइक्रोसॉफ्ट में एमएस ऑफिस पर काम करते थे और ग्राहकों की समस्याओं को दूर करने के लिए तथा उन्हें बेहतर अनुभव देने के लिए, लगातार सॉफ्टवेयर का सुधार करते थे। लेकिन कुछ बड़ा करने की इच्छा निरंतर उनके मन में बनी रहती। 2008 में

पीयूष यह नौकरी छोड़कर भारत आ गये। एक स्टेबल नौकरी छोड़ कर आना, उनके परिवार के समझ से बाहर था। परिवार और मित्रों ने खूब समझाया पर पीयूष नहीं माने। वह अपना स्टार्टअप शुरू करना चाहते थे। उन्होंने कई सफल स्टार्टअप शुरू भी किये लेकिन कुछ बड़ा करने की चाहत उनके अन्दर हमेशा रही, और इसी चाहत ने उन्हें लेंसकार्ट तक पहुँचाया।

उन्होंने अपने गराज को ही ऑफिस में बदल दिया। क्योंकि एक मध्यवर्गीय परिवार से आने के कारण उनके पास इतना पैसा नहीं था कि कोई ऑफिस खरीद सकें। नौकरी से कमाए गये पैसे उनके बिज़नेस के लिये थे। उन्होंने ई-कॉमर्स कम्पनी की शुरूआत की। छात्रों के लिए आवास, पुस्तकें, पार्ट टाइम जॉब आदि खोजने वाली क्लासीफाइड वेबसाइट सर्च माय कैंपस डॉट कॉम लॉन्च किया। उस समय तक उनके पास कोई खास बिज़नेस प्लान नहीं था। सिर्फ़ थोड़ा बहुत माइक्रोसॉफ्ट में काम करने का अनुभव भर था। लेकिन वहाँ से उन्होंने इतना तो ज़रूर सीखा था कि यदि ग्राहक की ज़रूरतों को समझकर और उन्हें पूरा करें तो बिज़नेस अपने आप खड़ा हो जाता।

भारत में जब ऑनलाइन सेल बढ़ने लगी तो 2010 तक उन्होंने चश्मा, आभूषण, घड़ी और बैग की ऑनलाइन सेल के लिए लॉन्च की—लेंसकार्ट डॉट कॉम। जिसके पोर्टफोलियो में ज्वैलरी डॉट कॉम, वाचकार्ट डॉट कॉम और बैग्स डॉट कॉम। मतलब शुरुआत में लेंसकार्ट इतनी तरह की चीज़ें बेचता था। लेकिन लेंसकार्ट का कस्टमर फीडबैक देखते हुए उन्होंने अपना पूरा फोकस चश्में की तरफ़ कर लिया।

उन्हीं दिनों उन्होंने एक खबर पढ़ी कि हिन्दुस्तान को दुनिया का 'ब्लाइंड कैपिटल' कहा जाता है। पूरी दुनिया के 40% अन्धे व्यक्ति भारत में रहते हैं। तब उन्होंने सोचा कि शायद यह एक ऐसी समस्या है, जिस पर ध्यान देना चाहिए। इसी समस्या ने उनके बिज़नेस प्लान को जन्म दिया। जिससे 2010 में लेंसकार्ट की शुरुआत हुई।

पीयूष ने अपने बिज़नेस पार्टनर अमित चौधरी और सुमीत कपाही के साथ मिलकर 2010 लेंसकार्ट को स्थापना की। शुरुआती दिनों में वे केवल कॉन्टैक्ट लेंस बेचते थे। मार्च 2011 तक आते-आते इन्होंने चश्मे और सनग्लासेस बेचना शुरू कर दिया। अपने एक इंटरव्यू में पीयूष कहते हैं कि हमने लेंसकार्ट की शुरूआत भारत को सही विजन देने के उददेश्य से की है। लेंसकार्ट 15000 से ज्यादा आँखों का परीक्षण रोजाना करता है। यह जाँच नि:शुल्क होती है। पीयूष का दावा है कि वे 70 फीसदी कम मूल्य पर लोगों को अच्छी कंपनियों के ब्रांडेड फ्रेम और कान्टेक्ट लेंस उपलब्ध करवा रहे हैं। ग्राहक को एक साल की वारंटी और 14 दिन में

बिना पूछताछ के रिटर्न जैसी सुविधा लेंसकार्ट उपलब्ध करवाता है। पीयूष यह भी कहते हैं कि हम अपने ग्राहकों की ज़रूरतों को समझते हैं और उन्हें पूरा करके ग्राहकों को सरप्राइज करते हैं। यही लेंस कार्ट को सफल बनाता है।

लेंसकार्ट की शुरुआत हुये एक दशक से ज़्यादा का वक़्त हो गया है। पीयूष बंसल अब अपने बिज़नेस को लेकर ग्लोबल मार्केट में जाना चाहते हैं और विश्व में जिस भी व्यक्ति को चश्मे की ज़रूरत है, उन्हें चश्मा पहनाना चाहते हैं।

आज लेंसकार्ट में 4000 से ज़्यादा लोग काम करते हैं। कंपनी के पूरे देश में 500 से अधिक स्टोर हैं। 2019 में Lenskart ने 1.5 करोड़ डॉलर की कुल पूँजी के साथ यूनिकॉर्न क्लब में प्रवेश किया। मार्च 2020 में कंपनी ने अपनी बिक्री को 486 करोड़ रुपये से दोगुना करके 1,000 करोड़ रुपये कर लिया। कंपनी अपने मुख्य प्रतिद्वंदी टाइटन को भी पीछे छोड़ने में सफल रही। पीयूष की कड़ी मेहनत और दृढ़ संकल्प ने लेंसकार्ट को नई ऊंचाइयों तक पहुंचा दिया। पीयूष बंसल नये व्यवसायिओं को समझाते हुए कहते हैं:

"आपका फोकस ग्राहक की समस्याओं पर होना चाहिए। और समस्या ऐसी नहीं जो केवल आपको दिख रही हो, वह सबको दिखनी चाहिए। और उस समस्या को आप थोड़ा बहुत नहीं, पूरे तरीके से सुलझाने की कोशिश करें तो बिज़नेस प्लान अपने आप ही बन जायेगा। आपको जैसा बिज़नेस बनाना है, आपको खुद वैसा ही बनना पड़ेगा। ज़ुनून की सबसे ज़रूरी चीज़ है।"

आपके अन्दर अपना बिज़नेस बनाने के लिए पैशन होना चाहिए। शुरुआत में बहुत सी मुश्किलें भी आएँगी। हार भी मिलेगी, लेकिन आपका पैशन ही आपको निरंतर आगे बढ़ने के लिए मजबूत बनाएगा। वह यह भी कहते हैं कि कोई भी बिज़नेस केवल आपके दम पर खड़ा नहीं हो सकता है। उसका एक एक कर्मचारी उस बिज़नेस को सफल बनाने में योगदान देता है।

सूत्र : चश्मा ज़रूरत नहीं, फ़ैशन है!

भारत में आँखों पर चश्मा लगना कभी सम्मानजनक बात नहीं थी। लोग इसे मज़बूरी और ज़रूरत समझते थे। लेकिन लेंसकार्ट ने इस ज़रूरत को फ़ैशन में बदल दिया। अब लोग चश्मा लगाते हैं— देखने के लिए नहीं, दिखने के लिए। हर पार्टी और मौसम के

हिसाब से अलग-अलग चश्मा। जैसा कि कहा जाता है, हर फ़ैशन एक दिन आदमी की ज़रूरत बन जाता है। तो आज एक ही व्यक्ति को कई रंग के चश्मों की ज़रूरत है। अर्थात निकट भविष्य में चश्में की माँग में कोई कमी आने वाली और न ही लेंसकार्ट की कमाई में।

क्या आप जानते हैं ?

कार्ट का क्या मतलब होता है ?

बहुत सी कंपनियों के नाम में KART जुड़ा है। जैसे—फ्लिपकार्ट, लेंसकार्ट, नेमकार्ट...। लेकिन इन नामों के साथ जुड़े कार्ट का मतलब क्या है ?

दरअसल कार्ट चार पहियों वाली रेसिंग कार को कहते हैं। यह गति और तीव्रता का प्रतीक है, इसलिए ऑनलाइन बाज़ार में काम करने वाली कई कम्पनियाँ इसे अपने नाम में जोड़ती हैं।

15

बायोजोन

इस युग के वैज्ञानिकों का बीज बोना है

फ्लोरिडा टिल्टन

डॉ. फ्लोरिडा टिल्टन पहली पीढ़ी की उद्यमी हैं। वह बायोज़ोन रिसर्च टेक्नोलॉजीज़ प्राइवेट लिमिटेड की प्रमुख हैं। जो कि ऊँचाइयों की तरफ़ लगातार बढ़ता हुआ जैवविज्ञान (बायोसाइंस) का एक नया उद्यम है। इसके साथ डॉ टिल्टन ने न केवल जैव-तकनीक (बायोटेक) की दुनिया में बल्कि व्यापार जगत में भी लगातार एक के बाद एक प्रतिमान बनाती जा रही हैं। उनके प्रारंभिक जीवन और उनकी उपलब्धियों के बीच में अपार परिश्रम, एकाग्रता, संघर्ष है। इसमें बहुत कुछ है जो किसी का जीवन बदल सकता है।

डॉ. फ़्लोरिडा टिल्टन का जन्म सेना के एक जवान के यहाँ हुआ था। उन्होंने अपना बचपन पूरे देश में घूमने और रहने में बिताया। जगह-जगह घूमते रहने के इस अनुभव ने उन्हें चीज़ों को खुले दिल से स्वीकार करना सिखाया साथ ही जीवन और करियर की विविधता से भी परिचित कराया। आगे उन्होंने प्लांट बायोलॉजी में पोस्ट ग्रेजुएट ऑनर्स की डिग्री प्राप्त की और मद्रास विश्वविद्यालय से प्लांट जेनेटिक्स में मास्टर ऑफ फिलॉसफी(M.Phil) की डिग्री प्राप्त की। डॉक्टरेट डिग्री (Ph.D.) के लिए किया गया इनका शोध आणविक जीव विज्ञान और कैंसर लक्षित फाइटोथेरेपी के क्षेत्र में था। डॉ. फ्लोरिडा के पास जैव प्रौद्योगिकी और जैव सूचना विज्ञान के क्षेत्र में लगभग 24 वर्षों का औद्योगिक अनुसंधान और अकादमिक अनुभव है। लेकिन अपने शोध और ज्ञान को उद्योग में बदल पाना कोई आसान काम नहीं है। हमारे देश में लोग ऐसी बड़ी-बड़ी डिग्रियाँ लेकर नौकरी खोजते हैं, लेकिन ज़ाहिर है कि डॉ. टिल्टन वैसे ही सोचतीं तो इस ऊँचाई पर कैसे पहुँचतीं? ज्ञान को उद्यम में बदलने का उनका प्रस्थान इसी बिंदु पर है।

डॉ. फ्लोरिडा कहती हैं, “व्यवसाय शुरू करना कभी आसान काम नहीं रहा। यह तब और भी कठिन हो जाता है जब आप एक महिला हों। क्योंकि तब आपको एक परिवार का पालन-पोषण करना होता है और एक वैज्ञानिक के रूप में शोध कार्य भी जारी रखना होता है।” हालांकि ये तमाम चुनौतियां डॉ. टिल्टन को रोक नहीं सकीं। उन्होंने न केवल अपने शोध करियर का आनंद लिया बल्कि दो बच्चों की परवरिश करते हुए भी हज़ारों करोड़ का व्यवसाय बढ़ा रही हैं।

किसी विदेशी विश्वविद्यालय से पढ़ाई करने के बजाय डॉ. टिल्टन ने अपनी अधिकांश शिक्षा चेन्नई, तमिलनाडु, भारत में मद्रास विश्वविद्यालय से प्राप्त की। बाद में वह व्यवसाय की दुनिया में जाने से पहले एक मेहनती शिक्षक के रूप में स्थापित हो चुकी थीं। इसी क्रम में उन्होंने हिंदुस्तान कॉलेज ऑफ आर्ट्स एंड साइंस, चेन्नई में जैव-प्रौद्योगिकी विभाग की स्थापना की, जिसका नेतृत्व उन्होंने 4 वर्षों तक किया। इसी दौरान उन्होंने अपने कुछ छात्रों के साथ चर्चा करते हुए अकादमी और उद्योग के बीच के अंतर को समझा।

वह बताती हैं कि “एक बार जब मैंने हिंदुस्तान कॉलेज में नौकरी छोड़ दी और सोच रही थी कि आगे क्या होगा, तो मेरे दो पूर्व छात्रों ने मुझे अपने प्रैक्टिकल के लिए प्रशिक्षित करने के लिए संपर्क किया। इस प्रकार चेन्नई में मेरे घर की बालकनी पर दो छात्रों के साथ बायोज़ोन की शुरुआत हुई।” इन दो छात्रों के साथ डॉ. टिल्टन ने 2008 में बायोज़ोन रिसर्च टेक्नोलॉजीज की स्थापना की। इसी नगण्य सी बात से उनके व्यावसायिक करियर की शुरुआत हुई। उनकी वेबसाइट के अनुसार, बायोज़ोन रिसर्च टेक्नोलॉजीज जैव-विज्ञान के क्षेत्र में अनुसंधान और एक अकादमिक संगठन के रूप में शुरू हुआ, जिसका उद्देश्य शिक्षा और उद्योग के बीच की खाई को पाटना था, जिसे डॉ. टिल्टन और उनके छात्रों ने पहले देखा था। यह व्यवसाय समय के साथ एक शोध संगठन के रूप में विकसित हुआ है, जो आज जैव विज्ञान में तकनीकी और विश्लेषणात्मक सेवाएं प्रदान करता है, साथ ही साथ समाधान प्रकाशित करता है।

बायोजोन का मुख्यालय चेन्नई में है। इसमें जीवन-विज्ञान का एक संस्थान भी शामिल है, जो विभिन्न प्रकार के प्रशिक्षण कार्यक्रम प्रदान करता है। एक अनुसंधान और विकास विंग है, जो आवश्यक अनुसंधान समाधान प्रदान करता है, और एक प्रकाशन विंग जो जैव विज्ञान के लिए एक ऑनलाइन पत्रिका प्रकाशित करता है। बायोजोन ने पिछले कुछ वर्षों में उल्लेखनीय सफलता हासिल की है। जिसमें भारत सरकार के विज्ञान और प्रौद्योगिकी मंत्रालय से मान्यता के साथ-साथ उल्लेखनीय शैक्षणिक संस्थानों, संगठनों और अनुसंधान

प्रयोगशालाओं; जैसे, सिंक्रोमैक्स बायोटेक प्राइवेट लिमिटेड, सेंट्रल लेदर रिसर्च इंस्टीट्यूट, आस्थागिरी फाउंडेशन, लाइफलाइन अस्पताल और हिंदुस्तान युनिलीवर के साथ सहयोग शामिल है।

विकास हमेशा चुनौतियों के साथ आता है। चुनौतियाँ बायोजोन के सामने भी आयीं। लेकिन डॉ. टिल्टन के निर्देशन में इस कंपनी ने इसे पार करके सफलता हासिल की। एक जैव-विज्ञान कंपनी होने के नाते बयोजोन को बड़े निवेश की ज़रूरत थी। बिना इसके शोध संबंधी काम ही नहीं हो सकता था। उससे भी दिक्कत तलब बात यह कि इतने गहन विषयों में शोध का प्रतिफल हमेशा ही बेहद धीमा होता है। उन्हें अपनी विश्वसनीयता स्थापित करने और अपने संभावित ग्राहकों का विश्वास हासिल करने के लिए संघर्ष करना पड़ा।

संकट में सकारात्मक बने रहने के मन्त्र, अपनी क्षमता का उपयोग करने और अपनी कमजोरियों पर काम करते हुए, डॉ टिल्टन को खुद को भारत की शीर्ष महिला उद्यमियों में से एक के रूप में स्थापित कर लिया। एक अच्छा अकादमिक करियर छोड़ने के बावजूद, उन्होंने अकादमिक क्षेत्र में अपनी सलाहकारी भूमिका से अकादमिक क्षेत्र में योगदान देना जारी रखा है। तमिलनाडु के बहुत से कॉलेजों में एकेडमिक काउंसिल की मेंबर भी हैं, वह भारतीदासन विश्वविद्यालय त्रिची, प्राइसट विश्वविद्यालय तंजावुर सहित कई विश्वविद्यालयों में मास्टर ऑफ फिलॉसफी स्टडीज के लिए बायोटेक अनुसंधान सलाहकार के रूप में भी काम करती हैं।

डॉ. फ्लोरिडा टिल्टन युवाओं को सलाह देते हुए कहती हैं कि अपने स्वयं के जीवन के अनुभव के आधार पर मेरा मानना है कि सफलता उन्हें मिलती है जो हार नहीं मानते हैं। वह आगे कहती हैं कि किसी को भी अपनी योजनाओं के लिए हमेशा एक प्लान बी रखना चाहिए। आपको अपने सपनों और आकांक्षाओं का पीछा करने से खुद को नहीं रोकना चाहिए। यदि आप बाधाओं के बावजूद बने रहते हैं और सुरंग के अंत में प्रकाश की प्रतीक्षा करते हैं, तो आप निराश नहीं होंगे। जब आप कठिनाई का सामना करने में सफल होते हैं, तो आप खुद को सामान्य लोगों से अलग करते है। वह सिखाती हैं कि विशिष्ट होना और समाज में बदलाव लाना जीविकोपार्जन का सबसे संतोषजनक तरीका है।

वह कहती हैं, "मैं एक वैज्ञानिक-उद्यमी होने के साथ-साथ एक पत्नी और दो बच्चों की मां भी हूँ। इसलिए काम और घर का संतुलन मुझसे अपेक्षित है, जिसे बनाए रखने के लिए मैं कोशिश और मेहनत करती हूँ।"

सूत्र : देखना यह है कि जो और जितना ज्ञान आपके पास उसका सामाजिक उपयोग क्या हो सकता है। उस ज्ञान को पैसे में बदलने का आपका मॉडल क्या है। अगर आपने यह खोज लिया तो समझिए कि आप एक शानदार यात्रा के प्रवेश द्वार पर खड़े हैं।

16

डेल्हीवरी

दुनिया बदल रही है,
एक बार में एक शिपमेंट

साहिल बरुआ

आज का युग इंटरनेट युग है। इंटरनेट की सुविधा से हमारे कितने ही काम आसान हो गये हैं। देश-विदेश की जानकारियां, बच्चों की पढ़ाई से लेकर घर की छोटी से छोटी ज़रूरत के सामान को घर बैठे मंगा सकते हैं। ऑनलाइन हज़ारो वेबसाइट और एप हैं जिनसे आप आराम से सामान मांगा सकते हैं और वह सामान 2,3 दिन के अन्दर आपके घर पर आ जायेगा। लेकिन क्या ये काम हमेशा ही इतना आसान रहा है? क्या आपके द्वारा मंगाया गया सामान हमेशा ही इतनी जल्दी आ जाया करता था? इसका जवाब है, नहीं। ऑनलाइन बिज़नेस के शुरू होने के बाद सालों तक सामान डिलीवरी की समस्याएँ ग्राहकों और बिज़नेस प्लेटफॉर्मस को झेलना पड़ा। लेकिन इन सब समस्याओं का समाधान साहिल बरुआ ने निकाला; अपने स्टार्टअप 'डेल्हीवरी' के माध्यम से।

साहिल बरुआ डेल्हिवरी के संस्थापक और सीईओ हैं। 2011 में इन्होंने मोहित टंडन, भावेश मंगलानी, सूरज सहारन और कपिल भारती के साथ मिलकर इस कंपनी को स्थापित किया था। साहिल का जन्म दिल्ली में हुआ। उन्होंने अपनी स्कूली शिक्षा दिल्ली के सेंट जेवियर स्कूल से प्राप्त की। कर्नाटक के नेशनल इंस्टीट्यूट ऑफ़ टेक्नोलॉजी से उन्होंने मेकैनिकल इन्जीनियरिंग में ग्रेजुएशन किया। तथा आईआई एम से अपना पोस्ट ग्रेजुएशन पूरा किया।

अपनी पढ़ाई पूरी करने के बाद उन्होंने बेन ऐण्ड कंपनी में असोसिएट कनसल्टेंट के पद पर काम किया। वहीं उनकी मुलाकात सूरज सहारन और मोहित टंडन से हुई। खुद का

बिज़नेस शुरू करने के इरादे ने तीनों को अच्छा दोस्त बना दिया। वह साथ में बिज़नेस के लिए एक बिज़नेस प्लान तलाशने लगे। उन्होंने ऑफिस से छः महीने की छुट्टी ली। इन्हीं छुट्टियों के दौरान एक दिन उन्होंने गुड़गांव स्थित एक रेस्तराँ से ऑनलाइन खाना मंगाया लेकिन खाना आने में बहुत देर लगी। इससे उन्हें ये अन्दाजा हो गया कि भारतीय ई-कॉमर्स में डिलीवरी की सुविधा में बहुत भारी कमी है। और यहीं से उन्हें अपने बिज़नेस के लिये आइडिया मिला।

सन् 2008-09 के आस-पास जब भारत में इंटरनेट अपने कदम धीरे-धीरे बढ़ा रहा था तब साहिल और उनके साथियों ने यह महसूस किया कि आने वाले कुछ ही सालों में इंटरनेट एक बहुत बड़ा बाज़ार बन जायेगा और उन्हें भी इस बड़ी सी दुनिया का हिस्सा बनना है। लेकिन वह यह भी जानते थे ऐमेज़ॉन या फ्लिप्कार्ट, स्नैपडील जैसी कम्पनियां जल्द ही मार्केट में छा जाएँगी। उन्होंने सपने देखे लेकिन वास्तविकता की ज़मीन पर खड़े रह कर। तब उन्होंने एक तरक़ीब निकाली कि क्यों न ऐसा काम किया जाये जो अभी के बाज़ार में अच्छे से न चल रहा हो। ऐसी बड़ी चुनौतियां जिनका अभी सब सामना कर रहे हों। उन्होंने पाया कि लॉजिस्टिक उनके सामने सबसे बड़ी चुनौती थी। उन्हें यही समस्या अपने लिये सबसे बड़ा मौका लगा। इन्होंने एक चैनेल न्यूट्रल डिलीवरी का बिज़नेस शुरू किया। उन्होंने अलग-अलग रेस्तराँ से खाने की डिलीवरी, फूलों की डिलीवरी, दवाईयों की डिलीवरी सर्विस शुरू की। और ऐसे ही धीरे-धीरे वह लोकल मार्किट से एक बड़ी ई-कॉमर्स कंपनी में तब्दील हुए।

अपने आइडिया को बिज़नेस का रूप देने के लिए उन्होंने अपनी मेहनत शुरू की। और जल्दी ही अपने बिज़नेस की आधारभूत ज़रूरतों को पूरा किया उन्होंने अपने वेअरहाउस सेट किये लेकिन अब उन्हें ज़रूरत थी डिलीवरी बॉयज की। इसी बीच साहिल की मुलाकात उस रेस्तराँ के मालिक से हुई जहाँ से वह हमेशा खाना मंगाया करते थे। बातचीत के दौरान उन्हें पता चला कि वह रेस्तराँ बन्द करने वाले हैं ऐसे में कर्मचारियों को नौकरी से निकालना होगा। यह जानकर साहिल ने उन कर्मचारियों को काम पर रख लिया।

साहिल बरुआ ने 'डेलिवरी' की शुरुआत गुरुग्राम में 250 वर्गफीट के एक कॉर्पोरेट आफिस से की। शुरुआत में इनके पास केवल 10 लोगों की टीम थी जिनमे से 4 डिलीवरी बॉय थे। आधे घण्टे में सामान की डिलीवरी के वादे के साथ उन्होंने लोकल रेस्तराँ के साथ हाथ मिलाना शुरू किया। अच्छी सर्विस के कारण यह लोगों के बीच काफ़ी पसंद किया गया और बहुत कम समय में गुरुग्राम में ही इसे 1000 से अधिक के रोज़ ऑर्डर मिलने लगे। जल्द ही बहुत सी ई-कॉमर्स कम्पनियाँ भी उनके साथ जुड़ने लगीं, जिसमें हेल्थ कार्ड और टाइम्स इंटरनेट प्रमुख थे। इन्होंने लोकल डिलीवरी के साथ साथ ई-कॉमर्स से जुड़ी डिलीवरी भी शुरू

कर दी। यह डिलीवरी वह दोपहर के समय किया करते थे जब लोकल ऑर्डर कम होते थे।

साहिल और उनकी टीम ने डेल्हिवरी को शुरू करते वक़्त कोई मॉडल तैयार नहीं किया। जैसा कि आम लॉजिस्टिक कम्पनियाँ हब एण्ड स्पोक मॉडल बनाती हैं। इनका लक्ष्य था कि कैसे प्रोडक्ट एक जगह से दूसरी जगह तक पहुँचाया जाए। हब एण्ड स्पोक मॉडल में बहुत से शिपमेंट पॉइंट बनाने होते हैं। इसकी जगह इन्होंने प्रयोग किया और इन्होंने 5 स्टेशन बनाये और उन्हीं में से सामान को डिलीवर करना शुरू किया। और यह प्रयोग शानदार तरीके से सफल रहा।

ई-कॉमर्स से मिलते काम को देखकर साहिल और उनके दोस्तों को यह मालूम हुआ कि लोकल मार्किट से बहुत ज़्यादा अवसर ई-प्लेटफॉर्म पर उपलब्ध हैं। अपनी इसी सोच के साथ उन्होंने जनवरी 2011 में डेल्हीवरी (Delhivery) को पूरी तरह ई-कॉमर्स पर केंद्रित कर दिया। वर्ष के अंत तक वे दिल्ली और एनसीआर में अपने तीन सेंटर्स के साथ 5 ई-कॉमर्स क्लाइंट्स के लिए 500 शिपमेंट्स डिलिवर कर रहे थे। कुछ ही वक्त बाद उन्होंने फंडिंग के साथ अपनी स्टोरेज सेवाओं का विस्तार किया और दिल्ली के साथ चेन्नई में भी शुरू कर दिया।

एक सफल डिलीवरी कम्पनी के रूप में इनका काम दिन-ब-दिन बढ़ता जा रहा है। आज यह कम्पनी अपने स्टोरेज के साथ अपना कारोबार देश के 31 शहरों में फैलाने में कामयाब रही है। और अपनी शुरुआत से लेकर आज तक साहिल व उनके साथियों ने पीछे मुड़ कर नहीं देखा। एक दशक पहले कुछ लोगों के साथ शुरू हुआ यह छोटा सा बिज़नेस आज 32000 से ज़्यादा कर्मचारियों के साथ देश विदेश में आगे बढ़ रहा है।

साहिल कहते हैं कि "आज हम एक प्रतिष्ठित ई-कॉमर्स कंपनी होने के बावजूद वापस लोकल मार्किट में आ रहे हैं क्योंकि आज हमारे पास स्किल है और मार्केट भी पहले से ज़्यादा तैयार है। और हमारी सफलता या आगे बढ़ते रहने का कारण भी यही है कि हमने मौकों को जल्दी पहचाना तथा जल्दी ही अपने सारे रिसोर्सेज के साथ उसे कामयाब बनाने में जुट गये"।

डेल्हीवरी ने 2019 में 41.30 करोड़ डॉलर का निवेश हासिल किया जुटाई। मई 2021 में, डेल्हीवरी ने खुलासा किया कि उसने फिडेलिटी के नेतृत्व में एक फंडिंग राउंड में 2.77 करोड़ डॉलर और जुटाए हैं , जिससे इसका बाजार मूल्यांकन लगभग 300 करोड़ डॉलर हो गया है।

क्या आप जानते हैं?

हब एंड स्पोक पूर्ति मॉडल क्या है?

हब एंड स्पोक मॉडल माल ढुलाई और यात्एरियों के लिए यरलाइन कंपनियों द्वारा उपयोग में लाया जाता है। आसानी से समझने के लिए साइकिल के पहिए की कल्पना करें। इसका बीच वाला हिस्सा, जहां वह एक्सेल से जुड़ता है, उसे हब कहेंगे। तथा जो लोहे की तीलियों को स्पोक कहेंगे।

मान लीजिए कि हमें दिल्ली से गोवा के लिए उड़ान भरनी है। परंतु दिल्ली से गोवा जाने के लिए अगर पर्याप्त पैसेंजर न मिलें तो एयरलाइन कंपनी के लिए इस उड़ान का संचालन करना घाटे का सौदा होगा। तो ऐसे में इसका एक सुविधाजनक उपाय यह है की कंपनी दिल्ली से मुंबई तथा मुंबई से गोवा के लिए उड़ान संचालित करे। इस प्रकार कंपनी अपने दिल्ली से मुंबई की उड़ान पर मुनाफा कमा सकती है क्योंकि इस लाइन पर यात्रियों की उपलब्धता काफी है। इसी प्रकार कई अलग-अलग हिस्सों से जो यात्री गोवा के लिए यात्रा करना चाहते हैं उन सबको लगभग उसी समय के आसपास मुंबई में लाया जा सकता है। मुंबई पहुंचने के बाद किसी छोटे जहाज अथवा किसी दूसरे जहाज पर जहां पहले से कुछ यात्री गोवा जाने के लिए तैयार हैं उन सबको एक साथ इकट्ठा कर दूसरी उड़ान संचालित की जा सकती है।

इस तरह मुंबई हब हुआ और गोवा तथा अन्य छोटे शहर स्पोक हुए।

17

वीएलसीसी
हेल्थ केयर लिमिटेड

हम जीवन बदलते हैं!

वंदना लूथरा

सही दिशा और हौसला आपको एक दिन सही जगह तक पहुँचा देता है। हम अक्सर बहुत कुछ सोच लेते हैं लेकिन उस सोचे हुए को अमल में लाना एक मुश्किल काम जान पड़ता है। इस दुनिया में बहुत से लोग ऐसे भी हैं जो सोचे हुए को न सिर्फ़ अमल में लाते हैं, बल्कि उस रास्ते पर चलते हुए ऊँचाइयों को भी प्राप्त करते हैं। ऐसी तमाम बातें हैं जो आप वंदना लूथरा के जीवन से सीख सकते हैं। वंदना लूथरा प्रसिद्ध भारतीय उद्यमियों में से एक हैं। वह वीएलसीसी हेल्थ केयर लिमिटेड की संस्थापक हैं और ब्यूटी एंड वेलनेस सेक्टर स्किल एंड काउंसलिंग की अध्यक्ष भी हैं। स्किल एंड काउंसलिंग भारत सरकार का एक उपक्रम है जो सौंदर्य उद्योग के लिए कौशल प्रशिक्षण प्रदान करता है।

वंदना ने अपने काम को सिर्फ़ 2000 रुपयों से शुरू किया था लेकिन आज उनका काम विश्व के 18 देशों तक पहुँचा हुआ हे। अपनी बचत की छोटी सी रक़म से वर्ष 1989 में वंदना ने वीएलसीसी की शुरुआत की थी। उस समय तक वीएलसीसी भारत का पहला ट्रांसफॉर्मेशन सेंटर था। जिस समय वीएलसीसी की शुरुआत हुई उस समय देश में वेलनेस मार्केट उभरा ही था और फिटनेस और ब्यूटी मिलाकर सम्पूर्ण वेलनेस एक नए तरह का क्षेत्र था। इस क्षेत्र में वंदना को बहुत अनुभव नहीं था, लेकिन उनमें काम करने की इच्छा शक्ति थी।

वंदना लूथरा का जन्म 1959 में नई दिल्ली में हुआ था। उनके पिता एक मैकेनिकल इंजीनियर थे और उनकी माँ एक आयुर्वेदिक डॉक्टर थीं। उनकी माँ अमर ज्योति नाम से एक

धर्मार्थ संस्था भी चलाती थीं। माँ से ही उन्हें जीवन में लोगों के लिए कुछ करने की प्रेरणा हासिल हुई। नई दिल्ली पोलिटेकनिक फॉर वूमेन से स्नातक की पढ़ाई करने के बाद वह सौंदर्य, भोजन और पोषण, स्किनकेयर में विशेषज्ञता हासिल करने के लिए यूरोप चली गईं। उच्च शिक्षा हासिल करने के बाद वंदना ने कारोबार की बारीकियों को समझने की कोशिश की। उन्होंने जर्मनी से न्यूट्रिशन एवं कॉस्मेटोलॉजी में उच्च शिक्षा प्राप्त की। इसके बाद लंदन, म्यूनिख और पेरिस से ब्यूटी केयर, फिटनेस, फूड एंड न्यूट्रिशन और स्किन केयर में कई स्पेशलाइज्ड कोर्स और मॉड्यूल किए।

जिस समय वंदना ने इस क्षेत्र में शुरुआत की उस समय इस क्षेत्र में गिनी-चुनी महिलाएँ ही उद्यमी के रूप में दिखाई पड़ती थीं। ख़ासकर गैर-व्यासायिक परिवारों की महिलाएँ इस कारोबार में बहुत कम थीं। लेकिन पारिवारिक सहयोग से उन्होंने अपने लक्ष्य को पा लिया। वीएलसीसी के लिए शुरुआत में उन्होंने लोन लिया और व्यवसाय को आगे बढ़ाया। अपना उद्यम शुरू करने में, बाकी लोगों की तरह अपनी पहचान बनाने और लोगों का भरोसा जीतने में उन्हें समय लगा। जिस समय उन्होंने काम शुरू किया सभी लोग ब्यूटी पार्लर को तो जानते थे, लेकिन ट्रान्फॉर्मेशन सेंटर की बात उनके लिए नई थी। वंदना ने पहला सैलून सफदरजंग इलाके में खोला और लोगों ने भी उसे स्वीकार किया। लेकिन करियर की उठान उन्हें जस्सी जैसा कोई नहीं की जस्सी से ही मिली।

वीएलसीसी और वंदना के सफ़र को 32 साल हो गए हैं। यह सफ़र कामयाबी का भी रहा है और उतार चढ़ाव का भी। वीएलसीसी आज एशिया की सबसे बड़ी वेलनेस कम्पनियों में शुमार है। वंदना ने भारत में वेलनेस सेक्टर के विस्तार में भी सराहनीय योगदान दिया है। वंदना के प्रयास से वीएलसीसी के सेंटर 18 देशों के 125 शहरों में 350 से अधिक स्थानों पर मौजूद हैं । वंदना लूथरा की अनुमाति आय आज 80 लाख डॉलर से 1.5 करोड़ डॉलर तक है। भारत, श्रीलंका, नेपाल, बांग्लादेश, मलेशिया, सिंगापुर, सयुंक्त अरब अमीरात, ओमान, बहरीन, कतर, कुवैत, सऊदी अरब और कीनिया में वीएलसीसी के अपने प्लांट हैं। जिनमें स्किन केयर, हेयर केयर और बॉडी केयर प्रोडक्ट का उत्पादन भी होता है। वीएलसीसी में पूरी दुनिया के 39 देशों के 6,000 से अधिक लोग काम करते हैं।

वंदना मानती हैं कि भारतीय महिलाओं के पास "आर्ट ऑफ गिविंग है" जो उन्हें सच्चा और बेहतर उद्यमी बनाने में मदद करता है। एक महिला के लिए काम और स्वास्थ्य के बीच सही संतुलन पर ध्यान देना भी महत्वपूर्ण है। वीएलसीसी और वंदना महिला सशक्तिकरण के लिए भी योगदान देती हैं। कंपनी का एंटरप्रन्योरशिप फ़ॉर वूमेन प्रोग्राम

महिलाओं में उद्यमिता व प्रतिभा को बढ़ावा देता है और पुरस्कृत भी करता है। देश में वीएलसीसी के दस में से सात विभागों में प्रमुख महिलाएँ ही हैं। 13 देशों में 300 से अधिक रिटेल आउटलेट की मैनेजर महिलाएँ हैं। भारत में तकरीबन 100,000 रिटेल स्टोर पर इसके उत्पाद उपलब्ध हैं। साथ ही ई-कॉमर्स चैनलों के माध्यम से भी वीएलसीसी के प्रोडक्ट्स की बिक्री की जाती है।

वंदना की कम्पनी वीएलसीसी इंस्टीट्यूट ऑफ ब्यूटी एन्ड न्यूट्रीशियन नामक व्यवसायिक प्रशिक्षण संस्थान भी संचालित करती है। भारत के 55 शहरों में इसके 73 परिसर हैं। नेपाल में भी इसका एक परिसर है। वीएलसीसी लगभग 10,000 छात्रों को प्रशिक्षित करता है और कई विषयों में पाठ्यक्रम भी प्रदान करता है।

वंदना का कहना है कि आप जीवन में जो कुछ भी शुरू करें उसे बेहतर और सकारात्मक तरीके से शुरू करें। अपने पर भरोसा रखना इस दिशा में पहला कदम है। अगर आप सभी की दुआओं के साथ कुछ शुरू कर रहे हैं तो वह ज़रूर सफल होगा। बतौर एक महिला, वह मानती हैं कि महिलाओं के भीतर सब कुछ को मैनेज करने की क्षमता होती है। घर से लेकर बाहर तक सभी महिलाएँ हर दिन अपनी ज़िंदगी में चीज़ों को मैनेज करती हैं। इसका अर्थ यह है कि हर महिला एक बेहतर उद्यमी बन सकती है। वंदना कहती हैं कि जीवन ने उन्हें कई सबक दिए हैं। उन्होंने जो प्रमुख चीज़ें सीखीं उनमें से एक है संगठन के लिए मजबूत मूल्य और हर समय इसके साथ खड़े रहना। एक ब्रांड बनाने में वर्षों की मेहनत, समर्पण और प्रतिबद्धता लगती है। इसलिए उनपर चलते रहना और पीछे मुड़कर न देखना ज़रूरी है।

वर्ष 2013 में वंदना को भारत के चौथे सबसे बड़े नागरिक सम्मान पदम श्री से भी सम्मानित किया गया। साथ ही उन्हें 2012 में एशियन बिजनेस लीडर्स फोरम ट्रेलब्लेजर पुरस्कार। 2010 में एंटरप्रोन्योर ऑफ दी ईयर अवॉर्ड भी मिला है । वर्ष 2016 में वंदना फोर्ब्स एशिया की 2016 की 50 पावरफुल बिजनेस वूमेन में 26 वें स्थान पर थीं।

वंदना ने अपने काम को बहुत बड़े स्तर पर शुरू नहीं किया था बल्कि बहुत छोटी बचत से उन्होंने अपने काम को शुरू कर बड़ा मुकाम पाया है। वंदना इस बात की जीती जागती मिसाल हैं कि अगर एक महिला को बेहतर वातावरण और प्रोत्साहन मिले तो वह किसी भी पुरुष से बेहतर प्रदर्शन कर सकती है।

क्या आप जानते हैं?

वेलनेस क्या है?

वेलनेस का सामान्य अर्थ तो स्वास्थ्य है, लेकिन अपनी व्याख्या में यह जीवन आनन्द की एक मुकम्मल धारणा है। यह धारणा हल-फ़िलहाल में भले लोकप्रिय हो रही हो, लेकिन इसकी जड़ें प्राचीन भारत, चीन, रोम और ग्रीस की सभ्यताओं में पायी जाती हैं। यह स्वास्थ्य को लेकर निवारक तरीक़ों के साथ प्राकृतिक दृष्टिकोण, स्व-उपचार व समग्र जीवन पद्धति की बात करती है। अब बाज़ार में इसे आगे बढ़ाने वाली कम्पनियाँ बन और सफ़ल हो रही हैं।

18

योर स्टोरी

प्रेरणा. परिवर्तन. प्रज्ज्वलन.

श्रद्धा शर्मा

हर आदमी की कोई न कोई कहानी होती है। वह जहाँ से आया है और आज जहाँ हैं, वहाँ तक पहुँचने में लगी मेहनत, कष्ट, उतार-चढ़ाव सब कुछ उसमें शामिल होता है। महिलाओं के लिए ये तकलीफें दोगुनी हो जाती हैं। क्योंकि उन्हें कार्यक्षेत्र की मेहनत के साथ-साथ सामाजिक कष्टों का सामना भी करना पड़ता है। समाज की निगाहें और उसका विधि-निषेध हमेशा स्त्री को चारदीवारी में जकड़े रखना चाहता। लेकिन बहादुर वही कहलाते हैं, जो इन सब से घबराते नहीं बल्कि इनसे बाहर निकलकर सफलता प्राप्त करते हैं। श्रद्धा शर्मा का नाम भी बहादुरों की इसी कोटि में आता है।

श्रद्धा शर्मा भारत के प्रसिद्ध मीडिया प्लेटफॉर्म YOURSTORY की संस्थापक, सीईओ और उद्यमी हैं। YOURSTORY भारत का वह प्लेटफॉर्म है, जो कि व्यवसायियों और स्टार्टअप्स की कहानियाँ साझा करता है। ये कहानियाँ बेहद सच्ची व प्रेरणाप्रद होती हैं।

श्रद्धा बिहार के एक मध्यवर्गीय परिवार में पली-बढीं परन्तु हमेशा ही सामाजिक सीमाओं को लाँघकर आगे निकलती रहीं। स्कूल में हमेशा टॉप किया। फिर दिल्ली विश्वविद्यालय के प्रसिद्ध सेंट स्टीफेंस कॉलेज से स्नातक किया। उसके बाद अहमदाबाद जाकर MICA की पढ़ाई की। CNBC और TV18 और टाइम्स नाऊ जैसे बड़े-बड़े मीडिया हाउसों में अच्छी तनख्वाह पर काम किया। और अब योरस्टोरी के ज़रिए समाज को प्रेरणास्पद कहानियाँ दे रही हैं; लोगों को उड़ान की हिम्मत दे रही हैं, उन्हें प्रोत्साहित कर रही हैं।

अपने मीडिया कैरियर के दौरान वह व्यवसायियों की कहानियों पर काम करना

चाहती थीं। अपने आइडिया पर काम करते समय वह बहुत से व्यवसायियों से मिल रही थीं और उन्हें यह महसूस हुआ कि इनके पास लोगों को बताने के लिए कितनी ही कहानियाँ हैं। लेकिन कोई भी चैनल उन्हें सुनाने को राज़ी नहीं था। क्योंकि चैनल की तरफ़ से बार-बार उनके आइडिया को नकार दिया जाता था। लेकिन जैसा कि जीवन में होता है, यह बाधा उनके जीवन में नया मोड़ लेकर आई। उन्होंने स्वतंत्र रूप से ब्लॉग के माध्यम से इन कहानियों को लोगों को बताना शुरू कर दिया। यह YOURSTORY की शुरुआत थी।

श्रद्धा ने योरस्टोरी की शुरुआत 2008 में की। उनका मानना है कि 'हर कहानी यूनीक है और हर कहानी ज़रूरी है'। उनका लक्ष्य था अनकही कहानियों को कहना। वह इन कहानियों की आवाज़ बनकर लोगों तक पहुँचना चाहती थीं। जब उन्होंने ये कहानियाँ लिखनी शुरू की, तो उनके आसपास के लोग इसे शौक समझते थे, न कि कोई बिज़नेस आइडिया। यह उस समय की बात है जब स्टार्टअप शब्द आज की तरह लोकप्रिय नहीं था। हर स्टार्टअप की तरह YOURSTORY भी बार-बार गिरता संभलता रहा। इसके इतिहास में सफलता की मिठास है तो असफलता की कड़वाहट भी है। पर हर व्यवसायी की कहानी को लोगों तक पहुँचाने की उनकी अदम्य इच्छा ने उन्हें हमेशा आगे बढ़ने के लिए प्रोत्साहित किया।

योरस्टोरी पोर्टल के स्थापित हो जाने के बाद, वह स्थिति भी आई, जहाँ अब उन्हें अपनी नौकरी और सपने के बीच चुनाव करना था। उन्होंने अपनी नौकरी छोड़कर वह किया जो वह करना चाहती थीं—कहानी कहना। श्रद्धा ने व्यवसायियों की अनकही कहानी बयान की, वे कहानियाँ जो उनके व्यवसाय के हर पहलू को दर्शाती हैं। जिसमें उनके घोर निराशा व संघर्ष के दिन भी शामिल हैं और वह दिन भी जब उन्होंने पहली बार सफलता का स्वाद चखा। यही कारण था कि उन्होंने अपने पोर्टल का नाम योरस्टोरी रखा। यह वाक़ई वह जगह है, जहाँ उद्यमी अपनी कहानी कह सकते हैं।

बाक़ी उद्यमियों की तरह वह भी एक जोखिम भरा काम करने जा रही थीं। उन्हें फिर से ज़मीन से शुरुआत करनी थी, जिसमें सालों की मेहनत लगती और सफलता की गारंटी लगभग नहीं के बराबर थी। सबसे बड़ी चुनौती थी कुछ व्यवसायियों को ढूँढना, जिन्हें वह अपने पोर्टल पर ला सकें। पर वह लोग, जो उन्हें CNBC में काम करने के दौरान सपोर्ट करते थे, अब नौकरी छोड़ने के बाद अलग तरह से बर्ताव कर रहे थे। श्रद्धा का किसी ने भी साथ नहीं दिया। सोचिए, यह बात किसी को भी तोड़ सकती है। लेकिन श्रद्धा ने अपनी हिम्मत नहीं टूटने दी। उन्होंने अपने आप को सम्भाला और नये रास्ते तलाश किये, जिससे वह आगे बढ़ सकें। जल्द ही उनकी मेहनत रंग लाई और उनके साथ बहुत से ऐसे उद्यमी थे जो योरस्टोरी पर अपनी

कहानी कहना चाहते थे। और श्रद्धा ने बड़े उत्साह से उनकी कहानियों को दुनिया के सामने पेश किया।

श्रद्धा ने कभी हार नहीं मानी। उनके सामने जो भी मुश्किलें आईं, उसका उन्होंने डटकर सामना किया। वह न कभी थकीं न घबराईं, बल्कि लड़ीं। उन्होंने भागना और हारना नहीं, लड़ना चुना। एक स्त्री जीवन में यह लड़ाई सिर्फ़ कार्यक्षेत्र में ही नहीं है, बल्कि पितृसत्तात्मक समाज के कारण उसे जीवन के हर परिसर अपने हक़ के लिये लड़ना पड़ता है। बार-बार कहना पड़ता है कि हम भी हैं। स्त्री का संघर्ष केवल जीवनयापन का संघर्ष नहीं है, अपितु यह उससे बहुत बड़ा, अस्तित्त्व और अस्मिता का संघर्ष है। श्रद्धा ने इसका सामना किया। उनके भीतर की विद्रोहिणी ने अपने काम को हथियार बनाकर समाज का भी सामना किया। उन्होंने एक किस्सा बताया कि अपने स्टार्ट अप के शुरुआती दिनों में जब वह बंगलौर गईं तो जिन लोगों से वह मिलतीं, उनमें से ज़्यादातर लोग उनके इस कहानी कहने के काम को काम मानने से ही इनकार कर देते थे। उनसे तरह-तरह के प्रश्न पूछे जाते, जैसे कि आप अपने डे-जॉब में क्या करती हैं? या ये कहा जाता था कि आपके तो पति कमाते होंगे, उन्हीं से खर्चा चलता होगा और आप यह सब तफ़रीहन करती होंगी । और ताज्जुब की बात तो यह कि ऐसे प्रश्न पूछने वालों में तमाम महिलाएँ भी होती थीं।

उद्यमी के रूप में कभी उनके पास फंड की कमी होती तो उससे भी वह हताश नहीं हुईं बल्कि अपनी मेहनत और लगन से उन्होंने एक बहुत अधिक लाभ कमाने वाला बिज़नेस स्ट्रकचर खड़ा कर लिया। 2015 में वह अपने वेंचर के लिये फंड जुटाने में कामयाब रहीं। तब से आज तक कई दिग्गज उनके बिज़नेस में इन्वेस्ट कर चुके हैं, जिनमें रतन टाटा का भी नाम शामिल है। आज योरस्टोरी को एक दशक से ज़्यादा का वक़्त हो गया है। यह आज एक सुस्थापित कंपनी है। जिसमें 70,000 से ज़्यादा कहानियाँ प्रकाशित हो चुकी हैं, उनके नेतृत्व में 100 से ज़्यादा लोग काम कर रहे हैं और न सिर्फ़ अंग्रेज़ी में बल्कि 11 भाषाओं में ये कहानियाँ प्रकाशित होती हैं। जिनके पाठक दुनिया भर के लाखों-करोड़ों लोग हैं।

कार्यक्षेत्र की दिक्कतों के साथ उनके निजी जीवन में भी तमाम दिक्कतें रहीं। 2010 में, योरस्टोरी के शुरुआती दिनों में उन्होंने अपनी माँ को खो दिया। इस हादसे ने उन्हें बुरी तरह तोड़ दिया। वह लगातार किसी अपने को खोने के डर में जीती रहीं। वह बताती हैं कि 'मैं नौकरी छोड़ने और फिर माँ को खोने के कारण डिप्रेशन में चली गई थी'। इससे बाहर आने के लिये उन्होंने अपने आप को काम में व्यस्त कर लिया। काम के दौरान, हर नई कहानी ने उन्हें सम्भाला, आगे बढ़ने की प्रेरणा दी, और धीरे-धीरे वह डिप्रेशन से बाहर निकलने लगीं। अंत

में, योरस्टोरी पर प्रकाशित कहानियाँ ही थीं, जिन्होंने उन्हें हमेशा आगे बढ़ने के लिए प्रोत्साहित किया। इसी दौरान वह बहुत से उद्यमियों से मिलीं और उनके जीवन के प्रति सकारात्मक सोच से प्रभावित हुईं।

श्रद्धा शर्मा ने वो कहानियाँ कहनी शुरू की, जिनमें केवल सफलताएँ नहीं थीं। कारण कि वह कोई परियों की कहानी नहीं कह रही थीं, जिसमें सब अच्छा ही अच्छा हो। उन्होंने वो कहानियाँ कहनी चुनी जिसमें गलतियाँ और असफलताओं की गहरी कसक भी थी। ये कहानियाँ हकीकत के ज़्यादा नज़दीक थीं। उनका मानना था कि ऐसी ही कहानियाँ व्यक्ति के वास्तविक व्यक्तित्व को सामने लाती हैं। और उन्होंने इन कहानियों को इस ढंग से पेश किया है कि आज लाखों-करोड़ों लोग इनसे प्रेरित हों और जीवन के लिए कुछ सीख सकें। वह योरस्टोरी के ज़रिए केवल बिज़नेस नहीं कर रही हैं बल्कि लोगों को प्रेरित कर रही हैं। उनके सामने ऐसे लोगों को रख रही हैं जिन्होंने जीवन की विषम परिस्थितियों में भी हार नहीं मानी और सभी उतार चढ़ावों के बाद सफलता हासिल की। स्वयं श्रद्धा की कहानी भी, उनकी सुनाई तमाम कहानियों में से एक बन गई। इस कहानी में भी सीखने के लिए बहुत कुछ है।

आज YOURSTORY को एक दशक से अधिक का समय हो गया है। श्रद्धा ने जो ख्वाब देखा था वो मूर्त रूप में हमारे सामने है। आज वह भारत की चर्चित उद्यमी हैं।

यह श्रद्धा की मेहनत, लगन और 'कभी हार न मानने वाला' व्यक्तित्व ही है, जिसने योरस्टोरी को वहाँ लाकर खड़ा किया, जहाँ वह आज है। बिहार की एक लड़की, जिसने हमेशा अपने समाज, निजी जीवन, और कार्यक्षेत्र की तमाम विषमताओं का डट कर सामना किया और अपने ख्वाब को पूरा किया। इन्हें लोरियल पेरिस फेमिना अवार्ड से नवाज़ा गया है और विश्व के प्रसिद्ध 500 लिंकडिन इंफ्लुएंसर की लिस्ट में इनका भी नाम शामिल है। श्रद्धा को देश विदेश में उनके काम के लिये सराहा गया है।

व्यवसायियों की कहानी लिखने वाली श्रद्धा, आज खुद करोड़ों लोगों के लिए प्रेरणास्रोत हैं। उनकी कहानी आज बहुत से लोगों को कुछ नया और कभी ना हार मानने के लिये प्रेरित कर रही है।

सूत्र : सारी चीज़ों का एक बाज़ार मूल्य होता है—जो हैं और जो नहीं भी हैं। बस उसे पैसों में बदलने का हुनर चाहिए। चीज़ों को पैसों में बदलने के तरीकों की खोज नये उद्यम की शुरुआत

है। श्रद्धा शर्मा से पहले किसी ने सोचा भी नहीं होगा कि कहानियाँ सुनाना इतना बड़ा उद्यम हो सकता है, लेकिन आज यह संशय का विषय नहीं, सच्चाई है।

क्या आप जानते हैं?

दास्तान गोई क्या है?

यह कहानी सुनाने की दिलचस्प कला है। टेलीविज़न आने के बाद यह कला क्षीण होती चली गयी। पहले भारत में क़िस्सा गोई और दास्तान गोई करने वाले कई समुदाय थे, जो अपना जीवन इसी कला से चलाते थे। अब यह कला नये ऑडियो-विज़ुअल माध्यमों का उपयोग करते हुए और प्रभावी तरीक़ों से सामने आ रहा है।

19

पेप्सिको

जो भी कर रहे हैं उस पर पूरा ध्यान लगाइए

इंद्रा नूई

अगर आप में सफलता पाने का जज़्बा और विश्वास हो तो आपको सफल होने से कोई नहीं रोक सकता। शायद आप खुद भी नहीं । सफलता की एक ऐसी ही कहानी इंद्रा नूई ने अपने लिए रची। नूई दुनिया की सबसे प्रभावशाली महिलाओं में से एक हैं। अपने जीवन और करियर के हर स्तर पर वह पहले से अधिक सशक्त बनकर उभरीं। नूई इस बात की मिसाल हैं कि अगर कोई महिला चाहे तो वह अपने काम की बदौलत किसी भी मुक़ाम पर पहुँच सकती है।

इंद्रा नूई ने पेप्सिको कम्पनी की मुख्य कार्यकारी होने के साथ–साथ कई बेहतरीन जगहों पर अपनी सेवाएँ दी हैं। वर्ष 2018 तक नूई पेप्सिको के सीईओ के पद से रिटायर्ड हुईं। उन्होंने दुनिया की सबसे प्रभावशाली महिलाओं में अपना नाम यूँ ही नहीं दर्ज़ करवाया बल्कि इसके पीछे उनका जीवन संघर्ष और कड़ी मेहनत भी रही है। इंद्रा नूई का पूरा नाम इंद्रा कृष्णमूर्ति नुई है। नूई का जन्म 28 अक्टूबर 1955 को मद्रास में हुआ। उनकी आरम्भिक शिक्षा होली। उन्होंने 1974 में मद्रास क्रिश्चन कॉलेज से भौतिकी, रसायन विज्ञान और गणित में स्नातक की डिग्री हासिल की। इसके बाद भारतीय प्रबंधन संस्थान, कोलकाता से वर्ष 1976 में प्रबंधन में स्नातकोत्तर किया। इस बीच उन्हें कई संघर्षों का सामना भी करना पड़ा ।

वर्ष 1978 में नूई ने येल स्कूल ऑफ मैनेजमेंट में दाखिला लिया और यहां से 1980 में उन्होंने सार्वजनिक व निजी प्रबंधन में पोस्ट ग्रेजुएशन की डिग्री प्राप्त की। येल में पढ़ते हुए उन्होंने पढाई का ख़र्च निकालने के लिए नाइट शिफ्ट में रिसेप्शनिस्ट के तौर पर भी काम

किया। नूई के पिता स्टेट बैंक ऑफ हैदराबाद में काम करते थे, जबकि दादा जिला न्यायाधीश हुआ करते थे। नूई की माता गृहणी थीं। नूई की एक बहन भी हैं, वह भी खूब नाम कमा रही हैं। बचपन से ही दोनों बहनें होशियार थीं। उनकी माँ दोनों बहनों से पूछतीं कि वे बड़ी होकर क्या बनना चाहेंगी तो दोनों में से जिसका पद बेहतर होता उसे इनाम मिलता। इस तरह बड़े बनने की प्रेरणा की शुरुआत उन्होंने अपने घर से ही ली। बचपन से ही उनमें कुछ बेहतर करने और बड़ा बनने की प्रेरणा और ललक रही, जिसकी दिशा उन्हें माँ ने दिखाई।

बाक़ी लोगों की तरह ही नूई ने अपने जीवन की शुरूआत छोटे स्तर से ही की थी। अपने करियर के शुरुआती दिनों में नूई ने समर इन्टर्नशिप में बॉम्बे में परमाणु ऊर्जा विभाग में काम किया। ग्रेजुएशन के बाद उन्होंने अपने करियर की अगली पारी जॉनसन एंड जॉनसन के साथ शुरू की और प्रोडक्ट मैनेजर के तौर पर कम्पनी में अपनी सेवाएँ दीं। मुंबई में उन्होंने एक कपड़ा कंपनी के साथ भी काम किया। साल 1980 में येल स्कूल ऑफ मैनेजमेंट से पोस्ट ग्रेजुएट होने के बाद वह बोस्टन कंसल्टिंग ग्रुप में शामिल हुईं, यहाँ उन्होंने 6 साल कंसल्टेंट के तौर पर काम किया। इसके बाद मोटोरोला में एग्जिक्यूटिव के पद पर भी रहीं।

नूई साल 1994 में पेप्सिको कंपनी के साथ कॉरपोरेट स्ट्रेटेजी व डवलपमेंट की सीनियर वाइस प्रेसिडेंट के तौर पर जुड़ीं। जिस वर्ष वह पेप्सिको से जुड़ीं, उस वर्ष अमेरिका की किसी भी कम्पनी में एक भी महिला सी.ई.ओ. नहीं थी। उस समय वह एकलौती महिला थीं जिन्हें यह पद मिला। वर्ष 2001 में वह कम्पनी की सी.एफ.ओ. बनीं और इसके पाँच वर्ष बाद 2006 में वह कम्पनी की चेयरमैन व सी.ई.ओ. बन गईं। इस वर्ष तक अमेरिका की बड़ी कम्पनियों में सिर्फ़ 11 महिलाएँ ही सी.ई.ओ. के पद पर आसीन थीं। इंद्रा नूई पेप्सिको की 5वीं और पहली महिला सी.ई.ओ. बनीं। इसके साथ ही वह पहली अश्वेत और अप्रवासी महिला भी थीं जो एक फार्च्यून कम्पनी चला रही थी। इंद्रा नूई मानती हैं : जो भी काम आप कर रहे हैं उसपर पूरा ध्यान लगाइए। यदि आप उस पर केंद्रित हैं तो बाक़ी नए विकल्प भी आपके लिए अपने आप खुल जाएँगे।

पेप्सिको से रिटायर होने के बाद 2009 में भी उन्हें फोर्ब्स रैंकिंग में उन्हें तीसरी सबसे ताकतवर महिला माना गया। बतौर सी.ई.ओ. नूई दुनिया की बेहतरीन सी.ई.ओ. गिनी जाती हैं। नूई के मार्गदर्शन में पेप्सीको का रेवेन्यु वर्ष 2006 में 35 अरब डॉलर से बढ़कर साल 2017 में 63.5 अरब डॉलर हो गया। इसके अलावा इंद्रा ने पेप्सीको के पुनर्गठन का भी नेतृत्व किया जिसमें ट्रापिकाना का अधिग्रहण और केकर ओट्स कंपनी का विलय शामिल था। नूई कहती हैं : "कार्य क्षेत्र में हर स्तर पर पर्याप्त महिलाएँ जुड़ी हुई हैं। लेकिन जब उनका आगे

बढ़ने का समय आता है तो वो नोकरी छोड़ देती हैं। इस स्थिति में पक्षपात को ख़त्म करना होगा। मातृत्व अवकाश का न मिलना इसमें से एक बड़ी वजह है।"

नूई के अनुसार अगर महिलाओं को पर्याप्त साधन उपलब्ध हो जाएं तो वे हर क्षेत्र में प्रतिस्पर्धा कर सकती हैं। हर महिला में कार्य करने की बेहतरीन योग्यता और क्षमताएँ हैं। बस ज़रूरत है तो खुद पर काम करने और अपने आप को बेहतर रूप से प्रकट करने की। नूई ने अपने जीवन में 40 वर्षों तक रोज़ 18 से 20 घण्टे काम को दिया। इसी समय ने उन्हें जीवन की ऊँचाइयों से मिलवाया। नूई मानती हैं कि बतौर महिला आपको हर दिन फैसला करना पड़ता है कि आप क्या बनना चाहती हैं। आपको अपनी भूमिका के लिए कई लोगों को अपनाना पड़ता है।

इंद्रा नूई ने अपने काम के दौरान न सिर्फ़ अपार दौलत पैदा किया बल्कि खूब नाम भी कमाया है। उन्होंने 'माई लाइफ इन फुल' नाम से अपनी जीवन यात्रा पर एक क़िताब भी लिखी है। नूई को साल 2015 में फॉर्च्यून ने सबसे सशक्त महिलाओं की लिस्ट में 13 वां स्थान दिया। भारत सरकार की ओर से वर्ष 2007 में उन्हें पद्म भूषण पुरस्कार से भी नवाजा जा चुका है। 2018 में उन्हें सीईओ वर्ल्ड पत्रिका द्वारा दुनिया की सर्वश्रेष्ठ सीईओ में से एक के रूप में नामित किया गया था। फोर्ब्स पत्रिका में मुताबिक अप्रैल 2021 तक नूई की नेटवर्थ 29 करोड़ डॉलर थी। नूई ने वर्ष 2019 में ऐमजॉन बोर्ड ज्वाइन किया था।

नूई का जीवन न सिर्फ़ एक सशक्त महिला के तौर पर प्रेरणादायक है बल्कि वह काम और जीवन के बीच सतुंलन बैठाने की मिसाल हैं। नूई सिखाती हैं कि यदि आप अपने लक्ष्य और काम को बेहतर तरीके से करते हैं तो आपको आगे बढ़ने से कोई भी नहीं रोक सकता। बस ज़रूरत है तो लक्ष्य तय करने की ओर उन पर सही दिशा में काम करने की।

क्या आप जानते हैं?

फ्यूचर कंपनी क्या है?

यह 500 अमेरिकी कंपनियों की एक वार्षिक लिस्ट है, जिसे फार्च्यून नाम की बिजनेस पत्रिका कंपनियों के वार्षिक सर्वेक्षण के बाद ज़ारी करती है। फ़ोर्ब्स भी इसी तरह की एक पाक्षिक बिजनेस पत्रिका है. जिसमें अलग अलग क्षेत्रों की रैंकिंग ज़ारी करती है। जो रैंकिंग छपते ही दुनियाभर में चर्चा का विषय बन जाती है।

20

ओला

चलो निकलो

भाविश अग्रवाल

भाविश अग्रवाल भारत के सबसे लोकप्रिय कैब, 'ओला कैब' के संस्थापक और सीईओ हैं। ओला कैब्स, जिसे ओला के नाम से अधिक जाना जाता है। ओला की शुरुआत मुंबई में एक ऑनलाइन कैब एग्रीगेटर के रूप में शुरू हुई थी। अब इसका ऑफिस भारत की सिलिकॉन वैली अर्थात बैंगलोर में है। आज इसे भारत में सबसे तेजी से बढ़ते व्यवसायों में से एक के रूप में भी जाना जाता है। जो बाज़ार में अपने प्रतिस्पर्धियों, उबेर और मेरु को पछाड़ता जा रहा है। भाविश अग्रवाल को टाइम पत्रिका ने 2018 में 100 सबसे प्रभावशाली लोगों में शामिल किया गया था।

भाविश का जन्म 1985 को लुधियाना में हुआ था। उन्होंने 2008 में IIT बॉम्बे से इंजीनियरिंग में स्नातक की पढ़ाई पूरी की। स्नातक की पढ़ाई पूरी करने के बाद उन्होंने दुनिया की शीर्ष सॉफ्टवेयर कंपनी माइक्रोसॉफ्ट के माइक्रोसॉफ्ट रिसर्च इंडिया के साथ सहायक शोधकर्ता के रूप में काम करना शुरू किया। वहां उन्होंने दो साल तक काम किया। दो पेटेंट दायर किए और अंतरराष्ट्रीय पत्रिकाओं में तीन पत्र प्रकाशित करवाए। जनवरी 2011 में उन्होंने बेंगलुरु में अंकित भाटी के साथ ओला कैब्स की सह-स्थापना की।

माइक्रोसॉफ्ट छोड़ने के बाद भाविश ने एक सफल उद्यमी बनने की दिशा में कड़ी मेहनत शुरू की। एक छोटा सा ऑनलाइन कारोबार शुरू किया। यह कम समय की छुट्टियों के दौर के बारे में था। उस समय उन्हें एक बुरे अनुभव का सामना करना पड़ा। उन्होंने बैंगलोर से बांदीपुर जाने के लिए टैक्सी एजेंसी से किराए के लिए एक कार उधार ली। और ड्राइवर ने

जंगल के बीच कार को खड़ा कर दिया और बंदूक की नोक पर सबकुछ लूट लिया। उनके इस अनुभव ने उन्हें एक सफल उद्यमी बनने के लिए प्रेरित किया और इस घटना के बाद वह इस समस्या के बारे में बहुत गंभीर हो गये और इसे हल करना चाहते थे। वह अपने दोस्तों से मिले और अपने विचार के बारे में चर्चा की। दोस्तों ने सुझाव दिया कि चलो इसे शुरू करें। क्योंकि उन्हें इस तरह की समस्या का प्रत्यक्ष अनुभव था। शोध के बाद पता चला कि यह वास्तव में जनता के लिए एक वास्तविक और गहरी समस्या थी। बहुत सारे ग्राहक ऐसी स्थितियों के शिकार हो गए थे और उन्हें एक गुणवत्तापूर्ण कैब सेवा की सख्त जरूरत थी। यह पहली बार था जब उन्होंने देखा कि कैब बुकिंग सेवा में कितनी क्षमता हो सकती है। और बुनियादी गणनाओं के बाद, भाविश ने अपने व्यवसाय को पहले बताए गए स्टार्ट-अप से बदलकर – ओला कैब्स कर दिया।

ओला भाविश अग्रवाल और अंकित भाटी की सामूहिक सोच है और आधिकारिक तौर पर एएनआई टेक्नोलॉजीज प्राइवेट लिमिटेड के स्वामित्व में थी। इस विचार को 2010 में बदल दिया। जब अंकित भट्टी ने इंटरनेट, टेलीफोन और मोबाइल एप की मदद से कैब मालिक और कम्प्यूटर को जोड़ दिया। इस समय तक उनके माता-पिता इस नए स्टार्टअप को शुरू करने के बाद पक्ष में नहीं थे। उन्हें लगता था कि माइक्रोसॉफ्ट जैसी बड़ी सॉफ्टवेयर कंपनी को छोड़ने का यह सही निर्णय नहीं है। भाविश के अनुसार "कोई भी अपना खुद का व्यवसाय बना सकता है और किसी के पास भी अच्छी व्यवसाय योजना हो सकती है। लेकिन उन्हें सर्वोत्तम रणनीतिक योजना और सही प्रकार से लागू करने की आवश्यकता है। इसमें भी सबसे अच्छा वह है जिसमें अपना ज़ीरो इन्वेस्टमेंट हो। ओला ने एक सिंगल कार नहीं खरीदी।"

बहुत प्रयास करने के बाद लोगों का उनकी कैब सेवाओं पर विश्वास करने की प्रक्रिया चल रही थी और वे उपभोक्ताओं को सर्वोत्तम सेवाएं प्रदान करने में सक्षम थे। वे नई सेवाएं डाल रहे हैं और उपभोक्ता की दृष्टि से इस सेवा को आसान बना रहे थे और अपना कॉल सेंटर तैयार कर रहे थे। अब उपभोक्ता मोबाइल ऐप से आसानी से कैब बुक कर सकते थे।

शुरुआती महीनों में वह अपने ड्राइवर को 5000 प्रति दिन का भुगतान करते थे, अगर एक ड्राइव ने पूरे दिन में एक ही ट्रिप पूरी की हो तो भी। इस तरह एक ड्राइवर 1.5 लाख महीने कमाता था। इससे भी आश्चर्यजनक तथ्य यह है कि इनमें से अधिकांश ड्राइवर यह अतिरिक्त आय के लिए करते थे, लेकिन वे अपने पूर्णकालिक काम से बहुत अधिक कमाते थे। धीरे-धीरे दिन की यात्रा की लागत कम होकर 2500 प्रतिदिन और फिर 750 प्रतिदिन हो गया। और आज तो यह तभी मिलेगी जब वे दस बुकिंग 10 पूरी करेंगे। अब इस बाजार में

बहुत सारी टैक्सी सेवाएं प्रदान करने वाली कंपनियां या एजेंसियां आ गई हैं, और उनसे प्रतिस्पर्धा करना आसान नहीं है।

भाविश बहुत होशियार है और केवल उस ड्राइवर से जुड़ाव ले रहे थे जिसके पास ऑल इंडिया परमिट की कारें हैं और जो शहर के अंदर और साथ ही शहर के बाहर कैब चलाने में सक्षम हैं। भाविश जानते हैं कि बाजार क्या है और राजस्व कहां है। वह मोबाईल कॉमर्स के बारे में जानते हैं। मोबाइल कॉमर्स क्या बना सकता है? वह जानते हैं कि स्मार्टफोन का इस्तेमाल करने वाला हर व्यक्ति चाहता है कि उनके स्मार्टफोन के अंदर सब कुछ हो। वे इससे ज्यादा जानना नहीं चाहते, बस सरल सुविधाएँ चाहते हैं। सर्वोत्तम रणनीति के रूप में भाविश प्रकाश की गति से अपना व्यवसाय बढ़ाते गये। 2014 की रिपोर्ट के अनुसार ओला ने भारत के 100 शहरों में 2,00,000 ड्राइवरों को जोड़ा था। साथ ही प्रतिदिन की 1,50,000 बुकिंग के मार्क को छुआ और बाजार में 60% का शेयर हासिल किया। जल्द ही, कंपनी ने भी कुछ बड़ी प्रगति हासिल की, जिससे उन्हें फिर से बहुत लाभ हुआ।

उन्होंने अपने 'ओला मिनी' को बैंगलोर में और लगातार दिल्ली में 250 से अधिक ऑटो के साथ चलाया और इसी तरह 2015 तक 800 तक बढ़ाना चाहते थे। उनका प्रस्ताव फिर से असाधारण और चकरा देने वाला था। उन्होंने शुरुआती छह किलोमीटर के लिए 150 रुपये की मूल लागत के साथ 12 रुपये/किमी की शुरुआती लागत के साथ शुरुआत की थी। जिससे उन्हें सबसे कम खर्चीला टैक्सी प्रचालन सुलभ हो गया। इसके बाद, साल खत्म होने से पहले, ओला ने बैंगलोर में कारों के लिए अतिरिक्त रूप से विस्तार किया और इसके अलावा दिल्ली, पुणे और चेन्नई जैसे विभिन्न शहरी समुदायों के इस समर्थन को बढ़ाया।

बाद में उन्होंने अपनी अब तक की सबसे बड़ी खबर दी। ओलाकैब्स ने मार्च 2015 में लगभग 20 करोड़ डॉलर में टैक्सीफॉरश्योर या टीएफएस को खरीद लिया। इसके साथ ओला, जो अभी तक ड्राइवरों के साथ काम करती थी अब टैक्सी संचालकों के साथ भी काम करना शुरू कर दिया।

इसके साथ उन्होंने अतिरिक्त रूप से "कैशलेस राइड्स" का प्रचार किया, जो न केवल उनके सिस्टम पर टैक्सी के साथ काम करती थी, बल्कि साथ ही "ऑटो रिक्शा और काली-पीली टैक्सियों" तक भी पहुंच गई थी! ओला ने हाल ही में "ओला कैफे" लॉन्च किया है। सामान्य भाषा में इसके माध्यम से कोई भी व्यक्ति भोजन, सब्जियां अपने घर तक मंगा सकता हैं। यह सब देखकर कोई कहेगा कि भाविश की स्पीड ओला कार से भी तेज है।

क्या आप जानते हैं?

ओला का क्या मतलब है?

OLA स्पेनिस भाषा का शब्द है। इसका मतलब होता है—हलो, Hello, नमस्कार, अभिवादन...आदि।

नोट्स

नोट्स

通过对话把眼前这位“素不相识”的女性从母亲、妻子、女儿的角色中剥离，放下“应该怎样”的执念，尊重对方的经历，看到她的情绪及其背后的需要，再去探索如何更好地做出对自己和关系负责的选择。在解决关系问题的过程中，如果遇到阻碍，很有可能跟自身的某些议题有关。这时，我们需要做的不是勉强自己，而是更好地关怀自己。了解自己，更能了解母亲；了解母亲，更能了解自己——母女的命运是紧密相连的。

如果自身的议题没有处理好，是看不到母亲 / 女儿的意愿、能力和处境的，看到的反而是没有被对方满足的需要，因此会引发无休止的争吵。曾有一位伙伴痛苦地询问我：“我很爱自己的父母。我明明已经爱得很痛苦了，为什么父母不能像我爱他们一样来爱我呢？”这求而不得的期待，真的会让人深陷绝望和苦楚中无法自拔。可是，“放下期待”并不是一件说到就能做到的事情，而是需要一段时间来疗愈和探索的。这个过程需要处理哀伤的情绪（告别“理想中的完美父母”），弥补内心的缺失（从“父母能给我什么”到“我能给自己什么”），再到自我的重建（明白自我的价值和创伤的意义是什么），最后才能走上与家人和解之路。要记得，这条路上没有“固定答案”。

自我疗愈对于一些伙伴来说不算太难，而对于另一些伙伴来说困难重重。这跟每位伙伴的经历、处境和能力有关，并不是知道就能做到或努力就能实现的，而是一场曲折反复的修行。对于那些正在疗愈深度创伤的伙伴，每走一步可能都要释放很多的情绪，比如愤怒（“为什么父母当初不给我更多的爱与关注？”）、不公（“为什么我小时候承担了这么多，却还是要我去疗愈自己？”）、悲伤（“小时候最恐惧的时候，没有人在我身边。”）、羞耻（“只有取得了好的结果，我才是有价值的。”）。

因此，在这本书中，我不仅希望跟大家聊一聊两代人沟通的心得体会，同时也想展现一对真实母女是如何在对话中不断地获得疗愈和成长的。随着沟通的深入，我逐渐发现我和母亲之间有了更多的空间，可以不拘泥于一种角色，而是有了更多的选择：是女儿，是母亲，是朋友，甚至是陌生人。当我们有选择的时候，就不会感到无助和受挫，急于做出某个“正确”的选择。母女双方反而能根据当下的需要、能力和处境，寻找到有效的资源，做出更适合自己的选择。

再从“陌生人”到“妈妈”

一直以来，我的工作重心都放在对“自恋型虐待”这个议题的关注上。我创作的第一本书聚焦“自恋型伴侣”（《恋爱中的暴君：自恋型男友识别指南》），本来预想着第二本书聚焦在“自恋型父母”上，但是随着阅读和实践的深入，我逐渐意识到主流“自恋型虐待”的理论和干预框架还是以西方视角为主，在实际应用的过程中会产生很多问题，于是我开始思考这一概念在地化的问题。我想要探索的是，在批判现有框架的基础上，如何更好地理论化华人来访者们所面临的母女关系上的挑战，以及如何给出相应的干预措施。感谢本书的责编贺小凡，没有她的邀请和支持，我也不会系统性地思考这个议题。

我经历了从新手咨询师对理论“照猫画虎”的阶段，到实践过程中对于既定理论的批判和反思，现在尝试构建一个基于当下母女关系的干预框架。在实践的过程中，我发现主流的心理学理论无法解释在飞速发展的中国，母女两代人及其关系所面临的困境，这种理论的引入甚至会造成更多的阻碍。主流心理学理论把创伤问题从一个社会性的问题回归到了个体 / 身体的存在，导致了代际（母女）/ 性别（男女）/ 城乡对立的不良局面，将问题导向诸如“东亚母亲是控制狂”“东亚女性不够松弛”“农村女性是‘伏弟魔’”。这里并不是想要否定某些社会现象的存在，只不过很多时候我们会把“果”当成“因”，认为它们只是个人选择的问题，而缺少对行为背后历史和社会环境的了解。

把“果”当成“因”不仅忽略了社会经济结构对个体的影响，同时也遗忘了中国妇女解放的遗产和实践。女性在当下所面临的困境迅速被消费主义的逻辑所吸纳，“母女关系”成了社交媒体引流的“痛点”，不断地被大做文章，但是人们内心的痛苦却无法被看到和解决。比如：在新媒体、综艺节目中频频出现有关“母女”的话题，但是大多只停留在制造话题的层面，而很少提供解决问题的方式方法。

我在处理代际关系问题的过程中也经历了这些。有很长一段时间，我带着这种去历史化、去政治化的创伤视角去看待母女关系，包括我的姥姥和我的母亲之间的关系。随着工作的逐步深入，我越来越发现自己不够了解她们，因此内心生出许多评判。比如，很长一段时间以来，我对姥姥的很多行为是不解的，甚至认为她的一些选择是很“落后”“自恋”的，包括：她在城市生活了大半辈子却从未改变乡音，花大量的精力和财力去照顾老乡和残疾的弟弟，对下一代人的婚恋选择大加干预。我还觉得母亲“缺少自我”，总是在照顾家人，不去考虑自己的感受，很难活出属于自己的精彩。

在接触到去殖民化心理学后，我发现主流心理学中界限分明的“自我”的概念并不适用于我们所生长的环境。很多欧美心理学家近些年来也在批判这种“自我”的概念，认为这会造成人的异化，导致人与人之间产生隔阂。这会让人感到孤独、焦虑和自恋。不仅是在理论中，在实际工作里，当我越来越多地接触上一代女性的时候，我发现她们看似“无效”的行为，不仅关系到个人所呈现出的自恋特质，更跟她们自身的诉求和时代背景有关。这些鲜活的案例都在不断地迫使我思考：到底应该如何理解当下中国母女之间的冲突？是什么阻碍着两代人共情和理解彼此？如何才能建立有效的沟通机制？两代人如何达成和解？总而言之，就是当“我们”成为“我”和“你”之后，如何再从“我”和“你”回到“我们”。

如果说咨询的核心是协助来访者了解自己，那么这就需要咨询师对于来访者所处的文化、政治、经济背景有深厚的了解，才能真正共情和理解来访者真实的需要，否则就会形成刻板印象（落后、无知）。我在实践中感受到了一种深层次的冲突感，这种冲突感来自自身的无知和傲慢。我对上一代女性的认知更多地基于一种西方精英化的想象（不自由、缺少主体性），而不是扎根于她们所处的现实。我逐渐意识到，作为一名咨询师，我不仅需要学习主流的心理学框架，而且也要对其背后的意识形态保持批判的态度，做好在地化的探索。对于创伤的解读，不能只停留在个体 / 群体之间的对立层面，而需要把它放在更大的社会背景和更复杂的权力关系之中去理解。心理学的去殖民化是近几年我理论建构的重点，我在播客节目《雨薇 solo：对人的处境有结构性的认识，才能产生深度的爱与理解》中也有提及。顺带一提，本书内容已上线喜马拉雅、小宇宙、网易云音乐等平台，大家可以搜索“邱后算账”收听本书故事。这本书是我的一次尝试，欢迎大家多多批评指教。

当主流的心理学框架已无法给我想要的答案，与其找到那个合适的框架去指导我和母亲的对话，还不如从我们的实践中去建构起这样一个框架。这个框架会随着我们交流的深入不断地调整，于是，就有了“嘿，妈妈”这档播客。在这档节目中，我和我的母亲在探讨如何解决母女冲突的问题之前，想先了解沟通中遇到的问题是如何形成的。因为我发现只有超越自己的立场，去了解对方的背景和处境，才能更好地理解对方的动机和需要，而不是继续停留在个人期待中的母亲 / 女儿形象的层面。我逐渐意识到，创伤视角的核心不是“你出了什么问题”，而是“你经历了什么”。只有当我真正了解她之后，才能把她当成一个有思想、有情感的人来看待，才能更加理解她所面临的处境和选择，而不是一味地把她当作一个“有问题”的人。

从一开始关注“自恋型虐待”到现在聚焦“母女关系”，我的工作重心从科普什么是自恋型虐待，到关注创伤后的和解与重建，仿佛向前迈进了一步，又好像转了一个圈，回到了原点。现在的我对过去的自己有了更深入的理解，也有了更多的力量和策略去应对来自原生家庭的挑战。正如诗人艾略特（T. S. Eliot）所说：**“我们必不可停止探索，而一切探索的尽头，就是重回起点，并对起点有首次般的了解。”**这句话精准地诠释了代际关系的复杂性——只有继续探索，才能更好地扎根当下，跟过去和解。

和解没有“标准答案”

和解会经历从认清母亲 / 女儿真实的一面，到处理委屈、痛苦和愤怒的情绪，再到与真实的母亲 / 女儿建立关系的过程。一位伙伴分享给我："在疗愈过程中，我经历了对我妈的态度从'为什么不能理解我'到认识到'这不是她能给我的'这个过程。认清现实是痛苦的，我处理了很多情绪，慢慢才能接受。当我接受了母亲真实的能力之后，对待她的方式有所改变，我也发现了她的变化——不再那么评判和否定我，反而会像我对待她一样，也给我积极的反馈。我没想到我能影响到她。"

和解并不总能有一个皆大欢喜的结局，基于当下的处境和能力，母女之间也有可能"保持距离"，甚至是"形同陌路"。这是一种选择，更是一个过程。前提是在探索的过程中允许自己释放内心的愤怒和怨恨，看清现实，从而更好地向前走。的确有虐待倾向严重或者成为虐待倾向严重家人帮凶的母亲。主流观点认为，遇到这类情况，当事人最好尽快与之切断联系。如果能做到当然是个合理的选择，可是对于很多中国人来说，与父母保持界限分明的关系或者直接断联并不是一件容易的事情，大家多少都希望跟母亲保持某种形式的联系。这不仅关乎联结，也是一种归属，更是一种深层次的情感需要。我记得跟一位合作多年，经历自恋型母亲虐待的伙伴一起工作的过程中，当有一天梳理她在当下工作中过度努力的模式的时候，她突然变得情绪激动。因为她终于意识到，原来一直以来自己想要得到的并不是领导的认可，而是小时候从母亲那里缺失的爱与关怀。

意识到内心深处对母爱的渴望，听起来容易，但是做起来很难。因为去感受那种渴求会触发很多羞耻（"我不配"）、不安（"我会失去"）和惩罚性（"之后会发生可怕的事情"）的情绪。我们往往会用防御性的方式，如否认、打压、回避、讨好、麻木，去应对求而不得的痛苦。很多人会使用成瘾性行为去麻痹自己的痛苦，比如努力学习、勤奋工作、拼命健身、无度消费、酗酒吸烟等。成瘾行为可以让我们暂时逃离痛苦，但无法解决核心的问题。长远看来，逃离痛苦会使我们更加痛苦。真正有效的方式是去接纳和感受痛苦，也就是去接纳和感受从小到大爱的缺失，并重新养育自己。这个过程说起来容易，但是做起来很难。对于很多人来说，疗愈是一辈子的事情。

有一年母亲节，我在社群中跟大家聊起如何纪念这个日子。有位伙伴选择在这天给基本断联的母亲送一束花。虽然听上去很平常，但是我知道，对于这位伙伴来说，能抵达这种状态，一路走来有多么不容易。她的分享很打动我："母女关系里可以不只由母亲爱不爱我去决定对关系的体验，我也可以是主体（至少从我的视角），进而有我自己的视角和体验，所以我可以去创造体验和感受，它们可以是好的。"还有一位伙伴选择跟朋友的母亲共度母亲节，庆祝母亲节的过程，也能弥补内心的缺失和遗憾。关键不在于以怎样的形式庆祝这个节日，而在于看清现实，承认并接受自己需要母亲的认可和关爱，即便这种认可和关爱过去从来没有或者很少被体验到。

和解没有"标准答案"，是因为每个家庭的各个成员由于个人的意愿、能力、处境和资源不同，在不同时期所呈现出来的状态是不同的。母女关系要想有所改善，需要两个人百分之百的努力。这百分之百的努力是指每个人都要尽力，而不是一个人可以为另一个人担负剩余的部分。举个例子，我妈能力有限，只能做到百分之三十。我承担了我的责任后，再去承担她余下来的百分之七十。在这个过程中，我很可能会感到精疲力竭，甚至充满愤怒和怨恨。所以，最后想要好的结果，不是靠一方的努力就可以完成的。**母女要想走向和解，不仅要探索"我要如何解决'我们'的问题"，更要思考并解决"我要怎么承担起自我疗愈的责任"和"我要接受她（暂时）**

做不到我期待中的样子”的问题。

这个过程中可能会出现“理解母亲的经历，但是难以共情”的体验。这也很正常，因为童年创伤让我们无法超越自身的痛苦，去站在对方的立场上思考。疗愈能够帮助我们发展出超越性的视角，这样才能把自己从母亲的议题中剥离出来，而不是继续陷入情感纠缠的内耗之中。随着疗愈工作的深入，我意识到共情能力有两个支撑：一个是心理能量，另一个是理解能力。心理能量依托内心的成熟度，而理解能力是通过尽力跟来访者一起回到过去，体验其那个时候的感受，两者缺一不可。很长一段时间我都觉得理解能力最为重要，但后来才意识到如果心理能量不足，很难超越自身的视角去理解他人，特别是面对曾经伤害过自己的人。一位伙伴曾意识到：“当心理能量不足的时候，想象会把我置于巨大的不安中。”共情不能强求，它是一种在处理大量哀伤的情绪之后发展出来的，基于自身能力之上的、自然而然且超越自我的情感流动体验。

大家在阅读这本书的过程中，不必认同里面的观点，也不用强求自己读下去。在阅读过程中感到应激和消耗是一件很合理的事情，请大家照顾好自己的情绪和感受。疗愈本来就是一件很个人的事情，每个人的路径、节奏和方式都不同。重要的不是遵从某个“标准”，而是顺应自己的内心。关于自我疗愈是什么以及怎么做，我之前在《雨薇 solo：疗愈创伤，我要准备和经历什么？》《雨薇 solo：疗愈原生家庭的创伤不能加速，走得太快会退行》这两期播客中分享过，感兴趣的读者可以了解一下。

这本书主体内容分为八个章节：第一章“‘看到她’”，是想从历史视角去探讨姥姥和母亲两代人的成长经历和个人选择。第二章到第六章分别聊到了沟通中重要的五个因素，包括“情绪”“信任”“边界”“自我”和“自尊心”。这些因素都是我观察到代际冲突中经常被忽略，但却起着关键性作用的抓手。我和母亲分别站在两代人不同的立场和角度上表达了各自的观点和想法，尝试建立理解和共识，时而成功，时而失败。第七章“父女”特别把父亲的角色引入对话中，因为这也是影响母女关系的一个重要因素。第八章“沟通”是一个总结性的章节，把录播客以来和母亲一起总结的沟通经验和技巧梳理了一遍。贯穿全篇的，是我在工作中观察到母女沟通中常见的议题，比如爱、职业、择偶、婚恋、生育、创伤、生死、育儿、情绪价值、容貌焦虑、女性困境、性别议题等。

阅读本书不仅是在阅读一本有关“如何改善代际沟通”的行动指南，更是一个跟自己 / 母亲开启对话的契机。大家不仅可以看到 / 听到我和母亲之间真实的互动过程，还可以邀请自己的母亲参与其中，或是用书写的形式尝试跟母亲隔空对话。每一章都是我一期播客节目的主题，在每章的最后，我还分享了一些技巧、方法和感言，协助大家更好地进行对话。大家可以结合我的播客（“邱后算账”）和微信公众号（“爱勇不息 Courage to Become”）自行搜索，了解更多内容。衷心希望这本书可以给大家打开一个开放的探索空间，构建出专属自己的“和解”方式，并且建立起人与人的联结，创造出具有超越性的改变。

目 录

第一章

第二章

第三章

第四章

第五章

第六章

第七章

第八章

“看到她”

只看到破碎的大人，

看不到受伤的小孩

1999 年的一张“妈妈们和女儿们”的全家福，

此后聚少离多

第一章的主题是“看到她”。现在当我们说到“让母亲成为自己”，还是以去历史化、去背景化、个人主义的视角去看待前代女性的选择的。可是，我们忽略了在社会主义建设时期、集体主义环境下成长起来的她们，对“自我”的认知和他人、社会和国家是紧密相连的。在个人主义思潮强势发展的今天，我们很难理解那个时代人们的处境。同样的，在那个时代长大的她们，也很难理解当下我们的选择。无论是她们还是我们，如果用自己的标准去评判对方，势必会产生难以调和的冲突。有的时候，冲突的起因并不一定是个人化的，冲突很可能是时代发展的阵痛在个人关系中的呈现。

在开始谈论如何解决冲突之前，我想先跟大家聊一聊冲突背后的时代背景。这一章以我姥姥和我母亲的口述史作为方法，邀请她们向我讲述其所处的时代环境和个人境遇之间的复杂关系。我希望能够梳理社会赋予女性的各种角色，更好地了解她们的成长历程，从而看到她们深层次的情绪和需要。同时，我也希望了解她们作为有主体性的个体，是如何回应时代给她们抛出来的议题的，以及在这个过程中的得与失。

第一部分邀请了我的姥姥讲述她的人生经历，第二部分邀请了我的母亲分享她的成长故事。记录之所以重要，是因为这是一种具有历史延续性的传承，更是一种对未来方向的指引。每当面对不同身份带来的压力和选择，我时常问自己：“我到底想要过一种什么样的生活？”当感到迷茫的时候，我会想到周围的女性，想要了解她们经历了什么，以及从她们的生命探索中是否可以找到新的出路。她们的命运跟我息息相关，她们是我力量的源泉。

我的姥姥：
是早年丧父贫农家的女儿，也是无私救治乡亲的医者

先给大家简单介绍一下我的姥姥。我的姥姥名叫王金爱，于1940年出生在河北省石家庄市栾城区窦妪镇窦妪村。她出身贫寒，幼年丧父。她的母亲和几个哥哥一起供养她——家里唯一的一个女孩——读书。她通过国家的支持和自身的努力来到了省城石家庄，之后在当地的一家综合性三甲医院工作，成为一名优秀的副主任医师。她在工作期间一直坚持免费为农村的老乡看病，生前名字就被记录在县志里。

姥姥临终时向我们交代，她的后事要从简。她去世后，我们只告知了周围走得比较近的一些亲戚。守灵那几天，我们家被一波又一波她救治过的老乡挤得水泄不通。他们风尘仆仆地赶来，有的带着钱，有的带着自己的儿孙，有的带着自家产的小米和白面。他们来到家里，不怎么寒暄，径直走到姥姥的遗像前，跪在地上就磕头，磕完便默默离开了。他们以这种质朴的方式，表达对这位曾救治过他们和他们亲人的医者的感谢，送她最后一程。

很长时间以来，我认为辛勤工作、无私奉献是姥姥那代人（特别是女性）“没有自我”的一种体现。我觉得她和姥爷的婚姻不幸福，是因为她太强势了，不够温柔和顾家。直到我因为要创作这本书，开始系统性地了解新中国成立初期和社会主义建设时期的历史，看法才有了变化。令我印象深刻的是，学者张泠在《性别、民族与

社会主义现代性：〈五朵金花〉中的旅途叙事与公路形态》[1]一文中提到，中国妇女解放的历史有着不同于西方国家以个人主义和资产阶级自由主义思想为主的女权框架。这个框架边缘化、污名化了左翼知识分子的理论与实践。中国社会主义建设时期女性权益的提升和民族革命、国家建设、经济发展等政治议题并不是相互对立的，而是相辅相成的。

随着越来越了解全球知识生产中权力不对等的现象，以及更多地用政治经济学视角去分析我们所处的时代背景，我逐渐意识到了自己理论视角的局限性。它不足以帮助我了解过去的时代女性的行动和选择，反而削弱了其自主性。虽然直到今日，我依然无法完全理解身处那个时代意味着什么，但是通过阅读相关研究和观看那个时代的电影等文艺作品，我被劳动女性那种积极的精神风貌所打动，仿佛从她们身上看到了我的姥姥。我一方面感到欣喜，逐渐理解了姥姥崇高的追求；另一方面，我为自己过去对姥姥的偏见感到惭愧。

这么说不是想要美化过去，也不是希望回到过去。作为批判者，我要对各种理论保持审慎的态度，以寻求一种平衡。作为咨询师，我认为代际创伤是真实存在的。从创伤的视角来看，经历长时间的苦难而没有被疗愈，可能让人变得僵化、刻板和严苛。上一代人的苦难，不是合理化他们忽略、打压和控制孩子这些行为的借口。我只是衷心希望把对一个人的评价放回更复杂的叙事中，特别是当时的政治、经济、历史环境中，夺回讲述自己故事的权利。**这不仅是对逝者的尊重，也是对我们自己的尊重，因为讲述自己的故事就是活着本身，就是一种抵抗。**这种讲述塑造了我的记忆、我的身份，

[1] 张泠 .（2021）. 性别、民族与社会主义现代性：《五朵金花》中的旅途叙事与公路形态 . 妇女研究论丛 , (4), 32.

时刻给予我力量，告诉我自己来自哪里，扎根在哪里，要往哪里去。

以下这段对话的录音是我在2013年底，姥姥去世前几周录制的。那个时候我只是出于本能想要记录一下她的生平，但是并不知道她的故事跟我有怎样的关联性和意义。癌细胞的侵蚀让她的声音有气无力，她对于很多细节的记忆已经逐渐模糊。回想过去，对她来说最重要的主题之一就是工作。工作对于我们这一代很多人来说，常被认为是一种“枷锁”，但是对于她来说，却是一种脱离家庭固有模式（太姥姥以及之前的女性都是“主内”），进入公共领域的重要途径，是她创造自我价值的主要方式，也是值得骄傲一生的事情。

姥姥那一代人的童年伴随着战争、饥饿、疾病和死亡

雨薇：姥姥，您要不要先介绍一下自己？

姥姥：我1940年出生在窦妪镇第三区。

雨薇：您小时候是在什么样的环境下成长的？有没有什么令您印象深刻的事情？

姥姥：记事的时候还没解放呢，那时我三岁左右，已经知道害怕了，常常吓得哭，吓得生病。飞机呜呜呜地飞，火车就钻到洞里头。如果火车停在铁轨上，飞机就要炸火车。俺们在村里一看见飞机来了，赶紧躲。

雨薇说

我还记得小时候姥姥跟我说，抗战时期，日本人不仅轰炸了她的家乡，而且在那里执行了“三光”政策。很多裹小脚的妇女因为无法长时间走路，没办法逃到山里避难，就会拿炉灰抹在脸上“扮丑”，或者干脆坐在井边，日本人来了就投井自杀。我的奶奶十三岁就开始给日本人做童工。我小时候她不止一次愤怒地对我说：“日本人真的不把我们当人看。”小小年纪的她，经常目睹中国人被随意杀死，丢在家门口的“万人坑”里。

雨薇：听说您的父亲在您很小的时候就去世了，您对父亲的印象是怎样的？

姥姥：他一个字都不认识，没上过学。那个时候哪有学上啊，村里根本没有学校。但他的手特别巧。父亲看看别人家的水车，就能做出脚踏的水车。他做了水车，还做了洋布机。他会铁匠活，又会木匠活。

姥姥和兄弟之间的关系并不是竞争性的，而是合作性的

雨薇：您有三个哥哥，一个弟弟。从小在男孩子堆儿里长大是一种怎样的体验？

姥姥：大哥那个时候六到八岁，他带着二哥、三哥在地里干活，净打架，一般是大哥和二哥一块打三哥。三哥因为不会干活儿，在兄弟里不吃香。三哥还敢把屎壳郎往嘴里塞，所以他会被人叫“三没脸”——“大金子，二银子，三没脸破盆子。”

雨薇：姥姥，您对您母亲印象如何呢？

姥姥：那时候因为家庭不和睦，我爸和二爷就分家了。爷爷和奶奶跟着二爷住，俺们跟着我爸住。那个时候我爸就不行了，村里人说，他是染上瘟疫病死的，现在来看，他得的不是肺结核就是黄疸。那时候我也不过四岁吧，你太姥姥成天和这个二爷生气……（带着哭腔）

雨薇：我想做个背景补充。自我记事儿起，太姥姥就是家里最有权威的长辈，逢年过节的时候儿孙都来给她磕头。但是，她年轻的时候就守了寡，一个人拉扯着几个孩子长大，吃了非常多的苦，受了很多委屈。太姥姥离世前生病住院没有得到很好的治疗，我姥姥因此一直特别愧疚。在我姥姥弥留之际，她的意识都已经不清醒了，还手指着天，用家乡话不断地喊着“娘”。病房临床的人听了之后都忍不住落泪。

雨薇说

无论是我的姥姥还是我的奶奶，她们讲起童年的时候，所提及的共同主题都是抗战、饥饿和亲人离世。这些天灾人祸给人造成的创伤后应激障碍（Post-Traumatic Stress Disorder，PTSD）是持久且全方位的，包括情绪应激、不安焦虑、身体僵硬、噩梦不断、身心问题等。很多人会觉得，都过去这么久了，怎么还会有这么大的反应？这是一种自我保护机制。**时间不会淡化伤害，只有释放情绪和积压在身体内的压力，才能缓解创伤后应激障碍的症状。**

雨薇：那说说您吧，姥姥您是什么时候上的学呢？

姥姥：不是六岁就是八岁。那个时候上学不要钱，就在窦妪村现在的那个学校。为了上学，自己掏棉花去卖。把棉花剥一剥籽儿，然后卖掉。

雨薇：为什么哥哥弟弟们都不去念书，而您去了呢？那时没有重男轻女的观念吗？

姥姥：重什么男，轻什么女啊？（语气略带生气）没这么一说。女孩子到时候就出嫁呗，虚岁十八可能就出嫁了，兴那个。儿子要下地干活儿。

雨薇说

从我姥姥的经历可以看出，她和哥哥们在那个时代都面临着一定程度的压迫，只是表现形式不同。男性作为劳动的主力，需要从小下地干活，提供家庭的生活所需。这间接剥夺了他们受教育的权利。我的姥姥作为家里唯一的女儿，虽然需要承担起家务劳动且面临出嫁的压力，但是反而获得了受教育的机会。她和哥哥们的关系并不是竞争性的，而是互帮互助的。

雨薇：姥姥，我记得上学的时候您还当班长来着。

姥姥：上学时爱跟老师闹矛盾，好打抱不平。上了初中，有一年吃糠咽菜，在学校里一个礼拜能吃一顿或者两顿饼子。我不舍得吃，挂在房顶上，结果还是被人偷了。学生自己掏茅房，盖厕所，自己种菜吃。

雨薇说

代际沟通中经常出现的问题之一是对于“节俭”的态度，例如应该如何处理剩菜剩饭。我越是了解那个时代的生活背景，越能够理解人们行为背后的原因——不是故意跟现在的年轻人“对着干”，而是他们在物资匮乏的年代养成的习惯，导致了他们过度节俭的行为模式。这不是他们的“错”，而是一种求生策略。我常听到很多孩子抱怨父母“不听自己说话”，愤怒的情绪往往来自“被忽略”所带来的无力感。这并不完全是因为长辈“不在意”或者孩子“不努力”，而是环境和经历导致的。过度节俭很可能是一种应激性反应，背后是内心极度缺乏安全感。

20世纪60年开始，学校要解散，把俺们都分配了，我被分到了石家庄。石家庄有铁路，有农校，有护校，想上哪自己报名。那个时候不知道护士学校是干什么的，先去了河北医学院附属护士学校，毕业后就分到医院。我在护士学校里待了两年，这两年里头一直当班长，直到毕业。

雨薇：还跟老师闹矛盾吗？

姥姥：闹，爱打抱不平。男生总欺负女生，我光跟他们吵架了。

姥姥最引以为傲的身份
是在村里无偿治病救人的好医生

雨薇：您读的是护士学校，后来怎么当上医生的啊？

姥姥：那是那个时代的产物。护士表现好，有机会被提升成医生。那个时候需要学习另一门语言，我学的日语，后来被提升为副主任医师。

雨薇说

女性境遇的提升不仅要靠个人努力，还要靠社会制度的干预和保障。我的姥姥从一个贫农家庭的孩子，一步步成长为省会城市三甲医院的副主任医师，除了因为自身的天赋和勤奋，也离不开自上而下的政策支持。

雨薇：姥姥，我觉得您这辈子勤勤恳恳的，特别努力，而且乐于助人，老家来了看病的人，您都是随叫随到。

姥姥：凡是窦妪村的人来看病了，我都给他们免费。一个我，一个梁子琴，大家都说窦妪村里这两个闺女贡献大。

雨薇说

姥姥最引以为傲的身份就是医生，因为医生可以帮助穷人，救死扶伤。她作为信奉“妇女能顶半边天”的一代人，把主要精力投入工作中，而不只是成为母亲和养育孩子。跟她母亲那代人相比，我的姥姥离开了家庭，接受了教育，进入了社会，有了经济能力和自己的社会影响力，并跟伴侣在家庭中建立了相对平等的关系。（如家务上平均分配，姥爷负责做饭，姥姥负责收拾屋子。）在后来的职业发展中，我的姥姥无论是经济收入还是社会地位都超越了丈夫，这也带来了家庭内部的争端。虽然有政策性的支持（如集体住房、集体幼儿园），但是大部分家庭依然面临工作和家庭的双重重负。

雨薇：姥姥您有基础病，是什么时候落下的病根儿呢？

姥姥：我在陈村念书的时候得过一次肺炎。那个时候不知道什么叫发烧，只是感觉发热、咳嗽和不舒服。小时候哪有青霉素啊，所以从小就有了支气管扩张的毛病。到了医院要做体检，发现右肺有病灶，但不咳嗽也不发烧。后来我才知道那时候得的是炎症，病灶越来越大，蔓延到了整个肺，两肺都有影响。

姥姥和弟弟深厚的情谊建立在互帮互助的基础上

雨薇：姥姥，您最牵挂的是四老舅（姥姥最小的弟弟，有残疾），聊聊他的事情吧。

姥姥：你四老舅小时候屁股上长了个大疮，怎么也好不了。牛家庄一个老中医给他上了药，越上脓包越大，后来都露着骨头。每一次揭下膏药都能把皮黏下来，越弄越严重。

部队上有个卫生兵，用磺胺药给伤口收了口儿。卫生兵说将来长不上是个事儿，但怕是结不了婚，也不能生儿育女。慢慢地，口儿算长上了。后来到了医院，人家说是髋关节结核。大夫给他做了手术，加了个关节。他回了老家，在太姥姥的房子旁边给他接了个客房。他在床上躺了三个月才算好了，这次是彻底好了，能结婚，也能生孩子了。

雨薇说

姥姥一辈子都在关心兄弟们和他们后代的发展，特别是四老舅。她一直在积极地鼓励四老舅的孩子们来市里接受教育（还把家里的房间让给孩子们住），让他们落户到城市，再帮助他们成家立业、生儿育女。逢年过节，姥姥一定会准备很多年货给四老舅一家人。从今天的视角来看，姥姥的做法是“控制欲强”“边界不清”“伏弟魔”的表现。她的一些行为的确有些“强势”“专横”，不太讲究方式方法。但是，当我了解到姥姥和四老舅过去的经历，以及四老舅的子女们对姥姥发自内心的感恩之情，才发现他们两个人的关系不只是“姐姐出于重男轻女的思想在为弟弟无条件付出”的性别叙事可以解释得了的。他们的感情经历了战争、死亡、灾荒和疾病，一家人相互扶持，积累了深厚的情谊。这一点和我在了解巴勒斯坦难民流亡经历时所读到的相契合。巴勒斯坦人经历了长期的压迫，因此，他们会选择住在一起，互帮互助，关系亲密。这份深厚的情谊根植于反抗殖民统治和重建家园的共同的主体性，更是出于对公义、和平和爱的追寻。他们身上所体现出的勤劳、勇敢、无私、乐观、乐于助人等品质，跟当下流行的边界分明、以价值交换为主的“自我”和“关系”很不同。

聊完我的姥姥，开始正式聊聊这本书的主人公——我的母亲。母亲的网名是“蓝色沙漠”，随着播客节目“嘿，妈妈”的陆续更新，很多听友都亲切地称她为“蓝姨”。她很喜欢这个名字，“蓝姨”也就自然而然地成为她在节目中的昵称。

下面这部分会以我母亲的视角为主，聊一聊她的成长经历。姥姥的形象会以各种形式贯穿在我们的交谈中——坚韧温柔的女性、爱憎分明的班长、重情重义的女儿 / 姐妹、热心忙碌的医生、寡言操劳的母亲和怨气满满的妻子。从这些身份中不仅能看到一个更加立体的姥姥，也能看到代与代之间复杂的情感关系，以及社会对于女性角色期待的变迁。

回归到个人关系上来，梳理母亲的成长经历可以帮助我们打破对于她的“全能幻想”，也就是意识到母亲并不是一个能够满足孩子一切需要的完美的存在。直面母亲的“不完美”，意味着要接受小时候被伤害、被忽略的经历，这会引起一系列复杂的情绪：一方面会觉得愤怒和不公，另一方面会感到难过和愧疚，觉得母亲也有她的难处，是不是自己的要求太苛刻了。这种既想要获得爱，努力尝试后却总是受伤害的模式在母女关系中不断地重复和循环着，消耗着双方，到最后伤痕累累，令人心灰意冷。

打破这个循环的关键在于，不断地认清母亲在母女关系中的能力和意愿：母亲共情和沟通的能力怎么样？她是否愿意承认自己的不足，并花时间和精力去跟孩子一起学习和成长？认清这些问题可以从梳理母亲的成长背景和人生中的重要事件，以及她是如何处理人际关系的冲突入手。**作为女儿，认清母亲真实的一面，也是告别“理想化”母亲的过程。**

这部分内容来自第一期“嘿，妈妈”播客节目，我邀请了我的母亲一起探讨母女关系。剪完这期节目，我有一个特别深刻的体会，就是我和我妈现在同处在人生中一个很相似的阶段。她今年五十多岁，刚刚卸下了社会赋予她的大部分责任，开始探索自我。我今年三十多岁，也在工作、生活和关系等各个方面探索。虽然我们两个的人生阅历、年龄、成长背景不尽相同，但是我们似乎同处在一个“探索”的阶段。

当我决定学习抛开对母亲的偏见、预设，以及自己掌握的一些知识，开始走入她的世界的时候，我逐渐看到了我们之间冲突背后的时代背景。当我去跟我妈交流的时候，我发现那些看似很难认同的她的思维和行为模式，其实是基于一定的政治、经济、文化和历史现实的。我想要了解更多。

当下的心理学似乎认为，个人主义是一个人逐渐走向成熟的标志，但是随着过去几年实务工作的展开，我开始对此打起了问号。我们真的能够实现个体的“完全独立”吗？在北美生活多年的我，看到了这种“独立”背后的代价——人情冷漠、人与人关系疏远、人的情绪状态堪忧、心理疾病频发。这难道是我们想要全速抵达的发展目标吗？我们能够从中吸取什么教训？

中国自改革开放以来，经历了持续高速发展的时代。我们用了几十年完成了其他国家几百年的发展，也付出了相应的代价。这种得失在家庭关系中也有所体现，总的来说就是，我们这代人和我们父母这代人之间的差距无比巨大。面对这样的社会现实，不能简单地评判好与坏，我更想要了解的是：两代人对于关系的认知是什么样的？如何求同存异地达成一致，让和解和沟通成为可能？这次的谈话也是我的一次尝试。

我的妈妈：从小过着按部就班的生活，人到中年重新探索自己

雨薇：今天邀请了一位特殊的嘉宾，就是我妈。先跟大家打声招呼吧。

蓝姨：小伙伴们好，我是雨薇的妈妈。我是1965年出生的，已经退休两年了。我常常听雨薇的播客，感觉评论区很热闹，也特别喜欢这种氛围。

雨薇：妈，你真的听过吗？我虽然没说过你的坏话，但是也没少提我们家的事儿。

蓝姨：你的“邱后算账”，我基本上每期都听。

雨薇：听过我说起你吗？

蓝姨：我不喜欢你说我。本来家里没那么多乱七八糟的事儿，让你一说好像多么严重。

雨薇：这次就邀请当事人跟大家聊一聊，从她的角度看看她的成长背景是什么样的，以及我们是如何去解决母女关系中的一些冲突和挑战的。我们渐渐找到了一种和对方沟通的方式，你觉得是不是这样？

蓝姨：是的，你在成长，我们也跟着你慢慢地成长。

小时候寄人篱下的成长经历，让她变得没有安全感

雨薇：那咱们就从你小时候的经历开始聊起。第一个我特别想了解的是你的成长环境。我听到很多周围的同龄人都会形容自己的母亲“像个小女孩一样，内心特别没有安全感”。你也形容自己比较要面子，自尊心强，其实没什么自信。我觉得这一方面可能和家

庭关系有关，另一方面可能也跟时代背景有关。作为一名“60后”，你小时候的成长环境是什么样的？

蓝姨：我的父母是双职工，他们工作很忙。我的妈妈是医务工作者，我从记事起，便感觉她除了工作，就是在学习。她有很多医学方面的书要读，陪伴我和妹妹的时间不是很多。她不是很擅长做家务，特别是做饭，但是她很少对我们指手画脚，用言语去告诉我们要怎么做。她总是在实实在在地做事情，很少说话。

我出生之后，妈妈工作变得更忙了，还得了乳腺炎，父母就把我送到乡下的姥姥家去了。记事儿起，我就是跟姥姥生活在一起的。我的姥姥从年轻的时候就守了寡，几个孩子都是独自带大的。上小学之前就只有我和我妹妹跟着姥姥生活，姥姥对我们特别好。姥姥话也很少，我妈性格跟她特别像。姥姥每天按时给我们做饭，剩下的时间很少要求我们做什么，可以说是“放养”。小时候我觉得老家那片天地特别好，四处都是农田、草地、树木、小河。现在想起来依然觉得那个小村庄可美了。

雨薇：你物质上和情感上的需求是怎样被满足的呢？

蓝姨：姥姥给不了我们太好的条件。那时候不像再早那么缺衣少食，但生活还是十分艰苦的。我们的衣服都是大的穿剩下给小的，过年的时候才可能做身新衣服。但是那时候很快乐，其他的兄弟姐妹也在，比如我舅舅们的孩子。我们天天一起出去玩儿，日子过得可快活了。

雨薇：现在看来，你们算是“留守儿童”。

蓝姨：对，我们就是父母不在身边，在乡下跟着姥姥长大的孩子。

雨薇：那有些时候你会不会觉得没有人为自己“撑腰”？

蓝姨：会有这种感觉，比如，有的亲戚可能出于嫉妒，对着我说我妈妈的坏话。我特别气愤，心想：“为什么要这么说我妈妈？我妈妈对家里人那么好！我一定要争口气。”特别明显的感觉是在一次过年。农村过年每家都要杀一头猪，因为爸爸妈妈不在，虽然我很想吃肉，但是不敢主动提出来，有一种寄人篱下的感觉。

雨薇：我记得你还跟我说过，后来太姥姥有了更小的孙子和孙女。你之前觉得太姥姥是你的臂膀、你的支持，是你唯一的依靠。但后来你意识到，太姥姥的爱需要跟其他人分享，那是一种什么样的体验？

蓝姨：随着表弟、表妹渐渐出生，我明显感觉到，姥姥把她的爱分给了更小的孩子。那时候我就想：“这俩小孩儿怎么把属于我和我妹妹的爱夺走了呢？”真有那种嫉妒心理。

雨薇：后来你们又是几岁被爸爸妈妈接到市里，跟他们一起生活的呢？

蓝姨：那个时候我们要上小学了。因为我们的户口在市里，不能在农村上学，爸爸妈妈就把我们接回来了。

雨薇：从乡下那种放养的环境，到一下子回到了市里，你经历了怎样的心路历程？我没怎么听你讲过小时候跟父母的关系，讲的都是你的姥姥。

蓝姨：因为对我来说最亲的人是姥姥。回到市里，跟妈妈还会有些日常生活上的互动，父亲在我眼中就是一个做饭的角色。他除了下了班回来做饭，其他时间就是在上班，很少跟我们交流。在我的内心当中，最急切、最盼望的就是放假——不想在市里跟父母多待一天，就想赶紧回到姥姥身边去。尽管那时候我一回老家就会过敏，一回村身上就起好多大包，特别难受，那我也必须得回去。

雨薇：回到姥姥家是什么感觉？

蓝姨：很快乐，有兄弟姐妹的陪伴。姥姥从来不指责我们，会尽可能给我们做她拿手的饭菜，她也很高兴我回去……（声音开始颤抖）

雨薇：感觉你现在挺受触动的。

蓝姨：我想姥姥了。时间过得好快，她已经走了三十多年了。提起童年，我能想到的就是在乡下的那些场景。

雨薇：你还提到过，一开始到市里上小学，会有很多不适应的地方，比如口音、生活习惯等方面。

蓝姨：对，那个时候在老家讲家乡话，回到市里，人家都讲普通话。虽然我和妹妹会讲，但是我们就是觉得不舒服，讲起来憋得慌。我们还是喜欢在老家的那种感觉，但后来也慢慢适应了市里的生活。

雨薇：小时候的你好像一直在很“颠簸”地生活，这会不会对你产生影响？

蓝姨：你用的“颠簸”这个词特别对，就是一直在换地儿。我姥姥那边因为有其他孩子在，有时候没有时间照顾我们，可能会把我们放在别人家里几天，比如表哥或者表妹家。

我的妹妹比我小两岁，她那会儿还处在一种啥也不懂的状态。每到一个新的环境，我总觉得自己需要看人家的脸色。其实人家对我们都挺好的，但是我内心知道那不是我的家，就是有种寄人篱下的感觉。我在很小的时候，就知道给人家帮帮忙，做点事情，让人家不要觉得我和妹妹是两个累赘。

雨薇：这么一说我感觉特别心疼你，那么小你就常常担心自己给别人添麻烦。

蓝姨：对，这也使我后来不管在工作岗位上，还是在与人相处的时候，都会比较容易放下自己，能够多考虑别人的感受。在我的工作单位，有些人会养成比较傲慢、张扬的性格，但是我觉得我没有。

这样的童年经历让我觉得，有了孩子一定要亲自去带，让孩子感受到来自父母的温暖和爱，这样才能增强孩子的自信。像我这样不够自信，容易优柔寡断，跟缺乏家庭温暖是有一定关系的。我想说的就是，要爱自己的孩子，多陪伴孩子，让孩子在一个充满爱的环境下成长。这点很重要。

雨薇说

小时候寄人篱下的经历，会让母亲在人际关系中更容易压抑自己的需要，下意识地觉察和满足他人的需求，从而获得一种安全感。**安全感建立在他人的评价之上，自我价值感很容易受外界影响，导致缺乏自信**。这一方面会让她在关系中更容易理解他人，另一方面可能会有过度讨好和委屈自己的倾向，渴望通过付出得到外界的认可。

雨薇：刚才说了很多关于你姥姥和母亲的事情，那关于父亲你有没有什么想补充的呢？

蓝姨：父亲在家庭中应该是一个很重要的角色，但是我们家却不是这样。这可能跟我父亲的成长环境也有关系。他的母亲去世得早，我爷爷一个人把他带大。他小时候经历了很多困苦，塑造了他懦弱的性格。家里大部分责任都是母亲承担起来的，父亲在我心目中是缺位的。

雨薇：我姨也说过，好像从小到大都没太有父亲这个概念。这种父亲缺位的感受对你产生了什么样的影响？我发现你很多时候会代替姥爷承担一些责任，比如保护和照顾姥姥。

蓝姨：是，从很小的时候开始，但凡涉及家里的事情，我都会像个战士一样往前冲。

雨薇：我觉得挺矛盾的。你有很强势的一面，但是这种强势很多时候是“外强中干”的。其实你内心有很多不确定性和不安全感，只不过有的时候会出于本能往前冲。我的感觉是，那种力量是爆发性的，来自你要去保护家人的意愿，这是我从你身上看到的。同时，你也有不够自信的一面，这种不自信多少也会影响我，比如你会对我的身材和打扮有要求，在我小时候拿我跟别人比较——学习成绩好坏，上了怎样的学校，胖了瘦了，高了矮了，衣服怎么穿才好看等等。我相信你是出于好意，希望我变得更好，但是这会让我在成长过程中特别在意自己的表现和形象。我会变得很要面子，自尊心过强。

蓝姨：说到拿自己的孩子跟别人的孩子比较这件事情，其实我是后来才知道这样做是不对的。我也特别希望年轻的父母绝对不要重蹈覆辙，因为每个孩子都是独一无二的，都有优点和缺点，不要去做比较。

雨薇说

心理学中有一个概念叫“亲职化”（Parentified），指孩子过度承担了父母的责任。这类孩子从小看起来十分听话懂事，像“小大人”一样，但其实压抑了很多自身的情感需要，成为了保护、照顾父母的角色。当感觉恐惧的时候，他们反而会压抑自己的不安，去保护父母。结果就是，孩子会更倾向于关注他人的需要和感受，过度在意外界的认可。需要强调的是，培养孩子的责任感，不等于让孩子走向亲职化。区别在于，前者是在尊重孩子自身独特的情感和需要的基础上，培养孩子负责任的意识；后者是以父母的期待为导向，反而以剥夺孩子的自主性为代价。

妈妈认为独立的标志是结婚，那一天她感觉自己抛弃了父母

雨薇：现在“结婚”这个话题，就像是两代人之间一个不可调和的矛盾。父母好像总是特别担心子女未来的婚姻大事，想让孩子按部就班地生活。我想问问你，你像我这么大的时候，从女儿快速地变成了一个母亲，好像中间没有过渡，这是一种什么样的体验？

蓝姨：令我印象最深的就是我从女儿变成妻子那一天。你奶奶家跟姥姥家离得很近，走路 20 分钟，骑车 5 分钟就到了，但那种感觉就像跨越了千山万水。其实他们家的环境我非常熟悉，之前也经常去，但是突然觉得我怎么离开了家，把妈妈爸爸留在家里，自己跑到这儿来了……我觉得父母非常可怜，以后家里就只剩他们俩了。

雨薇：这是一种抛弃了他们的感觉吗？

蓝姨：是，好像抛弃了父母，突然嫁到这儿，变成别人家的人了。

雨薇：现在回过头来看这件事，我很好奇是什么让你产生这种感觉的。

蓝姨：我不知道为什么出现了这种感觉，但它是实实在在的。

雨薇：我只是从旁观者角度来看，可能说得不对。我感受到的是从跟我姥姥姥爷“生长”在一起的状态中被撕扯下来，然后“嫁接”到一个新的家庭里面。这种撕扯的过程其实是很痛苦的。

蓝姨：对，日常生活中是没有这种感觉的。即便去出差、求学，或者离开这个家很久，我都没有体验过结婚第二天所经历的那种强烈的痛苦。

雨薇：好像你也没怎么离开家独自生活过。

蓝姨：对，我没有离开过家，但是很多曾经离家的人也是这样的——在结婚的那一瞬间，感觉像跟家庭撕扯开了，体验到了很痛苦的感觉。

雨薇：可能你之前和姥姥姥爷心理上是连在一起的，突然间剪断了，然后跟另一个家重组在一起。我们这代人更多的是以一个独立个体的身份进入另一个家庭里面。我发现现在社会确实处在转型的阶段，这在女性身上体现得尤为明显。女性在精神上、经济上都更加独立，更有自主意识了，并且希望未来的另一半也是一个独立的个体。这样的两个人组成一个家庭，然后共同应对来自生活、家庭、社会各方面的挑战。

也就是说，我们这一代人希望自己和伴侣首先都是独立的个体，然后再走入婚姻，而不是一方为另一方无条件地付出和妥协，到最后双方都不满意。

蓝姨：我明白你的意思，但是夫妻的结合不单是两个人之间的事情，也是两个家庭的事情。

雨薇：好多父母觉得女儿结了婚才进入真正成人的状态，如果不结婚，好像永远是跟爸爸妈妈绑在一起的。我也听到过很多例子，比如女儿想买房独立生活，父母会觉得“应该结婚以后让你丈夫买”。好像女儿如果不出嫁，永远是妈妈、爸爸的大姑娘。

蓝姨：对，是这样的，我现在还是会有这种感觉。当我看到我的女儿找到了心爱的人，成了家，就感觉我对她的责任尽到了，剩下就是你们去过日子了。

雨薇：这么听起来，好像父母责任的完成是从子女结婚那一刻开始的，就是把孩子从一个家庭安顿到另外一个家庭里面，这样父母心里就踏实了。

蓝姨：对，是这样的。我现在也是这样的想法。

女儿觉得独立的标志是经济和精神上的自主，跟婚姻没有必然关系

雨薇：我们这代人的看法可能不太一样。我们会觉得有了固定的收入，有一个自己的安居之所（不一定是拥有固定的房产，而是一个让自己心安的住所），有支持自己的亲友，能够照顾好自己，就意味着独立了。我发现无论是从我自己的经历，还是根据周围很多朋友、来访者的分享，大家一个共同的感触就是，父母跟孩子对于独立这件事情的看法是非常不一样的。

过去很长一段时间，我都没有把自己当成一个独立的成年人看，你们可能也没有把我当成一个独立的成年人看。我们彼此都没有意识到这是一个问题，但在交流的过程中会产生很多矛盾。跟你聊到

这里，我才了解到为什么对你来说婚姻是一件那么重要的事情，以及对你们那代人来说，成熟的标志并不是经济和精神上的独立，而是结婚生子。

蓝姨：是这样的。

雨薇说

从我们三代人来看，我的姥姥在谈论自己的时候，着重提到的是工作，然后是家里情况困难的家人和乡亲。我的妈妈对于“自我”的定义是和家庭紧密相连的。她认为“成熟”的标志是从自己原本的家庭中分离出来，进入另一个家庭中，通过结婚生子实现。我也听同龄的伙伴有过类似的表达，比如：“只有结了婚才能名正言顺地跟原生家庭分离。”相较于前两代人，我更看重自身职业发展和身心需要的满足。这跟我们所处的社会背景和政治、经济现实是紧密相连的。

妈妈经历的“中年危机”
——履行完各种社会责任后，我到底是谁？

雨薇：我想跟你聊的下一个话题是你经历的“中年危机”，概括来说，我妈在一年时间里经历了母亲的离世、从工作岗位上退休，同时跟我爸关系变得紧张，产生了很多矛盾与冲突。我特别想问问你，现在回头看，那段时间你是如何度过的呢？

蓝姨：2013年底，我妈被查出癌症晚期，我就想着提前离岗。因为我们单位有这个政策，离岗之后待遇不变，自己可以有几年自由的时间。因为我妈的时间不多了，需要人照顾，所以我就毅然决然地把工作上的事情都放下了。我妈从查出癌症晚期到离开我们，差不多就用了三个月的时间。

我妈离世后，我也不用去上班了，这时候做什么呢？我觉得自己身体很好，精力这么旺盛，家里又没有任何负担，所以在离开工作单位之后，就特别想证明自己还有能力去做些事情。我做这些事情并不是为了挣钱，是希望能弥补自己内心的空虚。那段时间我真的挺忙活的，折腾了好多事儿，也接触了很多人。尽管没有什么成果，也交了不少“学费”，但我不后悔。

雨薇：我妈的确是个偏事业型女性。她之前的职场环境人际关系相对比较简单。离开了那个环境后，她开始跟社会上形形色色的人打交道，五十岁之后才去社会上摸爬滚打，探索自己。我觉得之前我妈探索自己是有一个框框的，这个框可能是我姥姥姥爷画给你的，也可能是整个周围的环境画给你的。我妈最多就是在这个框里往左边走走，再往右边走走。但是后来姥姥离开了，一个框没了；妈妈又从原来的岗位上退下来，另外一个框又没了。好像我妈的生活秩序一下子乱了。

我听到过很多父母这辈人退了休之后“上当受骗”的故事，比如：买保健品被忽悠，投资各种不靠谱的理财项目，钱打了水漂。我觉得这是一种现象，背后反映出人在退休后有未被满足的需要，所以要寻找自己的价值感。随着孩子离家上学、老人离世、退休在家，他们之前各种重要的社会角色（如父母、儿女、员工）就剥离得差不多了。可能还有妻子这个角色，但是如果跟丈夫关系又不好，那么这个角色都岌岌可危。好像之前你一直是被这些角色所定义的，所以一下子就不知道自己是谁了。

蓝姨： 有一段时间我感觉心里空落落的。之前我在工作单位的时候，还想着自己干得不错，很有能力，退休了之后那种牵绊一下子就没有了，就想着自己去努力实现一些目标。但是社会太复杂了，不像我们之前在单位里那样按部就班，接触的也都是中规中矩、遵纪守法的人。再加上 2013 年到 2015 年这段时间市场非常乱，有很多人上当受骗，血本无归、负债累累。

雨薇： 那你后来是怎么过来的呢?

蓝姨： 虽然说我想去实现自己的梦想，也去河里蹚了蹚，但发现我没有能力去实现所谓的“梦想”。

雨薇： 承认这点也挺不容易的。

蓝姨： 关键是接纳。中规中矩了一辈子，突然到一片汪洋大海里去拼搏，我发现自己的能力是不够的。在自己认知范围之外的事情太多了，需要学习的东西太多了，我也就认命了。

雨薇： 你还会觉得委屈和不服吗?

蓝姨： 当然会啊。但是自己不是那块儿料，梦想和现实是有差距的。

雨薇： 那你觉得你是什么“料”?

蓝姨： 我觉得我踏踏实实地生活就行了，不再去幻想自己有多大的梦想要去实现。我现在就想过好每一天。

雨薇说

当母亲的自我价值依托于外界赋予自身的社会身份，这些社会身份一个个不断地“完成”后，她就会感到空虚无助，希望通过创造新的社会身份（比如“当老板”）满足内在的需要。很多时候我们只看到人们满足需要的方式，而忽略了其背后真正的需要，比如外界的认可、人际关系、自我价值、自主性等。看到背后的需要，才能更好地找到满足需要的方式，而不只是执着于某个外界认可的社会身份。毕竟，这些社会身份可能跟自身的需要、处境和能力有差距。遗憾的是，母亲追求自我价值实现的手段比较受限。虽然也尝试了一些志愿者的工作，比如去养老院服务，但是她还是把主要精力放在了家庭里，受传统性别文化中“男主内，女主外”模式的影响。

妈妈和女儿的生活背景和年龄不同，但是面临着相同的探索自我的议题

雨薇：听完你的叙述，我觉得虽然我们年龄段不同，但是我们现在所处的人生阶段是类似的。你的发展轨迹基本上是求学、工作、结婚、生子。你退休的那一天是这些责任慢慢卸下的那一天，然后才开始探索自己，比如寻找职业发展新的可能，思考如何更好地生活。我妈“闯江湖”失败之后，就开始研究厨艺、各种智能小家电。因为姥姥是一个事业型的女性，所以我妈没有从姥姥那儿学到太多“顾家”的经验。我妈五十岁之后重新学习料理家务，还开始养狗。通过狗，她认识了小区里面的很多“狗友”，有叔叔阿姨，还有小朋友们。她跟其中一些人交了朋友，一起玩儿，还帮他们解决家庭纠纷。

我觉得你的退休生活还是挺丰富多彩的。

我们这代人跟你们相比，发展反倒是“错位”的。我们先是求学，上完学后开始探索职业和关系，想要搞清楚自己到底想要什么，“结婚生子”这个计划就不断地往后移。我们之间产生了很多矛盾，原因在于你们遵守并认可的生活轨迹对我们这代人来说，好像不再是既定的。

蓝姨：是的，你总结得很有道理。现在的年轻人就业压力大，不像我们那会儿。我们那时候是享受分配工作的，房子也是分配的，求职和住房压力几乎没有。你们现在呢，一毕业出来就等于“失业”，所有的事情都需要你们自己去努力争取。

雨薇：我看好多父母确实会有一种失控的感觉。父母没有办法帮孩子过上自己熟悉的按部就班的生活——无论是经济上，职业发展上，还是未来的婚恋选择上。好像越想让孩子回归一种所谓的按部就班的模式，跟孩子的距离就会变得越远，甚至产生很多矛盾和冲突。

蓝姨：是的，因为父母熟悉的那种模式现在已经不存在了。现在孩子们面临的压力我们做父母的也体会不到，因为我们一直太顺利了。

雨薇说

两代人所处的不同的时代背景，导致了对当下“什么是重要的事情”排序的不同。有的时候并不是父母的想法太“专制”，也不是孩子的想法太“自私”，而是双方都把自己所处的环境当成了对方面对的现实，希望对方认同自己觉得“正确”的标准。描述两代人所处环境和遇到挑战的不同，有助于更好地帮助双方共情，理解彼此的处境。共情理解比理性说服更容易化解冲突。

当我意识到你跟我期待当中的妈妈 / 女儿不一样的时候，接受的过程是痛苦的

雨薇：你是什么时候开始意识到，我跟你期待当中的女儿是不一样的?

蓝姨：这其实是一个挺痛苦的过程。说实在的，你学习成绩很好，所以我们希望在自己的能力范围之内，帮你找一份稳定的工作，你将来有一个很好的发展前程。我们原本期待当中的你是这个样子，但是你的性格呢，好像不愿意去接受这种按部就班的生活。

经过这几年的观察，我发现你留学回来之后能力确实提升了很多，什么事儿都不再依靠我们。反而很多事情我们还得向你学习，要跟上你的步伐。慢慢地，我觉得我的女儿在慢慢变得强大，我要仰视她了，需要不断地学习才能跟上她的脚步。后来我发现，女儿有她自己的想法，她应该比我们看得远一些，她的想法可能是对的。尽管我不知道你的选择最后结果会怎样，但是我还是愿意相信你。

雨薇：你现在能这么想，我觉得特别难得。因为我记得之前有几次你给我打电话，表达你心中的焦虑不安。你跟我说：“我晚上做梦，梦见你以后一个人生活，你该怎么办？是不是我现在太纵容你、太溺爱你了？我给了你这么多的自由，你要是走了一条弯路，以后怎

么办？”我能感觉到有时候接受的过程对你来说是特别痛苦的。

对此我其实也没办法做任何事情吧。我可以安慰你，但安慰也不管用，你需要去打碎期待，接受真实的那个我。其实这个过程中的痛苦只有你知道。我自己，包括很多像我这样的年轻人，选择了一条自己的路，想探索和活出自己。**我们并不是不想去承担责任，而是我们发现时代变了，做出不同的选择意味着承担不同的责任。**我不希望随随便便地跟一个人结婚，再随随便便地生个孩子。如果选择生育，我希望能够给孩子提供最好的支持。如果我们连自己是谁都还不知道，怎么能对另一个生命负责任？

同时，我们也是有愧疚感的，会觉得对不起你们。你们为我们付出了那么多，但是我们却给你们带来了这么多痛苦。所以那次你打电话跟我说，你很焦虑，睡不着觉，我表面上特别不耐烦，特别愤怒，其实是因为愧疚，是我不知道怎么面对你……

蓝姨：我们这一代人特别希望自己的孩子能够有一个美满的家庭，但是这个适合你的人找得到找不到，就要靠你自己努力了。可能到头来有没有适合的，都不好说。父母似乎总觉得孩子有了自己的家庭之后就会幸福起来，但是小夫妻往后是否能够幸福生活，是我们预料不到的。很多年轻人很快结了婚，又很快离了婚，然后多了一个缺爹少妈的孩子，这是非常让人伤心和遗憾的。

说到孩子，我想到了刚才没来得回答你的结婚生子的体验问题，也就是为人妻、为人母前后的不同。有了自己的孩子之后，我才体会到我妈妈特别不容易，没有孩子的时候是体会不到的。

雨薇：你刚才说到，真正让你感到自己独立了，是为人妻、为人母之后。对我而言，是我开始意识到自己是一个成年人的时候，就是我没办法再向你和我爸，或者其他长辈去征求任何意见，让你们替我做主的时候。虽然这跟当母亲不一样，但是我的确感觉到，我决定作为一个成年人对自己的选择负责，去犯错并学习承担责任的那一刻，是我独立的开端。那个时候我才意识到，虽然不愿意承认，但是自己之前多少会把父母视为权威，或者把你们想得无所不能，依赖你们，让你们替我做选择。

当我意识到自己好像没有依靠了，要作为一个独立的人去生活时，其实挺恐惧的。接受现实之后，便开始承担职业发展的责任，然后努力建立自己的关系，去交新的朋友，去探索这个世界。当你们渐渐老去，我觉得我能够为你们做的最好的事情，就是让自己变得越来越强大。这种强大不只表现在我有了多少钱，更在于我内心当中有一种强大、丰富、富足的感觉。当你们需要我的时候，我能够陪伴你们，跟你们一起面对各种情绪，一起想办法解决问题，而不是停留在纠结过去。

当然有时候我跟你们交流的过程中，内心还是会“吐槽”：“你们这些言论真的好像来自清朝，思想观念怎么这么保守。”但是我现在越来越少去纠结，越来越少跟你们大吵大闹。我跟我爸还会有争吵，但是这几年跟你建立了一种沟通模式。这种模式的核心部分是信任——你相信女儿有能力照顾好自己。两代人之间的这种信任太难建立了。

雨薇说

放下期待是一个告别的过程，告别的是期待中母亲 / 女儿的形象。前面提到的更多的是女儿打破心目中理想化母亲的形象，而母亲也要打破自己对于女儿的完美想象，这是双方都需要承担的责任。如果一方有意愿去面对，另一方可以提供一些支持，但是没有办法完全替她承担。这个过程中需要处理哀伤（Grief）的情绪，包括否定、愧疚、拉扯、愤怒、不安、焦虑、抑郁等。只有这些情绪被接纳和释放之后，才能接受现实中对方真实的一面和不同的选择。否则，还是会对对方有不切实际的期待。处理哀伤的过程是痛苦的，甚至会涉及创伤性的议题（如被抛弃、被忽略、被伤害的体验），所以会经历反复和对抗（如使用回避、控制、威胁的方式）。母女关系比其他关系复杂的地方在于，一方面，同为女性，彼此会默认对方是最懂自己的人。有的时候，面对来自外界的压力（如情绪不稳定或实施家暴的父亲），母女之间的情感绑定会更深。另一方面，由于时代背景的不同以及代际创伤的循环，母女各自认为“理所应当”的观念和想法可能存在差异。面对冲突，两个人可能会展现出类似 / 对抗性的创伤后的应急模式（如面对彼此的不理解，母女二人会分别使用发脾气 / 委曲求全的方式应对）。再加上由于权力关系的不对等，母亲会以“长辈”“过来人”的身份自居，在应激的状态下拒绝理解女儿的处境。女儿会强化对母亲的理想化想象，认为只要自己足够努力，母亲就能理解自己。这种矛盾的状态会让母女关系遇到挑战，双方都更容易受到打击和伤害，陷入求而不得的内耗中。

母女之间的信任给人纵身一跃的勇气，知道头破血流后还有人等你回家

雨薇：我有很长一段时间，付出巨大的努力就是希望获得父母一句认可的话，比如：“你真棒。”“你做得真好。”“你辛苦了。”最好再加上一句：“我相信你，孩子。无论你做什么选择，我都愿意支持你。哪怕你有一天犯了错，爸爸妈妈依然相信你能站起来。”虽然从小到大你们给我提供了特别好的条件，但是有些时刻，我觉得其实只要你们愿意坚定地跟我站在一起，就能让我充满力量。哪怕有一天你离开了我，这种感觉也会一直在……

蓝姨：你希望最亲的人能够认可自己，得到这种认可会让你觉得充满力量。

雨薇：姥姥给过你这种力量吗？

蓝姨：有的。自从我参加工作以后，我就明显能感受到妈妈对我的支持和认可。虽然她的话不多，但妈妈都是用实际行动来给我支持。

雨薇：这种来自女性的力量就是有一种魔力，能让你知道，当你决定纵身一跃，哪怕下面是万丈深渊，也有个人会因为爱愿意陪你一起往下跳。

雨薇说

信任不仅是嘴上说的“我相信你”“我认可你”，还有行动上的从对抗到接受再到放手，经历了这些，双方才能尝试理解彼此和达成共识。**家长眼神里流露出来的爱与接纳，以及对孩子的信任，会被孩子内化，成为自尊能力发展的重要动力。**遗憾的是，外界的期待往往会让我们忽略人内在的价值，寄希望于靠财富、美貌和社会地位填满内心的空洞。越是需要被外界认可的人，自我价值感越容易缺失，自尊不断地被蚕食。

蓝姨：我从记事儿以来，不管内心有没有自信，外表看起来都特别坚强。不管遇到什么事，别管是大人的事还是小孩的事，我都会特别坚强勇敢地去面对。现在经历了几十年，棱角反而已经磨得圆润了，自己也在慢慢成长。

雨薇：妈，最后想邀请你说两句话。现在好多年轻人都特别渴望获得父母的认可，但是一直得不到，可能因此由爱生恨，或者由爱生委屈，内心深陷于挣扎和冲突之中。如果你可以对他们的父母说两句话，你会说什么？

蓝姨：我们当父母的，很多时候确实对孩子存在纠结、矛盾的心理，我特别能理解他们的难处。时代在发展，这种发展是好还是坏，咱们暂且不论。但是我们从内心深处，都是希望自己的孩子活得越来越好，越来越幸福。我们跟孩子经历的时代太不一样了，因为中国这几十年发展得太快了。说实在的，我们跟我们前面几代可能更相似一些，是可以沟通的。既然孩子已经跟我们完全不一样了，那我们作为父母也得与时俱进，对吧？能让孩子感到幸福的事情，就让孩子去做吧，你跟她 / 他拧不过，拧半天，结果全是矛盾，谁都别想好好过，最后还是得接受她 / 他的选择。

雨薇：我听到的可能是一种无奈，哈哈，我妈讲得挺真实的。

蓝姨：另外我们也要学习跟孩子交流。孩子的想法父母暂时理解不了，这很正常，但是要多去琢磨，多跟孩子沟通，甚至可以跟随孩子的脚步往前走一走，这样可能会理解她 / 他更多。孩子在进步，我们原地踏步，这也不行。我们要不断地学习，了解更多新生事物，想一想这一代年轻人在做什么，以及是不是很多人情况都差不多。慢慢地可能就容易接受了。

雨薇：那有没有什么话想对年轻人说？

蓝姨：你们都是独生子女，都是家里的宝贝，父母对你们的爱永远都不会减少。只是很多时候他们的方法可能让你们接受不了。

雨薇：这个我质疑，我要打个问号。我觉得有些父母确实不太爱孩子，或者不知道怎么爱。

蓝姨：那只能说他们是不知道怎么爱，他们还没有学会如何更好地为人父母。

雨薇：还是有特例。

蓝姨：确实不能一概而论，我是说大部分父母对孩子的爱，绝对是无条件的。如果说现在我们面对生死，作为母亲，我一定是没有任何条件愿意为孩子去死的，而且我相信大部分母亲都会这样做。

孩子们要多跟父母沟通，让他们了解你们是怎么想的，不要简单粗暴地拒绝父母。你们很多时候在父母面前缺乏耐心，你们嗓门儿一高，做父母的也受不了啊。

雨薇说

经常听到母亲说："爱孩子爱到不惜牺牲自己的生命。"这的确表明母亲对孩子的爱很伟大，但是这并不能解决母女沟通中的问题。这种表达甚至会使人忽略自身的具体议题，比如：学习觉察和表达情绪，尝试站在孩子的立场上聆听和沟通，练习放手和接纳等。这会让孩子感到没有被理解，从而产生压抑和愧疚的情绪，更难在关系中表达自己的真实感受，亲子之间难以建立起信任。同样，如果孩子带着"妈妈为了我可以牺牲一切"的态度去沟通，遇到困难也会感到沮丧和愧疚，责怪母亲"为什么做不到"，忽略了彼此之间真正的议题。

雨薇：都受不了，我们也受不了。

蓝姨：其实就是相互体谅，多沟通，没有过不去的难关。

雨薇：我能理解我妈的意思，我想给大家"翻译"一下。我妈的意思是，如果能沟通，就尽量态度好一点儿；不能沟通呢，那就先缓一缓，照顾好自己，把自己先捋顺了，然后再去跟父母交流。我妈以及我妈周围很多母亲，都是那种真的为孩子着想，想去了解、体谅孩子的人，只不过没找到好方法。但我也相信还有一些母亲的确比较自私，控制欲比较强，可能一辈子都很难改变。遇到这种母亲的小伙伴，我觉得很心疼你们，先照顾好自己吧。

通过跟我妈的交流，我最大的一个感受就是：不要寄希望于从父母认可你的那天开始，再去成为一个独立的人。先对自己负责，然后再去跟父母交流。这样他们就能意识到，原来孩子已经长大了，能照顾好自己了，我愿意信任她 / 他，跟她 / 他一起成长。所以，很多时候需要先去做出观念上的转变。作为子女，先把自己当成一个成年人，如果有机会，可以邀请父母一起成长。但是他们是否愿意成长这件事，还得是他们的选择，我们只能做好自己能做的。

前几天一个小伙伴说：“跟我妈还能聊得来，但我爸是油盐不进的那种，只能放弃跟他沟通。”我特别能够理解这种“做不到”的无力感。那就先从跟妈妈对话开始，妈妈未来有可能成为一个桥梁。

雨薇说

可以把跟母亲的交流当成一个“采访”，用第三者的视角重新了解她的过去。把她当成一个陌生人，而不是自己的母亲，通过询问的方式去了解母亲。在这个过程中，十分有效的沟通方式就是从问题入手，邀请对方回答问题，而不是把自己的观点强加给对方。

学习有效沟通就像学习一种新的语言，前期可能需要一些有意识的练习，这样才能把公式转化为更适合自己的表达方式。练习包括两个要点：认可 + 问“是什么”的问题。

第一点是认可。

无论你在什么社会环境下长大，都有可能缺少来自家人的认可。认可不仅能够让对方感到被肯定，也能够更加有效地探索她 / 他的想法和感受。当你表达认可的时候，可以说："谢谢你把 ××（对方所说的重点词）分享出来。"

可以尝试提取关键词。关键词往往是对方经常重复的那几个词、触发情绪的人事物，以及表达情绪的词（如愤怒、焦虑、抑郁、痛苦）。情绪是通往对方内心的关键，我会在下一章跟大家分享。

第二点是问"是什么"的问题。

我们大部分时候会习惯性地以"为什么"开头问问题。但是研究发现，这种提问方式会让人感到被责备或者被挑战，特别是当对方已经积累了一些负面情绪。

给大家举个例子，看看以下两个问题哪个会让你感觉舒服一些：

（1）你为什么会感到愤怒?

（2）是什么让你感到愤怒?

是不是第二个让人感觉是在邀请你讲出愤怒背后的原因，而第一个却给人一种被质问的感觉呢？既然"是什么"的问题能够有效地邀请对方探索自己，那么尝试围绕对方所表达的重要观点和情绪，继续问以下几个问题，这可能会帮助你建立更加深入的对话（大家可以按照自己习惯的说话方式来，熟能生巧）：

- 是什么让你觉得 ×× 这么重要？
- ×× 对你来说意味着什么？
- 你对 ×× 有什么想法 / 感受？
- 当 ×× 发生时，你感受到了什么？
- 当你听到 ×× 时，你有什么感受和反应？

如果可以，邀请你信任的人，或者自己对着镜子练习。尝试用这样的句式跟周围的人沟通，可能会发生不一样的改变。

第一章

第二章

第三章

第四章

第五章

第六章

第七章

第八章

情绪

妈妈的委屈，

是女儿的愧疚

雪后的操场上，妈妈紧紧抱着还没学会走路的我

我发现大家在进行代际沟通的过程中，遇到的最大阻碍之一就是“你说东，我说西”——彼此都觉得自己说得特别有理，但是对方就是很难接受，卡在那里无法进行下去。在我的观察中，这种困境无法通过“讲理”来突破，而是要站在对方的立场上去“感受”，看到双方真正的需要（被认可、被理解和被看到），才能理解对方并与之达成共识。这听上去很容易，但是做起来很难，需要双方共同努力。

父母一代有些人因为成长环境的影响，可能会对情绪有一些刻板印象，觉得产生情绪问题是“软弱的体现”，“想太多没有用”等等。我观察到他们大部分人并不是有意识地伤害孩子，而是因为自己也处在无助之中，所以只能使用无效的方式去应对自身的情绪，比如激将、压抑、逃避、爆发等。**由于情感创伤没有被疗愈，人就会用教条和苦行去压抑内心的愤怒，认为处理情绪是解决问题的“阻碍”，把情绪和解决问题对立起来。**有情感创伤的父母会把这些无效的方法用在孩子身上，进而伤害孩子，导致代际创伤的循环。

其实，情绪和理性是相辅相成的。情绪需要先于理性被看到，才能更好地解决问题。这也是为什么无论孩子如何解释自己对于支持和认可的渴望，父母还是难以理解。因为面对情绪问题，特别是面对脆弱的情绪，对父母来说很陌生，甚至在他们自己的成长过程中，一直对情绪表达有一种羞耻感。接纳脆弱很不容易，不是知道了就能做到。父母更熟悉的方式是给意见，或者干脆回避情绪。如果孩子接受了父母很难改变的现实，却还是会对父母抱有不切实际的期待，用父母对待自己的方式去对待父母，便会继续重复无效的循环。结果就是，双方都觉得委屈，都希望对方能够理解自己。

打破这种模式的关键是尝试不再向对方寻求认可，觉察自己的情绪，看到情绪背后的需要，并且满足自己的需要。也就是练习“课题分离”——承担起自身的情绪责任，把对方的情绪责任交还给对方。情绪有它内在的运行逻辑，只有好好地跟它相处，才能与之良好协作，否则就会发生“反噬”，引发身心问题，也会影响关系的质量。以下是我和母亲对于母女关系中常见的情绪问题进行的探讨：

雨薇：上期节目发布以来，我收到了很多小伙伴的留言和私信，大家表达了对这期节目的喜爱，感谢支持。也有很多小伙伴把自己的想法、故事、疑问和感悟分享给了我，在此也感谢大家的信任。今天我特意请我妈再次“出山”，跟她探讨一下大家的问题。

开始前还要跟大家说一声，我们对话不是为了评个对错，而是想去寻找彼此理解的路径并尝试达成共识。虽然我们这代人有自己的价值观，但是这些价值观对于父母一代来说可能不那么“理所当然”。不仅是代与代之间，人与人之间因为身份、境遇和体验的不同，可能也会产生很多分歧。我们想探索出沟通的可能，毕竟人有社会属性，没有办法孤立地存在。如何应对差异和冲突，可能是我们每个人每天都要面对的议题。

今天我想继续请我妈从她那代人的角度，聊一聊大家感兴趣的话题，包括亲密关系、情绪（特别是愤怒、委屈和亏欠感）、两代人不同的生活方式，以及价值观，最后也聊到了有关死亡的问题。其中有很多观点和观念大家完全可以不认同，更重要的是我们创造了一个安全的表达空间，尝试建立起两代人的理解和共识。也期待大家把你们的想法和故事分享给我。

以“为你好”之名对孩子的婚恋选择加以干涉，反倒让关系变得紧张

雨薇： 我基于大家提出的问题设计了几个场景。虽然这些场景并不完全是我跟我妈之间的矛盾点，但是我觉得都很有意思。第一个小伙伴问的是妈妈总是以“为我好”的名义干涉我的选择，特别是婚恋选择，比如什么时候谈恋爱，什么时候结婚，什么时候生孩子、生几个，怎么养育孩子等一系列涉及个人生活选择的问题。

其实这是个比较敏感的话题，因为现在越来越多的人开始选择与过去不同的生活方式，比如可能会把工作放在第一位，婚恋放在第二位，只恋爱不结婚，结了婚选择丁克等等。总的来说，现在的年轻人可能会经历更多分分合合，建立更多元的关系。如果上一代人比较传统，觉得一定要选择特定的伴侣，必须结婚生子，两代人就会产生矛盾和冲突。如果一方想要说服另一方认同自己的观念，关系就会变得紧张。比如我妈认为最重要的择偶标准之一就是门当户对。

蓝姨： 门当户对是一个方面。当然这个人的品德、学历背景也都是要考虑的。我们那个年代的人注重门当户对，是基于生活上的很多考虑。比如，我来自知识分子家庭，我希望对方也来自知识分子家庭，这样两个人会有更多生活上的共同点和共同语言。结婚不是两个人的事情，是两个家庭或者两个家族的事情。

另外一个方面是对方的学历背景和人品。因为结了婚真正开始共同生活以后，你们面对的就是柴米油盐。如果两个人没有一点相

似之处，能够幸福生活的概率可能会小一些。也不能下定论，看上去不怎么般配的情侣也有过得很好的。

父母提供的意见也需要考虑，因为这些意见是基于他们几十年的生活经验总结出来的。如果到最后孩子就是要选择跟某个人结婚，那父母也没办法。我们把自己这么多年生活的经验告诉你了，你不听，那也没办法。（笑）

雨薇：我就等着最后一句话呢，哈哈！我妈经常给我讲她自己恋爱、婚姻的故事，包括她的父母当初是怎么给她意见的。那个时候是 20 世纪 80 年代，好像大家都想找大学生，然后是体制内，不太考虑原生家庭的问题，只要父母没有离婚就行了。

蓝姨：那时候也很少有离婚的家庭，所以基本上没有人去考虑原生家庭的问题。

雨薇：妈，我并不是要评判你们这种选择标准是对还是错，我也特别能理解你们那个年代的人——刚经历过计划经济的时代，还有一些包分配的机会，人与人之间的差异没有现在这么大，大家都不怎么有钱。

蓝姨：对，那时每家差不太多。

雨薇：特别是咱们在一个北方的二线城市，观念相对来讲比较保守。到我们这个年代，社会变得更加多元，每个人有了不同的选择。现在我们的发展空间不再局限于国内，甚至可以放眼整个世界。再加上随着咱们国力的提升，老百姓的物质生活水平逐渐提高，可以做出更多的选择。

对我们这一代人来说，似乎没有什么既定的标准了。我们关于婚姻家庭的理念也在变化，比如说，可能对于你来说婚姻是几个家庭的结合，这几个家庭共同帮助两个年轻人去抚养孩子。但是现在无论是亲密关系还是婚姻，大家的核心诉求反而变成了情感支持，即伴侣是否能够看到和理解自己。

我姥姥、姥爷和我爸妈的关系跟他们的同龄人相比，算是比较平等的。因此我从小到大所接受的教育就是，女性要自强，要自尊自立，一定要有自己的事业。同时我看到，无论是我姥姥还是我妈，她们有自己事业的同时，其实也仍然要顾家。

蓝姨：对。

雨薇：所以姥姥会说她因为忙于工作，耽误了太姥姥的病情，对她照顾得不够及时和充分，觉得特别遗憾。妈你也是，特别是你退休了之后，有过一段“空窗期”，自我价值感很低。你想去追求自我实现，但是踩了很多的坑，所以“被迫”选择回归家庭，重新学做家务，照顾家人。

我觉得我们这代很多人已经意识到了这一点，就是女性又得在外努力拼搏，发展事业实现自我，同时又要处理好家里的事情。虽然意识层面已经有所转变了，但是相对来讲现实情况可能仍然不是特别公平。比如说一对年轻人结了婚，万一遇到事业和家庭需要平衡的情况，两个人谁要放弃自己的事业多一些？往往是女性。因为女性被社会期待要比男性顾家，所以很多女性就会被夹在事业和家庭之间。

当然你可以找一个更理解你的伴侣，但是这是一个结构性的问题，不只是一个个人选择的问题，因此并不是找一个更好的人就能解决这一切。首先我觉得整个社会对于女性的支持是不足的，比如女性生完孩子之后产假怎么休，如何补贴，育儿方面有怎样的支持，这些方面都有待提高。我小时候上幼儿园基本不用掏钱，因为是父母单位大院的幼儿园，学生和家长互相都知根知底，相对比较安全，但是现在这种社会性的支持已经很少见了。所以，我觉得结婚生子是一个特别复杂的问题。我越来越能够理解，为什么越来越多的女性现在获得安全感或者自我实现的方式不再是成为一个慈爱的母亲、一个孝顺的儿媳或者一个乖巧听话的女儿，而是在事业上努力打拼，创造出属于自己的精彩。

在这儿我绕了一大圈，我想说的是，其实在婚姻当中，我们需要的不再是通过找一个伴侣给我们提供物质上的支持。对于很多女性来说，伴侣反而并不能给予支持，很多情况是你得照顾他的情绪和自尊心。事实上，很多男性在需要承担责任的时候，会表现得比较回避。这跟男孩们小时候受到的情感教育有关：动不动就要求男孩子坚强，不能哭，要变得更强，要在意外界的评价和认可。所以，女性往往既要照顾家庭，又要照顾工作，同时还得照顾伴侣的自尊心，疲惫不堪。再加上如果女性事业发展得很好的话，伴侣还会觉得自卑，抱怨她不够温柔，不崇拜自己……

蓝姨：我想说点儿我自己的想法。在你看来，好像所有的责任都是由女性来承担的，男性在家里除了拖后腿儿，好像没有什么贡献，这种理解是不对的。你们“90后”这代人，大多是独生子女，比较自我，这点你们得承认。

雨薇： 对，但“自我”是个中性词。

蓝姨： 从出生到长大，家里所有人都在围着你转，为你付出。但你组建了自己的家庭以后，双方都得相互尊重，相互理解，对吧？你要站在公平的立场上去分析，两个人应该都有问题，要一起沟通交流，解决问题，要多看对方的优点……

雨薇： 你说到点儿上了。我觉得核心不是不想去解决问题，而是很多人解决问题的能力确实有限。我会觉得我跟我妈或者跟女性沟通起来相对比较容易。如果我遇到沟通顺畅的男性，那我肯定考虑跟他相处，但问题是为什么现在好多女生不想结婚，不想找对象？有一个很重要的原因就是，很多男性遇到冲突的时候不能面对自己，无法承认自己的不足，也很难去解决问题，所以就令人感觉有点儿力不从心了。

想象一下，平时工作生活本来就已经这么忙了，我希望能有一个跟自己势均力敌的战友，一起奋起作战。但是现在“妈宝女”“妈宝男”确实太多了，跟原生家庭的关系始终黏黏糊糊的，做什么都是“我问问我妈”，自己没什么主意和想法，总是要听父母的意见。这就容易形成对峙的关系。这类人不会选择先跟伴侣协调好，然后再去协调双方的家庭。如果两个家庭的相处并不和谐，那只要两个人过好了，你去面对你的家庭，我去面对我的家庭就好。好多时候彼此的家庭牵扯得太深，情感纠缠太深，反而会让小两口很难做决定。再加上现在这个时代个人主义意识抬头，年轻人很在意自己的想法和空间。两个人组成家庭后如果还要什么都听家长的，就会产生很多问题。集体主义生活有它的时代背景和可取之处，但是随着时代的发展，现代人需要在集体和个人之间找到一个平衡。这是两代人都面临的挑战。

蓝姨：我觉得你能意识到这一点就非常好。在一个小家庭里面，两个人都需要成长，对吧？咱们意识到这个男孩子不会处理问题，他在这方面有欠缺，女孩子主动地多跟他聊一聊，让他也跟着你一起成长，不是挺好的吗？他又不是个孩子，对吧？

雨薇：很多成年男性内心就是个孩子……

蓝姨：他又不是个不懂事儿的小孩儿。往往是他在过去的家庭生活当中，遇见事情不知道怎么处理，那作为妻子你可以告诉他，让他更加迅速地学习成长。要相信他会很快地成长起来，变得懂事儿的。

雨薇：你提到了解决问题的关键是“懂不懂事儿”这一点。当然，有些硬件条件咱肯定得有所考虑，比如是否门当户对，学历背景如何，不能说两个人差距太大，没什么共同语言，只为爱而活着，这有点儿太虚头巴脑。但是我觉得最核心的一点，用你的话来说，是对方懂不懂事儿。

蓝姨：更多时候是要相互学习，共同成长的，需要一个过程。因为每个人都不是天生的婚姻经营专家，需要给对方时间学习和成长。经营婚姻也是一个学习的过程，是学习如何与人相处的过程。

雨薇：我也补充一点，可能这是我们这代人的属性，我们相对来讲比较自我，而自我是一把双刃剑。好的一面就是这个人可能很清楚自己想要什么，做事情很果决，但另外一面是总把自己的需求放在第一位而容易忽略他人的感受，也缺少一些合作精神。

当然我相信如果一个人足够了解自己，就能够更好地去满足自己，也能更好地去考虑他人的感受。很多时候我们说自我，其实更多的是自私，核心是内在的匮乏。一个匮乏的人要么是从小到大被过度娇惯，要么是得到的太少，总之都是家长没有看到孩子真实的需要，没有让孩子自己去了解、尝试和探索导致的。如果一个孩子从小被宠溺，大人为她 / 他安排好一切，反而会觉着一切来得太容易，或者一切都特别理所应当。这本质上也是一种来自父母的控制。

蓝姨：对，所以夫妻之间要相互理解，相互帮助，共同成长，多去想想对方的优点，不要抓着别人的小辫子不放。

雨薇：我觉得还是要有一个底线，有一个度。人的精力是有限的，当一个人有了伴侣、孩子、家庭、工作，会觉得分身乏术。而对于在恋爱或者婚姻关系中付出多少，每个人的期待都是不同的。这就是我们所说的边界问题。我认同你的观点，伴侣之间一定要好好地沟通，要看到对方的优点，就是我们前面说的要“懂事儿”。我妈对于“懂事儿”的定义就是能够明白对方在说什么，两个人一起进步。但是如果这个人能力太差，那就有点儿带不动了，所以越来越多的人选择独善其身。

蓝姨：现在年轻人分分合合太频繁了，伤害的还是自己。当初选择了对方，肯定是喜欢她 / 他身上的某些部分，或者是两个人相互吸引。不要轻易选择分手，我不太赞同这样。

雨薇：理解，那咱们求同存异。我妈的意思就是“死磕”，哈哈。

蓝姨：不是“死磕”，我是觉得现在很多女孩子太自我了，光觉得自己正确，看不到自己的问题。

雨薇：那你觉得男孩子自我吗？

蓝姨：都会有。你们“80后”“90后”就是因为兄弟姐妹少，很多家里就自己一个，所以习惯了以自我为中心，什么事都是先考虑自己，很少考虑对方。不过咱们今天主要不是在说像你这样的女孩子吗？

雨薇：哈哈，你在说我？

蓝姨：你不是女孩子吗？你说女孩子做这个做那个的，实际上人家男孩子在家里就没付出吗？人家就没有照顾这个家吗？不会的，一定是双方都在照顾。只不过可能女孩子家务事做得稍微多一点，你就发牢骚，发脾气，男孩子就不敢吭气……你凭什么老欺负人家？

雨薇：其实你的观点带有你们那个年代观念上的预设，就是通常女性要在家务事上多做一些，带一带男性。但是我觉得在我们这个年代，在我接触到的人里，很多女性会认为还不如把更多的时间花在其他的事情上，这样她的成就感会更大。

当然我并不是想让你认同我，只是想要说明，很多恋爱和婚姻关系经营不下去，有各种各样的原因。如果在这当中痛苦得不得了，那分开就分开吧。咱俩说的不是一个话题——我妈提倡的是要珍惜、要经营，我特别认同；我想说的是在珍惜和经营的同时，还要有自己的底线，不能无限地容忍。我觉得我跟我妈在某种程度上算是达成了共识吧。

雨薇说

两代人的择偶观有所不同，母亲那一代人认为，婚姻是两个家庭的结合，需要考虑是否“门当户对”，包括两个人的家境、学识、人品等方面。女性要在关系中承担更多的家务和情感责任。女儿这代人认为，婚姻是两个人的结合，所以更加在意伴侣的情感成熟度，是否可以与之进行有效的沟通，创造出平等互助的关系。

雨薇：在婚恋选择上，父母总会以“为你好”的名义给孩子一些建议，这些建议是基于父母所处的社会现实和环境提出的。然而就像我妈说的，我们这代人更自我，是因为现在社会风气跟之前相比更倾向于个人主义。无论你认同与否，子女的择偶观肯定会有所调整。所以，我觉得两代人看法不同还是挺正常的，对吧？如果一方想要把价值观强加给另一方就会出现矛盾。你怎么看？

蓝姨：这我也不同意。毕竟是两代人，孩子有自己的想法和具体情况很正常，我们作为长辈，把一些过来人的意见分享出来，我认为一定是对孩子有帮助的。我会提前告诉孩子，让孩子在选择的时候去考虑这些。但最后的结果是你自己要去承担的，所以我会尊重你的意愿，不会强加给你。

雨薇：理解，那你怎么看待有些爸妈会觉得“我太爱你了，所以你一定要听我的，我不能眼睁睁看着你往火坑里跳”这类观点呢？

蓝姨：很多时候孩子要独自成长。该摔的跟头、该进的坑，一定要亲身经历过之后才能明白。你说一千遍一万遍“为你好”，她/他是不能理解的。只有自己经历了之后，可能才会恍然大悟：“哎呀，我真后悔当初为什么不听我妈妈的。”我会放手的。你该摔的跤就去摔，摔明白了你也就不会再犯第二次了，要学会对自己负责。妈妈们也一样，咱们不能老是把孩子揽在怀里，不让她/他去成长，你能跟她/他一辈子吗？不可能啊，你一定有放手的时候。所以我也劝妈妈们，只要孩子走正道，积极向上，你就让她/他自己去走吧。

雨薇说

有的时候只有亲身经历过才能真正明白其中的道理，与其想方设法阻止孩子，不如告诉孩子如何更好地保护自己，帮助孩子分析利弊。这会更好地建立起一个沟通机制，而不是把孩子推得远远的。这个过程需要家长学会放手和聆听，也需要孩子清晰地把自己的想法表达出来。

雨薇：我觉得从小到大我妈给了我挺多的自由，特别是我青春期那会儿，你开始有意识地让我去承担一些责任，比如说出去吃饭的时候该结账了，你把钱给我让我去结；跟你去参加一些社交活动，你会让我当众说两句。后来我上学选专业，再到之后找工作，我爸妈也从来没太干涉过我的选择。这一点我是特别感谢他们的。

特别是我妈，在我成长过程中的确给我提供了非常大的成长空间，这也导致我们因为价值观不同没少吵架。（笑）不过庆幸的是，我们还是能够找到一个合适的场合，带着“我想去理解你”的心态去沟通和交流。当然我相信也有很多家长和孩子还没有准备好，或者是没有这个能力，所以我邀请我妈来聊聊天，也是希望能够给到暂时没有办法和母亲好好对话的小伙伴一些安慰吧。其实我不能说我妈是一个“模范母亲”，但是从我妈育儿的得失中，希望能够帮助大家从一个普通母亲的视角去了解她们是怎么想的，同时我也会把我的一些想法提出来。

妈妈所经历的婚姻中的不幸，成为了女儿内心无法抽离的痛

雨薇：第二点就是有小伙伴问，妈妈在婚姻关系当中特别痛苦，但又离不开，动不动就电话给孩子，抱怨“我又跟你爸吵架了”“我们俩又打架了”。孩子的感觉一方面特别愤怒，觉得“你为什么不离开他呀？”但是另一方面又感到愧疚，觉得好像不该这样跟妈妈讲话，甚至有的时候干脆不想接母亲的电话，不想蹚这摊浑水了。

想象一下，作为女儿，平时辛苦工作，又忙着恋爱、社交，还得抽空处理家里的事儿。如果再有一个弟弟或者哥哥，还得挣钱给他买房什么的，太被原生家庭所牵扯。所以，我想跟你聊一聊，当你在自己的婚姻中经历痛苦的时刻，你是怎么处理的呢？

蓝姨：夫妻之间产生矛盾，不要时不时地就把这种痛苦传递给孩子。千万不要让孩子帮你去骂他爸爸，或者是骂妈妈。你把矛盾交给孩子，这是完全不正确的。夫妻之间的婚姻关系没经营好，这是你们两个人的问题。如果不想离婚，那就好好跟对方去沟通。婚姻经营不好，两个人肯定都有问题，找找自己的问题，再找找对方的问题，两个人坐下来好好地谈。一次不行，咱们谈十次，一定能

把问题解决了。

实在不行，找一个咨询机构，请专业人士帮你分析一下。不要动不动就把矛盾丢给孩子，孩子本来就挺辛苦的了，你再让孩子去掺和你们俩的事儿，这绝对是父母的不对。

比如说我吧，我跟你爸爸在生活中难免会产生矛盾，有时候我们可能吵得很厉害，但是问题还是要解决的。要么你爸爸找我，要么我找他，我俩肯定会坐下来谈一谈，这件事儿谁对谁错，以后再遇到类似情况应该怎么着。这样一来，以后就不会为类似的事情再去争执。

当然还会有其他矛盾，遇见了以后，我们会以同样的方式去解决。夫妻遇到问题一定要坐下来谈，把事情说清楚，这样感情也融洽了，问题也解决了。父母创造一种良好的家庭氛围，对孩子无论是在事业上，还是在婚姻家庭上，都是一种鼓励和榜样。如果一个妈妈总是抱怨爸爸这儿做得不对、那儿做得不好，让孩子去谴责爸爸，这样家庭能幸福吗？一定是不幸福的。更加不幸的是让孩子掺和进来，被迫去站队，形成恶性循环。

雨薇：我觉得你说得特别好，我也很认同。很多父母都会对孩子说“就是因为你，所以我们才不离婚”，或者“因为想给你一个完整的家庭，所以我选择不离开”。我能理解这种无力感，这在某种程度上也是把家庭责任强加给了孩子，把自己经历的伤害和痛苦转嫁给了孩子，让孩子感到内疚、自责。就像我妈说的那样，父母的事情主要还是应该由父母自己解决，应该告诉孩子我们是因为爱才把你带到这个世界上来的，你并不需要去背负这么多。孩子不是背债来的。

雨薇说

如果孩子长时间在父母的关系中扮演“修复者”的角色，会感到愤怒、委屈和愧疚。愤怒的背后往往是一种无力感，觉得为什么父亲 / 母亲不能改变。委屈是因为承担了太多父母情绪上的负担，忽略了自身的需要。愧疚是因为承担了太多不属于自己的责任，但同时又改变不了现状，所以不得不因此责备自己。比如：是不是我再耐心地跟他们沟通一下，他们的问题就可以解决？遗憾的是，父母自己愿意面对和解决问题是唯一的出路，如果寄希望于孩子，很可能会让孩子感到困惑、矛盾，十分内耗，甚至会选择远离。

蓝姨：这对孩子来说不公平。

雨薇：有什么问题父母还是要靠自己解决，即使离婚也没关系。其实，对于我们这代人来说，离婚是完全可以接受的选择，单亲母亲、单亲父亲都很常见。但是，请不要把这些苦痛传递给孩子，并尽量减少对孩子的伤害。如果真的过不下去了，能选择勇敢地离开，我觉得也是给孩子树立了一个特别好的榜样。这是在告诉孩子，爸爸 / 妈妈能够照顾好自己，是有底线的，能够为自己负责；遇到困难去解决、去重来都没问题。如果总是想着“我们为了孩子才勉强在一块儿”，这其实也是推卸责任的一种方式，反而会让孩子感觉妈妈或者爸爸很可怜，没办法解决婚姻中的问题，只能硬着头皮去承受。孩子从小像被念了紧箍咒一样，觉得“我应该承担这些责任，不得不这么做”，夹在中间，被愧疚感吞噬。

蓝姨：其实在大部分家庭中，孩子爱爸爸，也爱妈妈，对吧？

雨薇：对，孩子分辨不清爸爸和妈妈到底是什么样的人。人在小时候往往会觉得，哪怕爸爸或者妈妈真的是一个十恶不赦的人，自己还是会爱他们。这是一种生存的本能。因为孩子太需要父母的关爱了，否则很难存活下去，所以天生会对父母有一种依恋和信任。一旦父母有意或者无意伤害了自己，孩子还会觉得是自己的问题，而不是父母的错。

雨薇说

人在小时候处在自我的状态，不会因为父母不爱自己而恨他们，反而会因此责备自己。因为缺少自我保护的能力，所以孩子会合理化父母对自己的伤害，认为“伤害”是父母爱自己的方式，感到痛苦是自己的错，通过努力就能改变现状。在无意识中，孩子习得了父母“爱”自己的方式。如果不有意识地改变自己，将来很可能会用同样的方式去伤害周围的人。这也是很多人发出的感慨：“我讨厌父母对待我的方式，但是在很多时候我成为了自己最厌恶的人。”

蓝姨：父母真的不能这么做。你们经营不好自己的婚姻，可以选择放弃，但是不能把孩子夹在其中。如果不想放弃，那就不要说是为了孩子，这是不对的。真要是为孩子考虑，就应该把婚姻家庭经营好，至少把自己的生活过好。

雨薇：是啊，还有咱们经常聊到的，很多女性在关系当中会变得情绪特别失控，男性呢，有的时候会像一个受害者一样闷在那儿沉默不语。当然也有角色反过来的，男性会暴怒，动不动就发脾气、摔东西，女性特别委曲求全。这时家庭就成了我们所说的“三角关系”：有一个受害者，有一个施暴者，还有一个拯救者。孩子扮演的往往是拯救者的角色。

孩子需要既扮演妈妈丈夫的角色，保护和安抚妈妈，又要扮演爸爸妻子的角色，照顾、理解和疼爱他，唯独从来没有被允许成为一个孩子。更多的时候要么是“照顾妈妈，仇视爸爸”，要么是“心疼爸爸，讨厌妈妈”。很多时候大家都会觉得这个“受害者”，就是回避沉默、委屈流泪的那一方特别可怜，但其实某种程度上，这个不说话、不作为的人，也有特别可恨的一面。

雨薇说

母女关系微妙之处在于，同为女性，看似有共同的处境，更容易共情理解，同时也容易把自己的需要投射在对方身上，分不清什么是自己的需要，什么是对方的需要。作为女儿，可能会产生这样的困惑：“是爸爸真的做了伤害我的事情，还是妈妈让我去恨爸爸？”**这就是我们经常说的没有边界感的“共生”的关系。**

蓝姨：对，可怜之人必有可恨之处。我曾经见过一个家庭，妻子常常会歇斯底里，甚至想拿菜刀去砍丈夫。丈夫每次都是蔫蔫的，不说话，像空气一样。一开始我觉得都是妻子的情绪问题，了解情况后我才理解为什么她的情绪会那么失控：丈夫不管家，不管孩子，想去哪儿玩说走就走。家里的大部分事情都是这个妻子在做，她要带孩子、买菜、做饭。每次妻子暴发，都是丈夫在家里的所作所为导致的。

其实说到底吧，还是夫妻间沟通得不到位，每次暴发以后就过去了，没有再去深入沟通丈夫应该做些什么、妻子应该做些什么。如果大家都为这个家去奉献，矛盾就能解决了。但是这个妻子又不会跟丈夫沟通，所以矛盾每次积累再到暴发，不断重复这个循环。丈夫不知道自己错在哪儿，也就不会想着改变。有的时候妻子是说出来了，但是用的却是责备、训斥的态度，丈夫是不会接受的。往往是妻子那边一发脾气，丈夫就吓傻了，只想逃走。每次都是这个样子，循环往复。

实际上他们已经知道出了问题，但是不会去主动解决问题，两个人都不会沟通。看上去每次都是妻子在暴发，实际上，这个家庭的矛盾大部分是丈夫引起的——那个看似可怜巴巴的人。妻子的问题是没有找到一个好的沟通方式，结果就是，孩子是最受伤的那一个。父母不会经营家庭，把这些伤害都留给了孩子。

雨薇说

一位咨询师曾说过这么一句话："小心好好先生和'疯妻子'的搭配，你永远不知道那位妻子遭遇了什么。"**如果不了解人们在关系中经历了什么，很有可能会把问题的表象当成问题本身，而忽略了关系的动态属性**。"发疯"的看似是妻子，但是她很有可能经历了丈夫长期的冷暴力，一步步被"逼疯"。

雨薇：孩子不知所措地背负着这一切，也有可能在自己的人生中重复这样一种模式。

父母没有实现的愿望，可能会成为孩子发展过程中无形的压力和阻碍

雨薇：下一个问题是：妈妈对我要求很高，我总是得不到她的认可，感觉既愤怒又难过。我觉得这个问题挺普遍的。大家都希望自己的孩子是最棒的，再加上现在社会这么“卷”，很容易互相比较。你家孩子上清华，我家孩子就要上北大；你家孩子学小提琴，我家孩子就要弹钢琴，总之不能落下。家长总是拿自己的孩子跟别人的孩子比较。我感觉我小时候获得的认可也不多，我妈也是一个不怎么爱夸人的妈妈。（笑）听听我妈怎么说。

蓝姨：你看现在的父母多累，本来工作就挺忙的了，下班以后还要带孩子去学这个、学那个，回到家里就喊“累死了”，其实很多事都是自找的。当然，咱们中国人有“望子成龙，望女成凤”的观念，希望自己的孩子有一个好的未来，但是父母有没有想一想，你的孩子是不是那块料？有的孩子天生就聪明，学习上不用管就行；有的孩子你就是让她 / 他 24 小时都在那儿学习，她 / 他还是不行——不是那块儿料。做父母的可能不愿意接受现实。

就像你刚才说的，父母“望子成龙，望女成凤”，实际上是因为他们的自尊心得不到满足，想在孩子身上满足自己的自尊心，孩子得累死了。受了这么多的累，依然达不到他们的要求，那你说这孩子能好得了吗？父母不断地抱怨、唠叨，弄得孩子压力很大，导致好多孩子从小就出现心理问题了。所以做父母的不要把孩子逼得太紧，让孩子快快乐乐地成长就好，长大了以后让孩子根据兴趣慢慢去选择，都不会差的。

雨薇：我觉得自尊心真的是一个大坎儿。很多时候过强的自尊心来自对自己的不满，觉得自己不行，只有跟别人比较赢了才有满足感，觉得自己好像高人一等。这真的会让人看不到孩子的优缺点，甚至把孩子放到一个一个的模板里面。我们院里有一个小男孩，他特别喜欢狗，但是他妈妈觉得不能花太多时间在狗上面，孩子应该好好学习，上个好学校。其实我跟我妈都觉得，如果人小时候能找到一个爱好，然后把这个爱好发展成未来的职业，那是件多好的事情。现在有太多的人连自己喜欢什么都不知道。虽然很多成年人可能有不错的收入、优渥的家庭条件、光鲜的学历，但是他们仍会感到十分迷失，不知道自己喜欢什么。所以，从小就能找到自己的喜好，我觉得是件特别棒的事情，很宝贵。

遗憾的是，如果你拿一个标准去衡量所有人，就会把很多有个性和创造性的特质抹杀掉。妈，你觉得这种不健康的自尊心该怎么克服啊？特别是你们那代人，可能更加注重外界的看法，比如，平均身高如果是一米六，那我就不能长到一米五五；大家皮肤都很白，那我稍微黑一点儿都不行。你是怎么克服这种与别人比较的心态的呢？

蓝姨：每个孩子都有她 / 他的优点，我宁可要一个心理健康、身体健康的孩子。其实我周围有很多心理有问题的孩子，真的很心疼他们。父母不知不觉中把巨大的压力都加在孩子身上，孩子真的是不懂到底为什么要对自己有这么高的要求和期待。很多孩子从小学就开始出现心理问题，这太可怕了，是会影响孩子一生的。

所以，父母不要给孩子那么大的压力，孩子只要坚持做喜欢的事情，走正道，就会发展得不错。真的不要去比较，这会把孩子毁了的。如果家长想让孩子有自信，多鼓励孩子，慢慢地她 / 他就会越来越好。现在机会太多了，整个世界都是你们的，不一定都要走一条独木桥。逼着孩子在一条路上跟大家去挤，也没什么意思。

雨薇：我觉得父母有的时候也得多学习新的知识，多开眼界。因为有的时候孩子是需要父母的指导的，二三十年前那一套理念已经不适用了。父母要跟孩子一起学习、共同成长。

雨薇说

自尊心强往往跟不知道如何与外界的评价相处有关，特别是面对竞争的压力，**如果把孩子的价值建立在外界的评价体系之上，很容易导致孩子内化这套评价体系，用外界的要求和标准去定义自己，内在价值感不稳定**。很多成年人感到自卑，跟自身后天取得的成绩没有必然关系。在工作中，我接触到很多在外界看来履历光鲜的伙伴，但是他们内心依然感觉自己很糟糕，觉得周围的人都比自己优秀，永远活在比较之中（拿自己的不足跟别人擅长的部分比），变得孤独、厌世、抑郁和焦虑。只有家长先建立起对自己正确的认知和内在的评判标准，才能引导孩子不随波逐流。

妈妈的委曲求全，
成为了女儿一生无法弥补的遗憾

雨薇：最后一个话题跟委屈、丧失和死亡有关。很多小伙伴跟我提到过，妈妈好像不是特别会照顾她自己，会把最好的都留给孩子，但是自己过得紧巴巴的。当孩子想反哺母亲时，母亲又觉得“不行”“不用”“我不配”，总是想要付出，拒绝接受孩子的回馈。

孩子就会觉得特别亏欠："你给了我这么多，却不让我回馈你。"好多孩子一说到这儿，都会又心疼父母又生气："你给了我太多，我的亏欠感特别强。"不知道你怎么看这件事儿呢？

蓝姨：作为父母，大部分人对孩子的爱真的是无私的。就我自己来讲，我对孩子的爱是绝对是没有条件的，甚至可以为了她放弃我的生命。这真的是发自肺腑的。你不用觉得好像对我有愧疚。孩子对父母的爱很多时候确实是有条件的，我自己亲身的体会也是这样。

雨薇：我先接着妈妈关于无私的话题说。我相信你愿意为我付出生命，但我其实并不需要你这样做，会觉得"你给了，我也接不住"。有的时候这都是父母的一厢情愿，他们想借此证明自己是有用的、有价值的，但是孩子其实是不需要的。

蓝姨：对，孩子是不需要的。做父母的可能会觉得"我就这点儿能力，我什么都想给你"，但是孩子却认为"我不需要这些，你给了我都是负担"。所以，做父母的要自己学会放下，先把我们自己的生活照顾好，孩子如果哪方面有需要跟你提出来，你能帮的话去帮她 / 他一下，平时不要去替她 / 他过分操心。

另外，孩子想要回馈父母的时候，父母要学会欣然接受。我现在是跟着孩子学习，一起成长，还要学会在孩子面前示弱。现在很多父母不懂得示弱，总觉得"我比你经验丰富，各方面能力都更强"，其实不是这样子的。当你越会示弱，孩子的能力便会越强。父母要鼓励孩子努力把生活过好，让他们相信自己是有能力的，这样多好啊。

雨薇：我之前看过一个电视剧，里面的妈妈对女儿说："我这么做只是因为我对你的爱，我不希望你有任何的亏欠感，觉得你要为我做同样的事情。”这位母亲不需要通过孩子为自己做什么去证明自己是有价值的，因为她自己是一个情感比较成熟的人。这就好比如果我是一个桶，桶里的水是满的，我给你一些不会觉得自己因此变空了。

如果你想不断地通过为孩子付出证明自己，说明你背后是有期待的。这个期待要么是想让孩子听我的，要么是期待孩子陪在你身边，要么是期待孩子能够把你当成权威，所以孩子会觉得有负担。我觉得我妈说的示弱这一点特别重要。当然孩子有的时候也要示弱，要去理解父母，不能要么就是你听我的，要么就是我听你的。我觉得难得的是两个人能够坐下来，多聊一聊。一次不行就两次，两次不行就三次。

雨薇说

母亲对孩子的“无私奉献”看起来是不求回报的，其实还是期待孩子能够欣然接受，并且给到自己认可，但缺少了对孩子真实需要的了解，很多时候对孩子来说反而成了一种负担，成了母亲一厢情愿的“自我感动”。反之亦然。

蓝姨：对，多沟通太重要了。无论是夫妻之间，还是孩子和父母之间，一定要多去创造机会沟通，增进感情，这会减少很多不必要的矛盾。

雨薇：最后一点跟死亡有关。好多小伙伴说，想到有一天父母或爷爷奶奶等亲人会离开，就觉得自己像被抛弃了的孤儿一样。我妈经历过她母亲的离世。我姥姥也是那种典型的无条件付出的女性，什么都自己忍着，一个人扛，委曲求全。我妈可能比我姥姥“自我”，我又比我妈更“自我”。可能随着社会不断进步，女性的觉知和地位会越来越高。无论如何，面对死亡和面对分离，真的是很难的事情。

蓝姨：谁都逃不开的，这是必须面对的现实。亲人离去一定是非常令人伤心的事情。拿我妈妈来讲，她身体一直不好，从确诊胰腺癌到去世，只用了三个月的时间。从精神上来讲，我们是真的很难接受。我能顺利地度过最痛苦的这段时间，一方面是因为我有自己的家庭，有自己的丈夫和孩子，他们是我最坚强的后盾。

另外一方面，我相信妈妈的去处是一个非常美好的地方。将来有一天，我们也会到那里去，我们母女还会见面，所以我对死亡一点都不恐惧。也是因为这样，不管遇到什么样的灾难，还是有多大的痛苦，我都能坦然面对，真的一点儿都不惧怕。

雨薇：我想聊聊遗憾和亏欠感。比如，该说的话没有说，该做的事没有做。我那天突然有个想法，如果哪天我要送你走，我特别希望听到你说：“我这一生过得非常满足，这辈子没有什么遗憾，我感觉很平和，很幸福。”如果有一天我有了自己的孩子，我也希望能够这么跟她/他说。每当我做出选择的时候，我都会问一问自己：“如果有一天我躺在病床上等待死亡，回忆过去，我现在怎么做才能不后悔，过一个有意义的人生，不留遗憾地离开？”

蓝姨：被病痛折磨的你，还能有这么好的心情去说这种“电影台词”吗？（笑）所有的准备都提前做好，活在当下，不要到最后再去说这句话。如果做到了，平时就能感受到，该说的都说了。

雨薇：真的，咱们中国人表达情感本来就比较含蓄，加上最近这一百年苦日子过得太多了，所以总觉得要有所准备，想把好日子留在后面过，可是哪里是个头儿啊。

蓝姨：是的，所以父母在的时候就好好地去照顾父母，好好孝顺他们。父母对孩子能照顾的就多照顾，能帮的就多帮。前提是孩子需要你的帮助，不要在那儿瞎忙活，要相互理解。

雨薇：对，咱们肯定有很多不同之处，但是起码能坐在一起这样聊天，已经很难得了。孩子有时候也会把我们认为好的强加给父母，比如父母就喜欢在家待着喝茶看报，孩子非要带他们出去玩儿；或者父母就喜欢出去旅行，孩子非要把他们按在家里，让他们喝最贵的茶，但那可能不是父母喜欢的。所以，父母看到孩子的同时，孩子也要看到父母。这种相互尊重会减少遗憾，大家都能清清爽爽的。你能照顾好你自己，我也能照顾好我自己，有余力咱们互相帮助。

蓝姨：祝愿所有的妈妈和孩子都能相互理解，多多沟通，祝我们都能享受当下，过好每一天。

雨薇说

如何正确地提供情绪价值？

第一，明确提供情绪价值不是解决问题。

在咨询过程中，我发现很多伙伴经常会把情绪跟认知 / 行为混淆。比如，当我邀请对方去安慰遇到挑战，感到焦虑的自己的时候，她 / 他可能会告诉我：“相信你已经做好了充足的准备”（认知）或者“你正常发挥就没问题的”（行为）。

这些话听起来是很振奋人心，但却不是情绪的表达，更多是以结果为导向的对于行为或者认知的表述。情绪的表达是使用描述情绪的词语去命名当下的感受。比如：“我能感觉到现在你很焦虑，这很正常。”有的时候命名或者看到情绪，就是一种接纳。

第二，允许情绪的流动而不是否定它。

在描述情绪的过程中，尽量使用正向的词语，而非否定性的。我们经常说“别着急”“不要哭”“不用担心”“没什么好怕的”，虽然动机是想要帮助当事人消解焦灼的情绪，但却会有适得其反的效果，因为这样做是在变相地否定其自身的体验和感受。

这不仅不会让对方感到好受一些，反而会激起对方愤怒和委屈的情绪，因为这会让人有一种不被理解的感觉：“明明我正在被这种情绪所困扰，你还让我不要去感受和承认它，我也不想这样，但是做不到怎么办？”

第三，承接情绪比解决情绪更重要。

承接情绪意味着不以“快速解决对方的情绪”为目标，尊重对方情绪流动的时间和节奏。当然，承接需要力量。这对承接情绪的一方是有要求的，既不能压抑自己（否则就会暴发），又不能只顾自己的感受（“如果对方半个小时内还这样，我脾气就上来了”）。

很多时候，给予对方一定的空间和时间是必要的，所以在对话过程中要注意语音语调的平稳，必要时先等待对方表达，切记不要插话。如果在这个过程中感受到了情绪波动，先休息一下照顾好自己的情绪，然后再接再厉。

第四，以询问的方式为主而不是替对方解决情绪。

以询问的方式让对方感受到自己是被邀请表达的，而不是被“强加”了某个答案。“你现在是否感到焦虑？”和“你现在就是很焦虑！”，大家可以感受一下两者的不同。

第五点，关注当下具体的情绪。

可以反馈给对方你所感受到的情绪，比如：“我感到你现在很难过，不知道你现在感受如何？”

安慰没有固定的话术，主要是看当下的情绪和情绪背后的需要，一切是动态的。这也是为什么要先询问才能更好地给到对方“精准”的情感支持，无论是对自己的内在小孩还是他人皆是如此，否则就会有一种敷衍的感觉。

心理学家 Dr. Tara Brach 提出 R. A. I. N（Recognize，Allow，Invest，Nurture）理论：识别，允许，探索和滋养。当感到沮丧的时候，先去感受沮丧的情绪带给自己的感觉，不去评判自己，接纳这种感受并询问自己背后的原因是什么，情绪在表达着怎样的需要，然后再去重新安慰和养育自己，鼓励自己更有效地满足自身的需要。

如果大家一开始很难感受到情绪,可以尝试通过一些练习，学习命名和感受情绪，比如正念冥想，写情绪日记，做情绪觉察力练习，阅读情绪觉察相关的书籍。这是一个循序渐进的过程。表达情绪也可以用更有创造性的方式，例如逛菜市场，跟朋友出去爬山，通过绘画和舞蹈去表达自己等，不一定要拘泥于某种形式，选择自己舒心的方式开始就好。

这跟主流意义上的“哄”不太一样。“哄”是挑着对方想听的说，目的是让对方赶快从情绪上头的状态中走出来。感同身受的前提是允许自己感受脆弱的情绪。如果一个人难以接受自身的情绪，也就很难接受他人的情绪。这并不是通过学习几套安慰人的方法就可以蒙混过关的，需要进行更深入的自我探索。

第六点，看到情绪背后的需要。

描述完当下的情绪之后，可以邀请对方探索一下情绪背后的需要，比如：“是什么让你感到难过？”“难过的情绪在告诉你什么？”“这种情绪背后的需要是什么？”人的核心需要包括认可、安全、自主、亲密、联结、价值等。

情绪就像信号弹，能够帮助我们看到没有被满足的需要。从这个角度来看，没有“应该”和“不应该”感受到的情绪，只有这种情绪想要表达的具体是什么。

如果我们对任何一种情绪感到羞耻，就会压抑或者无视这种情绪，结果就是，情绪背后的需要越来越渴望被满足，情绪也会越来越强烈。这也是否定情绪的话语，如“不要怕”“不许哭”“别难过”，为什么不仅没有缓和情绪的效果，而且会让情绪变得更加强烈的原因。

第七点，探索有效地满足需要的方法。

一旦我们发掘了情绪背后的需要，便可以探讨一下应该如何有效地满足自己的需要。比如，难过的背后是需要安全感，可以通过询问的方式跟对方探讨一下如何给予对方安全感。是抱抱对方，对她 / 他说“我会一直在你旁边陪着你”，还是协助她 / 他迎接遇到的挑战，这需要尊重对方的意见，也可能是个试错的过程。

尊重对方的选择非常重要。这需要放下自尊心，通过询问找到方法，而不是把自己的想法强加给对方或者花工夫解释自己是怎么想的。即便初衷是希望对方更好地理解自己，也会让人感觉被忽略或者无视，更加委屈、愤怒。

第一章

第二章

第三章

第四章

第五章

第六章

第七章

第八章

信 任

如何相信女儿

是个独立的成年人

小时候的我跟着妈妈在北戴河的海边玩耍

观念的不同和代际的创伤不仅影响母女之间的亲密度，还会导致对彼此的不信任。信任简单来说就是：“当我把我脆弱的部分展现出来，你是否能够接得住，而不会伤害我？”虽然很多时候无论是母亲还是女儿，都会表达出“愿意帮助对方”“会为对方牺牲”的精神，但是当遇到冲突的时候，特别是遇到让两个人都感到脆弱的部分的时候，当下很难用接纳和理解的态度去面对。更多时候会产生应激性的反应，加深对彼此的不理解。

信任的重建是个循序渐进的过程，这就好比伤筋动骨之后需要复健。无论我们受伤前多么生龙活虎，疗愈的阶段也没办法带着伤口翻筋斗。

信任的重建也是同样的道理，只不过这里的“伤口”更隐蔽，更难以觉察。创伤让我们无法分辨过去和当下，可能对方的无心之举会被当成一种伤害。这并不是因为不够信任，而是内心的伤口没有愈合之前一种下意识的自我保护反应，没有硬让自己“好起来”，去“相信对方的好意”。这就好像没有办法让一个骨折的人跑马拉松。

信任的重建需要关系中的双/多方承担行为给对方造成的影响，并承担起疗愈的责任，给自己足够的时间和耐心，处理好内在的伤口。直到有一天，当感到自己有意愿向外探索之后，再一点点提升认识别人的能力，并建立起新的社交边界。这是母女双方共同努力的结果，不是靠单方面的努力就可以达成的。关于信任，我和母亲之间也有一些争论和探讨：

雨薇：上次咱们那期节目发布之后，反响很不错。这一次咱们多分享一些自己的经历，希望你可以多讲一些自己的想法，邀请大家站在你的立场上去理解你想法产生的原因，所以，我这次特意基于咱们的沟通模式选了几个点。这些问题不仅存在于咱俩之间，也有很多是我在阅读、工作还有现实生活当中观察到的，看一看我们是否能够达成一些共识。你不一定要认同我的观念，我也不一定要认同你的。这不是一个零和游戏，要么是你对，要么是我对，而是共同探讨，尝试彼此理解。那咱们就开始。

发生冲突后，
妈妈为什么总是要让女儿先去理解父亲的不容易？

第一个我特别想跟你聊的话题，也是很多家庭里面经常会遇到的一个问题，就是家里的父亲或者母亲可能会比较强势。其所展现出的强势，背后其实是她 / 他不太自信的一面。在咱们上次聊到的爸爸妈妈和孩子这个三角关系当中，就需要去寻找一个平衡。强势的一方往往需要弱势的一方去理解和体谅自己，所以我们经常说有一个经典的“三角模式”：有一个所谓的“施暴者”，就是那个情绪特别不好，经常发脾气或者哭闹的人；有一个委曲求全的“受害者”，总是把“你要让着她 / 他（施暴者）呀”“你要多理解她 / 他”“她 / 他也不容易”挂在嘴边；孩子可能就会扮演双方协调者的角色，或者是修补父母关系的角色，一会儿要照顾母亲的情绪，一会儿又要照顾父亲的感受，还要当两个人的传话筒、受气包和替罪羊。

我觉得在咱们一家三口的沟通中，就有类似的模式存在，比如前两天我和我爸发生的有关如何安排家庭聚会的冲突。我误解了他的意思，觉得他又在像过去一样“替”我做决定。当我表达不满的时候，他就发飙了。我俩争吵完之后，我正在气头儿上，你说我爸没有坏心，只不过他说话的方式不妥当。等我气消了，其实也能意识到自己的问题，但是情绪起来的那一刻，你尝试用让我理解他的方式劝我想开点儿，比如："你爸也没什么恶意呀""你别生气""你别难过呀"，有的时候甚至会用"你学心理学的难道不知道吗？"来劝说我，我听了就会更加委屈。你能够理解那种感觉吗？

蓝姨： 我能理解，因为我自己也体会得到。我也有父母，作为孩子，我的妈妈在家里比较强势，也比较有权威。父亲比较随和，无论别人说什么他都能接受，属于弱势的一方。妈妈平时虽然不爱说话，但是遇到事儿的时候，她说的话就很有权威性。我们都会习惯性地听妈妈的，爸爸很少发表意见或建议。所以在有矛盾的时候，我们从来不会考虑爸爸说得对不对，会默认妈妈是对的，爸爸服从就行了。

不知道你怎么看咱们现在这个小家庭，我和你爸谁强谁弱好像不是特别明显。搁在我俩年轻的时候，谁都不服谁，都觉得自己对，但是因为我俩相对势均力敌，不会闹得太凶。反倒现在我已经处于退休的状态，隐忍度会更高，没有那么强烈的欲望要去争个高低对错。我现在特别希望家庭和睦。记得姥姥临走之前跟我交代，叫着我的名字说："跟她爸啊，以后不要争执了，我特别希望你们和睦地相处。"

昨天晚上还在跟你爸讲，我们那么年轻就结婚了，从来没有想过怎样做儿女，也没想过怎样做父母，都是人生第一次。因为没有经验，所以父母他们怎么做，我们也就延续下来了，没去想过是对还是错。从你们心理学的角度来看，可能错误就明明白白在那儿摆着，不应该这么说话和这么做。但是我们当时可能根本就没有意识到自己有问题，这是一件非常可悲的事情。真的需要相关的机构或者媒体多去宣传，让大家知道怎么更好地处理父母和孩子之间的冲突，告诉人们问题出在哪儿。

家长可能觉得自己付出了那么多，却得不到孩子的认可，不明所以然。其实家庭问题都是越亲越近的人，有时候反倒伤对方越深，因为出发点都是为对方好，对方不接受，心里就更加难受。这真的需要一个互相理解和沟通的过程。咱们肯定也有矛盾，有一定的代沟。沟通多了，我就知道你是怎么思考问题的了，矛盾可能就少了。我是不是已经跑题了？

雨薇：没有，你说得特别好，把我想要跟你聊的这几点基本上都说出来了。虽然咱们沟通中多多少少会有矛盾冲突，我的很多观点你肯定是不认同的，但是即便有一些误解、伤害、难过、痛苦、沮丧、愤怒，我也愿意去跟你沟通。

我觉得有一点你做得特别好，就是你一直愿意去听我说话，没有关闭沟通的渠道。而且我也感受到了你的意愿和勇气，所以我也愿意跟你一起往前走，建立起一个沟通的模式。同时，我们其实有很多不同的期待，这些不同没有对与错，希望咱们通过交流，能够建立一种理解。起码不要一上来就做一个评判，比如："妈，你怎么能这么想，你这么想不对。""你怎么能这么说，你这么说有问题。"这对我来说也是个提醒，因为有的时候我会情绪激动……

蓝姨：对，思想可以活跃一点，但是嘴巴放慢一点。当你说出来的话有可能会伤到对方的时候，咱们放慢速度，多想一想，再慢点说出来。

雨薇：是，而且需要做一些准备工作，假如这种对话发生在冲突当中，那就有点为时过晚了。所以需要在日常生活当中保持持续性的对话。

蓝姨：对，多沟通，你就能知道哪个点该说，哪个点不该说。也能知道两个人聊不到一块儿，会发生冲突的那个点在哪儿。我们可能会用一些策略跟对方沟通，比如采取迂回战术。对方接受不了那就再找其他的方式，不要硬来。

雨薇说

承认自己想要给对方的“好”跟对方想要的“好”不一样，是建立信任的第一步。接受“对方想要的跟我所给的不同”需要打破自己的认知并放下自尊，这并不是在否定自己的付出（不需要≠不重要），也没有对错之分（不需要≠做错了），而是明白双方的期待不同。在开始对话前，可以提醒自己对方跟自己的想法可能不太一样，花些时间多问一句：“你需要什么？”聊一聊彼此的期待，会比评判对方的想法或者情绪激动地压倒对方要更有效。

沟通理念的不同：家庭和睦与平等沟通，哪个更重要？

雨薇：其实当了解我们可能理念不同之后，就不会一下子觉得对方在攻击或者控制自己。举个例子，刚才你提到你追求家庭和睦的目标。你想的可能是：“男性的自尊心比较强，他不愿意认错，那我就多忍让、多迁就一些。你是学心理学的，能够看清你爸的愤怒来自哪里，那你就应该能够多体谅他。”这是你的期待吧？

我跟你的目标和期待可能不太一样。我的期待是大家能够建立起一种平等对话的机制。我也希望家庭和睦，但我觉得想要达到和睦的状态，还有好多工作要做，咱们应该坐在一起聊一聊。因为很多时候冲突发生之后，往往都只是快速把事情压下去，把情绪忽略掉，事后当作没发生，甚至只能是我按他说的去做才罢休。我不能说这样的处理方法不对，这样省时、省事、不太费工夫，似乎能够快速“解决”问题。

我把反驳的话“咽”下去，表面上看，这样更有助于和谐相处，不会制造更多的麻烦，平息冲突确实很快，但是它的后果是什么呢？就是我心里会一直怀着不舒服的情绪，而且对方并不知道我不舒服。到最后，其实我们都不知道对方真正的所思所想。

雨薇说

在冲突中，没有办法通过压抑情绪去更好地理解对方。当我们情绪激动的时候，大脑中负责情绪的杏仁核会干扰负责理性思考的主要区域前额叶，让我们无法有效地调节情绪，可能会让人变得失控。即便情绪当下被压抑下去了，但是会在未来的冲突中叠加爆发。当你在冲突中感受到了动荡的情绪，最有效的方式就是先尝试接纳和缓和情绪，而不是通过争辩对错或者解决问题急于去处理情绪。

蓝姨：你们两个都误会了。

雨薇：是的，我觉得我爸想要吹牛，我爸觉得我性格不好，再加上我们之间长久以来一直没有解决的沟通问题——从小到大他管我管得比较多，很多事儿都想让我听他的。其实我上了高中之后，就一直在尝试脱离这种管制。我能够理解他对我的“好”背后的动机和初衷，但是我需要一个探讨的空间，我的这个期待始终没有实现。我不需要他为我做什么，而是希望他相信我能做到什么。我发现咱俩沟通的目标不一样，你期待维持和睦，我期待把话说清说透。

蓝姨：我能明白。其实我说的追求和睦，并不是说一定要靠隐忍，竭力地去妥协。家人之间发生争执之后，大吵一架会把氛围弄得非常不好，我不想看到大家大吵大闹。我的意思是等大家急躁的情绪过去之后，再好好聊。我不会在冲突发生的时候，去争个谁对谁错。我现在学会静下来之后再去好好聊一聊，因为平静之后的急，跟冲突当下大家急赤白脸的急还不太一样。平静后虽然急，但是能冷静地把问题分析一下。不是非要争个谁对谁错，而是你把你的想法说出来，我把我的想法说出来。一家人有什么对错？把道理都说清楚，然后真诚地道个歉，说一句“对不起，我刚才可能误会了”，这就可以了。该认错得认错。

沟通先从看到情绪开始，然后再去了解行为背后的动机

雨薇：认错这一点我觉得是最难的。我跟我妈之间的交流是没问题的，因为当我把自己脆弱的一面展现出来的时候，我知道你不会拿刀子捅我，你也会柔和下来。我跟你在一起总体的感觉是放松的，而且我觉得自己能够被尊重。即使我不认同你的观点，我提出来，你也能够理解。你不会觉得：“你怎么这么不懂事。”“我为你做了这么多，你怎么不领情！”我觉得你没有太多这种时刻。

你还是习惯性地会去多做一些，为他人着想和付出，但是我跟你不一样，我比较直接。咱们去泰国旅行的时候，我说你要是饿你

就多吃一点儿，不饿就少吃一点，我们不要让来让去。当时你做得就特别好，你能够照顾好自己，不会因为我直接提出了我的需求而不高兴。当然我相信，有些母亲因为不够自信，比较拘谨，特别是旅行时到了外面，见了外人就放不开，会因为抹不开面儿照顾不好自己。

蓝姨：其实我觉得大部分父母都是你刚才说的后者，就是抹不开面儿，另外就是想要尽量节省。出门在外，也会时刻想着不要太浪费，要节省一点。孩子们也要多理解一下，因为父母几十年的生活习惯已经形成了，你非要让一个六七十岁的人去改，我觉得这不现实。做孩子的也别太去跟父母计较，比如旅行中要吃东西的时候就多买一些，看到大家都能吃饱吃够，他们也就不会推来推去了。

雨薇：那我站在孩子的立场上补充一下吧。我相信确实有那种比较自私的孩子，从小当“小皇帝”当惯了，但也有一部分孩子是真的想去回馈父母，只是屡屡受挫。

蓝姨：我是觉得如果孩子有这份孝心，是件特别好的事儿。还是需要多沟通。

雨薇：比方说孩子辛辛苦苦地准备旅行，忙前忙后，想带父母去最好的地方。父母却畏首畏尾、拘拘束束的，这个不行，那个不行。其实很多时候我觉得，父母看似在表达这个不好、那个不好，这个吃不惯、那个吃不惯，其实都是一种不自信的表现。

蓝姨：你说对了，这种行为绝对是不自信的表现。

雨薇： 也有可能真的是不喜欢吃，但我觉得大部分情况是因为不自信、不熟悉，觉得害怕、焦虑、恐惧、不自在，所以才会下意识地去抗拒。孩子在不了解的前提下，会觉得父母辜负了自己，对吧？忙前忙后准备了这么多，父母却不愿意接受，到最后结果就是积怨加深，彼此责备。

蓝姨： 我觉得父母的这种不放松跟他们的日常生活是有关系的。这种不放松不是出来玩造成的，背后的原因可能是一直以来跟孩子的关系都比较紧张。他们害怕跟子女出来会被责备，内心特别不自信，这一点我是非常清楚的。比如，在生活中，母亲有一些方面的能力可能欠缺一些。当她做不好的时候，丈夫指责她，孩子也指责她，渐渐的她就更加不自信了。

这种不自信从日常生活中带到旅行中来了，所以她出门的时候也是畏畏缩缩的。旅行的环境又不熟悉，她会感到更加焦虑和不安。所以我觉得，不是你带她出来玩就能够让她放松下来，一下子解决她焦虑的问题，而应该在日常生活中多鼓励她，培养她的自信。

雨薇： 嗯，我觉得理解和鼓励是双方的吧，我接着站在孩子的立场上去解释一下。你看我的工作节奏就知道，现在年轻人真的很累。好多年轻人加班加点，从周一干到周五，甚至周六、周日有时候也要工作。他们的工作很辛苦，工作关系又很复杂，可能会感到委屈难过。如果他们跟父母沟通不好，周围没什么朋友，感情又受挫，那基本上就处于孤立无援的状态。这就和你们年轻那会儿，有很多兄弟姐妹，工作和生活都按部就班的那种状态很不一样。现在面对的环境更复杂，我们这一代人本来精力就有限，再加上面对着那么多的挑战，就特别渴望父母理解自己。其实我从来没有听到过一个孩子说不希望跟父母建立一个良好的关系……

雨薇说

代际沟通中的阻碍并不一定是孩子的“自私”或者母亲的“控制”，背后的原因往往是缺少沟通，所以会表达出各自不同的期待。比如，母亲由于不自信，希望女儿对自己有更多的耐心和鼓励；女儿渴望母亲的理解，希望母亲能够坦然地接受自己的选择。如果彼此没有表达出背后真正的需要，母亲的不自信很可能就会被女儿解读为一种“控制”，而女儿的“好意”也有可能被母亲视为一种“自私”。

沟通需要双方都找到合适的途径去了解相关的知识并实践

蓝姨：其实孩子们都是很心疼父母的，也是希望父母好的，但就是不知道怎么样去建立好这个沟通的渠道。其实我跟你沟通起来没有太多的障碍，但你跟你爸爸沟通不太顺畅，我才发现我也需要学习心理学，需要知道问题出在哪儿。我也特别建议做父母的多去了解这方面的知识。我的一个朋友跟她女儿的矛盾冲突特别多，我们那天晚上聊天，她说：“姐，我跟你聊了聊，觉得茅塞顿开。”其实我是把你的一些理念跟她讲了讲，她也觉得需要去学习一些这方面的知识。你让她自己去悟，她是悟不出来的，所以我真的特别建议父母们多看些书。如果道理太枯燥，就多看一些案例。就像你给我讲了很多故事，我可以从中吸收很多东西。

雨薇：还有就是聊天也会帮助你学习。我觉得更重要的是这些知识能成为你自己智慧，就是你自己实践之后的体验。我相信你在你同龄人中可以成为一个“意见领袖”。你看我的播客节目，可能我的同龄人听了会喜欢，但是你的同龄人可能不感兴趣也听不懂。重要的不是我说了什么，而是用你能接受的方式让你把这些道理听进去，然后转化成你自己的“干货”，再去帮助更多周围的人。你可以通过结合自己的一些亲身体验，用你更熟悉的语言和同龄人能理解的方式，把这些知识传播出去。

蓝姨：这就好像隔着一层窗户纸似的，把这层纸捅破了以后两代人就能互相理解了，需要一些知识的储备。

雨薇：是的，刚才说到父母承认自己也需要不断学习，其实孩子也是。在我的播客里，我也会聊作为孩子可以怎么去做，怎么反思自己。现在我想把更多的时间放在对父母的关注上，比如探究一下为什么我跟我父亲很多时候交流沟通有冲突，他就是不认错。你跟他生活了这么长时间，我想听听你的看法。

我也有情绪，不可能总是让着他，只站在他的角度想问题。我希望他有的时候也能替我想想。虽然他确实付出了很多，但是“你对我好”和“好好沟通”是两码事儿。我很感恩你们平时为我做的一切——做好吃的，买好东西，把最好的给我。但如果遇到矛盾和冲突，我也希望咱们能够好好地聊一聊。咱先别说一定要平等地沟通对话了，现在连开始对话这个部分都让我觉得很难。好像我稍微提出来一点跟他不同的想法，稍微有点情绪，他就感觉我在否定他之前为我做的一切。

雨薇说

“为你好”不能成为回避沟通责任的理由。由于两代人经历的时代背景不同，有的时候“好心”可能会办“坏事儿”。

只寄希望于对方理解自己的“好意”，很有可能会造成彼此的误会。如果父母和孩子都可以承担起表达自己、聆听对方和沟通心意的责任，有助于加深对于彼此的理解，更有效地处理冲突。

父亲总是把我当成一个需要保护的孩子，而不是一个成年人

蓝姨： 其实你爸是一个非常骄傲的人，你知道吗？他觉得自己很有能力，在单位工作干得不错，存在自我感觉良好的心理……关键的一点是，你在他的眼里还是那个几岁的孩子，需要爸爸的呵护，需要他帮你撑起一片天。他没有想到：“我的女儿已经三十岁了，已经自立了，在社会上已经能够帮助到很多人了，她已经做得很不错了。”

他看你还像你十八岁之前那样。我们在你这个年龄已经有小孩了，而你还没有结婚生子，他就觉得你还是个孩子。所以，当你要求跟他平等对话的时候，他就不知道要怎么跟一个孩子讲平等了，他理解不了这点，转不过弯儿来。我们私下聊的时候，他总是跟我讲：“就这么一个孩子，咱们得保护好她，她要是过得不好，咱们该怎么办？”他永远都是这么想的。

我对他说：“人家都这么大了，已经有能力了，怎么还需要你的保护啊？”他却坚持说：“那不行，她就是个孩子。她什么时候成家立业了，为人妻为人母了，我的任务完成了，我就不认为她是个孩子了。”所以，你们俩冲突的点永远是在家庭和婚姻上。他总说：“你看她现在是最好的年龄，如果错过了，我的孩子该怎么办？

咱们老了，以后就她一个人在世上怎么办？”他的焦虑在这儿。对他来说，其他的矛盾都不算什么，就是这一个问题，你知道吗？

雨薇：谢谢妈，你能够说出来，我觉得特别重要。每当面对我爸内心当中脆弱和焦虑的点，我的感觉就是很无力，这就又涉及观念的不同了。咱们之前也聊过，对于你们那一代人来说，长大的标志就是结婚生子，这就意味着你成年了，不再是一个小孩子了。甚至可能结婚的前一天还觉得自己是个小孩子，但这个仪式一结束，啪，你一下就成大人了。

那对于我们这代人来说什么是真正的长大呢？这反而跟结婚生子没有太强的关联性，更重要的是一个人是否经济独立、思想独立、精神独立。因为我们在关系中发现，女性首先得有自己的事业，只有这样，在关系当中受委屈了，才有底气对对方说：“你不能这么对待我。”才能够更加自主地表达自己。如果女性在经济上比较弱势的话，多少都得依附男性，看对方的眼色。我们不想委屈自己，所以在工作上就要努力。起码要有自己的事业，这是一份价值感，也是一份保障。

进入家庭，很多时候女性会发现自己的伴侣有一些比较传统的思想，就像我爸这样。伴侣之间如果产生了冲突和矛盾，牺牲的往往是女性。当然两个人能心平气和地探讨出一个解决方案来更好，但是现实中情况可能更复杂。男性从小被期待要变得更强，要独当一面，但是谁能总是那么强啊？所以就会硬撑，变得骄傲，其实内核是自卑。很多男性遇到冲突要么草草了事，动不动就说“我都听你的，我不跟女的计较”，要么就发怒，没有办法像咱们一样事后心平气和地聊。我接触了很多婚姻咨询的案例，当事人都受过高等教育，在各自的领域都有建树，但是也会遇到很多沟通上的问题。在这些例子中，女性往往会承担更多，既要发展事业，又要顾及家庭，责任特别重。

除了物质方面，精神上也要独立。精神独立就是我不会再去依附父母，什么事都听父母的、靠父母安排。我知道我自己是谁，下一步要怎么选择。现在社会变化这么快，你看新闻大厂裁员，一下子整个公司都没了，又要重新学习技能，找一个新的职业，然后重新去探索自己。人的精力是有限的，一个人如果更关注自己的成长和事业的发展，那么一旦觉得亲密关系在消耗自己，就会把这件事往后放。不只是咱们中国有这样的现象，其实很多国家人均收入达到一个水平，女性都会越来越晚结婚，推迟生育年龄，甚至是很多人选择不生，呈现出少子化的趋势。对于我们这代人来说，成熟不再是在结婚生子那一刻发生了，而是有了很多不一样的标准，比如精神独立、经济独立、心理成熟。我在这儿并不是说亲密关系和婚姻不重要，只不过可能很多时候，它们的优先级发生了变化，这个你能接受吗？

蓝姨：这个我能接受。

雨薇：所以当我遇到我爸希望我结婚生子这个问题的时候，我就会觉得很累，甚至要去向我爸证明我是一个成年人。但是在他的价值体系里面，我是没办法自证的。为什么我这么努力地工作？一是因为现在年轻人普遍压力大，二是我要去证明我是一个成年人，通过这样的方式获得我爸的认可。我没有意识到的是，我跟我爸的标准不同。我哪怕再努力，取得再多的成就，在他那里仍然一无是处。

蓝姨：不是一无是处，这么理解是不对的……

雨薇：但是我爸生气时，他确实是这么说的。上次他说无论你写多少书，赚多少钱，有再大的名气，没有成家都是没用的。我知道他当时是在生气，说的是气话。后来我跟他再聊，他才改口说事业和家庭都重要，但是其实他在情绪上头的时候能说出这种话，肯定是他价值观的体现——他认为对于女性来说，家庭和婚姻是最重要的。

蓝姨：对我们这一代人来说，很多人是这样想的。咱们曾经也聊到过，很多男孩子不成熟、脆弱，其实我们做父母的也一样在很多方面没有经验。都需要一个慢慢成长的过程，这个是需要大家彼此理解的。不是说你今天找的这个结婚对象，他就像超人似的什么都懂——懂得呵护你，又温柔，又能挣钱。这样的男孩子是“培养”出来的。你会说，我已经这么累了，为什么还要去帮他成长？为什么你累呢？因为在一个家庭里头，你把所有的担子全担了，既要经济独立又要把家庭照顾好，你不愿意让别人跟你共同分担，我觉得这才是累的原因。

雨薇：如果把更多的时间花在照顾家庭上，那你的事业发展就会受限。现在有很多人说三十五岁在职场上是个坎儿，女性面临性别歧视和晋升限制，很容易就会被淘汰。除非你有个铁饭碗，但是这种机会可能越来越少。如果女性被期待在家庭中承担更多的责任，那在事业发展上就会投入较少，更容易在职业发展中受阻。另外一点就是，社会主流认为女性年龄越大选择越少。在婚恋市场上，年龄大的男性会比年龄大的女性选择机会多一些，所以女性有很强的不安全感。很多女性面临生活和工作的失衡。

回到刚才你说的“把所有担子都担了”这一点。当然我相信有一部分控制欲强的女性，但是我看到的大部分女性不是想要大包大揽，而是她身边的男性确实缺少学习和处理问题的能力。再加上社会上对于男性的期待就是只要把工作搞好，你就是一个“大男人”，收入高才是男性社会地位和价值的体现。但是在家庭中不是这样的，家庭需要双方共同经营。你不努力，我就得拖着你走，这让人成就感很低。

蓝姨：是有这样的男孩子，就是得拖着走。

雨薇：这就让伴侣很累。再加上如果他出轨了、变心了，就存在更多不确定性。

蓝姨：确实是这样。

雨薇：在这儿我并不是想让你接受我的观点，我只是想分享我们这一代人面临的一些挑战。社会发展之后，过去的一些模式不再适用，大家都处在探索的过程中。

蓝姨：反正我希望大家，特别是你们这代年轻人，还是要尽量去寻找适合自己的另一半。如果实在找不到，那没办法，但是如果有可能，还是找一个满意的伴侣，大家共同经营一个家庭，共同奋斗，你将来的生活就稳定多了，心里也就踏实了。这是我的观点。

雨薇说

由于时代背景的不同，两代人的观念也不同。站在彼此的立场上去“要求”对方理解自己，很多时候会导致矛盾和误解。所以，在此之前如果可以保持开放的态度，去设身处地地了解一下对方所面临的挑战，可能有助于更好地共情和理解对方的选择，而不是固执地希望对方认同自己的想法。即便对方无法做到共情和理解自己，也能够借此看到难以建立信任不是因为自己不努力，而是需要时间和方法，至少可以选择放手，不继续内耗。具体方法是：

一、尝试询问对方的感受和想法，而不是一味坚持自己的标准。

面对冲突，很多时候我们会快速进入急于解决问题的模式。我很理解希望对方变得更好的动机，但问题在于你认为的好不一定是对方认为的好，而且处理情绪问题往往先于解决问题本身。

给出答案虽然会让对方暂时感到安全，但长此以往依然会因为缺乏觉察和动力无法做出选择。就像一个来访者近期告诉我：“拒绝接纳情绪直接解决问题，不仅问题没解决，事后还会有更多委屈愤怒的感觉。问题早晚会再一次回来找你。”

更有效的方法是先看到对方的情绪，然后邀请对方去探索，而不是把自己认为对的答案硬塞给对方。

这的确不是一件容易的事情。做情绪的朋友本身就是两代人都不熟悉的课题。而且，去探索就意味着面对不确定性和差异。这可能会让很多伙伴回想起之前被拒绝、被否定的经验，一下子就感到焦虑不安，需要一个过程。如果感到太辛苦，那就休息一下，调整好之后再接再厉。如果感觉实在难以做到，那就暂时放一放。

所以，有意识地疗愈自己的创伤，逐渐放下自我和预设，尝试去了解对方的感受和想法是第一步。这会让对方感觉到你愿意花时间去了解自己，尊重她/他的想法和感受，相信她/他能够用自己的方式方法解决问题。如此，信任才能被建立起来。

二、信任对方，用开放性的问题去挖掘对方的潜力。

开放性的问题能够尊重对方的主体性，让她/他自己选择表达的方向。比如用以“是什么”“怎么样”开头的问题提问，而不是以“是不是”开头的问题。

举个例子，当对方说“我感觉你不爱我”，非开放式的问题是“我怎么能不爱你呢？我为你付出了这么多！”而开放性的问题是“是什么让你有这种感觉呢？”

非开放性问题的关注点在对与错上，以“我”的标准为主（付出多等于我爱你），而缺少对对方的理解和关注。

开放式的问题能够让听者感觉到自己的情绪被接纳了，同时感觉到对方想要了解自己，希望多听一听自己的感受，这样信任才能渐渐建立起来。

在什么情境下问什么样的问题，怎么把问题问好也是需要技巧的。

三、沟通不是万能的，有的时候做比说更重要。

由于两代人面对不同的社会环境，以及经历或者能力的差异，做出的很多选择即便对方尝试去理解，也很难做到完全理解和认同。这就需要调整对对方的期待，选择更有效的支持系统（朋友、同事、行业人士、助人工作者），通过实际行动先去承担起自己的责任，然后再去用自己亲身实践的经验跟父母沟通，这样能更有说服力。

比如，如果父母担心孩子生活能力不够强，无法照顾好自己。每当回家看望父母的时候，与其用言语去证明自己过得有多好，不如给他们分享一些自己日常生活的照片，多跟他们聊聊自己是如何打理生活的，或是给他们做一些拿手好菜，用实际行动告诉他们你有能力照顾好自己。很多父母并不是不愿意沟通，而是更希望切实看到孩子的能力，这对他们来说更有可信度。这并不是说要向父母“证明”自己（按照父母的标准，缺少自主的意志），而是在不违背自己意愿的前提下，用他们容易接受的方式告诉他们“我长大了，请不用担心”。

“我相信你”不只是一句空头支票，而是在认知上真正相信对方有这个能力，尊重对方的节奏，相信她 / 他能做出适合自己的选择。不仅如此，我们还需要在具体行动上去兑现自己的承诺，去询问和了解，而不是评判和说服。

第一章

第二章

第三章

第四章

第五章

第六章

第七章

第八章

边界

是什么让母女关系变得窒息

喜欢看妈妈单独一个人的照片，

想象她是一个什么样的人

边界是人际关系中的“防火墙”，保护我们的身心处在一个平衡的状态，不被过度消耗。这就像《西游记》中，孙悟空给唐僧画的那个“避魔圈”一样。每个人的边界不同，了解自身边界最重要的途径是觉知我们的情绪。比如，当我感到疲惫，就知道是需要休息；当我感到愤怒，就知道需要保护自己；当我感到恐惧，便需要逃离。这些情绪和感受都在直观地告诉我们，我们当下的需要是什么，如何能够更好地保护和照顾自己。

如果失去了对于自己情绪的感知力，很容易破坏我们的边界，造成身心问题，甚至引发严重的躯体化反应，比如惊恐发作、失眠多梦、腹胀腹泻、手脚冰凉、头昏脑胀等等。心理上的边界就好像我们身体的免疫系统一样，抵御着来自外界的疾病。免疫系统一旦遭到破坏，我们就会处在危险之中，心理状态也是如此。

边界是双向的——既能保护我们自己，同时也是对对方的尊重。听起来这么重要的一种自我保护能力，却经常导致代际沟通的冲突，比如：有边界感是不是一种不亲密的体现？母亲为我付出了这么多，怎么能对她说“不”？我明明为女儿做了这么多，为什么她还是觉得我不懂她？我是你妈，有什么不能让我知道的？为什么母亲就不能尊重我的隐私呢？

这些问题的背后的确有创伤性的议题存在——由于过去经历的冲突和伤害，当下会处在战斗、回避、麻木和僵住的状态，无法有效地表达出自己的诉求，更难共情对方的处境。同时，随着工作的深入，我发现两代人对于“边界”的理解也有彼此时代的特征，以及两代人不同的动力和需要。想要让母女关系再向前一步，需要两代人都有意愿去积极地疗愈和沟通，这样才能更好地聆听和尊重彼此的需要。

雨薇：今天又邀请蓝姨继续跟大家聊一聊有关母女沟通的话题。其实上次跟我妈聊天到现在已经有一段时间了，之前我们聊了很多关于边界感的话题，包括如何去尊重孩子、尊重父母，如何求同存异。今天我特别挑出来几个比较有争议性的话题，跟我妈聊一聊“如何看待边界感，怎么去尊重彼此”。我们还是放下对与错、是与非的这些偏见，力争达成共识。但是在达成共识之前，更重要的是去了解彼此的想法，及其背后的背景和原因，去探究不同的社会背景和人生经历下所形成的观念的不同。我们把这些不同的观点先摊出来，然后再去看一看能不能达成共识，相互理解。

今天我特别想跟我妈聊的一个话题是“空间感”，我觉得这个词特别能描述出父母跟孩子之间的关系。很多时候我们为什么会觉得父母的爱特别令人窒息，就是因为我们跟父母之间好像是没有距离、没有空间的。好像我就是父母的一部分，所以父母想让我干什么，我就应该干什么。比如，父母觉得天儿冷了，孩子就应该穿秋裤；父母觉得天儿热了，孩子就应该吃冰棍儿、吹空调；父母腰不太好，那孩子就不应该穿露腰的衣服，怕着凉。还有点外卖这件事儿，许多父母会经常跟孩子说：“外卖多脏啊，你应该自己做饭。”

我觉得特别遗憾的是，这些听起来好像是关心，但很多时候孩子听到的却是一种“要求”。父母不知道的是，孩子工作很辛苦，她 / 他没有那么多精力去做饭。即使是好意，在孩子听起来也是一种负担，所以会觉得特别心烦，一下子就会有股无名火。这时候父母就会觉得委屈又无奈：“那我也不管他到底点不点外卖了，爱怎么着怎么着。”然后孩子也会觉得：“那我以后就报喜不报忧吧。”

蓝姨：到最后沟通的渠道就没有了。

雨薇：对，当然背后也有很多原因，比如说小时候父母管得比较多，期待比较高，或者是小时候该管的时候不管，长大后不该管了又使劲管，过度补偿。我今天特别想跟我妈聊的话题就是尊重。

明明我已经说了很多次，为什么你还是不能尊重我的隐私？

雨薇：我相信很多人都有这种感受，好像父母那代人没有“隐私”的概念，比如说，孩子睡着觉或者正在线上开着会，父母就推门进来。还有随意翻看孩子的日记和手机，时不时问问这个，打听打听那个。孩子就会觉得特别烦。从你的角度来看，你是怎么理解尊重隐私这件事儿的？站在父母的视角上，为什么很多父母都会有这种行为？

蓝姨：我觉得虽然孩子已经长大了，但是父母还依然停留在孩子小时候的那种状态。父母会觉得她 / 他是我的孩子，我从小就是这么关心、照顾她 / 他的。比如孩子在家里睡觉这个例子。孩子小的时候在家睡觉，作为父母的还用敲门进屋吗？不用，都是直接就进去了，给孩子把被子掖一掖。现在孩子长大了，但你们在父母眼里永远都是孩子，小时候产生的惯性就一直这么延续下来了。

做父母的可能没有意识到：“孩子长大了，有自己的空间和秘密了，我们应该去尊重孩子。”我也真的要替父母说句话，他们不是有意识地要去窥探孩子的隐私，更多的是因为跟孩子沟通的渠道是不畅通的，但又很想了解孩子，怎么办呢？无奈之下，选择去偷看孩子的日记，想看看孩子究竟有多少事儿是我不知道的，隐瞒着我。

雨薇：那为什么不直接说啊？

蓝姨：沟通渠道不是畅通吗？你像我跟你，咱俩之间，我就不用去偷看你的日记。因为你有什么事，很多时候都愿意跟我沟通一下，聊一聊，对吧？

雨薇：妈，你小时候被偷看过日记吗？

蓝姨：我被我妈妈偷看过日记。

雨薇：对，你跟我说过，因为有过这样的经历，所以你绝对不会看孩子的日记。你方便分享一下这件事吗？

蓝姨：大概是在什么时候呢……那会儿我也已经不小了，应该是刚上班，二十多岁吧。那时候在婚恋问题上跟父母有矛盾。

雨薇：简单来说，就是我的姥姥、姥爷不喜欢我妈的初恋，特别是我的姥姥，她非常严厉地要求我妈跟那个人分手。

蓝姨：我在她的逼迫下谎称已经分手了，但其实我们到底分没分手，她也不知道，但是她看了我的日记，知道了实情。我觉得挺受伤的。

雨薇：姥姥是不是那种比较简单粗暴的妈妈？

蓝姨：因为我妈妈那个年代的人，都是以工作为重，对孩子基本上就是散养，管得没那么细，所以我们平时也没有什么沟通。你看我是我姥姥带大的，上小学了才回到市里跟父母一起生活。我们白天去上学，爸爸妈妈去工作，尤其是我的妈妈，她不仅白天要工作，晚上还要学习，基本上没有时间跟她沟通和交流。我跟我妈妈交流多了是有了你以后，之前好像很少。

雨薇：也就是说其实在你的成长过程中，父母没有跟你有太多的交流。姥爷照顾家多一些，但是你们也没什么交流。

蓝姨：对。姥爷所谓的照顾多一点，就是给我们做三顿饭。

雨薇：所以在婚恋情感问题上他们从来没跟你聊过，等年龄到了就给你介绍对象，或者你谈了对象，让父母见了，他们满意就行，不满意就不行，对吧？

蓝姨：是的。

雨薇：前期是不是也没有人跟你探讨过爱和婚姻是什么，选择伴侣的标准应该有哪些？

蓝姨：这些都没有人跟我聊过。我们那会儿好像就是到年龄了，男孩女孩相互吸引，就在一起谈谈对象，傻乎乎的，真的是什么都不懂。

雨薇：那个时候姥姥看了你的日记，发现了你没有分手的秘密，这让你特别伤心。所以你决定，以后自己有了女儿，绝对不会去翻她的日记。

蓝姨：对，我那时候就决定不会翻我孩子的日记。

雨薇：嗯，你的确给了我特别多的自由。即便我有一些稀奇古怪的想法，好像你也没有太在意。那个时候你会不会担心我会失控，或者管不了我了？还是你觉得孩子有自己的想法，作为父母就算看着她走弯路，也没办法替她做决定？

蓝姨：在你成长的过程当中我还真没有这份担心，特别是从小学到高中这段时间，学校的教育和老师都让我们很放心，没怎么担心孩子会走弯路。你出国留学以后呢，我们其实也就管不了了，被迫不再去管了。一方面是因为远，另一方面是因为国外的情况我们也不了解。还有一个原因就是你姨在那边。你住在你姨家里，她常常会告诉我们你的情况。我们觉得你在那边学习挺刻苦的，比在国内的时候还要更勤奋，更上进了。你姨给我反馈的情况是这样的。

雨薇：对，那是我刚开始上大学的时候，之后我就离开姨所在的那个城市，去了更远的地方上研究生。

蓝姨：研究生阶段你就到了多伦多，那会儿你已经长大了，更成熟了，我们也就放心了。虽说如此，所谓的放心也不是完完全全的放心。

雨薇说

由于缺少沟通的渠道，我的姥姥会通过看母亲日记的方式去了解她的情况，这会给我的母亲带来困扰。姥姥这样做的背后是想要了解孩子的需要，但是方式上会给孩子带来伤害。因为母亲有过痛苦的感受，不希望把同样的痛苦带给她的孩子，所以选择积极地沟通，把孩子当成一个有自己的想法和感受的独立的人来看。虽然这需要花更多的时间和精力，但是长远来看母女之间能更好地建立信任。

雨薇：听起来也是因为你有切身的经历，知道孩子需要个人空间，所以你希望能够给孩子一个这样的空间。在咱俩沟通的过程当中，我一直以来都跟你保持着这种交流的可能。即便是在我最迷茫、痛苦的时候，经历了好多不如意的事情，这个沟通的渠道依然保留着。对你来说，你觉得什么是尊重孩子呢？

父母学习尊重孩子的隐私，需要一个被孩子“教育”的过程

蓝姨：我觉得其实我也是慢慢地被你“教育”成现在这样的，不是自己一开始就意识到了。比如，你在家里工作的时候，需要一个安静的环境。你会告诉我们：“在我工作期间，你们要进来的话，一定要敲门或者先发个信息。”我们之前在家里都没有这种意识。

雨薇：你跟我爸之间也不会吗？

蓝姨：不会。我们觉得家里人不需要有个人隐私的意识。不过看手机这件事儿，我们平时把该说的话说了，所以我从来不看你爸的手机，你爸也从来不看我的手机。你说这是不是一种尊重呢？

雨薇： 这是一种信任吧，信任比尊重要更“高级”一些。

蓝姨： 不看你的日记是我绝对能做到的，而且我一直是这么做的。因为我受过伤，我不希望再去伤害我的孩子。这是一种尊重，也是一种信任吧，对吧？

雨薇： 对，我爸这方面意识就差一点。比如说我在工作，他“啪”一声就会推门进来，动静还特别大。我特别想知道为什么你俩在隐私意识上会有这么大的差别。

蓝姨： 这就是刚才说到的，我懂得尊重你，是被你教会的。但是你爸爸没有被你“教育”过，为什么？还是咱俩沟通得多，你跟你爸很少沟通。

雨薇说

尊重的前提是母女处于平等对话的位置上，邀请对方教会自己希望如何被对待，然后再达成共识，而不是一方无条件顺从另一方的想法。否则，关系就会失衡。

雨薇： 但是我跟他说过呀，而且说过很多次。你会更积极地问好我的工作时间，我爸也会问，但是他问得不多。我觉得有这种意识特别重要。

蓝姨： 我问过你爸，为什么在你工作的时候就带人进你房间修门窗。他说真的是忽略了，以后一定会注意。你一定要“教育”他，无论双方是主动还是被动接受教育，他慢慢就能意识到了。

雨薇：到时候还得看他的行为。（笑）

蓝姨：你想，毕竟是他安排了这次维修，三家要同时进行，他就忽略了你在家工作的情况。

雨薇：这个点就是我比较好奇的，因为我跟你沟通是很顺畅的，但是跟我爸就得不断强调某件事对我的重要性。他不是那种不可以被“教育”的，只不过他的“小心翼翼”依然动静很大。我能看到他的努力，但是他却显得有些笨拙。

蓝姨：你爸不像女生那么细致，他属于那种比较粗的性格，觉察能力比较薄弱。你就是让他小心，他也会碰到这儿一下，碰到那儿一下，他不是有意的。

雨薇：所以他越是这样，我就越不信任他，不允许他进入我的界限内。不过，确实越是如此，他越需要更多的“教育”，帮助他培养这种意识。

蓝姨：对，你跟我在这方面沟通得多，起初是你主动跟我说的。我意识到以后，也会主动地去问，但是你跟你爸爸平时沟通就少一些。如果你能够像我一样主动跟他沟通，那他也会给你相应的反馈。

遇到难以说通的父母，如何更有策略地与其沟通

雨薇：可能在这个方面你比我更有经验。我跟我爸说点什么，他特别容易走神儿，思路很容易就跑到其他事情上了。这样就特别容易跑题，本来在说这件事，他却拉到他自个儿想说的事上去了。

你一般都怎么解决这个问题呢？

蓝姨：对，我也意识到了这一点。他跑题了你就给他拽回来，再给他强调一遍，实在不行就多强调几遍。

雨薇：这几年我爸可能因为年龄大了一点，脾气也相对缓和了一点。但有的时候，你的观点跟他不一样，他就会着急，对吧？

蓝姨：其实现在你爸爸一直在改，这也是被你"教育"的。以前他总是把你当小孩子，现在他知道自己老了。你就多跟他聊，多沟通吧。你要让他知道你已经长大了，可以独立地在社会上生活了。父母到了这个年龄，需要你来保护我们了。你得让他意识到这些。

雨薇：确实，起码这段时间我觉得我爸比之前好多了。我不知道是不是因为咱们最近在度假，没在家里住，新的环境会让大家都更放松一些。还是因为他知道我经济独立了，能照顾好我自己，也在工作方面取得了一定的成绩，所以他就慢慢开始相信我了。当然，我跟我爸说话的时候确实比较冲，我爸有点怕我。

蓝姨：对，你有时候说话是有点儿冲，还是得改改……

雨薇：我们在磨合。因为我不那样说，他就不知道事情的严重性。我不知道我得强调多少遍他才能听进去。如果他意识到自己做错了，我希望他能够主动承认。

蓝姨：你爸爸那么傲气的一个人，怎么肯说软话？这点你也要理解，要慢慢来。

雨薇说

如果遇到难以说通的父母，那就需要孩子不断地去明确和重复自己的边界，并给出具体的行动计划。比如：我希望你在9点到10点之间不要进入我的房间。记得照顾好自己的情绪和感受，如果在这个过程中感到委屈和愤怒，可以选择当下离场或者做放松的练习，平复自己的情绪，尽量不要进入自证的辩论模式中。还有就是尽量保持经济和心理上的独立，不完全依赖父母，不把他们完全作为自己的支持系统。有一定的独立性，才能更好地进行平等的对话。父母在这个过程中需要放下自己作为“过来人”的预设，更好地聆听孩子的需要。孩子提出他们的要求并不是一种否定父母付出的行为，而是希望跟父母建立更深入的关系，增进彼此的了解。如果父母由于自尊心在当下难以理解，可以邀请同辈的亲友尝试协调和沟通。这个过程的确需要双方共同努力，也需要周围人的协助和支持。

雨薇：对，我也不期待他的道歉了，起码他能意识到这件事对我的影响就行了。那你觉得，在“教会父母什么是尊重”这件事情上，你有没有什么收获和建议？

怎样才能有效地让对方知道自己希望被如何对待？

蓝姨：能直接说出来很好。你说过之后，我们一定会上心，一定会去注意。这是应该的，也是一定要做到的。

雨薇：你还记得你想让我帮你找一个律师看看合同那件事儿吗？长话短说，我有一个律师朋友，我经常付费让他帮忙看合同。我妈知道后，就想让我托这个朋友帮她看看合同，我妈觉得就是找个朋友帮忙看一眼，不知道还要付费。但是对于我们这代人来说，亲兄弟也得明算账，拜托朋友帮忙，就更需要尊重他的时间。我会要求他千万不要给我打折，就怕欠人情。所以我就跟我的律师朋友说好了，我们定下了时间和价格，结果他没有按时给我反馈，你突然又说不需要了，那一刻我还是挺生气的，觉得自己没有被尊重。

但是我后来一想，这件事也不能只怪你，那个朋友的确没有按时给我反馈，我也有我的责任，就是没有问清你截止时间是什么时候。我也没有跟你直说我找朋友寻求法律服务也是要付费的。你突然说不需要了，我就发信息埋怨你，觉得你怎么想一出是一出。但是后来一想，其实我也有一些没有跟你沟通好的地方。

蓝姨：对，确实有没沟通好的地方。对我们这一代人来讲，朋友之间是不会涉及金钱的。大家互相帮助，举手之劳，说句“谢谢”这件事情就过去了。我没有想到看完了以后要付费，这是你后来才告诉我的。如果早知道是这样，我就不如找个律师事务所去问一下，咨询一下也没多少钱，还能快速解决问题。这件事情上咱俩没沟通到位，我认为根本谈不上尊重不尊重的问题，但是让你觉得我不尊重你了。

雨薇：对，因为我还是拿着我的标准在要求你。我也在学习怎么更好地表达，因为我发现在咱们两个沟通的过程中，很多的“伤害”都是观念不一样所导致的。相处久了，如果遇到事情解释不清，可能就会跟对方急，让事态继续发酵，产生一些矛盾。如果咱们沟通好了，让对方知道自己的想法，又有对彼此的信任在，可能就不会产生负面情绪。

我觉得咱俩的配合是很重要的。我把我的期待和真实想法表达出来，你能够去接受，两个人都很平和地站在彼此的立场上去考虑问题，这个过程特别好。这样双方都能意识到，这只是观念的不同，并没有所谓的好与坏、对与错。我会有不被尊重的感受，也是因为我们观念上存在差异。

蓝姨：对，父母和子女容易产生矛盾，背后的原因，一个是沟通渠道不畅通，另一个就是观念不一致。在观念不一致的情况下，更需要耐心地去沟通。

雨薇：大家都是带着自己的认知去看待对方。

蓝姨：对，严重的话，本来很亲的人，反倒处得跟仇人一样了。

雨薇：这就特别令人遗憾，我看到大部分父母跟孩子沟通有障碍的原因，都是没有沟通渠道。父母觉得自己是长辈，没办法拉下脸来跟孩子平等地对话。

蓝姨：平等对话说着容易，但真正做起来真的很难。

雨薇说

母女沟通中产生的矛盾很多时候来自观念上的不同，在我和母亲交流的过程中，对于“尊重朋友劳动”的方式方法就有不同的看法。很多时候看法的不同，会导致处理问题的方式不同。在没有直接说明的情况下，就会导致对对方的评判和误解。在冲突发生后，我意识到了自己的不满，并且直接地表达了出来，这是一种有效的方式。同时，母亲能够接受我的建议，而不是用一种对抗性的方式去处理问题，让我感到自己受到了尊重，更容易进行下一步的沟通，尊重彼此的不同。

面对观念的不同，两代人如何做到平等对话？

雨薇：你跟孩子平等对话的心得是什么？

蓝姨：其实我的体会不是特别深，因为我也不知道我有没有跟你平等地对话，可能你的体会更深……

雨薇：我觉得可能在一些事情上，特别是一些核心的事情上还是不太平等吧，你还是会觉得你的想法是对的。**什么是平等？就是把对错、预设和偏见都放下。**

蓝姨：就是我想了解你的观点，让你叙述出来，而不加任何评判？

雨薇：比如说，我特别想了解你对于尊重的理解，我就不会先去想着我的理解是对的，然后再跟你对话。回到上面那个例子，因为我和那个朋友做的工作都是按小时收费的，知道要尊重彼此的劳动成果。但如果我带着这个观念去要求你，就会先认定你肯定是“错”的。即使你的逻辑是很自洽，我也觉得你的观念很落后，不够现代，这就不是在平等地跟你对话。

蓝姨：那咱俩就没法聊了，因为你先给我戴上了“落后”的帽子。

雨薇：对，如果是这样，那就意味着我在你面前是有一种优越感的，预设我才是“见过世面”的现代人，你不行。同样的，父母觉得自己是过来人，比孩子懂得多，孩子就应该听自己的，这也是一种优越感。这种优越感（我比你懂得多，所以你要听我的）阻碍了两个人去了解对方到底在想什么。可能咱们聊完之后，你还是比较喜欢朋友之间讲人情的那一套，我还是喜欢边界分明，亲兄弟明算账，那你就按你的方法办事，我则按我的方法办事，这才是平等的做法。

蓝姨：人情世故还是边界分明，谁去办就按谁的方式来。

雨薇：我们都别在旁边指手画脚，让对方听自己的，对吧？

蓝姨：其实这里面就涉及尊重。

雨薇：对，这里面还包含一种特别大的智慧，就是放手。

蓝姨：别看这么简单的一件事，很多父母其实是做不到的。

雨薇：就是允许孩子按照她/他自己的方式去处理问题。

雨薇说

平等对话的前提是意识到人与人的标准是不同的。首先，意识到自己的评判标准是什么，在对话的过程中放下自己的标准，并对对方的标准保持开放与好奇。其次，通过开放性的问题，邀请对方把她/他的标准表达出来，尝试去理解和接受。最后，接受并不意味着认同。接受是改变的重要一步。一旦我们意识到对方有不同的标准，我们可以基于自身的边界调整期待，并做出相应的选择。比如，下一次母亲需要看合同，她就会知道找我的律师朋友也是需要付费的。因为有了明确的沟通，母亲就能在尊重多方边界的前提下，做出最适合自己的选择。

如何学会放手，鼓励并相信对方能够做到？

雨薇：那说到这一点，我就想聊聊第二个话题——“鸡娃”。这是现在特别流行的一个词，在一、二线城市的高知家庭比较常见。家长觉得自己名牌大学毕业，孩子也得跟我一样，甚至必须比我还要优秀。其实我妈在这一点上特别有感悟，她是“鸡娃”这个词的反面。因为我从小到大，哪怕考不及格的时候，我妈也没怎么管过我。你是怎么想的呀？

蓝姨：其实在你的成长过程中，我们也看了很多孩子教育方面的书籍……

雨薇：那你不去要求我的原因是什么？

蓝姨：有很多原因，比如我们工作比较忙。在教育孩子方面我看了很多书，所以你小时候我就知道，在孩子低落的时候，要多鼓励孩子。我觉得我做得还是对的。你考试成绩不理想，我心里一定是难受的，我也会生气，但是我依然会去鼓励你。如果把孩子弄得没了自信心，接下来该怎么办呢？

雨薇：我记得我爸辅导我写作业就很着急。我爸是那种没什么耐心的急脾气，总觉得我不行。好的一点是他工作比较忙，所以没时间管我。我妈给我更多的是鼓励。当然，我特别小的时候你也会把我跟别人比较。

蓝姨：对，有一段时间我是这样的，后来意识到这是不对的。

雨薇：我有一段时间光看课外书，不好好学习。你们也控制过我看书、玩电脑，也是有过一些冲突的。但是总体来讲，你们好像没有给我特别大的压力。后来上了高中，我学习确实也没那么出色。我从小就不是一个成绩特别优秀的孩子，心思也没有全用在学习上……

蓝姨：你特别有自己的主意，做了很多胆大妄为又很危险的事情。我们那个时候其实是不知道的，都是你后来自己“招”出来的。我听了就想：“我的天呐，那会儿对孩子太放纵了！”

雨薇：对，我小时候在医院大院里长大，跟着一帮孩子跑来跑去，我觉得我小时候挺幸福的。现在我身上的一些性格、一些有棱角的地方，也都是小时候跟小朋友们“打打杀杀”培养出来的，就很自由吧。

蓝姨：对，没有给你太多的压力，让你必须怎么样。

雨薇：现在我也看到，有很多年轻父母对孩子的要求特别高。我妈周围也有这样的例子，我挺心疼这些孩子的。

蓝姨：对，我现在觉得，作为父母，特别是年轻父母，不能总去横向地比——他家孩子学什么，我家孩子一定要学什么；他家孩子怎么样，我家孩子一定要怎么样。很多家长会把自己实现不了的梦想强加在孩子身上，让孩子去实现。给孩子的压力太大了，反倒不是一件好事。给孩子报各种各样的补习班，根本一点儿用也没有，白花钱和时间，还不如让她 / 他多跟小伙伴一起打打闹闹。孩子会在互动中学到很多东西。

雨薇：但是现在好像已经没有那种环境了……

蓝姨：是的，现在把房门一关，就自己家这几个人。孩子只能在学校跟小伙伴一块儿玩一玩。父母一定不要给孩子太大的压力，要随着孩子的性格和兴趣爱好去教育孩子，这一点太重要了。我是过来人，当时给你报的奥数班、珠算班、脑算班，你都是混下来的，根本就没学。白花了精力，白花了金钱，还耽误了我们很多的时间。我觉得让孩子多去自由玩耍，培养出好的性格、强大的心理承受能力，将来不会抑郁、焦虑，这就很好了。我常常说，孩子有一个健康的体魄，比她 / 他有多少知识都重要。一个人即使再优秀，最后得了抑郁症，生活不能自理，或者是性格走极端，都是非常不幸的。

雨薇：可能会有人觉得孩子也不能“四肢发达，头脑简单”？

蓝姨：所以现在要靠你们年轻人去思考，意识到培养一个健康快乐的孩子的重要性。

雨薇：我最近读到了一个研究，核心思想是未来决定一个人竞争力的不只是智商，还有情商。培养孩子的情商太重要了，特别是到了人工智能时代，机器取代人去做很多体力和脑力劳动的工作，人际关系越来越重要——如何跟人打交道，如何游刃有余地跟别人合作，这些都是使人在未来更有竞争力的能力。我们周围确实看到了太多你说的那种例子，孩子年纪轻轻的就“病”了——身体或者心理生病了——父母还是在愁孩子未来发展怎么办。孩子已经连床都起不来了，还不顾着现在，而去担心她/他未来找不到工作？站在家长的立场上看，家长也不容易。因为有社会压力在，家长们不希望孩子落后。

蓝姨：也要根据自己孩子的情况，不能一刀切。怎么样顺应孩子的兴趣爱好，挖掘其内在的潜力，这才是最重要的。不能看别人怎么着，自己就得怎么着。别人适合的你不一定适合呀，这样最终会害了孩子的。

雨薇：是，我觉得未来人们的发展空间挺广阔的。我自己做自由职业，如果从用户需求入手，其实有很多可以创新的领域，不一定非得挤那个"独木桥"，或者一定要进入某个系统里面。现在有丰富的可以去创造的机会，这个我们有机会以后再聊。

雨薇说

父母在育儿的过程中有一个很重要的责任就是替孩子分担来自外界的压力，为孩子创造一个相对自主的空间，尊重孩子的需要和潜力。**这会帮助孩子培养内驱力，更知道自己未来想要做什么，而不是活在比较和竞争中，把自己的价值建立在外界的评价上。**

如何应对两代人由于对尊重这一概念理解的不同所产生的冲突？

雨薇：我还想跟你聊的一点，是关于分离焦虑这个问题。说到分离这个话题，就会触动很多人的心。我妈在家里是老大，从小到大在父母身边成长，基本上没怎么离开过家。所以一遇到我和你分离这个问题，过去是我出国留学，现在是我去北京工作生活，你可能会觉得心里酸酸的，容易伤感。为什么分离会让你感觉这么难以接受呢？

蓝姨：那一定是因为亲情呀。想多跟亲人待在一起，多见面，所以你离开了我肯定会伤心呀。

雨薇：那种分离好像让你特别痛苦，有一种撕裂的感觉，是这样吗？

蓝姨：是的，比如说你第一次出国，还有你刚从国外回来，去北京工作的那段时间，每次回到家，待不了几天又要走，我都会觉得特别伤心。好不容易回来几天，还没待热乎呢就又跑了。（笑）比如说今天下午要送你走，我就会开始觉得不舍，看见你一挥手，目送你走的时候，我肯定会感到难过……

雨薇：我妈现在说着说着，就有那种伤心的气氛了。

蓝姨：送走你也就过去了，回到家就没事了，就是分别的时候难过那么一小会儿。

雨薇：这种难过的情绪来自哪里？

蓝姨：我觉得就是母亲天然的对孩子的那种不舍，也谈不上我担心你什么，就是不舍吧，希望孩子在身边多待两天。

雨薇：这个我非常能够理解，我也有相同的感受。还有一点我想要聊一聊，你是那种特别愿意照顾别人的性格，有的时候我不需要的你都会为我做，生怕我吃不饱穿不暖，总会有那种操心的成分在。

蓝姨：对，会有的。

雨薇：你是真的觉得我照顾不好自己，还是出于习惯性的关心？

蓝姨：一个是从小就有照顾别人的习惯，另一个是最好的东西总想着先给你。我认为好的，就希望你多吃一点儿；有好的衣服，就希望你能穿上。这是对自己的孩子，骨肉至亲。如果有客人到我们家来，我作为主人，也愿意多去照顾他们，这样气氛不会那么紧张。

雨薇：这个紧张是你自己感觉紧张，还是你觉得客人会紧张？

蓝姨：我觉得客人到这儿来会紧张。

雨薇：那你感受到对方的紧张了吗？

蓝姨：我可能没感受到，但如果我到别人家去做客，我会有那种拘谨的感觉，所以我觉得对方可能也会。我就在餐桌上给客人多夹菜，但是你会觉得这给别人压力了，对吧？

雨薇：如果你真的感受到对方紧张了，比如对方说话哆哆嗦嗦，态度拘谨，明显不自在，可以多关照一下。但是人家不需要，你还总让人家吃东西，这就让人觉得有点压力了。你总是煮一大堆，觉得盘子里有剩余的食物才算招待周到。那我作为客人，到底是吃还是不吃呢？

蓝姨：比如说咱俩是朋友，我去你家做客，你摆了一桌子菜，对我说："蓝姐你愿意吃什么就自己吃吧。"你会觉得这句话没有给我任何压力，但我可能就不敢动筷子了。

雨薇：为什么？

蓝姨：不好意思了啊。有的人是见面熟，但有的人就是放不开，你不去给她/他夹菜，她/他可能就是不好意思。可能她/他吃十个饺子才能饱，但吃了两个以后，一看别人都吃完了，或者别人都没动筷子，那本想吃的八个饺子她/他可能就不好意思吃了，实际上并没有吃饱。

雨薇：真累。

蓝姨：有这样的人。

雨薇：你就是这样的人吧。

蓝姨：有时候会的，会看主人和周围人的反应。作为主人，你稍微谦让一下，是对客人的一种热情。

雨薇：我觉得你吃多点，夸奖人家做的饭好吃，也是一种尊重啊。

蓝姨：对，人家做饭或者是招待我，即便我就吃了一口，也会说："这一桌子菜都很好吃。"我肯定会去夸奖别人，但是我可能不好意思去吃。所以我觉得劝别人多吃点，给别人夹菜，会让人觉得很热情。如果有一个人主动地去让一下，那这桌饭吃起来气氛也会更好。

雨薇：那我就明白了，但是我跟你正好相反。你是要来我家做客，我会说："蓝姐你随便吃，想吃什么吃什么。"如果你这个菜夹两筷子，那个菜夹两筷子，然后就不吃了，我就会觉得是菜不合你胃口。你估计会想："为什么这个人不跟我谦让一下？"而我会说："不合胃口的话，下次我做点别的。"

蓝姨：所以这还是观念的问题。

雨薇：对，还是观念的问题，我会觉得你那种推让特别累。我和 Rocio 带着两个妈妈去泰国旅行，你跟阿姨相互推让，谁都吃不好，我们俩看着就特别崩溃。

蓝姨：那会儿就是这种状况。我看到她没吃两口就停下来了，就觉得她一定没吃饱。我跟她谦让一下，她才多吃了些。这就说明她确实没吃饱，还是需要谦让的。我们这一代人都会互相谦让一下，显得热情一些。

雨薇：对，你更了解阿姨，这样特别好。你们两个都懂你们这代人默认的一些习惯和原则，我跟 Rocio 就更直接一些。我去阿姨家做客的时候，阿姨给我盛了好多菜，我说："阿姨，我不吃了。"然后阿姨接着盛，我再说："阿姨，我真的不吃了。"这个互动会重复很多次，我一直拒绝，再加上 Rocio 会说："妈，她这么大了，你别再照顾她了，我们应该照顾你了。"阿姨才停下来。我们的剧本跟你们的不一样，我可以尊重你们有你们的剧本，但是我们也有我们的剧本，所以我们打交道的时候，应该互相尊重。

蓝姨：对，要看你面对的对象是谁。如果是你们同龄人，你完全可以不用考虑这些事情。但如果你面对的是长辈，那还是需要去谦让一下。

雨薇：我可以尊重你们的习惯，但是涉及我的时候，我就特别不喜欢被强迫。

蓝姨：那你就跟阿姨说，我真的不吃了，把饭碗拿开，她就不会再夹给你了。

雨薇：我特别直接，阿姨一开始还有点抹不开面儿，但时间长了，她也就了解我了。我觉得难得的一点是，你跟阿姨都是那种心特别软的家长，也愿意去了解和尊重孩子。即使不是特别认同，也会选择去尊重，我觉得这一点就挺好的。

蓝姨：在你们的词典里这也叫"尊重"是吧？

雨薇：对，这也叫尊重。其实就是你有你的规则，我有我的规则。我接受你跟我不一样，不用认同，认同这个要求太高了。即使我不认同，甚至是我会因此感觉到焦虑不安，但是我接受你是这样的，然后我们再去探讨。如果连接受都做不到，一上来就觉得对方是错的，那连沟通的可能性都没了。

蓝姨：所以很多父母跟孩子沟通不了，就是因为总是先“扣帽子”，定义对错，下面就没法谈了。沟通渠道断掉了，后边就会陆陆续续产生各种解决不了的问题。

雨薇：对啊，再加上观念不一样，就更会强化“你不理解我”这个循环。确实有那种油盐不进的父母。

蓝姨：这样就太可悲了。

雨薇说

面对母女之间有关“尊重”的不同观念，双方可以尝试放下评判，先去了解和接纳对方的处事方法。很多时候父母控制性的行为，背后有他们认为绝对正确的标准。他们可能没有意识到标准是在改变的，还可能会觉得“父母就是这么对待我的，我这么对待我的孩子没问题”。所以，当孩子提出不同意见的时候，他们就会觉得自己的付出没有被认可，感到委屈和生气。这需要父母承认并意识到标准在改变。孩子在这个过程中需要在认可父母付出的基础上，协助父母意识到两代人标准的不同，并且更好地表达出自己希望被对待的方式，越具体越好。我发现很多时候，父母由于恐惧和不安，会做出“我要尊重你”的表态，但是在实施的过程中却会让孩子感到失望。有些父母只是嘴上说说，但其实并不想改变。有些父母是不知道该怎么做，需要孩子的协助和指导。

雨薇：对，真的有那种控制欲特别强，也不愿意去改变的父母，一定要让孩子按照自己的想法来，否则就会很焦虑。父母的意愿和行动力很重要，比如说，我跟我爸其实就很难有跟我妈这样的交流。当然了，我觉得大家也不要对这种能力相对来讲比较弱的家长有太高的期待，实在是没有办法沟通的话，那就先照顾好自己。

蓝姨：其实这些父母是很可怜的，因为他们没有意识到自己的行为对孩子和自己都没有好处。

雨薇：还有些人意识到了，但她 / 他没能力改变，做不到更好。

蓝姨：因为很多父母从小受的教育，让他们不知道该怎么去做。可以多找找这方面的书籍，自己去学习，了解一下为什么跟孩子沟通的渠道是不畅通的，寻求一些帮助。不管是读书，还是找咨询师，多寻求一些帮助，之后就会知道自己的问题出在哪儿、孩子的问题出在哪儿。如果不做出改变，顽固不化，整个家庭都会十分不幸，周围有太多这样的案例了。孩子都五六十岁了，父母也都八九十岁了，干了一辈子的仗，一言不合还动手，双方都头破血流的那种，很悲惨。

雨薇说

如何觉察并且维护自己的边界？

情绪和身体的感受是觉知我们心理边界最重要的信号。这就像身体受伤了我们会感到疼一样，心理受伤了，也会有相应的身心信号需要我们去觉察和识别。**只有意识到了自己真实的感受，才能更好地维护自己的边界，维持身心的平衡**。否则，我们很难意识到自己需要的是什么，也很难进一步做出有效的回应，比如：面对不合理的要求，可以基于当时的场景有效地说“不”。第二章最后一部分跟大家分享了有关情绪觉察的练习，大家可以参考一下这部分内容。

我总结了代际沟通中常见的几个有关边界的情绪和身体反应，名称和解读如下：

愤怒是边界被侵犯时出现的一种合理的情绪，它是一种力量，能够帮助我们更好地拒绝和反抗，更好地说“不”。恐惧是当面临危险的时候，我们暂时无法应对，提醒我们及时离开的一种反应。愤怒和恐惧很多时候在身体上表现出来的反应有相似之处，比如心跳加速、手心出汗、四肢发麻、肠胃不适、头痛晕眩等。不同之处在于，愤怒指引着我们去拒绝来自外界的反馈，而恐惧让我们从当下不安的状态中离开。

悲伤是当我们失去一个对我们重要的人/事/物的时候，一种正常的情绪反应。表达悲伤能够帮助我们更好地接受现实，而不是与现实对抗。很多时候我们会忽略悲伤的情绪，这也导致我们在日常生活中，当他人的言行不符合自己期待的时候，会对周围的人和环境产生敌意。只有允许自己感到悲伤，才能学会放手，承认自己的有限，避免身心压力过载。悲伤的身体感受经常出现在胸口的位置。如果我们感到胸闷气短，很有可能跟悲伤的情绪有关。

愧疚和羞耻这一组情绪值得注意，经常出现在代际关系相关的情境中。愧疚感是“对事不对人”，我们会对某个行为感到歉意，意识到自己的行为对对方造成了伤害，比如：孩子说话太过直接，忽略了父母的感受，这时候就会感到愧疚。适当的愧疚感有积极的一面，能够帮助我们意识到外界的反馈，从而调整自己的认知和行为，达成双赢。羞耻感是“对人不对事”，是对自我的一种否定，也就是我们经常说的“丢人”。羞耻感在很多情况下不仅无法让我们修正自己的行为，还会对自己的价值做出严苛的评判。这种对自己的全然否定，也是边界被破坏的一种体现。行为表现可能包括：难以表达自己，回避眼神接触，弓着背。

焦虑和抑郁也是一组常见却易混淆的情绪。焦虑是由于外界环境的不稳定所引发的内在的失控感。这种情绪传达的可能是太过关注外界的期待和评价，而忽略了自身的感受。这时就需要回归内在稳定的状态，更好地放松。举个例子，当父母期待孩子事业婚姻都符合自己的期待，孩子因为希望获得父母的认可，就会感到焦虑。抑郁是由于受内在情绪所困，难以感知到外界的反馈。抑郁的英文是“Depressed”，拆分来看是“de-”和“pressed”。用中文表达就是，本就处在情感压抑的状态下，再施加压力，其核心是难以释放内心积压的情绪压力。常见的一个例子是父母长期忽略孩子情绪上的需要，只注意物质上的满足。简而言之，焦虑和抑郁，前者“向外求”，后者“向内陷”。想要寻求情绪上的平衡，需要更好地调整“内外”的边界。

以上只是简单分享了一些常见的情绪及其内涵，但这些并不是绝对的，具体情况还需具体分析。即便大家觉察到了某些情绪的信号，如何更好地处理，也需要一个实践的过程，可延展的部分还有很多。

随着实务工作的深入，我发现很多伙伴会经历从“没有边界意识”，到“有边界但比较僵化”，再到“边界更加灵活”，最后到“边界像是一个过滤器”的过程。如果父母在孩子成长过程中忽略了对她/他情绪和感受的尊重，很容易让孩子缺少自身的边界意识，在关系中会呈现出过度付出或者过度自保的倾向。

第一章

第二章

第三章

第四章

第五章

第六章

第七章

第八章

自 我

是母亲“不为自己而活”，还是女儿太“自私”

三十多岁的妈妈在峨眉山旅行，

照片里的她看起来既陌生又熟悉

这一章让我们聊聊两代人对于“自我”的不同理解。大家在跟长辈的交流中可能经常会发出这样的感慨：“你已经为别人活了一辈子了，为什么不为自己而活呢？多为自己考虑考虑多好啊！”“为自己活”对我们这代人来说是一种天然的“正确”，但是自从开始跟母亲深入对话，我发现如果我们没意识到“为自己活”背后的历史、政治、经济现实，很容易就会把自己的标准当成“正确答案”。这不仅不利于我们更好地了解父母那代人的体验，还可能制造更多的矛盾。

于是，我带着好奇心跟我妈进行了探讨，内容包括：她在退休之后是怎么安排自己的生活的？我们这代人经常说的“自我”“自由”的生活方式，对于她那代人来说意味着什么？她的核心需求又是什么呢？

雨薇：我妈退了休之后，有很长一段时间都处在一种迷茫和摸索的状态中。她不会直接表达自己焦虑的情绪，但是这种情绪会在日常生活的细节中体现出来。比如，她为了寻求自我价值感，加入了某些我不认同的团体，这也导致我们一家三口的关系变得紧张。如何去理解她的这种做法？如何从她选择的背后看到她的需求？这个部分是我跟我妈今天想要去探讨的。也希望通过今天的对话，可以让两代人看到彼此的需求，并站在对方的立场和角度去更好地理解母亲是如何满足自己精神、情感和身份上的需求的。我很感恩能有这次对话，它让我看到了很多之前忽视的部分。

女儿希望母亲“为自己而活”，是不是也是一种强人所难的期待？

雨薇：妈，我今天想跟你聊的话题有关你们这代人的精神追求。你们这代人已经逐渐进入退休状态，或者说进入了人生的一个新阶段，你们是如何去适应这个新阶段的？这是我很想跟你探讨的。我想先分享一下我从网上看到的一些我们这代人对上一辈儿的期待。之前咱们说到我们这代人相对来讲比较自我，更关注自己的生活选择和探索各种不同的可能，没有那么重视家庭和传统。所以很多人会希望父母也能够“自我”一些，过好自己的生活，不要对孩子们的生活选择指手画脚。核心思想就是希望父母能够为自己而活。

我们觉得父母这辈子经历了上学工作、结婚生子，终于熬到孩子成年独立了，自己也退休了，可以闲下来为自己考虑考虑了。可是，很多父母这时候期盼的是孩子结婚生子，帮助孩子养育下一代。我能理解父母们的初衷。咱们之前也聊到过，可能对于你们来说，你的自我或者“我是谁”的定义更多的是放在关系当中考量的，关注的是自己跟别人之间的关系，生活也是以家庭或者关系的单元为主。我不知道是否可以这样理解——对于你们来说，我们这代人期待你们“活出自己”，有点像我们小时候你们对我们的期待，比如“你要好好学习”“你要考第一名”，这是不是有一点强人所难的感觉呢？

蓝姨：我就没有你说的“你要活出你自己”这种概念。因为从我们的上一代到我们，都是不考虑这些的。我们稍微大了一点儿，就知道要开始照顾家庭和父母，参加工作以后也是一样，在工作单位需要照顾同事，人与人一直是这种相互帮助的关系，没有现在那种“我管好我自己就行了”“你不用管我”的观念。我真的不是特别理解这些。作为一个家庭，我们做父母的有我们的责任，你们做孩子的有你们的责任，我们之间也会有孩子与父母之间的相互照顾和教育。我们对我们的父母也有赡养义务，这些都是应尽的责任。

雨薇说

当下流行的边界感清晰、以自己需求为主的“自我”的概念是在特定的背景下形成的，也会随着个人经历的变化而变化，并不是一个绝对的标准。在没有了解一个人的成长背景和生活环境的前提下，就给其贴上某个标签，不仅会阻碍我们了解不同时代人的处境，还会让我们误读其行为背后的需要。比如，父母会认为孩子选择晚婚晚育是一种“自私”的行为，孩子则认为父母注重家庭关系是“缺少自我”的表现。只有看到和接受了这种不同，两代人才能进行下一步的沟通。

雨薇：我自己有这样一段心路历程，就是当我开始有了“想要去探索世界”的想法的时候，我会觉得和父母的关系是一种桎梏，也会给我带来一种压力。比如听到“父母是为了你好，你要听劝”，会让人感觉自己需要去满足父母的一些期待，没有办法轻轻松松地去探索自己。我觉得有些孩子不愿意回家并不只是他们的问题，也可能是因为父母的控制欲比较强，这一点我们之前聊到过。你也能同情和理解孩子们不愿意回家的选择，以及他们认为家庭环境很压抑的感受。

一开始可能会有那种想要挣脱枷锁，自由飞翔的阶段，但是随着年龄增长，有了一些阅历，就会开始寻找一个平衡。我不仅想去自由探索，也需要社会性的支持，而你们作为我的家人，给我提供了非常重要的保障和很强的安全感。我之所以可以没什么后顾之忧地在外奋斗，归功于国家的发展和几代人的奋斗积累。你们这代人辛勤工作，照顾好家里的老人，给我们提供良好的受教育机会，这些都是我们现在可以自由选择生活方式的基础和前提。之前我是忽略不顾的，因为觉得理所当然。

蓝姨：对，这些都不需要你来操心。

雨薇：你们给我提供了很多支持，我们需要去看到和认可你们的付出。因为有这样的基础，我才可以去尽情探索自己。我发现“活出自我”对你来说是一个特别陌生的概念。虽然这在我们这代人是个很熟悉，甚至很“正确”的概念，但是对你们来说可能没那么容易接受。这并不是因为你们“顽固”，而是因为陌生。当我们要求父母“活出自我”，何尝不是在用我们自己的标准要求父母呢？对我们来说习以为常的生活方式，比如花钱去潇洒，随心所欲地生活，可能并不能给你们带来满足感。我想从你的经历入手，跟你聊聊退休后你经历了一个怎样的过渡期，以及你是如何重新找到自己的方向和价值的。

蓝姨：人这一辈子要工作几十年，你已经习惯了工作的节奏和模式，突然间停下来，肯定会有一段时间不太适应。退休以后，我所熟悉的几十年的生活内容突然间就不复存在了，反倒不知道该做什么，找不到自己了。我发现自己不愿意见过去的同事和朋友（很多朋友都是工作中认识的），我在有意地疏远他们。那时候我就有点封闭自己，因为我不在那个岗位上了，可是他们还没有从岗位上离开。说实在的，人家都在忙，除非你有事儿去找人家，需要人家帮忙，否则就不要再去打扰人家了。我花了很长时间，还是不适应退休后的生活，因为原本紧锣密鼓的生活节奏突然间放慢了，每天除了做点家务事，就没其他的事情可做了，内心很空虚。我就想自己找点事做。我记得刚退下来的那段时间，常常会感到很焦虑，为了弥补退休后的空虚，我就开始游泳。

雨薇：你感到焦虑有什么具体表现吗？

蓝姨：那时候每天把家务做完以后，坐在那儿都不知道能干什么，内心很挣扎，很痛苦。家里有老人，又出不去，只能在家待着。我十八岁就开始工作了，三十多年的生活模式一下子瓦解了。那段时间我到处寻找自己喜欢的东西。其实那会儿根本不知道自己喜欢的是什么，就是内心不平静。我老想着：“我不能一直在家待着，必须得出去，要不然我就难受。”所以，我那段时间就去游泳，游完后在外面吃点东西再回家。我要把原本上班的那段时间在外面消耗过去。

雨薇：那时候你有没有想过跟谁聊一聊，或者找一个可以倾诉和理解你的对象？

蓝姨：我们这个年龄段的，我算是退休早一点的，其他人都比我小半年、一年，那时我没有一个人可以去倾诉，所以我会去社会上认识一些人，做做这个，干干那个。我之前没有遇到过什么坎坷，就很容易上当。

雨薇：我妈被骗了不少钱，不过这也是一个挺好的学习的过程。

蓝姨：也是一个经历吧。那会儿就是内心比较空虚，觉得不能让自己这么闲着，必须得做点什么，把时间利用起来，才能得到满足。我确实也走了不少弯路，踩了不少坑。

雨薇：那现在回过头来看，如果可以给那个时候的自己一些意见、建议或者安慰的话，你会对自己说些什么呢？

蓝姨：那段时间吃亏也好，踩坑也罢，经历了不少，但是别管做对了还是做错了，我还觉得还是比较充实的。如果我不去做这些事情，天天在家待着，我可能真的要抑郁、生病了。我觉得刚退下来的父母和他们的孩子，真的要提前做好退休生活的打算，哪怕是出去旅游也行。如果你有目标，知道自己喜欢什么，那是最好了。在没有目标和兴趣的情况下，一定要找一个喜欢做的事情，或者是自己有一个朋友圈，内心的那种空虚一定要填补起来，否则真是要出问题的。

雨薇说

对于父母那代人来说，退休是一个"坎儿"。无论是从我母亲的经历中，还是从伙伴们的分享中，经常听到的一个感慨就是，父母在某个阶段像被"下了蛊"一样，听不进去周围人的劝说，一心扑在一些"不靠谱儿"的事情上，比如买三无保健品、投资诈骗项目、进入传销组织等。很多时候，这些行为只是一些满足需要的方式，背后核心的需要可能来自：自我价值感（想证明自己的能力，不脱离社会）、自主性（可以做自己感兴趣的事情）、联结感（通过加入一些团体/项目，结交更多的朋友）等。如果只是劝说他们不要这样做，或者证明这些组织及其活动的不合理性，大概率会遭到父母的无视和否定，甚至会出现强烈的对抗行为。因为父母核心的需要没有得到满足，所以还是会通过做类似的事情去快速满足自身的需要。想要避免这些冲突和损失的发生，需要在父母退休前就陪他们做好退休后的准备和规划，找到更有效的方式满足他们的需求。在这个过程中，可以协助父母了解他们的需求，并提供力所能及的支持。同时维护好自身的边界，尊重父母的选择。同时，希望社会可以多关注中老年人退休后的心理健康，提供更多机会和活动，这也能有效地改善亲子关系。

父母对于孩子生活方式的干预，可能来自对自己生活的焦虑

雨薇：虽然我一直觉得“强迫孩子结婚生子”这种做法是不妥的，但是听了你退休后的心路历程，我越来越能理解为什么很多父母到了退休的年龄会特别希望孩子有下一代，因为这样可以让自己的生活变得充实起来。

蓝姨：对，如果我身边有个需要照顾的孩子，我可能就不会总去想之前的事情了，会把全部精力投入照顾孩子这件事情上。人总是要有事情做。为什么很多父母会要求孩子早点结婚生子？因为父母经历过，他们知道，如果你早一点要孩子，对你身体的恢复和孩子的成长都是有好处的。四十岁再去生养孩子，一方面你的精力达不到，因为四十岁左右正是你做事儿的时候，你顾东顾不了西，顾西顾不了东。另一方面，那个时候父母也已经老了呀，他们已经是将近七十岁的人了，再想帮你照顾孩子，也没有足够的精力了。所以，父母会希望孩子早一点有自己的孩子，能帮着带一带。其实父母是出于好心，从人的生理机能和身体状况上来讲，早点生孩子真的是有益的。

雨薇：我很能理解这一点。那说到这里，我也把孩子的角度分享给你。作为孩子，我完全能够理解和接受，知道父母的出发点是好的，希望能够在彼此体力和精力“在线”的情况下抚养下一代，让孩子健康成长。毕竟，高龄产妇可能会面临更高的孕期风险，下一代患遗传病的风险通常也更高。但是问题在于，生育下一代这个问题十分特殊，不是你只要跟孩子说“不要熬夜”，她/他就能做到。生育后代不光要考虑生理因素，更要考虑到社会性的因素，在两者之间寻求一个平衡。

现在的年轻人面临很多社会压力。如果在公司上班，休产假在家就无法顾及工作，在职场上可能就会有被替代的危机。结婚生子这件事会引发很多代际冲突，是因为父母更多的还是站在“过来人”的角度上来给孩子建议。孩子已经面临着很大的来自工作和生活的压力了，现在又要面对来自父母的压力，会产生一种委屈、无力和愤怒感。对父母有这些情绪是因为渴望跟父母建立深度关系，或者是渴望获得父母的理解和支持。

所以，年轻人工作压力本来就比较大，如果跟父母的关系又比较紧张，沟通上再没什么进展，父母以“为你好”的态度希望孩子全听自己的，只想按照自己的想法来，就会产生很多矛盾。就像咱们聊到过的，到最后你会发现，其实沟通的目的不是非要商量出某个结果，而是双方都能把自己的想法拿出来聊，把一些可能的预设放下，先尝试把各自不同的角度说出来——孩子从孩子的角度，父母从父母的角度，不一定要认同彼此，但是只有先去接受，才有可能建立理解和达成共识。

蓝姨：其实这跟大环境也有关系，我们那会儿，大部分人二十三四岁就结婚了，到二十五六岁要孩子都属于不早了。可是你们到现在呢，二十五六岁的时候才刚从学校出来，三十岁正是事业发展的时候。

雨薇：对，这个时候可能才刚刚入门。毕业之后也得花些时间探索一下自己适合什么样的工作，换一换，然后在一个行业待久一点。三十岁可能正好是刚刚有了一些眉目的时候。

蓝姨：对，所以生孩子的问题也就都往后延了，现在的父母也真是应该理解孩子的难处。并不是孩子自私，他们确实面对着很多现实问题，也没有办法像上一代人那样过日子。

雨薇说

父母催婚催育的背后，可能是满足自我价值感的需要，希望可以更好地协助孩子，充当“照顾者”的角色。这是父母熟悉的满足自己需要的路径。可是，由于时代的发展，当代年轻人面临重重的压力，需要做出对自己负责任的选择，结婚生子这条路没有上一代人那么“理所当然”。年轻人更希望父母扮演“支持者”，而非“照顾者”的角色。由于需要和期待不同，两代人在没有充分了解彼此想法的情况下，很容易产生冲突。结果就是，交流过程中很难理解彼此。

母女之间产生矛盾有时候不是谁对谁错的问题，而是因为双方成长过程的不同

雨薇：我觉得冲突的产生也是因为双方心里都有委屈。这种委

屈来自双方都希望能与对方建立更好的关系，但是大部分情况下都因为求而不得而感到委屈和遗憾。我觉得咱们交流到现在，也是在尝试进入双方的生活背景和经历中，去理解彼此选择的不同。你的成长过程比较“按部就班”，毕业之后工作，工作以后结婚生子。但是我们这代人面临非常多的选择，比如是出国留学还是在国内上学？是进体制内工作，在企业工作，还是从事自由职业？是结婚还是独身？结了婚是选择生孩子，还是不生孩子？如果生孩子，生几个？有很多不一样的选择，而且每一个选择都是不确定的。可能这个阶段你可以被这种选择满足，但下一个阶段可能又会有所变化。

拿我的经验来举例子。刚出学校时我有一种特别不安的感觉，因为我在学校里面做什么都有标准答案，但是进入社会之后，一切都需要自己去判断，做出选择。我需要在复杂的信息流当中提取有效的信息，基于自己的需要找到适合自己的选择。所以，我们这代人为什么说要“探索自我”？就是因为我得先知道自己是谁，了解自己的需要，才能在那么多选择当中找出适合自己的。这一切的前提是要建立自己的筛选标准，这也是为什么我们这代人会对父母说“你要为自己而活”“要为多为自己考虑考虑”的背景。

蓝姨：我们那会儿没有太多选择的余地，好像就是按部就班走就行了。大家那会儿都愿意包分配，要么进入体制内，要么进到一个好的企业，几乎都是这样的。不像你们现在面临这么多选择，那会儿真的是没有什么选择，就是很单纯地跟大家一块往前走。

雨薇：现在“体制内”似乎已经成了一个比较消极的词，也可能是我的偏见。现在很多体制内的父母，希望自己的孩子也做出和自己当年一样的选择。你们是20世纪80年代进入体制的吧？那时候正好是红利期，体制内的人可能会有很多福利，比如分房子的机会、更多的资源和保障，但是现在又是另一回事儿了，并不是所有人都渴望进入体制内。你在体制内的工作感受如何呢？

蓝姨：这跟时代有关系，因为那个时候个体经济还不是特别发达。20 世纪 80 年代，大家在各个方面的差距都不是太大，没有太多的比较。体制内工作的人相对来说旱涝保收一点儿，工资和福利方面是有保障的。但是很多企业可能因为经济效益不好走向破产，员工失业。我觉得我的工作挺好的，因为我是受益人，但是现在很多年轻人是不认可、不买账的，觉得体制内的工作没有创新，每天就是喝茶看报，搞人际关系。其实现实不是这个样子的。我们每年都有固定的学习和考核标准，工作中还会遇到一些问题，需要向上和向下沟通反馈。我觉得体制内的工作也是有一些创新空间的。

雨薇：你说了好的部分，比如更稳定、更有保障、有一些创新的空间。那有没有限制你的一面呢？

蓝姨：可能有一些人会感觉到受限。我没什么想法，我就按部就班地走。我们一同参加工作的同事也有离开体制内的，他们觉得天天干同样的活儿受不了，希望有能更好地发挥自己能力的平台，所以他们就把这边的工作辞掉去经商了。有的是学习能力特别强的那种人，他们在某些领域能力突出。后来做得有好的，也有做得不好的。

雨薇：我觉得你有这些感受也是因为你自己的性格和擅长的部分。在我眼中，你是一个性格很随和的人，能够踏踏实实地去落实和完成交给你的任务，可能你更喜欢在一个大的集体当中和别人一起往前走的感觉。当然，有些人更希望能在某一个领域更好地发展，还是看个人选择。

雨薇说

两代人对于工作选择期待的不同也是一个很常见的矛盾点。有很长一段时间，由于父母希望我进入体制内，使我对这个选项产生了反感。在这次交流的过程中，我发现之前聊到工作，我们并没有还原到彼此所处的时代，以及个人的需求去探讨。在母亲所处的时代，进入体制对她来说的确是一个合适的选择。而根据我所处的环境和个人的喜好，从事自由职业更符合我的期待。在沟通的过程中，我们并没有带着自身对于对方职业的偏见去考虑问题，而是通过询问先去了解对方为什么会做出这样的选择，然后再去邀请对方了解自己所处的环境和想法。

父母满足自己需要的方式跟具体的处境和个人喜好有关

雨薇：回到你刚才提到的退休之后的情感和精神追求这个话题，你觉得现在做什么会给你带来满足感？

蓝姨：还得基于目前的状况，因为家里有老人，我是出不去的。其实我也想走出去，比如说去旅行，做点我喜欢的事情，但是现在没有这个条件。老人住在家里，我出不了远门，多数情况下，我就在家待着。

雨薇：我姥爷不是去养老院参观了一下，感觉不错？

蓝姨：他参观了一下感觉不错，说挺想去的。是否真的想去、能不能去，只能到时候再说。我现在对短视频比较感兴趣。现在的人天天看手机，我也希望在看手机的过程中，通过互联网做一点有意义的事情。

雨薇：我觉得你代表的是一个很大的群体，这个群体有很多潜力和需要。对于那些不太被家务缠身、身体健康、有自己经济收入的老人来说，如何更好地关注他们的需求并创造更多的可能，是一个很值得探讨的话题。我那个时候做得就不太好，没有真正理解你当时的处境和心情，对你做的一些选择总是报以不屑的态度。我考虑更多的是这些活动是否“靠谱”，而忽略了你底层的情感需要。现在看来，我觉得你并不是想要通过参加那些活动得到什么，比如赚钱或者赚流量，更多的是首先学习新的技能，其次有自己的圈子，可以跟更多的人交流，最后是满足自己的价值感。我也跟你说过别给自己制定过高的目标，玩得开心就好，但你是一个比较要强的人。有时我晚上睡觉前去上厕所，看你还在剪视频呢。

蓝姨：是，刚开始学做短视频的时候，对实操那一块儿特别感兴趣。因为只需要用很简单的素材就能把视频做得非常漂亮，这种感觉特别好。我理解有点慢，消耗的时间也挺多，我就反复听课，边听边实操，每天都在做视频。

雨薇：我觉得你给自己的压力挺大的，又要听课，又要实操，每天都在练习。

蓝姨：像我们这个年龄段儿的，刚刚经历退休，女同志基本上都是五十五岁左右，在身体还可以的情况下想去做点事情。社会真的应该关注这一块儿，给我们一些支持。有些人会说："你不会去上老年大学吗？""你可以去唱唱歌，跳跳舞，旅旅游啊。"但是这些不太能够吸引我，无法满足所有人。

雨薇：这就是两代人之间的差异。对年轻人来说这种悠闲的生活也太棒了吧，年轻人天天"996"，被老板"PUA"，如果像你们那样有钱又有闲，当然会想去干这个干那个，这对我们来说是理所应当的。但是对你们来说，这种闲下来的生活是有很多挑战的。为什么这些大家都觉得很享受的事情无法满足你呢？你的需求是什么？

蓝姨：像老年大学现在设置的课程，比如模特、合唱、乐器等，都不是我感兴趣的，所以不能满足我。我去了那儿以后觉得自己掺和不进去，后来我发现学做短视频挺好。

雨薇：那你觉得做短视频好在哪呢？

蓝姨：通过一个软件就能做出这么漂亮的视频，在不用出去乱跑，不影响做别的事情的前提下就可以实现。所谓的价值呢，就是我做这些事情，可能还会得到一些收入和关注。我觉得这一点挺吸引我的。

雨薇：其实你也挺享受这个创作的过程，反而是单纯去培养一个兴趣爱好好像不能直接满足你，或者给到你这种价值感。

蓝姨：我是在网上报了一个课程。老师对我们要求很严，每天都要布置作业，感觉又回到学生时代了。我们是一个群体。虽然大家都在线上，也见不了面，但是每天跟老师都有互动，同学们之间也要互看作业的。有些学生的作品还会拿出来给大家欣赏，我觉得挺有意思的。

雨薇：真切地感觉到每个人的精神追求不一样。今天听完你的分享，一方面我意识到一些我认为理所当然的事情对你来说不是那样，另一方面我发现你们认为理所当然的东西对我们来说也并非如此。

蓝姨：对，各人有各人的具体情况。

雨薇：而且我觉得跟时代和成长环境都是有关系的，没有办法去强求。

蓝姨：对，跟个人的追求有关。

雨薇：我觉得很有意思的是，我爸今年也退休了，可能他追求的东西跟你又不一样。你更多的是希望能够向外探索。你觉得你跟我爸向退休生活过渡的过程有没有什么不一样的地方？

蓝姨：你爸爸跟我当年的状态有点像，就是刚刚退下来之后有一种焦虑感。我能感觉到他的焦虑。他的焦虑跟我那会儿不太一样。我是一定要找具体的事情去做，还得有几个人跟我一起做。据我观察，你爸爸多数情况下是会自己想办法去做点什么，比如说去公园散步。他要把时间打发掉，但是他没有去找一个群体，或者做某些具体的事情。

雨薇：我也发现了，他更愿意一个人旅行，并不是特别愿意总是跟亲朋好友一起出去玩。

蓝姨：毕竟到头来大家还是要回归各自的生活，还是得去面对自己。其实你爸也总是想要拉着我去旅行，但是现在咱们家条件不具备，我需要待在家照顾老人。如果姥爷不去养老院，我陪你爸度过这段时间的可能性也比较小。

雨薇：我发现好像很多男性退了休之后都会像我爸这样，没什么社交。除了过去的朋友和家人，好像很难向外拓展。

蓝姨：除非你有工作，否则就是很难拓展，你的交际圈只能越来越萎缩。

雨薇：我发现周围退了休的女性会更开放一些。

蓝姨：跟性格有关，跟性别没有太大关系。比如说我吧，我就是特别想加入一个群体，抓住一个新的事情去做。现在我当然平静一些了，就算什么事情都没有，在家里也能待住了，但是内心可能还是会有空虚的感觉。

雨薇说

如果孩子愿意了解父母的想法，并协助父母设计人生新的阶段，比如退休后的生活，那么建议从父母的需要和处境入手，而不是从自己的想法出发。先去了解，再和父母一同去探索。父母对孩子转型期的协助也是如此。

雨薇：今天聊完之后，我觉得咱们的沟通互动性更强了。之前可能更多的是我想让你明白我，你想让我明白你。但是现在我觉得我更愿意去了解你，你也能更平和地了解我了。其实这样复盘反思一下，我就更能理解过去的一些沟沟坎坎了，包括你和我爸之间的一些矛盾，你和我之间的一些矛盾。现在看来，这些矛盾背后其实藏着一些你的需求。之前的关注点可能更多是在冲突上——“你不理解我，我不理解你”“你怎么这样选择，为什么不能听我的”。但是现在我能够跳出这些，看到原来那个时候你是有你的需求的，只不过我忽略了这个部分。

蓝姨：咱俩好的一点是能够坐下来平平静静地、不带情绪地去聊。作为父母也好，儿女也罢，真的是需要多跟彼此沟通，而且需要了解一些心理学知识。**每件事情之所以会发生，背后都是有原因的。要是光看表面的矛盾，忽略了背后那个真正的原因，就更难解决问题了。**

雨薇：我觉得贴标签或者下结论可能会在那一刻给人一种踏实的感觉，好像我知道了这个理念，就可以把父母或者自己的一些想法放到一个答案当中进行解释，一切问题就解决了。我越去实践，越发现学习知识只是了解表象，但想要透过这些表象去看到问题的实质，需要很多的阅读、思考、实践、反思。通过不断成长和实践，我发现我渐渐能够心平气和地理解不同的观点，也有了更强的定力。我觉得我要走的路还很远，因为我现在的很多理解都受年龄所限，缺乏足够的人生阅历。以前我读理论，觉得“知识就是绝对正确的”。但是一旦回归生活，就会发现现实太复杂了，有很多值得去探索的部分。

雨薇说

如何了解“自我”？

很多人往往会给“自我”贴上“自私”“自负”“自恋”的标签，仿佛重视“自我”是一件不太正确的事情。这是因为我们对了解自己这件事有过一些不太美好的经历，或者在此过程中听到过比较负面的评价。其实，了解自己也是更好地去跟他人沟通的基础，因为我们无法什么都不说就要求对方明白自己的心意，只有通过用言语和行为去展现自己，才能更好地协助对方了解自己。人际沟通中有很多误区，比如两个有血缘关系的人就一定能懂彼此，否则就是“不亲”的体现。

大家阅读本书已经过半，相信已经很能理解“越是亲近的人，伤害彼此越深”这句话。很多时候，我们认为理所当然的事情，对方可能并不那么想。由于不同的成长环境和代际创伤，母女很容易误读对方的需要，甚至会以“我是你女儿”“你是我妈”的名义去把自己的立场和感受强加给对方，造成双方的冲突。所以，越是亲近的人，反而越要注意沟通的方式和方法。沟通的前提是知道自己想要的是什么。

如果让我用一句话总结什么是“自我”，那就是“‘自我’是由不同的需要组成的独立的个体”。我和母亲之所以不同，是因为我们的需要不同。满足需要的方式多种多样，受个人特质和社会环境等影响。只要合法合规，这些方式没有高低贵贱之分，但是有效性却会有所不同。

比如，我和母亲在我们各自的人生阶段同样在寻求价值感，我选择把主要精力放在发展创业项目上，而母亲则追求稳定的工作及和谐的家庭关系。我们之所以做出了不同的选择，一方面是因为性格和能力不同，另一方面也受时代环境的影响。如果让我去延续母亲的选择，可能我会觉得很受限。同样的，让母亲去尝试我的选择，对她来说也很难实现。我们都在尽力做出能够有效满足自己需要的选择。

我发现很多时候代与代之间矛盾的产生，是因为只看到了双方满足自身需要的方式，而忽略了其背后的核心诉求。这会让两代人无法达成共识，有一种“你在讲你的，我在讲我的”的撕裂感。如果两代人可以尝试透过对方的需要（如回老家还是留在一线城市、读研究生还是工作、创业还是进体制内）看到其背后的核心诉求（如安全感、稳定感、自主性、价值感、可控感、亲密感、联结感），可能更易创造出沟通的基础。毕竟，再好的“建议”，还得回归个体的特性、需要和处境中去实施。我们都在时代洪流中寻找着自己人生阶段的抓手，对子女、对父母，都是如此。此刻，我们都是“同路人”。

第一章

第二章

第三章

第四章

第五章

第六章

第七章

第八章

自尊心

母女俩都太要强了，
该怎么办？

2023 年底我们自驾从北京出发到珠海，

途经湖南郴州的母女长谈

录这期节目之前，我跟很多伙伴聊到了自己“强势”的妈妈。面对自身发展的受限和未来的不确定性，很多“强势”的妈妈一方面希望孩子能够独立自主，做出一番成绩，比自己发展得好，同时又希望孩子能按照自己的想法来，守在自己身边，理解自己的良苦用心。随着孩子年龄的增长，母亲内心的矛盾逐渐转移到了孩子身上。因为孩子会渐渐有自主的选择，母亲却总是以一种“我是过来人”“我是为你好”的姿态去干涉孩子的选择，还对孩子抱有高期待、严要求，这让孩子感到委屈愤怒：“明明我不想这样，为什么非要让我强颜欢笑地接受？”

女儿们其实也内化了母亲的矛盾感。她们一方面理解母亲的付出，但从小成长在一个要求严格的家庭中的确不会表达爱；另一方面又会对各种“要求”感到委屈，想要让母亲意识到其自身的问题，并改善沟通的方式。**母亲希望孩子看到自己的付出，孩子想要让母亲尊重自己的选择，矛盾一触即发。**

无论是母亲还是女儿，越是想要另一方改变，就越容易陷入痛苦之中。由于彼此在成长过程中都缺少被看到和被接纳的体验，总是习惯性地要么“讨好”（“孩子说什么就是什么”或“母亲也有她的不容易”），要么“对抗”（“孩了不听我的会后悔一辈子”或“我妈说什么我都不听”），企图用这种方式去获得掌控和认可。但是由于无法得到期待中的回应，会因爱生恨，形成代际创伤的循环。如何打破“讨好—对抗”的模式，创建一个开放对话的空间？这是这期节目我和我妈想要探讨的。

雨薇：妈，今天我想邀请你，从你那代人的角度谈一谈“女性要强”或者“妈妈们要强”背后的原因。我发现很多上一代的妈妈都是以“女强人”的形象示人，勇于表达自己的想法，有自己的事业和追求。但是，当把这种“要强”带入关系当中，特别是用在跟女儿交流的时候，可能会带来一些阻碍和困难。那我们从代际沟通的角度去聊一聊，妈妈到底为什么这么要强。其实，我跟我妈筹备这个话题的时候，花了很长一段时间去定义什么是要强。妈，当你听到“要强”这个词的时候，特别是“女性要强”或者“要强的妈妈”，你想到了什么呢？你是怎么定义要强的呢？

当说到一个女性“很要强”，我们到底在说些什么？

蓝姨：我说的不一定对。我觉得要强的女性首先是性格很强势。有些人看着柔柔弱弱的，但其实也有强势的一面，比如对某些问题很固执，特别能坚持。还有就是对子女要求非常严格，期待也很高。

雨薇：我想到聊这个词，是因为我在工作当中经常会聊到母亲要强的话题。比如女儿们感到难过、需要情感支持的时候，她们能感觉到妈妈是关心、爱自己的，动机上想要为她们好，但就是好心办了坏事儿。当然，妈妈们也有自己的委屈，当女儿遇到困难，无论是工作、学习上还是感情上的，妈妈们都希望能多为女儿做点什么，或者给女儿提提意见，甚至是鞭策孩子两句。这样一来，说出来的话就变成了“坚强点儿”“别难过，你再努力努力”“别这么拖延”。妈妈们可能是好心，但是却会让女儿感觉被指责、被评判。女儿们可能就会有一些情绪性的回应，最后以吵架结束。我相信妈妈们也觉得挺委屈的，会想“我做了这么多，为什么你不明白我的好意呢？”双方就会陷入沟通的困境当中。站在我接触较多的同代人的角度，大家不明白妈妈为什么那么想让自己变强，无法理解自己的不开心，甚至不允许自己有难过的感受。我觉得很多情况下是因为妈妈们也不知道该怎么去处理这些情绪。

“要强”这个词用来形容女性时，总会让人觉得偏负面。社会上比较传统的对于女性的期待是温柔、贤惠和知性。而“强”这个词，跟大部分人对于女性的期待是不相符的。在这种社会观念的塑造下，坚持自己的观点对于女性来说是需要学习的，甚至是需要努力才能做到的。同样，“女强人”在很多情况下并不是一个褒义词，“她怎么这么强势”往往也是一个比较负面的评价。我爸也经常说：“你要温柔一点，男孩子们不太喜欢性格强势的女孩。”他会用这种方法把我放在一个对于女性的传统期待里面。以上这些，和我们今天所要聊的“强”不是一回事。

今天我们要聊的“强”就像我妈刚才提到的，是指听不进别人的想法，很固执。当然，这背后的原因可能有很多，但是表现形式呢，就是“唯我独尊”——“我说的就是对的”“你得听我的”“你得按照我的方法来”——总是选择权威式的沟通方式。这种强势也分两种，一种是显性的，还有一种更难分辨，是一种隐性的强势。妈，你要不要分享一下，你有没有遇到过这种显性强势的女性，她们的行为模式具体来说是什么样的呢？

雨薇说

母女关系中的要强是指，在探讨问题的过程中，总是认为自己是“有理”的那一方，不需要跟对方共情和沟通，就要求对方按照自己的想法去做选择。**这也是我们经常说的“以爱之名的控制”**。常见的例子有，父母觉得孩子应该结婚了，未经允许就替孩子安排相亲；孩子认为父母应该享受生活，自作主张给父母报团让他们出去旅行。

显性强势的妈妈：
“一切都得听我的，我说什么就是什么”

蓝姨：我的周围就有这样的女性，在家里什么事儿都得由她做主，丈夫显得唯唯诺诺的，一副对她有些惧怕的样子。孩子们处在母亲的“压制”之下，胆子都不大，我觉得这种强势的母亲养育的孩子真的挺可怜的。孩子们不管说什么，她都听不进去，会一直强调自己的观点是对的。其实这样反而会把孩子们推得很远，基本上什么事儿都不跟她说，不跟她商量。孩子们独立以后呢，也很少会跟她交流，这种距离感是从小就形成了的。

雨薇：她们子女的性格会是什么样子呢？

蓝姨：我看到的就是，强势的母亲所养育的男孩性格往往偏弱，不敢多说话，也不敢表达自己。女孩子分两种情况，一种是偏弱的，另外一种会跟妈妈很像。

雨薇：那在这些例子里面，孩子跟母亲的关系如何？是怎么相处的？遇到冲突或者需要做出选择的时候，他们是怎么解决的呢？

蓝姨：如果孩子已经大了，你就能很明显地看出他们角色的互换——以前被压制的女儿也好，儿子也好，现在会反过来粗暴地对待母亲。孩子长大了，终于可以挺胸抬头，反过来“对付”父母了。我周围有好几个这样的例子——**母亲现在很害怕孩子，相处起来跟惊弓之鸟一样，成了自己过去行为模式的“受害者”**。我觉得这种循环真的太可怕了。

雨薇：那你遇到这样的女性朋友，或者跟她们聊起这件事情时，你的感受如何？你会怎么去劝慰她们？

蓝姨：种的什么瓜，就会结什么果子。冰冻三尺非一日之寒，怎么劝慰啊？我只能说："孩子大了，你要多听孩子的，尽量减少冲突。"还能怎么办呢？其实现在这些妈妈受到孩子的"伤害"之后，她们也就慢慢明白过来了。她们会反思自己："都怪孩子小的时候自己做得不对，那种高压、逼迫、强势，现在反噬到自己身上了。我没办法去改变过去，现在就尽量忍让吧。"于是做父母的就像孩子小的时候忍让他们一样，这种模式开始循环。

雨薇：我从孩子的角度说一下，之所以会对父母粗暴、强势，确实是因为好好说话他们听不懂，没办法沟通。因为已经形成了"谁厉害就听谁的"的模式，久而久之就难以打破了。我相信可能对于母亲们来说，她们的父亲或者母亲也是以这样的方式养育她们的，所以也会把这种模式带给孩子，最后反噬到自己身上来——如果好好说话没办法沟通，那谁说话声音大，谁更强势一些就听谁的。孩子长大了之后，母亲就弱下来了，但是母亲可能只是在忍耐，到了一定程度还是会爆发。她能忍一时，但是情绪没有有效地释放出来，情绪不会消失。很多时候母亲用强势的方式表达自己，背后是有她的需要的，比如希望孩子能够认可自己，希望孩子能够听自己的，或者希望从孩子身上看到某种结果。特别是对于那些为了孩子放弃事业的母亲们，她们把时间和精力都投入在了孩子身上，会更加希望孩子能够满足自己的期许。这不仅是一个个家庭的悲剧，也是社会性的议题。

雨薇说

“种瓜得瓜，种豆得豆”精准概括了代际创伤的循环。很多时候父母想要通过树立权威，用暴力的方式（恐吓、威胁、忽略、体罚）去跟孩子沟通，可能短期内“省时省力”，但是长期如此会让孩子习得无效的处理问题的方式。发展心理学认为，孩子会通过效仿周围养育者的行为去处理未来的问题。这种效仿会成为下意识的反应，成年后需要花大量的时间和精力去打破和重建。最终，这种无效的模式可能会代代相传，直到家族中的一个人意识到并且愿意承担起疗愈的责任，打破这个循环。很多家长可能会认为：“我给孩子提供了最好的环境和教育，难道这还不够吗？”还有些家长会直接说：“我不懂这些。”虽然改变的确不容易，但是这些言论其实是一种回避责任的表现。不仅忽略了孩子的痛苦，而且也会导致亲子关系变得越来越对抗疏离。只有每个人承担起自己的责任，才能有效地改善亲子关系和互动。

母亲肩负着育儿的重任，如果她们有更多身边人的支持和社会性的支持，压力还能减轻一些；但是如果缺少支持，其实是十分艰难的。时间久了，母亲就会把更多的关注点放在孩子身上。随着孩子逐渐长大，有了自主意识，就需要父母慢慢放手，给他们自己的成长空间。我记得大概在我十二三岁的时候，你会有意识地让我自己去做一些事情，比如去餐厅吃完饭让我去付款，或者让我自己一个人去买东西。这些事让我印象很深，后来想想你是在有意识地去放手。但是，很多母亲意识不到这一点，太执着于扮演那个无条件奉献的母亲角色。其实那种需要被认可、被满足和理解的渴望还在，只不过被压抑下去了。久而久之，她还是会爆发，但这时两代人已经没有办法好好沟通了，只能拉开距离。

蓝姨：对，很多父母为了避免矛盾，确实会有意跟孩子拉开距离。因为无法有效沟通，孩子会远离父母，父母也想远离孩子，互相都伤得太深了，害怕了，就想要躲。

雨薇：我觉得特别遗憾，因为双方其实都希望建立起沟通的渠道，但能做到的却只是通过拉开距离避免矛盾。父母和孩子保持着一种疏离的关系，但这样起码比吵架强。咱们再聊聊刚才谈到的第二类——那种看起来柔弱，但实际上强势的母亲。你周围有没有类似的例子呢？

隐性强势的妈妈：“你说的都对，但是你还是得按照我的想法来”

蓝姨：有的。比如平时看这个阿姨说话柔声细气的，但其实她内心对自己的想法非常坚持，会对孩子提出各种要求，但是她很难看到孩子的感受。你跟她说孩子的身心健康一定比学习成绩更重要，她也会认可，但是过了半分钟，她就又开始说如果不给孩子压力，学习成绩就会不好，将来没有前途。我觉得很多时候是孩子妈妈过强的自尊心，以及周围的大环境给她的压力，让她不得不去逼自己的孩子，坚持她认为的“正确”的东西。这些妈妈内心很固执，很难改变。

雨薇：作为朋友或者同事，你在跟这些阿姨交流的过程当中，会不会也能感觉到她们虽然看起来好像挺柔弱、挺随和的，但其实非常固执呢？

蓝姨：会的，遇到观点不同的情况，她无论如何都要把她的观点强加给你。强势分两种，有的是表面上的“张牙舞爪”，能明显看得出来；另外一种是“拐弯抹角”的固执，转来转去还得转回她的观点上来，挺“锲而不舍”的。

雨薇：对，这种固执会让人很无奈，因为沟通真的无果。有些时候隐性强势的母亲会用一种“情感勒索”的方式去控制孩子，比如她们会说：“我都为你付出这么多了，你怎么不知好歹？”再比如，如果孩子遇到学业或者找工作上的困难，母亲会说：“我已经给你安排好了，你怎么这么不争气？”妈妈希望得到孩子的认可，孩子渴望得到妈妈的理解，双方都希望从对方那里获得支持，但是在当下谁都给不了谁，真的很难。

雨薇说

要强分为显性和隐性两种。显性的更容易识别，隐性的则更难应对。隐性要强的表现形式可能是会用一种看似温和、弱势、关心的姿态，不断地把自己认为正确的观点和行为强加给他人，不顾及对方的感受或者不允许对方说“不”。我们经常说的“被动攻击”就是一个典型的例子。被动攻击是指通过扮演受害者使对方感到愧疚，从而达到自己的目的。比如，母亲对孩子说：“我这么惦记你，你为什么不能及时回复我的短信？你这样真的让我很担心。”

妈妈们要强的背后
可能是对缺失的被认可和被理解的渴求

雨薇：你觉得妈妈们要强背后的需求是什么呢？

蓝姨：在我看来，这种要强可能跟家庭环境有关系，比如你姥姥那一辈儿就很要强，所以咱们家里的女儿也会要强，在我看来有一种家族的传承性。当一个家庭里的男性应该强起来的时候，他们强不起来，事事都得让女性来处理，事事她都要往上冲，不强不行啊，对不对？

雨薇：是的，传统社会观念会让男性变得好面子、自尊心强，在家庭中，男性往往认同“大男人”“一家之主”的身份。因此传统男性很难了解关系中的另一方是怎么想的，严重缺少这方面的交流。如果小时候母亲比较强势，那他面对自己的母亲时又会有一种很复杂的感受——既想要获得母亲的爱，又害怕跟母亲离得太近被她控制。长大后，他对女性也会有一种十分矛盾的感受。再加上如果男性自身的能力不够强，事业发展受挫，他可能会把要强的一面带入自己的家庭当中，希望老婆和孩子听自己的。这样，就很可能跟伴侣沿用控制—被控制的相处模式，很难好好地沟通。如果一方很强势，另外一方往往只能用同样的方式去把自己的想法和观点表达出来，丧失了平等沟通的可能。

蓝姨：对，很多家庭的夫妻关系都是这样的。

雨薇：再加上刚才我们提到，如果社会对于女性的期待就是要温柔，做个“小女人”，“给自己的丈夫留足面子”，那么很多时候女性可能会压抑自己渴望被看到、被认可和被理解的需要。这种被压抑的部分如果没有办法在伴侣身上或者工作中获得，她们可能就会把同样的模式强加给孩子，就是丈夫压迫妻子，母亲压迫孩子。

蓝姨：太可怜了。

雨薇：对，当自我被压抑之后，就会把压迫的手落到更弱势的那个人身上。所以长大之后，孩子就会有一个大的爆发。我觉得这是一件挺令人遗憾的事情。我很认同你说的，这种要强大部分情况下是受环境的影响。除非真的是有一些特殊情况，比如天生共情能力差，大部分情况下，这种要强其实都跟家庭环境和社会因素有关。**要强不是性格上的弱点，背后是一种渴望被认可的需要。**因为一个人太想证明自己是对的，所以她可能缺少反思的能力。妈，你在刚才聊到的这几位阿姨身上，能否看到她们的自我反思？

蓝姨：她们意识不到。只有她们的孩子都三四十岁了，像面镜子一样照出她们之前的样子的时候，这些母亲才发现自己以前对孩子太强势、太严厉了。如果她们早一点去了解一些心理学知识，可能会更早地做出改变。现在孩子都这么大了，一切都已经很难挽回了。现在母亲变成了弱势一方，她们只能顺从孩子了。

雨薇说

一个人身上存在的各种问题，往往跟她/他过去的经历（如童年创伤）、人际关系（如夫妻沟通出现问题）和社会环境（如职业发展压力、缺少相关的科普）息息相关。虽然我们经常说“疗愈是个人的责任”，但是很多时候出现这样那样的创伤，并不是个人的错。甚至有的时候，“生病”的那个人并不是最有问题的那个人。**打破无效的模式，从接受自己当下的状态和探索背后的需要开始。**

明明彼此都很痛苦，为什么还是没有办法放下对孩子的要求？

雨薇：从你这代人的视角来看，这类母亲有什么共性？

蓝姨：这类母亲会强烈地希望孩子出人头地，一定要比自己强。她们一定要通过严格要求孩子的方式去实现自己未完成的目标，无法很好地跟孩子交流，不知道孩子在想什么，一味地把自己想要的强加给孩子，其实那很可能不是孩子需要的。孩子很痛苦，妈妈看不到孩子有长进，就更加愤怒，压力也会越大。结果可能事与愿违，因为真的想让孩子有好的发展，一定要知道孩子在想什么，知道孩子的特点和长处是什么。每个孩子都有自己的特点和长处，要让孩子发挥特长，不能只看孩子的短板。你是“望子成龙望女成凤”，可是有多少“龙”，又有多少“凤”啊？大部分都是普普通通的人。**我们做好普普通通的人就已经很好了呀。**

雨薇：我是不是可以这样理解，很多阿姨会把自己希望成为的样子寄托在孩子身上，这背后有她们自身的恐惧和焦虑。

蓝姨：对。

雨薇：那你看到她们的压力、恐惧和焦虑来自哪里？

蓝姨：我觉得还是攀比吧。外界会给她们带来一些压力，比如看到人家的孩子出国留学了，考上清华北大了……看自己家孩子只看短板，看不如别人家孩子的部分，所以一直在给孩子压力，那这孩子能好了吗？好不了。

雨薇：我也有很多不如别人的地方，比如我没有选择那种按部就班的生活方式。你是怎么去处理这种焦虑或者是压力的呢？

蓝姨：你小的时候就不爱学数理化，那怎么办呢？报多少班你也不会好好去学，那就随便吧，放手吧。你喜欢英文、写作、语文。这些科目你自己就弄得好好的，我不想强人所难，你想学什么就学什么吧。很多时候，父母会焦虑也是正常的，尤其是面对攀比，面子上过不去呀。

雨薇：有这种焦虑我觉得很合理，但是妥善去处理，真的是挺不容易的。咱们设想一下，我那时候数理化特别不好，如果你遇到一个孩子数理化特别好的母亲，天天跟你聊她们家孩子取得了怎样的成绩，你心里会不会有那种酸酸的，或者是不想跟她交流的感觉？

蓝姨：那肯定的呀，这就是打到我的痛点了。（笑）如果真有这样一个人出现的话，我心里肯定会特别着急，我会想："我的孩子怎么就不喜欢数理化呢？"我可能会去逼你报班，给你请家教。孩子有时候不理解母亲的这种心情，其实她们是不愿意让孩子输在起跑线上，怕耽误孩子的前程，饱含着期待和良苦用心。但是我现在想想，自己的这种焦虑会给孩子很大的压力，孩子会更难走好她的人生路。

雨薇：从理性的视角来看，父母最重要的责任之一就是给孩子减压，帮孩子扛住一些压力。

蓝姨： 对，现在的年轻人承受的压力太大了，不管是来自社会、家庭还是学校的，他们比父母那时候还要更辛苦、更难一些。

雨薇： 我昨天听一个初二的小朋友说，他们班上好几个同学有自我伤害的行为，家长不断地给孩子加压，孩子受不了就会伤害自己，这样才能获得一种掌控感。我们当然不鼓励这种行为，但这折射出现在孩子的艰辛。如果遇到这类问题，请大家积极寻求帮助。在这种情况下，怎么去应对压力就很重要。那我们要不要聊一聊，面对来自外在的巨大压力，妈妈们该怎么做？

雨薇说

面对激烈的竞争，如果父母不去学习如何应对来自外界的压力和处理自己的攀比心理，这部分压力很有可能会加倍转嫁到孩子身上，重压之下，极易忽略孩子自身的特性和需要。作为未成年人，由于缺少释放压力的途径，有可能通过伤害自己追求自主性，获得一种掌控感。

面对压力和焦虑，妈妈们除了变得强势还能做什么？

蓝姨： 妈妈们应该多了解和学习一些心理学知识。当你知道了问题产生的原因是什么，压力来了你就能接得住，然后削弱压力，不把它们带给孩子。我觉得这对孩子来说是一种保护。父母自己压力巨大，消化不了，最后肯定会压给孩子。孩子太弱小了，没有分辨能力，又没有办法诉说，很多孩子之所以出问题就是长期这样导致的。未来的路还很长，不要光看一个阶段的好与坏，人生是场马拉松，只要坚持走下去，未来不一定差，不要时刻逼着孩子。孩子什么样，父母都要学会接受，我是这样认为的。

雨薇：你说的接受孩子这一点真的挺难的。有的时候妈妈们都接受不了她们自己，对自己感到不满，所以她们也很难接受自己的孩子。我觉得与其要求孩子，不如先尝试去接纳和改变自己，特别是身处现在这种竞争压力很大的时代，要有屏蔽外界干扰的能力。如果旁边总是有一个人在告诉你："你们家孩子做得不好的地方，我们家孩子都做得特别好。"那谁也受不了。我觉得该屏蔽屏蔽，该转移注意力就转移。物理上的隔离还是挺重要的，我知道好多妈妈群都是贩卖焦虑的，能不看就别看。

如何面对育儿焦虑？我觉得可以依据孩子的特性，孩子擅长什么，就鼓励她/他做什么。不擅长的看看能不能补救，补救不了就算了，未来的路真的很长。我看到很多孩子刚上小学，家长就觉得要卷起来，不能落下，**一开始就把孩子的学习自主性剥夺了，孩子到最后不知道为什么要学习，很容易厌学**。这真的让人很痛心。想想一个刚上学的孩子，不仅没有人帮助她/他去适应新的环境，家长还以结果为导向，只看表现和成绩，孩子真的很可怜。

我刚上学那会儿，有很长一段时间都不知道自己每天是去学校干什么，后来才慢慢形成了学习和成绩的概念。很多孩子都是被外界压着不得不这么做，但是他们不知道自己为什么要这么做。我觉得这对家长来说也是一个挑战，家长要做的是帮助孩子承受压力，引导孩子发掘内在的动力，培养起我们现在经常说的"内驱力"。要让孩子知道为什么要做这件事，还要培养她/他的抗压能力。家长可以学着成为孩子的支持，特别是情感上的支持，而不是去成为一个严厉的"老师"。

雨薇说

学习上有“内驱力”，是指孩子自己知道为什么要学习，而不是父母或者老师硬逼着孩子去学习。当下很多成年人不知道自己喜欢什么，没有创造性，做事情缺少动力，三天打鱼两天晒网，觉得生活没有意义，都是因为缺乏“内驱力”，不知道为什么要坚持做某件事情。不止一位拥有令人羡慕履历的伙伴跟我说：“从小到大都有家长、老师告诉我努力的目标和方向是什么，可是进入社会，我发现没有什么既定的标准了。如果有，我实现不了会感到很痛苦，实现了之后也很难感到快乐。我的生活特别没劲，感觉自己像是行尸走肉，对什么都不感兴趣。因为太希望得到某种结果了，所以做什么也坚持不下来。”

蓝姨：这就叫“共情”吧？聆听和共情很重要。

雨薇：是的。你那天突然说觉得聆听孩子很重要，要不要分享一下？

蓝姨：现在的很多孩子精神上特别痛苦，因为他们不能表达内心的软弱。说出来以后，父母会不理解，他们会觉得已经给孩子提供了很好的物质条件。其实孩子已经在承受各方面的压力，他们又没地方去倾诉。他们最想倾诉的对象是自己的父母，但是父母又永远不理解孩子。

家里最亲近的人都不懂自己，最后孩子没有办法了，干脆什么也不说，破罐子破摔了。当一个人心理健康出了问题，他以后的整个人生真的就要被毁掉了。所以，父母一定要把跟孩子的沟通当回事儿，学着去倾听和理解。

雨薇：是的，人就像一个机器，一下子超负荷了，以后再怎么去修复，也很难修复好。什么都要快，什么都以结果为导向，这种激进的发展方式非常有问题，值得我们去反思。父母先学会如何跟压力相处，有助于帮助孩子减轻压力，给孩子一个相对宽松的成长环境，反而能帮助孩子更好地学习和发展。

还有一点，很多父母认为帮助孩子就是帮孩子解决问题，但是像我妈刚才提到的，情感上的支持也很重要，比如告诉孩子“我相信你”。“我相信你”并不是嘴上说一说，而是体现在日常生活的细节上。因为相信孩子，所以当孩子休息的时候，父母不会说：“别光想着睡觉，努力学习，离考试还有 ×× 天。”很多时候孩子感到不被信任都是因为一些小事儿。在没有跟孩子沟通的情况下，父母可能想去为孩子做一些事情，比如哪个学科薄弱就给孩子报个班；孩子三十多岁还没结婚，就直接把孩子的信息挂到相亲角。这会给人一种“你需要什么不重要，我更知道你需要什么，我要替你做这件事情”的感觉，背后是家长自己的焦虑感。

雨薇说

作为一名心理咨询师，我发现真正能使一个人改变的不是家长道理讲得多高深，而是他们是否能够平等地跟孩子一起前行，并且深入地了解和感受孩子的处境，**用慈悲之心去共情孩子的经历，成为一个“见证者”，而非“领导者”**。因为只有自主地内化了这种慈悲的视角，人的自我价值感才能稳步提升。有时候家长越是想要看到孩子的改变，越会破坏信任，事倍功半。很多时候，不做比做还要难。突破点不在于改变孩子，而是在家长自身的议题上。

你们那代人日子过得可能并不是那么宽裕，但那个时候大家有一个共同的目标和方向，价值观也没有像现在这么复杂多元，没有这么多形形色色的问题。当然那个年代有那个年代的问题，但是我们这个时代确实非常复杂，选择多，竞争又激烈。所以过去那个年代的标准——你要好好读书，以后能够出人头地……

蓝姨：很多时候已经不适用了。

雨薇：对，现在每个孩子的动力不一样，更多的还是得按个人的需求和想法来。努力读书不一定就能保证未来有一个光明的前途。有一技之长，坚持做自己认为重要的事情，有学习和应变的能力，身心健康，这才是未来一个人更好地生活、建立良好关系的保障。

蓝姨：我也是这么认为的，个人内在的驱动力才是最重要的，要知道自己喜欢什么，愿意做什么，能坚持什么。

雨薇：我觉得学历和学习能力是两码事。我见过很多并没有多高学历的人，但是他们的悟性和理解能力非常强，在自己的领域做得很好，生活幸福。我也看到过很多学历很高，但是理解能力和共情能力有待提高的伙伴。

就像刚才我妈说的，两代人生活的社会环境不一样，面临的挑战也不一样，差异如此巨大，怎么能用过去的方式再去解决现在的问题？这是刻舟求剑。**“好为人师”有时候是一种“病”。动不动就要站在领导或者权威的立场上说两句，是代际沟通的大忌。**我们这代人已经不迷信权威了，很多时候我们更希望跟父母有一个平等对话的空间。与其说“为什么你不这样做”“按照我的方法来就好”，不如多问一问“你是怎么想的？”“你的感受如何？”“我们一起去解决这个问题，我怎么能够更好地帮助你？”大家可以学习一些沟通技巧。

雨薇说

母女之间因要强产生的冲突，该如何应对？

我们无法通过说服母亲去“证明”自己长大了，就像母亲也无法用“过来人”的身份去改变我们的选择。**我们只能向外更好地树立边界，向内“从无到有”生长出自我关怀的力量**。这个过程真的很难，在这里，我想跟大家分享工作中遇到的两个故事。

第一个故事是有关边界感的。我和一位女性伙伴聊到重男轻女的观念在成长过程中对自己产生的影响，以及如何应对即将到来的跟父母见面的场合。探索解决问题可能性的前提是父母并没有严重的暴力、自恋倾向，有一定的平等交流和沟通的空间。

让她感到困扰的是，自己一方面留恋家庭原来的气氛，另一方面又无法忍受父母发表的重男轻女的言论，很容易应激，又无法在当下反驳，有一种“吵架总是发挥不好”的感觉。在探索过程中她发现，情绪在告诉自己已经无法回到过去的家庭气氛里，无法去假装那些不公平的事情不存在。她的认知已经改变了，因此无法回避家庭系统中现实存在的问题。下一步就需要基于自身的需要、能力，以及具体的处境，更好地树立自己的边界，用实际行动去“教育”父母。

如果当下处在一个相对脆弱的状态（无论是经济上还是心理上），那就先尽可能与父母保持距离，给自己创造一个独立自主的空间，尽量避免分享脆弱的情绪，减少情绪被触发的可能。如果感到能量有所提升，那就就事论事地把自己的感受和边界表达出来。在这个过程中对方可能会应激，通过打压、否定、扮演受害者的方式企图逃避责任。这也是一种常见的反应，因为如果触碰到对方长久以来形成的价值观，对方势必会展现出攻击性。**这时候，我们不用去自证或者解释，只需要不断地重复自己的边界**，比如：我希望你问弟弟过得怎么样的同时，也可以关心一下我和妹妹。

这么做并不是为了一下子改变他们的观念（观念的改变是个漫长且痛苦的过程），也不是为了获得父母的理解与支持（大概率会在前期被攻击或者无视），而是为了站出来维护和表达自身的需要。这么做想要传递出来的信息是："虽然你们没有给到我足够的重视，但是这并不意味着我的需要是不重要的。"这更多是在为自己发声，不仅是当下的自己，还有从小到大被不公平对待的自己。

一开始做不到也很正常，毕竟对方无意的一句话或者一个眼神，都可能会触碰到一直以来积压的创伤性体验，会使自己回到小时候受伤的状态中，被无力感所困，一时间不知道怎么更好地表达自己。这需要练习，每一次的经历都值得复盘总结，慢慢就会做得更好。除了练习，还需要支持。你不必一个人经历这一切，可以跟理解你的伴侣、朋友、家人分享，也可以寻求专业性的帮助。重建跟父母相处的模式不容易，可能会有很多委屈、愤怒的情绪需要释放，同时也更需要用行动去捍卫自己的边界。这是一场“持久战”，该努力努力，该放松放松，慢慢来。

第二个故事是有关自我关怀的。有一位伙伴形容打破“内在批判者”（内化了外界批判的声音，总是感觉自己做不好、自己很糟糕）的声音是一个“从无到有”的过程，我觉得说得很妙。这个过程不是继续重复“上瘾”的模式（通过做事情让自己忙起来，转移注意力，回避批判者的声音），而是要发展出一种更具接纳性的力量，承接起自己的情绪，更好地满足自身的需要。

这个练习听起来很容易，但是做起来要经历一个一点点转化的过程。有的时候会进一步退两步，需要不断积累。比如，这位伙伴之前在工作中有完美主义的倾向，在梳理的过程中她意识到，完美主义的背后是害怕自己做不好。因为过去无论是在学习还是生活中，自己的表现都无法满足母亲的期待，会遭受母亲的攻击和指责，所以她习得了只有做到最好才能不受伤害的模式，只有做到完美才能获得安全感和价值感（“虽然别人夸奖我，但是我依然觉得自己很糟糕。因为对我来说，做到完美只是‘及格线’。”）。当她意识到这一点后，遇到相同的挑战，虽然还是会感到焦虑，但是能觉察到自己陷入了焦虑的情绪中，从之前责备自己“你为什么做不到”，到现在变成了“其实你可以不用这么逼自己”。当觉察到这个部分，这位伙伴的眼睛变得有些湿润。培养对自己的接纳和允许真的很不容易。

再比如，在跟朋友的相处中，如果对方不及时回复自己的信息，这位伙伴会怀疑对方是不是看到了自己“糟糕的一面”，进而抛弃了自己，感觉十分焦虑。当梳理到焦虑的背后是对安全感和确定性的需要，她会在意识到自己情绪“上头”的时候，尝试不去被情绪“牵着走”，而是选择跟情绪对话。她经历了一开始被焦虑所掌控，不断地想要给朋友发信息、打电话，陷入情绪漩涡中无法自拔，不断向外寻求情感上的安慰，到现在尝试跟情绪对话，告诉自己“我知道一个人可能会感到可怕，我也不知道怎么处理，但是我选择接受这一切”的过程。她告诉我，接受自己“做不到”，一点点学习如何安慰自己，是长大后非常重要的功课。

树立边界的过程中，可能会感到恐惧、愤怒和委屈，会让我们退回小时候的状态，觉得现在的自己依然无力反抗。这是典型的创伤性应激反应，并不是你的错。虽然这种自我保护机制在当下误判了现实，是无效的，但是它的确在你小时候最无助的状态下保护了你。这也是为什么很多伙伴向要强的母亲树立边界的时候会觉得：“明明我都长这么大了，无论是经济上还是能力上都能独当一面了，为什么拒绝她这么难？”**我们需要的是重新养育自己，特别是认可自己的情绪（脆弱的情绪尤为重要）和满足自己的需要。**

最后分享一位伙伴对我说的一段话，听完之后深深被她的勇气鼓励：“现在终于有勇气去面对小时候的自己了，以前可能只想着远离，因为也没法回去救她，现在我觉得自己有力量救她了。”

第一章

第二章

第三章

第四章

第五章

第六章

第七章

第八章

父女

为什么没办法跟
父亲好好说话

父亲的内心像一幅没有图纸的拼图，

这些年我在慢慢拼凑出它的样子

虽然这本书关注的主要是母女关系，但是在创作的过程中，我也一直在问自己：在家庭关系中，父亲的角色是怎样的呢？母女之间的互动很多时候会受父亲状态的影响。一位伙伴曾跟我说："因为父亲的缺位和暴力，我本以为自己跟母亲是同甘共苦的关系，但后来才发现我和她的关系伤痕累累。"我发现在很多家庭冲突的例子里，父亲由于无法处理社会转型带来的压力（如退休、失业、遭遇职场霸凌），会选择用控制性的方式（如家暴、暴怒、控制），在家庭中重获丢失的"面子"。而这种"面子"可以理解为"男主外，女主内"观念下的父权男性气质。

类似的家庭状况会让母女更容易联合起来，应对父亲带有压迫性的行为。母女的互助形成了一种支持和有力的联结，是对社会压力的一种抵抗，也是她们自主性的体现。同时，由于缺少社会资源的支持、处境不同和代际创伤等，母女也会在应对丈夫和父亲的态度上出现分歧和裂痕。**这让母女关系变得更加复杂、亲密且纠结。**

以上谈论的这些都是理论层面的理解，但是具体到每个家庭、每段关系和每个人的经历中，又是不一样的体验，有很多情感的冲撞和现实的问题需要解决。这一章我想从跟母亲一起梳理与父亲的冲突入手，聊一聊父亲在母女关系中产生的影响。想要探究这一点，并不是要合理化父亲暴力、无效的行为模式，而是想要了解其行为背后的原因。

父亲对我来说一直是个矛盾的存在，他的爱与脆弱深深地影响了我。我们有很多相似之处，却又冲突不断。他为我付出了很多，但同时也是在情感上能最轻易重伤我的人。我们经历过激烈的冲突，后来我从家中仓皇而逃，努力跟他保持着安全的距离。每次回家，彼此都心照不宣地向对方竖起高高的围墙，“非礼勿扰”。我也尝试过以“咨询师”这一角色接近他，但是他想要的不是某个“专业人士”，而是一段人与人的“关系”。当然，他期待的关系在我看来是一场权力不对等、男权思维很重且情感隔离的“角色扮演”。

对我来说父亲一直是个谜。每当我想要尝试了解他的过去，得到的只有沉默和更长久的沉默。我也曾试图通过梳理父亲的家族史，在微信公众号上撰写“男性怎么能行”专栏，从理性层面整理父亲的经历，但对他的认知始终只停留在“脆弱型自恋”的标签上。直到这几年在跟男性伙伴们的合作中，从他们的叙述里，我逐渐描绘出男性普遍的成长经历，并体验到了他们内心无法言表的痛苦。虽然理解父亲并不在我的计划之内，但是却间接拼凑出了他内心缺失的地图。

这么说并不是要强迫大家去承担疗愈父亲的责任，也不是让大家原谅父亲对自己的伤害，而是引导大家通过直面伤害和恐惧，把自己从创伤性依恋关系中解救出来。同时，去殖民化理论帮助我超越个人关系的得失，把创伤这一议题放在更复杂的权力关系中，不以对立的立场去理解男性的自恋，着眼在地和当下，看到联结和改变的不同可能性。

我和母亲有一个相同的身份，那就是女儿。这个身份会把我们俩拉得更近。因为都面对过表现形式不同，但拥有相似的脆弱内核的父亲——母亲的父亲缺少成为“一家之主”的能力和责任感，我的父亲在家中是一个具有压迫性的存在——我们有对对方感同身受的部分，也都有矛盾纠结的情结。如何看到和理解彼此的处境，建立起信任，一起面对挑战，这是我和我妈在这期节目中想要探讨的。

雨薇：这段时间，我一直在跟不同的人聊关于代际沟通和母女关系的话题，也有一些小伙伴问："怎么光跟你妈聊，不跟你爸聊呢？"当然，我觉得首先是"请不动"我爸——他不太愿意在公众场合谈论自己的私事。但是这并不妨碍我们聊一聊如何更好地跟父亲沟通。很多小伙伴都遇到了这种问题：感觉跟妈妈还有得聊，或者觉得妈妈们还有改变和成长的意愿，但是爸爸们就很难被带动。难以跟父亲沟通，会让妈妈跟女儿绑定得更紧，一起探讨沟通的技巧和方法。然而，除非真的出于种种原因选择切断跟父亲的联系，否则跟父亲的关系是一个不得不面对的话题。

在很多家庭里，父亲是那个相对疏远、沉默的人。对外他可能是个脾气不错、人人称赞的"好父亲"，但在家里他会讲很多大道理，有时候会对孩子特别不耐烦，情绪还容易激动。你想要远离他吧，他又想表达对你的关心；但是当你走近他，他会再一次把你推开。这会给人一种特别纠结的感受。我想跟我妈聊一聊如果遇到这类父亲该怎么办，特别是我爸这样正在经历刚刚退休这个阶段的男性，他会感到更加焦虑不安，性格当中脆弱的部分会被放大。我妈在跟姥爷的沟通当中也会遇到一些挑战，周围的父女之间也有类似的无效的沟通模式。所以，今天我选择了三个"经典"的场景，我们先从第一个场景聊起。

当父亲觉得孩子"不听话"，会立刻进入应激状态开始暴怒

雨薇：首先就是父亲喜欢指指点点。我观察到很多父亲认为孩子不听他的话或者感到焦虑的时候，他们就会发脾气。本来是好意，

但是话一出口就像一把剑一样射出去，这会伤害到周围的人。比如说，有一天我正好休假，咱们那天正好有一些安排，但是没提前定好几点出发。我醒了之后躺在床上撸狗，我爸见到我这副“德性”后，第一句话就是“自由职业者就是散漫”。他的语气带着气儿，直接把一大堆负面情绪丢给了我，明显是一种情绪发泄。那天我好不容易休息一天，心情本来不错，他突然的一句话像一盆冷水一样泼在了我的头上，让我觉得特别不爽。

后来我心平气和地对他说：“你这么说让我觉得非常生气，你到底想表达什么？是我早上起来就撸狗而不是问候你，让你心情不好，还是你觉得我耽误时间了，你希望我早点起？我辛辛苦苦工作六天，好不容易有一天放松的时间，难道就不能稍微赖一会儿床吗？而且咱也没定好几点出发，对不对？”其实有时候可能他还没有意识到自己生气的原因到底是什么，但是情绪一上来，就直接撂狠话。我看我爸平时对墨墨（我们家的狗）跟对我也差不多，一不满意就说墨墨“蠢”“笨”，我仿佛看到了自己小时候。比如我学习中遇到困难，问题答不上来，不一会儿他就会变得很没有耐心，贬低的话脱口而出，特别伤人。妈，你跟他生活的时间比我更长，你是怎么看的？

雨薇说

父亲很多时候把自身没有处理好的议题，带入了跟我和母亲的相处过程中，其中一个核心议题就是表达情绪，特别是愤怒的情绪。父亲会突然被某些事件触发到，变得愤怒，开始撂狠话，但是他并没有意识到是什么引起了这种愤怒，以及如何更好地把自己的不满表达出来。沟通只停留在发泄情绪上，会让对方难以理解，更难把沟通继续下去。

蓝姨：这个跟他的情绪肯定是有关系的。现在他刚刚退休，比较焦虑，需要一个适应的过程。如果他前一天晚上休息好了，多数情况下第二天他的情绪还可以，能看到他阳光灿烂的那一面。他休息不好的时候，情绪比较糟，有一点不顺心的事儿，他就会被引爆，变得不高兴。那次他看见你在那儿撸狗，生气的原因在于他觉得狗是动物，不像咱们把狗狗当成家庭成员，愿意心疼它、爱它。我觉得他不是针对你自由职业者的身份，或者他不爱你，主要是狗狗触发了他的情绪。

雨薇：他为什么会就自由职业者这一点去攻击我？我知道他的本意可能并不是想给我添堵，但他确实想要通过这种言论获得一些满足感，可能是想寻求关注，或者想让我听他的。他很多行为背后的意图可能是好的，但是当他的情绪一上来，就抓住你的痛点不断地去戳你。

蓝姨：对，他很能抓住痛点出口伤人，这点我也不知道为什么。可能他也不明白自己想要表达什么？当人有焦虑、抑郁情绪的时候，或许他也不知道为什么会那么做，是不是这样？

雨薇：我个人感觉他有点像小孩子。很多时候孩子因为不知道怎么去表达自己，所以只能通过表达强烈的情绪去获得关注。可能在我爸成长的过程当中，周围的人不太会鼓励他表达情绪，觉得“男孩子别哭哭啼啼的”“要像个男子汉一样”。其实男性也是人，也有丰沛的情绪，但是后天的情感教育把他们的感受压下去了。爷爷奶奶对他的教育比较简单粗暴的，就是“棍棒之下出孝子”。我甚至记得小的时候我伯伯和我爸爸是怎么对待堂哥的——俩人一边骂骂咧咧，一边使劲儿“双打”。这些画面我现在还记得非常清楚。

蓝姨：你堂哥从小没了母亲，他那种能让人发疯的、折磨人的行为也来自心灵上的创伤。

雨薇：是的，我觉得我爸一家人都不会去心平气和地沟通和好好说话。奶奶和爷爷也是，奶奶基本上就是歇斯底里，爷爷则是骂骂咧咧，好像谁说话声大，压过对方，谁就赢了，到最后真的是两败俱伤。我感到我爸内心可能也有很多愤怒，比如“你为什么不听我的？”“你为什么不能理解我？”“为什么不能按我的想法来？”他在刚退休这个阶段，在他在意的事情上控制欲很强，可能也是因为他的内心是失控的。再加上我爸喜欢安排事情，想要一切都按他的想法来，所以一旦感觉失控，他就会特别想要抓住外界，越是这样越失控。因为他的安全感建立在别人怎么做的基础上，一旦别人不按他的设想去做，他就会失控到发飙。

雨薇说

父亲失控的愤怒情绪来自小时候习得的一种无力感，很可能周围没有人跟他展示过如何应对情绪，以及如何通过沟通去解决问题。因此他只能通过“以暴制暴”的方式去处理冲突，通过把情绪释放给他人获得安全感。虽然他在对我的教育上已经有所改变，但是依然会在情绪和言语上表现出攻击性。

蓝姨：我感觉他还没有意识到你已经长大了。在他的回忆里，总是“你看你小的时候多好多乖”。别看你现在都已经工作了，也取得了一些成绩，但是他总觉得你就是个孩子，总觉得“你应该听我的”“你应该这样”，所以你们两个就不太容易沟通。

父亲在一件事情上不断地唠叨，可能是自身焦虑感的体现

雨薇：那这就涉及第二点，他会特别容易唠叨。你也提到过，小时候姥爷会不断地唠叨你，让你感到心烦。我爸也是这样，特别是在担心我未来结婚生育这个问题上。基本上只要我们在一个空间里，他就会不断地说这件事。如果我提出不同的意见，他就会原地爆炸。我会不断地跟他强调："我听见了爸。你越这么说，我就越烦，想要当场离席。"我不是拒绝聊这件事情，我也想跟他心平气和地聊。但是他本身就很焦虑，希望通过不断地唠叨缓解自己的焦虑，我只能听着，感觉很不爽。妈，你对我爸的这种模式是不是很熟悉？你是不是在姥爷身上也看到过同样的模式呢？

蓝姨：对呀，我的妈妈是话不多，实实在在去做事的那种人，我的爸爸是大事小事都要唠叨的那种人。所以，我从小就烦这种爱唠叨的男人。女人唠叨我倒不觉得烦，男人唠叨我就觉得特别讨厌。我觉得这对我来说是一种创伤。

雨薇：你也提到过从小姥爷就唠叨你学习，还拿你的成绩跟姨比，因为我姨比你学习好。那个时候你是怎么面对的呢？

蓝姨：我从学校回来上了一天课了，刚坐在那儿拿个报纸要看一下，姥爷马上就说："你还不抓紧时间学习，你看你妹妹，你得更加努力……"他老是来这套。他戳我的痛点戳得特别准，总拿我的弱项跟别人的强项比。我有一段时间就开始"怼"他。然后姥姥会说："我们家不要有这种争吵声，咱们一定要和睦。"姥姥有时

候会说我，我也会自责。姥姥说的也没错呀，但是我心里确实不爽，不愿意让父亲唠叨自己。那我就不理他，躲开呗。但是在人没有表达出来愤怒的时候，会压抑着自己，哪一天就会爆发得更厉害。

雨薇说

同为女儿，我们都需要承担父亲的焦虑情绪，他们自己并没有学会如何有效地应对这些情绪。母亲的父亲是“唠叨型”，我的父亲是“暴怒型”。母亲从姥姥那里学到了“和睦”的重要性，选择用自责、压抑的方式去处理愤怒，久而久之就会爆发。她在跟我的关系中已经开始意识到这一点，并且尝试改变。

雨薇：我印象很深刻的是有一次你说：“我真的不希望你跟你爸重复我跟姥爷的模式。”你也说过：“我不知道为什么，就是没办法跟他好好说话。”我感觉到其实你也有很多愤怒。这种愤怒可能跟小时候的经历有关，比如那个时候我妈的爷爷去世，很多姥爷老家的人过来闹事儿，但是姥爷不肯出头，姥姥在旁边委屈地哭。你那个时候很小，但是会往上冲去保护姥姥。

蓝姨：我七岁那年，我的爷爷去世了。我父亲十几岁就出来工作了，所以跟老家的人接触很少。他们那边的风俗，老人去世以后，老家的人都要来参加葬礼。这点儿没问题，但是老家的人来了以后开始各种挑我妈的毛病。其实我爷爷只有我爸这一个孩子，所以他很早就跟着我们一起生活。那时候家里的条件都是很差的，但是我妈尽可能把爷爷安排和照顾好。又要上班，又要照顾我们，妈妈很辛苦。这些亲戚来了不安慰也就罢了，还开始找事儿。他们从来没管过爷爷，来了以后就闹事。当时我妈不好说什么，坐在一旁哭，我爸也不敢说什么。我一看我妈哭就受不了了，冲上去跟他们吵。现在想想，自己那个时候也是不懂事，我知道啥呀？但是，那就是一种本能——我要保护我妈，不允许他们欺负我妈。他们都把我妈气哭了，那我肯定是不干的。这也会影响到我对你姥爷的看法。在那种时候，他保护不了我妈，让我觉得他特别懦弱。我对这件事印象特别深。

雨薇：再加上姥姥对姥爷有一些不满，觉得姥爷无能。别说你小时候，我小时候都能听到姥姥数落姥爷，我相信你比我听的多得多。因为我是姥爷带大的，他接送我上学，给我做饭，我小时候觉得姥爷被姥姥以及全家的女人欺负，特别可怜。长大了之后，我更能理解家庭关系的复杂了。我相信姥姥对姥爷的态度，肯定多少会影响你和姥爷的关系。

蓝姨：对呀，他们两个教育背景、家庭背景都不一样。姥姥可以说是在母爱、父爱和兄弟的爱中长大的。她在一个温暖的大家庭中长大。姥爷的妈妈死得很早，他的爸爸自己弄着一个儿子，又爱喝酒，就很颓废。其实我的爸爸在那样一个家庭里长大，从小也是很可怜的，缺少关爱。在那样的情况下，别人也会小看他，所以他的自尊心很强。这种人特别容易怕别人瞧不起自己，但做出来的事情呢，往往又真的让人瞧不起……

雨薇：其实我姥爷一直不擅长处理人际关系，我爸也有点相似。他小时候父母吵架吵得凶，这可能多少会给他造成一些影响，比如我爸变得自尊心比较强，要面子，希望别人听他的，希望获得外界的认可。姥爷现在在养老院住。前几天咱们去看他的时候，姥爷的朋友还说他从来不生气。我记得姥姥说姥爷“没皮没脸”，总是一副笑嘻嘻的样子，但是打死也不认错。现在看起来这是我姥爷缓和冲突的一种方法，可能他表面上看起来是一副“我不在乎”的样子，但其实内心很脆弱，只是在用什么都不在乎的外表去保护脆弱的内心。姥姥是医生，姥爷是工人，但是他会在姥姥和姥姥的同事面前乱开药方，想证明自己很厉害，用我姥姥的话说就是"半瓶子醋晃荡"。像我妈刚才说的，越不想被别人看不起，越容易被人看不起。事实上，他不够威严，也没太受到孩子们的尊敬。

蓝姨：这样得不到尊敬，对吧？我的体会是，和谐的夫妻关系对孩子的成长太重要了。相亲相爱的夫妻养育出来的孩子，她 / 他的内心是满足的，得到的爱是充裕的，不会把伤害和坏情绪带到新的家庭中去。

雨薇说

性别和阶层都是代际沟通的影响因素。在家庭中，由于社会压力和代际创伤，男性丢失作为父亲的地位和尊严的现象更为普遍，这会凸显母女之间沟通的重要性。在播客节目《经历家暴、离婚、不解、悔恨，我们从母女变成了姐妹》中，刘阿姨和海萌分享了她们两个人面对家暴的丈夫 / 父亲，是如何从不理解走向彼此支持的。在工作中接触到的案例里，基层家庭中母女建立起相互信任并能互相支持的关系要更难，需要更多的社会性支持。

雨薇：回到愤怒的话题。有的时候我爸可能没有意识到自己的愤怒代表什么，但是控制不住脾气，结果是具有破坏性的。咱俩也有冲突，但是事后你能够意识到问题所在，甚至会觉得愧疚。我爸即使能意识到，他也不会直接说出来，可能会藏在心里。无论原因如何，结果就是我爸控制不住自己的情绪，这种发泄情绪的行为可能会伤害到他人。你提到当姥爷反驳你的时候，你会感到特别愤怒，要不要谈谈这一点？

蓝姨：我跟你姥爷特别难沟通。我跟谁都能随和地聊天，但是唯独到了你姥爷这儿，无论说什么事儿都觉得特别难。可能你们心理学上会对这种现象有所解释，面对他的时候，我真的控制不了……

雨薇：是，这就我们说的创伤，也就是 PTSD（创伤后应激障碍）的反应。具体来说，可能姥爷并没有反驳你，他只是提出了一个不同的观点，但是这一下子就会让你感觉他在反驳你。因为从小被他唠叨，你内心当中积攒了很多的愤怒。当他提出不同观点的时候，你一下子就被触发到，回到了过去的场景当中，想要去反抗。更有效的方式其实是回到过去，去感受小时候积累的愤怒的情绪，并把这种愤怒表达出来。这并不是要改变过去，而是只有把小时候的淤堵释放出来，才能达成一种和解。理想的处理方式是，当你小时候感到愤怒的时候就表达出来，姥爷也能够听进去，并且有行为上的改变。遗憾的是，无论是姥爷还是我爸，他们已经很长一段时间让咱们感到不舒服了，但是为了“家庭和睦”，咱们会把气儿压下去，或者直接跟他们吵起来，但是从来没有真正聊开过。你想表达的到底是什么？我想说的是什么？下一次再遇到这种事情，咱们怎么好好说？这些都是需要解决的问题。

蓝姨：你刚才问我要表达的是什么，我说不上来。就连对你姥爷的这股火是从哪来的，我都不知道。

雨薇：我尝试给你举个例子，比如被蚊子咬这件事。姥爷晚上要自己站起来打蚊子。想象一下一个快九十岁的、手脚不利索的老头儿，在养老院的单间，要自己登高打蚊子。你对他说：“爸，您用蚊香就行。”他没接茬（我姥爷耳背，可能没听到），继续说自己要打蚊子的事情。你一下子就觉得他在反驳你，那种愤怒的情绪就涌上来了。你觉得他自以为是，听不进去别人的话，总是在逞能逞强，解决不了问题还特窝囊，对吧？

蓝姨：对，我最受不了他的就是那种想要逞能的态度。我觉得你都那么大岁数了，像这种打蚊子的事儿，你一去做万一摔了怎么办？摔了以后，首先你自己受罪，其次我就得跟着你一起受罪。你为什么一定要自己打？为什么不能让护工替你做？

雨薇：其实他并没有说不想用蚊香，但是你听起来他可能就是在逞强。因为你对他已经有成见了，这个成见的形成是因为长期以来他的一些表现，以及以往在问题发生之后他没有把自己的想法表达出来。他不去沟通，你也没有把自己不爽的情绪表达出来，跟他好好聊。当然没办法沟通背后的原因很复杂，咱们先不说，但就是因为过去的一些经历，让你在那一刻一下子就被点着了。那些几十年积累起来的情绪无法控制地爆发了出来。

雨薇说

创伤研究显示，一旦创伤场景被触发，我们会一下子回到受伤害的场景中，身心处在应激反应（战斗、逃跑、僵住、讨好）里。这就是我们经常说的“一朝被蛇咬，十年怕井绳”的体验。这种应激的状态无法通过理性的劝说（如“过去的都过去了，别纠结了。”“想那些令人痛苦的事情干什么？”“父母也有父母的不容易。”）去缓解，只有通过看到并释放情绪，以及学习自我关怀的技巧，才能更好地应对应激性的反应。否则，这种应激反应就会愈演愈烈，让自己陷入自责的循环中。

父亲的"替你做主"背后
是不相信孩子能做出周全的决定

雨薇：那天我们聊到第二天行程安排如何，是先去医院看牙还是先出去玩。我和我妈想的是先看牙再出去玩，但是我爸一上来就说咱们先出去玩，就这么定了。我爸一定要按照他的想法来，他的那种态度和语气让人感觉不能商量。最逗的是他这么一说，我跟我妈异口同声："为什么？"然后我爸就说我妈："你为什么站在她那边？你得站在我这边。"我们仨就开始"拉帮结派"了。我们之前出去玩的时候也遇到过同样的情景。我们是中午的火车离开，上午我想花一个小时的时间去旁边的博物馆看一看，我爸不同意。我说："你要睡觉就睡你的，我自己去。"他却坚持："不行，没什么好看的，你不能去，咱们要一块儿出发去火车站。"

蓝姨：他担心你自己去会有危险。

雨薇：我妈那时候也在旁边，就说："孩子想去就去呗，又不是什么危险的场所。"我爸到最后就急了，冲着我和我妈说："你们为什么不能听我的？"我和我妈愣了一下，感到莫名其妙，到后来都开始乐了。现在想来，咱们在说咱们的事情，他在说他的事情。我的需求是我想要有自己选择的权利。在不耽误咱们行程的前提下，我可以自由活动。我爸一方面是想让我听他的，另一方面觉得我们全家是一个整体，得一块儿行动。

回到先去看牙还是先出去玩的例子中。如果我跟他没有过去积累的那些冲突，我就会直接问："爸，你为什么会这么安排？"但是因为他是我爸，一直以来跟我说话都很武断，总是“你要这样”“你要那样”，他没把我当成一个成年人看，所以我很难跟他好好说话。

我这个人也是遇强则强。你越跟我刚，我就越刚。很多时候，我也会带着对他的成见，跟他交流。他并不一定是这个意思，但是我的自我保护机制会代入“他是一个武断的人”的判断里，避免让自己再次受伤。一直以来我也对他积累了很多愤怒的情绪。

后来我平复了一下情绪，问他为什么这样安排，他说早上口腔医院的人可能会多一些，下午人少一些。他并不是为了武断而武断，他有他的理由，但是他说话的态度让人觉得没有沟通的余地。我想有理有据地跟他商量，但他不会把他的考虑说出来，也不会商量着来。即便他出于好心，我也没有恶意，但是结果就是他说东我说西，到最后互相伤害，不欢而散。妈，你觉得我爸这种武断劲儿是怎么形成的？

雨薇说

打破应激反应最重要的方式不是“硬碰硬”，而是在那一刻觉察自己的情绪状态，并且使用一些放松的技巧，通过释放情绪的压力（如心跳加速、头昏脑胀、四肢紧绷），把自己从应激的状态中解放出来。如果做不到也没关系，从被情绪掌控到跟情绪和解，是一个慢慢觉察和改变的过程。大家有意识地去练习就好，出现反复也很正常。如果暂时做不到，与让你产生应激反应的人和事保持距离也是一种选择。

蓝姨：在咱家里，姥姥、姥爷、爷爷和奶奶都很喜欢你爸，大事小事也都跟他商量。另外，他的工作性质也让他养成了遇事做主的习惯。在他看来，你还是个孩子，所以他想要替你做主。现在我经常跟你爸分享："你不能把雨薇当成孩子了，她有了自己的事业，已经做得很好了。孩子的见识、学识在很多方面都是超越咱们的，咱们应该向她学习，应该多听她的意见。"你爸爸是不认可这些的，他会说："我的生活阅历这么丰富，我觉得我不输她。"

雨薇：我也不想跟他比啊，我就想跟他好好沟通，他把他的想法说出来就行。我不是希望他听我的，我就想跟他聊聊……

蓝姨：你要慢慢来。在他的意识当中你就是个孩子，他觉得自己人生阅历比你丰富，所以你得听他的。我当初跟你说话，可能也有一种高高在上的感觉。因为我觉得我是妈妈，你是孩子。随着后来跟你沟通多了，我才发现你已经是个大人了，所以我对你就有不一样的看法了。但是你爸的观念可能还没有转过来，因为你们俩沟通毕竟还是少，多沟通，他可能就能意识到这个问题了。

雨薇：问题在于我爸确实很难放下自己的面子。他现在退休了，没有过去那么飞扬跋扈了。我这次换了一个应对策略，并没有直接去跟他杠，而是当他重复焦虑的循环，又开始翻旧账的时候，直接打断他。我其实也跟我妈学到了很多技巧。既然咱们说到没办法跟父亲沟通这件事，那咱就聊聊该怎么办。

雨薇说

观念的转变是父亲要面对的课题。虽然我和母亲能通过言行去影响他的观念，但是无法帮助他改变，改变与否是他自己的选择。父亲虽然强势，但是并不是铁板一块，也会随着个人选择和境遇变化有所改变。在这个过程中，母亲和女儿需要有一个合理的期待，并维护好自身的边界，才能更好地协助父亲实现成长。我也见过暴力和自恋倾向严重的父亲。遇到这样的父亲，保持距离或者间歇性断联是更可行的选择。大家还是要根据自己的处境做出选择，没有“标准答案”。

面对父亲脆弱又焦虑的情绪，母女怎样团结起来共同应对

雨薇：我觉得首先就是增强觉察力。很多时候情绪上来是咱们自己需要去面对的功课，不能寄希望于哪天我姥爷不唠叨了，或者我爸哪天不那么武断了。他们是有自主意识的人，有自身的议题要处理，不可能寄希望于他们做出改变，然后再调整咱们的情绪。更有效的方式是咱们自己先意识到到底发生了什么。然后就是不去承接这些情绪垃圾。当你意识到“他又开始陷进去了”的时候，有意识地去提醒他一下。我是直接打断他，并把他焦虑性的发言反馈给了他。我说：“爸，你好像把话题从 A 转移到了 B。你是想聊 A，还是想继续聊 B？”我爸说：“A 跟 B 是相关的呀。”然后继续表达焦虑。我再次打断他：“如果你想聊 A，我们就继续聊 A，但是如果你要聊 B，又是那些陈芝麻烂谷子的事儿，我现在不想跟你聊。你要是哪个都不想聊，咱就换一个话题。”

雨薇说

第一点是**先去觉察自己的情绪，并重建自我的价值**（“我看重人与人平等的沟通，而不是重复父亲控制性的模式。”）。这样才不会在跟父亲互动的当下太受他的影响。合理表达愤怒不是发脾气、硬碰硬，而是能够拒绝不合理的情绪和要求，并且能够清晰地把自己的需要表达出来，不去攻击自己。第二点

是当面对父亲焦虑循环的时候，在适当的时候打断情绪性的对话，把关注点放在事情本身。

他听我说了这些之后，情绪肯定还是不稳定，继续输出焦虑。我就问他：“那你是因为什么而焦虑呢？是因为我不结婚，还是因为你休息不好？”他一开始说是因为前者，但后来他又说，自己现在的状态可能是因为休息不好，或者是精神压力大，退休了之后感觉很空虚。慢慢地，他也在努力地想要去尝试表达自己。我发现当他压力很大时，给他一些选择，不去跟他硬刚，其实他也会顺坡下。

雨薇说

在聚焦事情本身的时候，如果对方难以表达出自己的想法，可以给出几个选项，邀请对方继续探讨。这对于父亲来说是一种接纳。我个人在跟父亲的对话中，发现那些安慰情绪的表达（“我理解你的难处。”“我感受到了你的焦虑。”“你现在是不是很不安？”）并不是很有效，有的时候甚至会激怒对方，所以引导对方表达可能是一种有效的承接情绪的方法。

蓝姨：你的方法都很好。另外就是，作为妻子，我可以在事情发生后和你父亲两个人私下去聊。他在你面前要面子，在我面前能好很多。那么我去跟他心平气和地聊，看看你们俩为什么会闹矛盾，要怎么样去处理，下一次再遇到同样的问题就能改进处理方式了。

雨薇说

母亲在这个过程中可以扮演一个重要的桥梁角色。很多父亲由于“面子”无法对孩子表达出来的，可以通过跟妻子沟通更平等、更好地去表达。有些话作为子女不方便说，可以尝试用“曲线救国”的方式，先跟母亲（更容易沟通的长辈）交流，母亲再去跟父亲沟通。

雨薇：我妈之前还给我提了一个很重要的点，就是我们这代人所掌握的一些语言和心理学知识，对于父母那一代人理解起来可能没那么容易。我妈并不抗拒阅读心理学书籍，接受一些专业名词，而是难以理解它们的含义。你与其丢给她一个词，不如多给她举例子或者打比方，让她在熟悉的例子里面自己去体验、去感受。这一点你要不要具体聊一聊？

蓝姨：对啊，你一直做心理学研究的工作，一些概念你说出来的时候，我是真的不明白，比如“边界感”，或者“你想要表达什么”。这种时候如果你举个例子，我就明白了。

雨薇：我觉得这是一个特别好的反馈，可能对我来说很熟悉的东西，对你来说却很陌生。所以我怎么更好地把这些知识传递给你们，这是很重要的。你不用认同我，你也可以提出不同的意见，咱们可以共同探讨。

雨薇说

对于不太了解心理学知识的人来说，讲故事比说道理更有效。在沟通之前，先去找到对方容易接受的方式很重要。

还有一点我觉得特别重要，你之前会在我们俩产生冲突之后，让我去理解我爸，或者强调我爸有他的不容易。自从咱俩上次聊完之后，你就很少说这种话了。你会在我平静下来之后，再去对我说他是怎么想的。我觉得你在我爸武断的时候或者无理取闹的时候，愿意站在我这边，这挺重要的。因为其实很多孩子会对母亲感到失望，这种失望就来自觉得母亲是父亲的“帮凶”。特别是在爸爸发飙的时候，母亲可能会在旁边和稀泥，但是受伤的是孩子呀，感觉遭到了背叛。

我现在越来越能够看清，我爸的本意其实并不是想伤害我，但是他确实不知道该怎么表达，他缺少沟通和表达的方法、途径。如果在冲突发生时，你每次都站在他那边，我的痛苦没有人看到，那么谁来理解我呢？虽然我学过心理学，也是一名心理咨询师，但是在你面前我也是个人，也需要支持。在那一刻，哪怕你什么都不说，也比说“你要理解他”“你爸说的也是有道理的”“你要体谅他”要好。你在很多情况下都会站在我这边，所以我爸就觉得咱俩联合起来“欺负”他。

蓝姨：不沟通是不行的，必须去解决问题。

雨薇说

我看到了母亲的成长。从过去“和睦为主”到现在可以共情理解我的处境，并且在我和父亲之间建立起一个沟通的桥梁，她在这个过程中承担了很多，也成长了很多。和谐的家庭关系少不了家中每个人的努力，而不能只靠某个人无条件的理解和付出。

雨薇：你跟我爸私下沟通，有没有什么心得和体会？

蓝姨：我觉得还是得把道理讲开了。因为存在焦虑或者抑郁情绪的人，看待问题可能会片面、偏激一些，总认为自己是对的。私下来谈的时候，大家一定要心平气和，哪怕先肯定他，之后再把道理给他讲清楚。我们俩私下沟通是没什么障碍的，但是有的时候他可能认准了一个事儿，就会不停地去翻旧账，一个劲儿地说个没完。如果遇到这种情况，那就继续沟通，一遍一遍地来，慢慢地他就会接受。

雨薇：妈，我觉得今天的分享已经挺完整的了，你最后还有什么想说的吗？

蓝姨：还是那句话，原生家庭对孩子的影响太重要了，所以我特别希望夫妻两个一定要相亲相爱，家里的氛围一定要和谐。有矛盾、有问题可以冷静下来再去处理，不要当着孩子的面争啊、吵啊、闹啊，这真的对孩子的伤害太大了。希望每个家庭里的人都能相亲相爱，让孩子在充满爱的氛围中成长。

雨薇说

下面想跟大家聊一聊，跟脆弱又焦虑的父亲沟通，我的一些心得体会。

离家可能是为了更好地回家。每次回家我都感觉跟家人又有了更多的不同，却又好像更亲近了些。这听起来虽然很矛盾，但却是我很真实的感受。具体来说，好像我是一根藤蔓，从原生家庭系统中慢慢地爬了出来，自己落了地，生了根，然后又爬回家庭系统中。我不仅是原生家庭的一部分，同时也有独立出家庭的部分。

先跟大家分享一下我和我爸的关系。有很长一段时间，我俩好像两只刺猬，彼此一靠近就会被对方扎痛。对方好像是把肚皮露给了你，但是没想到最后亮出来的是刺，被扎得遍体鳞伤。这一方面跟我爸的情绪状态有关，再加上他刚退休，正在经历不太平静的适应期，一言不合就动气和耍横。另一方面也跟我内心的能量有关。无论我在心理学领域的专业性有多强，但很多时候面对我爸依然会瞬间失去“魔法”，成为一个委屈的小孩子。这是很长一段时间里我们的互动模式。

自从开始跟我妈录制“嘿，妈妈”播客节目，我逐渐从她口中了解到了一个不一样的父亲。这期间我也处理了大量“哀悼”的功课，特别是告别理想中的父母，去接受他们真实的一面。当然，也从我妈那里得到了她几十年对付我爸的“真传”。经过长时间的沟通—实践—复盘，我逐渐在跟我爸的互动中找回了主动权。

这些年我已经逐渐接受了现实，那就是：我不期待能改变我爸，也不再希望他能接受和理解我的选择，但是我有权利告诉他我的想法。我能感受到他对我爱的表达，虽然很多情况下爱与伤害是如影随形的。我逐渐看清了我爸爱的能力，虽然跟我的期待有一定的差距，但是爱始终存在的，这很重要。

在暴怒和讨好之间，我有了第三种应对他情绪的方式，就是把自己的感受直接反馈给他。**无论他的回应如何，我都会平静、坚定地把我的情绪（不适或者开心）和选择告诉他，且不必去证明自己选择的合理性**。当他“无能狂怒”的时候，我会直接告诉他这是你的情绪，如果需要安慰和支持，我可以给予你，但是采用攻击的方式，我是不会接受的。

经过这段时间的练习，我发现因为得不到回应，他减少了发怒和攻击人的时长和频率。我的内心仿佛有了一个“过滤器”——既能共情我爸过去的创伤性经历，也能看到爱的流动，但是拒绝通过活在创伤的循环中（也就是按他的模式）去回应他，我有不一样的选择。我想要尽此生之所能，在跟他和原生家庭保持某些联结的同时，努力向外生长，活出超越的力量。

有一天吃晚饭的时候，父亲聊到他失眠焦虑的状态。我在得到他允许的前提下，告诉父亲他抑郁和焦虑的“病症”可能是 PTSD 反应，并分享了一本创伤疗愈书中的案例。这时他突然打断我的话，变得十分生气并开始攻击我的婚恋选择，如“你不听话”“你不让我说我就憋死了”“我焦虑都是你的错”。

可能是因为案例的某些细节触发了他的恐惧，他开始发泄自己焦虑的情绪。我直接制止了他，对他说：“我在说话，你打断了我。你是不想聊创伤这个话题，还是想要聊我个人的选择？”他继续把关注点放在我的身上，对我说：“是你不结婚才让我感到焦虑。”我说：“不，你在几十年前就被情绪闪回和强迫性思维所困。”他继续用应激的模式处理，包括否定（“是你的问题”）、回避（“我最在意的就是你”）、推卸责任（“当初不应该让你出国读书”）、情绪勒索（“我想念你小时候听话的样子”）等。

在那一刻，我选择用打比方和反馈情绪的方式，挑选一个他暂时无法达到的目标（可以是他在工作中某个难以达到的成绩），邀请他换位思考，然后把他带给我的情绪和感受反馈给他：“如果我一直要求你取得 ×× 成绩，每天不断地唠叨，你的感受如何？”这样做的目的，是在肯定父亲初衷的前提下，让他意识到他的行为对我产生的影响。这样做的效果是，他继续情绪输出，我不断把话题拉回这个比喻上来，最后他沉默了。过了一会儿，我对他说：“我并不觉得你本意是想要伤害我，我能感受到你对我的爱和想要亲近的渴望，但是我一接近，你就会把我推开，这让我感到很悲哀。”说到这里我忍不住流了几滴眼泪，他也逐渐平静下来，然后摆了摆手说：“你长大了，你自己定吧。”我知道平静只是暂时的，但很庆幸自己用了一种不一样的方式去处理。

面对脆弱的父亲，正是因为在意，所以才会不甘；也是因为在意，所以才会不忍。有很长一段时间，我感到父亲的形象是分裂的：他好像既脆弱又暴戾。后来我才发现这两种特性实际上是一体两面，是自恋也是创伤，让他沉溺在痛苦中无处可逃。我可以给他贴上“东亚父母”的标签，但是我知道他的痛苦也是我痛苦的一部分，否定他就是否定一部分的自己。创伤疗愈的过程让我先进入自己内心的黑暗，然后才能面对他无故的攻击，看到的是痛苦，而不是伤害。我也能在情绪的暴风雨中把持自己，最大限度地对自己诚实，用超越性的方式给予他反馈而不是攻击，同时也能够接住他的爱，并表达自己对他的爱。这不仅是对他的尊重，同时也是对自己的尊重。就像咨询师 Terrence Real 对于他与父亲关系的描述：**“我没有跟着父亲走入黑暗的漩涡，也没有放手他的拥抱。”**

第一章

第二章

第三章

第四章

第五章

第六章

第七章

第八章

沟 通

如何在母女关系中不留遗憾，

让 她 知 道 你 的 爱

我和姥姥的合影里都是她在引领着我向前走，

现在依然如此

在最后一章里，我想跟大家聊聊沟通。这本书是有关母女沟通的，之所以把它放在最后一个章节，一是想要做一个总结性的概述，二是希望先给大家展示出沟通之前需要做的许多“准备工作”，包括承担起积极聆听、主动提问、情绪觉察、树立边界、疗愈创伤等责任，还有了解对方的家族史、所处的时代背景，这样才能更好地建立平等、共情和信任的关系。这是一个修行的过程，只有向内扎得稳，外部遇到干扰才能做到不乱方寸。希望前面的几个章节能够给大家提供一些方向。

这期节目录制于我和 Rocio 带着两位母亲自驾游的尾声。在这个过程中我们经历了很多的冲突，也有了很多的成长。关于这次旅行中发生的冲突，大家可以收听《冲嘴儿 | 我们和妈妈聊了聊母女关系中的伤痛与疗愈》这期播客节目。在即将跟大家分享的这期“嘿，妈妈”节目中，我们复盘了旅行当中，以及录制节目过程中的心得体会。聊着聊着，我们聊到了姥姥。我妈突然变得情绪很激动。后来才知道，原来她想到了姥姥去世前没来得及完成的那些遗憾。

她的这部分分享令我深受触动，同为女儿，我理解她的那份亏欠感。我发现周围很多人都有同样的感受。Rocio 的妈妈聊到自己母亲的时候满怀亏欠，Rocio 也对她的母亲感到亏欠，这仿佛是一个“魔咒”。有一次 Rocio 说了一段话，仿佛在我内心开了一枪。她说：“年轻的时候不想成为母亲那样的人，后来却发现我已经内化了她对我失望的评价，只有做到最好才能‘放过’自己，否则就觉得自己不配，要虐自己。我不敢想象如果她了解到她对我的伤害会是什么反应，因为她自己也困在这个模式里。我能做的就是去了解她的过去，知道困在这个模式里不是我的错，从而把自己从愧疚和愤怒中解放出来。”

正是因为知道这份亏欠的分量，所以我们现在行动起来，尽自己所能在家人都还在身边的时候，去探索代际沟通这个议题，争取不留遗憾。这次跟我妈对话的过程中，特别聊到了“生死”这个话题。无论是在跟母亲的对话中，还是在实务工作中，我都发现，仿佛只有直接或间接地去面对生命的有限，才能意识到什么对我们来说是最重要的。

一位伙伴有一天突然得知母亲患重疾的消息，她哭着对我说：“我妈妈查出了恶性肿瘤，我知道后一直都在掉眼泪。我的气还没有赌完，她就生病了，这好不公平。有一天我在大街上走着走着就哭了，我一直拒绝成为母亲那样的人，但是我突然觉得我身上有很像她的部分。等哪天她不在了，那些像她的部分将是我跟她唯一的联结，仿佛她还在一样。我不愿意承认，但是我其实还是爱她的，我对她的恨是因为爱得太痛苦了才产生的。我是不是有病？”

还有的人是自己生了病，才突然意识到“家”对自己的重要性。一位伙伴曾分享：“我生病的时候，第一个想到的不是女儿，也不是伴侣，而是回到父母的身边。哪怕知道他们能力有限，但还是想要回家。”另一位伙伴告诉我：“当我处于生病状态，意识到了自己的局限性，反而放下了很多，想要在有限的时间里珍惜跟父母在一起的时光。理性上是这么想，但是实践过程中会有很多情绪涌现出来。但是，这也是这段时间与父母相处的一些积极感受。”

探索如何打开母女创伤联结的这个“结”，是本书创作的初衷。沟通是一个重要的切入点，以下是我和母亲的对话。

雨薇：哈喽，小伙伴们大家好，欢迎收听我们最新一期“嘿，妈妈”节目。我又请来了大家非常喜爱的蓝姨做客节目，跟我们聊一聊关于母女关系和代际沟通的话题。先请蓝姨跟大家打声招呼。

蓝姨：哈喽，小伙伴们大家好，我是蓝姨。

雨薇：这次咱们没有什么特别的主题，因为我们结束了为期近一个月的从北京到澳门的自驾游。我们一行三个人，再加上两只狗，一起开车去，然后又一起开车回到北京。我感觉这趟旅行特别充实。今天我就拉着我妈，聊一聊这次旅行的感受。这次我俩把内心当中的一些误会和不舒服的事情说开了，摩擦反而变少了，而且我能够意识到，我们都对彼此有所期待。因为我发现，Rocio 的妈妈来了之后，她的一言一行对我并没有太大的影响。当然，阿姨的一些观点和做法我也不是很认同，但是如果同样的言行来自你，可能我会更在意、更上心。即便我经常在节目里跟大家说，要对父母抱有合理的期待，但我觉得常常是在理性上知道，情感上还是会对父母有更多的期待。我相信父母也对孩子有所期待，是这样吗？

母女之间的期待与理解：从聆听和允许表达不同开始

蓝姨：对孩子的期待，我觉得可能是从孩子出生开始就有。只不过在不同的年龄段，对孩子的期待和希望可能是不太一样的。小的时候我们希望你平平安安，上学的时候希望你好好学习，多掌握知识。到你现在这个年龄，可能我们的期待跟你自己的想法就不一样了……

雨薇：哈哈哈，我妈都不敢说了。

蓝姨：也不是不敢说，因为这个话题咱们已经说过很多次了。比如，我们希望你过正常结婚生子的生活，有一个圆满的家庭。既然我们是在沟通，那就敞开来说，还遮遮掩掩的就没意思了，对吧？

雨薇：对，我觉得这点特别好。之前聊到婚恋选择的话题，很多小伙伴都觉得我像是在“欺负”我妈。其实我并不是想要把我的观点强加给你，让你一定接受。只是希望把我们这代人的一些想法，或者是一些生活方式的可能性介绍给你。当然你可以保留你自己的看法，这也是我们对谈的意义所在——不是说我要说服你，你要说服我；我要把你变成我，或者是我要变成你。我们只是在探讨一些具有挑战性的观点吧。

蓝姨：不管是现在的社会还是过去，都会存在一些特殊情况，对吧？只不过之前我们可能没有关注过这些。你从事心理咨询这个职业，遇到这些特殊的案例比较多。你接触得多，可能接受度和理解程度就会比我们大一些、深一些。但这不一定代表这些特殊情况就是社会的主流，或者是一种正常现象。

雨薇：我觉得什么是“正常”是一个值得探讨的话题。你可以说某个选择是不是大多数人的选择，或者某种现象未来会不会成为主流的发展趋势。我并不是说，说出来一个观点就一定要让听到的人去接受，我觉得这也是分享的魅力所在。在这个互联网时代，有越来越多的声音出现，往往会给我们提供更多的选择。你会发现“哦，原来我不是一个人”，当你了解的范围大了，接触的人多了，你会发现原来世界上的人有那么多不同的选择。我觉得可贵的地方就在于，我们可以把各种可能性拿出来聊一聊，看一看不同选择的利与弊是什么。遗憾的是，在代际沟通的过程中，两代人常常还没有深入去聊，就一下子给对方的观点判了死刑。这就包括不同的婚恋选择这个话题。我可以跟我妈聊各种选择的可能性，但是跟我爸是完全不能聊的。

蓝姨：对，你爸爸现在还接受不了。

雨薇：这就是咱俩沟通很可贵的一点，也让我很佩服你。很多时候你能够打破自己的思维模式，把传统的价值观放在一边去看问题。虽然我理解你可能更认同传统的价值观，但是在某种程度上，你也能够接受其他的选择，可以去考虑和探讨不同的可能。即使不认同，但是你能够去尊重和接受。这一点还是挺难得的。

蓝姨：因为我现在也会从互联网上看到很多类似的信息，比如有一些各方面都挺优秀的女孩子，经济独立，有一定的社会地位，想找一个跟她匹配的男孩子，确实是有点困难的。她找不到，那怎么办呢？考虑到女性的生育年龄，她就会选择先要一个自己的孩子。她并不拒绝婚姻，也不拒绝男性，只不过那个“白马王子”现在还遇不到。但是等到三十五岁之后，她遇到了，那会儿她的最佳生育年龄就过去了。所以很多女孩选择成为单亲妈妈，我觉得这没有什么问题。将来遇到真正适合她的男孩子，他肯定也会接受的。

雨薇说

面对代际沟通的冲突，母亲和女儿都要尝试放下评判，先从允许对方表达自己，接受和学习不同的观念开始。

雨薇：这就是女性思维吧，哈哈哈。

蓝姨：我不排斥这种做法。

雨薇：对，我妈平时也会看一些相关的信息，也在改变自己的想法。我想如果姥姥还在的话，姥姥估计也会接受我的选择。

蓝姨：姥姥其实很能接受新鲜事物，相信你的大部分选择她都能理解。

雨薇：我也收到了一些伙伴的评论，很多妈妈开始反思，自己作为母亲，以及小时候她们作为女儿，可能都没有获得足够的支持和认可。现在跟女儿、儿子相处的过程当中，她们会去反思自己："我是不是对孩子要求太严格了？"或者"我是否没有真正接受孩子的某些方面？"也有母亲发信息给我，反思自己是不是对母亲要求太严格了。你们"50后""60后"在集体主义环境下长大，其实界限分明的"自我"这个概念对你们来说很陌生。我们"80后""90后"这一代人则成长在一个相对更加个人主义的背景之下，比较看重自己的感受和选择。

我小时候受集体主义影响更多一些，但是到了现在这个年代，受到更多个人主义思想的影响。我们看起来更关注自己而非他人的评价，但这样同时也有它的弊端。因为人毕竟还是有社会性的一面，没有办法孤立地存在。个人主义导致的人的原子化、情感的异化也值得警惕。父母那一辈人更在乎别人的看法，而我们这一代人更看重个人感受。我觉得这也不是说你们只在乎外界，我们只在乎自己，而是程度不一样。遇到事情，看问题的角度不同，两代人之间就会产生冲突和矛盾。

蓝姨：对，我们更在乎外界的评价和看法，你们会少一点，对吧？

雨薇：所以可能你们这代人会说："你们就是太自我了。"我觉得站在你们立场和角度来看，我们确实是太过看重个人的感受。可能我们也会用同样期待去要求你们，希望你们也能更加看重个人的选择，希望你们"要为自己而活""不要太在意别人的看法"。

雨薇说

面对不同的观念，由对抗到和解的关键在于了解观念形成的背景和动力，这样才能够共情和理解，而不是用自己的标准去评判对方。

蓝姨：我刚才说了对你的期待，那你对我的期待是什么呢？

雨薇：回到这次旅行吧，我觉得我在这次旅行中对你有了特别不一样的认识。我之前以为你比较没有安全感，出来旅行永远需要一个人陪着，要么是我，要么是我爸。我比较担心的是，虽然咱们是一同出门旅行，但是如果我因为工作有时候陪伴不了你，你一个人是否能够照顾好自己？我之所以会有这样的担心，是因为咱们去的是一个很陌生的城市。在这里，你是否能感觉到安全？是否可以独自在周边探索？

在这次旅行中我发现，你完全能够照顾好自己。你不会觉得跟两个生活习惯很不一样的小姑娘出来有什么不自在，咱们适应了一下，就很自然地形成了默契。你没有非要坚持自己在家的生活模式，比如一定要早起，早饭一定要吃油条、豆浆，每天一定要出去转转。你很放松、很随意。你要早起，我们还没起，你就会自己一个人出去散步。你不会因为在一个陌生的地方没人陪着，就把自己关在屋里，或者拒绝接触新鲜事物。我感触特别深的是这次去澳门，在我没办法陪伴你的情况下，我给你报了一个团，你自己玩得很好。一开始我还担心你会不会觉得自己被冷落了……

蓝姨：那倒不会，这个我能理解。如果你能一起去，那当然好。不能一起去，我自己去也完全没有问题。

雨薇：我妈去玩的那天早上，我本来想给她叫辆车，后来发现我妈主动地下载了一个打车软件，让我一步步教她怎么打车，想要自己打车去口岸跟旅行团的人集合，然后再自己过口岸打车回来。我觉得你做得特别棒，真是不能小看你的能力。我之前觉得你是一个比较容易感到不安的人，但是你这次的表现确实让我刮目相看。Rocio 的妈妈也是，她在三个不同的城市报团旅行，包括澳门、香港和广州，也玩儿得特别好。阿姨每次都能交到新的朋友，跟新朋友一起吃饭、拍照，最后她一个人坐地铁回的民宿。我觉得这次旅行让我们俩都打破了对妈妈的偏见，担心你们做不成的事情，到最后你们都做得很好。这是第一点感受。

第二点是在沟通方面。上次我在播客里也说到了，你会表达对我的关心，但这种关心在我听来却是一种不信任，比如说我挣了多少钱，未来的发展怎么样等等。你对这些感到担心，我会觉得很不舒服。那天你很坦诚，没有坚持以一种否定、回避或者反击的态度去回应我的诉求。其实我真正需要的是无论我做什么，你都能够相信我，特别是在我很在意的方面。其实我也有自己的问题，就是很长一段时间里，因为我觉得你们没有办法接受，所以我很少把自己的一些经历分享出来。

雨薇说

母亲之前曾提到，很多以家庭和家人为重心的女性往往缺少自信，那么在沟通中可以先认可母亲的成长，然后再提出意见和建议，这样会更容易让对方放下芥蒂和防备，更好地听取不同的意见，而不认为是对于自身价值的否定。

蓝姨：为什么会觉得我们没有办法接受呢？这种感觉是从哪儿来的？

雨薇：可能跟过去的一些经验有关吧。在我之前经历感情危机时，你们给了我很多支持，但你们回应我的一些方式也让我感觉很受伤。

蓝姨：我们也是从年轻那会儿走过来的，你遇到的情况跟我们当时遇到的都是一样的。只有经历了这些你才能成长，才能知道这个人适不适合你。我觉得这并没有什么，不会说接受不接受，你就是跌了个跤嘛。

雨薇：问题是我爸……

蓝姨：他觉得你在关系中受伤太深。

雨薇：对，我觉得他的重点在于，因为我不听他的，所以才会经历这一切。这让我觉得他在以一种高高在上的姿态对待我，好像比我更知道我需要的是什么，他来安排一切就行了。我感受到的是一种不理解和控制，还有就是每次回家我爸经常把这些旧账倒出来。

蓝姨： 对，他是爱翻旧账。

雨薇： 而且他还会把自己的一些焦虑，比如担心我的婚姻、生育这些问题，不断地像念经似的说来说去，我必须得听。而且我爸经常用的一个话术就是："我知道这么说了你不开心，但是我要是不说，我就憋死了。"我爸说这种话的时候，我就会想："你明明知道这会伤害我，为什么还是这么做？为什么你不好好处理一下自己焦虑的问题？哪怕咱们一起聊一聊也好，对吧？"还有就是虽然你多少能够理解我，但是你也会把这些焦虑的情绪表达给我，比如："昨晚上做了一个梦，梦见你以后孤独终老，感觉特别害怕。"我没有办法去跟你们证明我自己可以。

蓝姨： 你现在肯定没有办法证明，因为你还没到那个年龄段呢。

雨薇： 对，所以我就感觉很无力。

蓝姨： 其实这些事不是非要证明给我们看。我觉得人的生命就是一个一个的阶段，每个阶段的追求是不一样的。关键是等到你明白过来的时候，可能就来不及了。

沟通不是追求"你要听我的"这一结果，重要的是探讨的过程

雨薇： 你一旦开始说"这是一定要走的一条路，你要是不走就会后悔"，那我就没有办法告诉你我现在在准备的是什么。比如说，

我在考虑单身生育，也在考虑未来自己的养老计划，可是一旦你开始这样说，你就把我的嘴堵住了，我甚至没有办法跟你探讨要不要孩子的这件事情。我好像必须得做要孩子这个选择，不要孩子不是一个选择，你懂我意思吗？

但是，如果我们不摊开来说生育后代的好处是什么、坏处是什么、需要应对的是什么，只是一味地坚持“一定要生孩子，不然以后谁给你养老。即便你以后去养老院，没有孩子护工也会虐待你”，不会有任何效果。我们能不能公开地聊一聊，除了结婚生子之外，还有没有其他的可能，或者深入探讨一下生孩子这件事的利与弊、需要准备些什么？我需要的是一个探讨的过程，而不是你们不断去说“你要这么做，不做就会后悔”。

蓝姨：我觉得你说的这一点非常有道理。如果我们知道了你的想法，我们肯定就没那么焦虑，也没那么抑郁了。因为你没有告诉我们你是什么想法，所以才会想太多。

雨薇：咱们双方都有责任。我是想聊，但是我聊完某个话题之后，你就会用一种“过来人”的姿态回应我。那我就会觉得，如果你已经有了一个既定的想法，那我们连探讨其他选择的可能性都没有了。这也就是为什么有些话我能跟你说，有些话不能跟你说。因为我觉得好像要么你把我拽到你的阵营中，要么我把你拽到我的阵营里，缺少沟通和探讨的空间。似乎咱俩都无法接受对方的观点。我一听到你的观点就想把你拉回来，根本看不到你的诉求是什么，你听我的观点后也是同样的，看不到我想法背后的原因。

如果咱们是带着立场和预设去聊这件事儿，其实聊不出个所以然来。当我感觉到你希望我一定要怎样，否则就会后悔，那我肯定会很不爽。这是我自己的人生、我自己的选择，那我是否能够自主地去做选择呢？我是否能够跟你探讨一下，你能否真正尊重我的选择呢？压力越大，我的叛逆感就越强，也就越不愿意去做这件事儿。虽然在你面前我不是一个叛逆的人，但我觉得有这种压力在，我就不想聊了。同样，你也会感觉到我在防御，我们就没有办法分享了。

举个例子，有一次你看到我胖了，对我说："你怎么这么胖。"当评判先出来之后，我就不想跟你分享到底发生了什么。其实那段时间我之所以会变胖，是因为我刚刚经历了一段非常糟糕的关系，感到十分痛苦，一直在情绪性进食。那个时候本来我情绪状况就很糟，再加上你一上来就对我的身材指指点点，我马上觉得把我的痛苦说出来是在给你添麻烦，你不会懂的。

雨薇说

沟通是双向的。既然是双向的，就意味着两个人应该是平等的，否则就是一个人在说，另一个人在听，变成单向的输出。平等意味着彼此的观点都有价值，值得被听到以及拿出来探讨。这应该是一个相互影响的过程，而不是各说各的。只有在探讨和沟通中，双方才能更加理解彼此的心意，合作做出最适合的选择。

蓝姨：对，沟通上绝对是有障碍的。毕竟咱们不在一个城市生活，可能几个月都见不到一面，一见面突然发现你变胖了许多，我很疑惑。

雨薇：但你可以说："你最近过得怎么样啊？"或者问我："最

近伙食不错吧？”

蓝姨：这是咱们家的聊天方式吗？（笑）

雨薇：但是你直接说“你怎么这么胖”“你减点肥呀”，这就让我很不愿意去回应你。那会儿是我最胖的时候，我胖了 30 斤。如果你能够以一种好奇的态度询问一下我的情况，可能会让我更容易把自己内心的想法表达出来。我也是这样去对待你的嘛。

母女之间沟通是否顺畅建立在双方是否能“接得住”对方之上

蓝姨：有句话说得很好，“父母一定要能接得住自己的孩子”，其实就是能够全方位地接纳她 / 他。作为父母全方位地接纳孩子一定是没有问题的，但是说话的逻辑或者表达的方式可能不太对。

雨薇：你觉得什么是“全方位接住孩子”呢？

蓝姨：不管孩子是什么样子，发生了什么，爸爸妈妈都能接受，家一定是孩子最后的港湾，我相信这是一般家庭的父母都能做到的。但是，有些人说话比较直，就像我和你爸，说话不会拐弯儿，“有一说一，有二说二”。当你高兴的时候，我们怎么说都没事儿。但当你悲伤的时候，我这直来直去的说话方式可能就会伤到你。即便说话比较直，父母对孩子的接纳也是没有条件的。

雨薇：关于这点，我打个问号。因为真正的接纳不只是嘴上告诉你“无论怎样我都接得住你”。

蓝姨：这也需要一个过程。

雨薇：对啊，我们经常说我爸有些沟通方式是有改进的空间的，比如他虽然爱我，但是他时不时的就会把焦虑的情绪丢给我。

蓝姨：他不知不觉中就会把别人给伤了。

雨薇：这就让人很难接受。再好的东西，它是用刀片做的，你拿着它也会疼。我觉得沟通的意图和沟通的方式同样重要。

雨薇说

沟通的动机和沟通的方式同样重要。不注重方式方法的“为你好”背后往往是惩罚和伤害，会把人越推越远。比如，希望孩子未来有好的职业发展，在没有征求孩子意见的前提下，替孩子报志愿、选专业。当感到不被尊重，孩子就会变得越来越叛逆。之后父母说的无论对错，孩子都一律反对。

蓝姨：我觉得咱们能够坐下来好好地聊，就代表这些事情都能够解决，对吧？即便他给出来的是刀片儿，你跟他说多了，他也磨钝了，他也会变。

雨薇：嗯……只能说对于有些人来说可以，但是有些人就是不行。就比如说今天咱们能这么聊，是因为你愿意去了解我，你也愿意提升和改变自己的沟通方式。同样的，我也愿意去改变我对你的印象和态度。我承认，我有的时候也会变得很急、很强势，想把我的观点强加在你身上。

蓝姨：其实只要沟通到位了，很多问题都能够解决。

雨薇：沟通的意愿很重要的，我觉得能否有效沟通，跟如何面对自尊心也有关系。比如孩子说："妈，你这么做让我觉得很伤心。"如果父母的自尊心比较强，比较要面子，那她/他就很难给孩子认错，很难承认自己有做得不好的地方，向孩子道歉并改正。不是每个父母都能做到这点的。我觉得承认错误可能是相对容易的，但是真正改变自己的行为模式是很困难的，真正去理解孩子不是一件容易的事情。对于很多父母来说，他们从小到大都没有被好好对待过，所以也不会去创造这种沟通的环境和可能。

雨薇说

承认自己做不到/做错了，是打破情感对抗的第一步。

蓝姨：对，我跟姥姥之间就很少有像咱们这样坐下来聊一聊的机会。反倒是到姥姥生命的后期，生了病以后，家人们才开始坐在一起聊一聊，之前好像就是各忙各的。我觉得这跟你所学的心理学专业也有关系。

雨薇：我学的这个专业既能让人变得"神经"，又能让人学着去爱。

蓝姨：你的专业和工作需要不断跟人沟通，所以你也会找切入点，知道该怎么去聊。这些我都不擅长。

雨薇：那你跟姥姥后期是怎么聊的？

蓝姨：我们会聊一些家里的事情，特别是他最关心的四老舅的事儿。姥姥生病那年，我知道她的时间不多了，基本上就不怎么上班了，也愿意跟她在一块聊聊天。其实说的也都是家长里短那些事儿，不会说别的。

雨薇：那你有没有通过这些交流，变得更加了解姥姥，或是对你们两个之间的关系有了一些其他了解呢？

蓝姨：我觉得我跟姥姥什么事儿都能谈拢，没有太多的分歧，除了自己年轻那会儿的感情问题，后来我跟姥姥再没有过任何想法上的冲突。我觉得姥姥特别容易顺着我说。

雨薇：一直以来都是这样吗？

蓝姨：对，我觉得是这样的。别管我说得对不对，她都很护着我。所以，我跟姥姥怎么可能产生什么矛盾？

雨薇：我小时候是家里面最受宠的那个人，所以特别骄傲。有一天我问姥姥："我跟我妈，你爱谁更多一点？"我心想："我姥姥肯定会说是我，她对我这么好。"结果我姥姥说："妈妈当然是爱自己闺女更多一点啦。"（笑）

蓝姨：哈哈哈，姥姥直不愣登的。

雨薇：妈，我打断你了，你接着说。

对孩子的信任不是说出来的，而是在各个方面选择放手

蓝姨：工作以后，在她的眼里，我能够承担起家里的事儿了，她知道女儿不是那种“无能之辈”。她会仰视我，会觉得自己的女儿哪方面都非常棒。

雨薇：姥姥会直接这么说吗？

蓝姨：她不会这么跟我说，但是所有的事情她都会让我去办，她也会信任我。谁要是说我不好，她会反驳。所以，我知道她心里很踏实，知道女儿已经茁壮成长起来了，能够保护她了。就是老人说的那句话：“三十年前看父母，三十年后看子女。”子女茁壮成长起来以后，父母是有安全感的，心里会踏实的。

雨薇：理解，那你会不会觉得如果姥姥对你的认可再多一些会更好，比如说她在语言上更多地去表达，会不会更好呢？

蓝姨：我们那会儿不这样呀。

雨薇：你会觉得有遗憾吗？

蓝姨：也不会有遗憾，因为都是那样过来的。我们那会儿就是有事说事，不会探讨人生。

雨薇：可能做的会比较多一点。

蓝姨：我们更多的是踏踏实实地去做事，不会总结，更不会去把它上升到理论的高度。

雨薇：那你觉得姥姥是很接纳你的吧？

蓝姨：绝对的。

雨薇说

不同时代的人表达支持的方式不同，有些侧重行动，有些侧重语言。想要满足对方的情感期待，最有效的做法还是尽可能按照对方喜欢的方式来。改变的过程可能没那么容易，需要关系中的双方承认不同，相互理解，一起积极行动。

雨薇：你们在聊四老舅的过程当中，会不会对姥姥产生一些不同的理解？

蓝姨：可能是你现在跟我说得多了，我才意识到这里面可能存在你说的“边界感”这个问题。姥姥说“我走了以后，最放心不下的就是四老舅，你要多关照他”。因为咱家的女孩都比男孩发展得好，更有能力反哺父母和兄弟姐妹。这一点从姥姥那一代就是如此，到了我们这一代，兄弟姐妹之间也都是相互支持。我说：“妈妈，你只有两个女儿，四舅家有三个女儿，你还担心他什么呢？”说完之后她就笑了。姥姥是停留在几十年前为她的弟弟担心焦虑，她当姐姐当习惯了，没去想人家的孩子也会长大，这也是情有可原的。

雨薇：那一代人物质生活比较匮乏，家里人确实需要抱团取暖。

蓝姨：对，后来有很长一段时间，我都会关照四老舅一家。后来，我发现他们都成长起来了，都过得不错，已经不需要我的帮助了。慢慢地，我也就往下撤了。

雨薇：现在亲戚们基本上都是各过各的，有事的时候大家再互帮互助。跟姥姥那个年代相比的话，又不一样了。

蓝姨：因为又隔了一代人嘛。现在大家过得都还说得过去，不需要亲戚们再去帮助了。

雨薇：之前姥姥是怎么去处理你跟你初恋的问题的？你现在回想起来，会不会对姥姥有一些不满的情绪？

蓝姨：现在没有，但当时我是不理解的。那个时候我觉得姥姥在横加干涉，而且她不是打你骂你，她会折磨自己。她会自己在那儿不吃不喝，还在一旁边掉眼泪边叹气。

雨薇：我的天呐，这不是“苦肉计”吗？

蓝姨：对，其实就是“苦肉计”，所以我就没有办法再坚持了。现在想想，老人家说的话不是没有道理的。我说这话，你又不爱听了……

雨薇：没事儿妈，你说你的，我不爱听我的。（笑）

蓝姨：老人说的话一定是有人生经验在里头的。如果不是姥姥这样干涉的话，可能我就惨了。

雨薇：理解。

蓝姨：当然姥姥那会儿也是要面子，她觉得我必须找一个大学生，找一个体制内的人，才是相配的。其实这一点是对的，一个人在体制内工作，再加上他接受的正统教育，会对他的行为有所约束。

雨薇：咱们回到跟姥姥的沟通上来。姥姥之前曾用“苦肉计”去干涉你的婚恋选择，说到这里感觉你很受触动……

蓝姨：我是想姥姥了，跟那段感情没有任何关系。

雨薇：那你想到了什么呢？

如何在母女沟通中不留遗憾，让她知道你的爱？

蓝姨：我想到了她后期生病的那段时间，过得很不容易……（啜泣）其实这趟咱们出来玩，就让我想到我的妈妈，我已经没有这个机会带她出门了……当时我的思维不是那么开阔。你姥姥本身有肺病，周围的人也会跟我讲：“你带她去海南住一住，会对她有很大的帮助。”当时我还在上班，总觉得时间不允许，如果换作现在，姥姥还在，我一定带她去海南。哪儿好就带她去哪儿，带她出去看看。这是一个挺大的遗憾。

雨薇：是的，我妈对这些遗憾一直耿耿于怀，很多时候都会表现出来。比如，我们搬了新家，当初搬家也是希望姥姥能够住进去。我们盼着姥姥住在大房子里，更暖和、更亮堂，生活更方便，楼下就是花园，设施更齐全，环境绿化得更好。可是，姥姥还没住进去，她就离开了我们。所以，我妈搬家后经常会发出这个感慨："如果姥姥还在就好了。"还有咱们出去旅行，当你看到跟姥姥年龄差不多的老人家的时候，也会发出类似的感慨："如果姥姥身体好一点，那现在能跟咱们一起出来。"我知道，你是希望姥姥能多享享福。

蓝姨：其实，她愿意跟孩子们在一起，特别是喜欢我跟你爸爸带她出去。她是 2013 年 12 月去世的，我们那年 8 月还带着姥姥出去玩。她那时候还没有检查出来身体的问题，但其实身体已经不太好了，一下子瘦了很多。她愿意跟孩子们在一起，也盼着孩子们回来看她。

姥姥去世前从医院回到了家里，那个时候你从加拿大回来了。姥姥在你回来之前，一直很精心地去维护她的那盆蟹爪兰，她总念叨："这花等婵婵（我的小名）回来就应该开了。"你是 12 月份回来的，正好是冷的时候，花儿真的开了。你进门的时候，她就把那盆花搬到餐桌上，冲着门……你和 Rocio 现在做得很好，有机会就带着爸爸妈妈一起出去转转，不会留太多的遗憾。可能在家里沟通交流起来没那么顺利，出来以后彼此能更多地看见对方，理解对方。

雨薇：我觉得你提到的这一点特别好，很多时候在家里我们会自动带入"父母—孩子"的角色当中，有很多的限制。反而是出来了之后，从那个你是妈妈、我是女儿的环境当中脱离了，我们能够找到新的相处方式。有的时候可能我是那个照顾你的角色，有些时候是需要我们两个一起去解决问题的。可能我们能够更加平等地去相处和对话。

蓝姨：对，在家里，爸爸妈妈可能还要端着架子，出来以后他们就放松了。而且你能在旅行中看到孩子成长起来了，能够给你安排好行程，为你付一切的费用，父母内心会为孩子自豪。出门在外，我会觉得你真的不再是一个孩子了，已经是一个可以依靠的人了。

雨薇说

离开熟悉的家庭环境，可能会帮助我们打破权力不对等的局面，更好地找到平等对话的可能。

雨薇：那你觉得这次旅行之后，有没有对我有一些新的感受，或者对咱俩的关系有没有一些新的感受？反正我觉得我跟你更像朋友了。本来咱俩就比较像朋友，但是现在我跟你聊天会更有信心，我知道可以更直接地跟你对话，很多话题没必要"糊弄"过去了。

蓝姨：其实你完全没必要"糊弄"我，有什么事情一定要多沟通。平时我跟爸爸在家里，就总是在猜你要怎么样做，我们不知道你要干什么，就是因为沟通太少。你回家待的时间也不长，又得忙着工作，所以基本上很少有沟通的机会。你爸为什么每次在你临走的时候都要把那几句话说出来？他总跟我说："如果我现在不说，我什么时候说？我见都见不着她。"

雨薇：这不就是一个恶性循环吗？他越这么说，我越觉得他不想沟通。他总是把他觉得重要的事情放在第一位。什么是沟通？沟通不是我把我认为重要的东西推给你，我说多了你就听进去了，这不是沟通，这是说教。这会让人觉得更有距离，更没有办法去把话说清楚。

蓝姨：其实有的时候我们都不知道应该怎么去沟通。你说沟通重要的是过程，并不是最后的结果。有了好的沟通过程以后，结果可能可以改变，对吧？从今天开始我才明白，原来这才叫沟通。我之前不知道。有的时候你对父母要求比较高，我们达不到那个水准，我不知道该怎么说话，可能伤到你了。我们之前所理解的那种沟通，或者我们几十年前跟人交往时的那种沟通，到你这儿突然行不通了。咱们遇到沟通不了的情况，还会引发特别大的矛盾。我现在知道了，就像你说的，解决问题需要先经历沟通这个过程。

雨薇：对，毕竟两代人太不一样了。

蓝姨：但是有一点，我们跟父母那一代，甚至跟我们爷爷奶奶那一代交流，也没有这么难过。

雨薇：对啊，这些年社会发生了太大的变化。我们这代人接触到了更多的信息，再加上我是学心理学的，会更关注并且致力于解决这些问题。我希望咱们能够建立一个更好的交流机制，不希望在咱们身上再去重复你跟姥姥之间留下的遗憾。我希望你能够去了解一个真实的我，我也去努力了解一个真实的你。在尊重和理解的前提下，我们能够达成一致。我觉得无论是父母完全依着孩子，还是孩子完全依着父母，都是不健康的。因为这样就没有沟通的可能了——要么是你变成我，要么是我变成你。之前你可能觉得沟通最重要的是结果，但今天咱俩聊完之后，我们得出了一个共同的结论，就是沟通的过程同样很重要。

蓝姨： 而且比结果还重要，我今天才明白。祝愿天下的父母和孩子都能好好沟通，愿你们的生活越来越幸福。

雨薇说

每当想起母亲对于姥姥和那盆蟹爪兰的叙述，我都特别想哭。写下这些文字的时候，眼里还是含着泪。虽然那个时候的我错过了姥姥在世的时候对我最后一次爱的表达，也可能是我人生中最后一次接受她爱的表达的机会，但是当我消除了跟母亲之间的芥蒂，反而意外收获了只有“她们”那代人才能看懂的爱的语言。这份爱不热烈，也不沉重，甚至还带有一点朴素的笨拙。但是，这就是我的姥姥，也是我的母亲——我能在这些细微之处感受到她们的气息和她们的存在。

我从小是在姥姥家长大的，对我来说姥姥在哪，就意味着哪里是家。多少次，我懊悔自己年少无知，无法体会到这份沉甸甸的爱。那个时候的我，还会因为姥姥“凶”我跟她赌气。后来我给病重的姥姥按摩，她已经瘦到皮包骨，我按得太用力弄疼了她，她少见地冲我发了脾气。那个时候我很受伤，觉得姥姥不理解我。现在回忆起来，我的记忆里都是这些零零散散的碎片化的瞬间，好像都没有抓紧记录下有关她的一切，跟姥姥好好地道个别，告诉她我有多么的不舍。

我曾以为永远失去了这个机会，直到我开启了和母亲的对话。虽然过去已成定局，但是随着我们交流的深入，我不仅更了解母亲，也更加了解我的姥姥。我曾以为已经失去的机会，其实一直掌握在自己的手里。我能感受到我们三代女性命运的绳索紧紧缠绕在一起，有很多待解开的结，也凝结着很多爱、勇气和希望。我以为跟姥姥的联结早已随着她的离世而被切断，但其实她一直都在我身边，从未远离。我逐渐明白，这就是“家”的意义，也是建立主体叙事的重要性。正是因此，对话亟待展开，因为岁月不待人。也正是因此，对话可以随时展开，因为只要愿意开始，就永远不算太晚。

后记

去殖民化心理学：如何超越代际创伤，从对立走向和解？

关于去殖民化心理学

由于来访者多元的文化背景，在过去几年的咨询和助人工作中，我十分关注国际形势，其中对我影响最深的无疑是巴勒斯坦民族解放运动。我从巴勒斯坦人民所经历的苦难，以及相关的政治、经济、文化、历史探讨中，不仅逐渐看清了帝国主义、殖民主义和资本主义在全球范围内造成的巨大破坏与不平等，也意识到了把人放回复杂的历史背景中去解读的重要性。

《去殖民化心理学：全球化、社会正义和印度青年身份》的作者，心理学家苏尼尔·巴蒂亚（Sunil Bhatia）提出，西方心理学根植于殖民主义，被殖民者会内化殖民者的视角，认为自己的族裔是低人一等的，忽略结构性的不公[1]。

如果不去批判西方心理学理论中内生的殖民主义视角，心理咨询师不仅无法帮助来访者看清自己所处的现实，还可能成为全球霸权压迫的一环。这本书希望通过母女二人的对谈，结合三代女性所处的历史背景和政治、经济现实，看到女性的主体性和丰富性，进而提供行动的可能。

这本书致敬所有为打破全球霸权，为世界自由解放事业而奋斗

[1] Bhatia, S. (2018). *Decolonizing psychology: Globalization, social justice, and Indian youth identities*. Oxford University Press.

的人们，同时也致敬那些面对创伤，选择超越阶级、性别、种族、民族、宗教、政治和国家的立场，置自己的安危于不顾，呼吁公正和平的人们。受这些人的启发，我希望把代际创伤放到更复杂的权力结构中，看到世界范围内存在的结构性压迫，以及共通的人性，使志愿相同的人紧密地联系在一起，打破对抗和虚无，走向和平与团结。

用去殖民化心理学的视角 去重新审视代际创伤

在工作中我观察到，即便深陷代际创伤的痛苦循环中，很多伙伴依然会发出类似的感慨："难道真正的安全感只能是自己给自己的，完全不能依靠家人吗？""难道这辈子我只能寄希望于跟父母保持距离，没有改变的可能吗？""如果否定跟父母的关系，我感觉我永远失去了家……"起初，我尝试用现有理论给出的"标准答案"去理解伙伴们对父母的这种"又爱又恨"的感觉，即创伤联结。创伤联结是指，当一段关系对我们来说很重要，但是又伴随着伤害，我们就会选择合理化伤害，责备自己，陷入无法离开的纠结状态。举个例子，当小朋友无法离开有虐待行为的母亲，就需要去合理化伤害，认为母亲打自己是"爱"的表达，挨打是自己的错，进而维持"母亲是爱我的"这个设定。这样一来，长大之后就很容易变得边界不清，动不动就怀疑自己，觉得关系中剥削性的行为（情感虐待、朋友霸凌、职场压榨）是"为我好"。

后来，我发现大家对于"联结"的渴求，并不只是代际创伤导致的分不清什么是爱和伤害，还来源于人最基本的需要，即对"联结"和"自主"的渴望。这两种需要之间存在着一种张力，比如，想要获得联结感就意味着被动牺牲自主性。我逐渐意识到，这种张力不仅来自创伤（牺牲自主性去获得联结感），背后也有更深层次的原因。

当下主流的心理学框架因受个人主义的影响，强化了人作为原子化的个体，获得了某种对“自由”的幻想，但是缺少对于他人处境的理解和想象，很难建立起深度关系。因此，人变得孤独、无助、抑郁、焦虑。面对情感的缺失，主流文化给我们提供的解药是“做自己”“活出真我”，通过消费行为获得一种虚假的能动性，仿佛只要用了某个品牌、关注了某个明星、听了某档播客就会变得与众不同，进而吸引相似的灵魂，自己就可以获得爱与关注。**这个过程中强调的都是去“拥有”什么，而不是真正去探索自身的情感和需要，更缺少了对他者的理解和对现实的感知。**我们会陷入一个无尽的循环，越去追求“自我”，就越是孤独，长期活在自己的世界里，向外探索时就会变得焦虑而脆弱。

这些伙伴可能会在“渴望关系”和“做自己”之间不断地打转，似乎这两者是对立的、非此即彼的关系。比如说，在一段关系中，既希望对方能够接纳自己的愤怒，又害怕表达愤怒后把对方吓跑。所以在面对冲突时，这些伙伴会在关系中压抑委屈和愤怒，内耗感强。这并不只是源自个人无效的行为模式（经历创伤后导致的“战—逃”的应激反应），也是理论的困境（过度强调个人主义），更是这个自恋时代的综合征（人们活在资本和算法所设计的“信息茧房”中）。既然如此，“联结”和“自主”之间有没有一种新的可能？我们是否可以构建一个不同于以往的对于人与人之间关系的想象呢？

我从一位来访者身上获得了启发。有一次我和这位来访者聊到了母女关系，她告诉我：“几天前我给我妈打了个电话。在通话中，我妈告诉我她看了一本心理学方面的书。她说突然觉得很亏欠我，以前没能好好尊重自己，也没有好好尊重我，她的过度控制给了我很多压力。我有些不知道该说什么，但是很开心可以跟她有这次通话。随着疗愈的深入，我逐渐看清，我在亲密关系中的不安全感和控制性的模式来自我母亲对待我的方式。接到了这个电话，我感觉好像释然了很多。其实她在我这个年龄，就已经是个七岁小孩的妈妈——在单位是需要历练的年轻人，在家庭中还是妻子、儿媳、女儿，唯独没有时间精力做她自己，她也挺难的。”

我意识到创伤不仅能把两个想要依恋彼此的人生生地推开，在某种程度上，也能把这两个人紧紧地连接在一起。两个人因为伤害而对彼此产生敌意，同时也能更深切地了解这份伤害带来的苦痛。以个人主义理念为主的主流心理学看到的更多是对立，而忽略了创伤的辩证性。对立无法超越创伤的代际循环，可能让我们成为母亲的“反面”，但这只是创伤的一个面向。我们可以跟母亲“对着干”或者“断联”，但是这背后还是隐藏着希望被看到、被理解的渴望。除非我们去面对和接纳内心深层次的渴望，否则还是会在不同关系中的同一个议题上不断受挫。况且，在接下来的生活中，在那些创伤被唤醒的时刻，我们又该如何面对曾经伤害过我们的父母和过去受伤的自己？又怎样才能打破代际创伤的“诅咒”，去善待自己和他人？我相信有些伙伴的父母的确有严重的暴力和自恋倾向。那么，余生该如何面对这样的父母？如何让自己无家可归的心灵重获平静？

从对立走向和解

受去殖民化心理学视角的启发，我意识到只有把母女冲突放在特定的历史脉络和政治、经济背景中，才能看清问题的复杂性，做出干预，达成和解。这本书也是我对当下主流心理学理论的一次“出走”：我以为我对我的姥姥和我的母亲很了解，在持续性的交流中我才发现，事实上我对她们知之甚少，对她们所处的时代环境也很陌生。在播客对谈的情境下，我们是母女，更是两个成年的对谈者，有了新的身份。我们聊了很多当下社会人们生活中普遍存在的“痛点”，有些时候我们能够达成共识，有些时候我们感到委屈、愤怒和回避，寄希望于对方的理解能接住自己脆弱的情绪。感谢蓝姨，她在感受到一次次的不安之后，依然愿意继续与我对话下去。我也逐渐从我的世界中出走，从那些精致的“理论”和“主义”背后，看到了一个 20 世纪 60 年代出生的女性复杂的人生和丰富的情感世界，并再一次和已故的姥姥的爱与传承重新连接。

直到现在，我还是我，蓝姨也还是蓝姨。不同的是，我们彼此都能尝试去理解，甚至是欣赏对方的“不同”，而不会轻易地下判断。即便遇到难以解决的问题，我们也愿意试着去聊一聊。如果暂时聊不出个所以然，那就先放一放，等时机到了再试一次。对我们来说，重要的不是争对错，而是在关系中保持对话。在对话中，我们不仅在聊个人和关系的问题，还把性别等视角引入进来，把个人的议题和社会的议题相结合，看到了更多的可能性。

当下社交媒体上经常出现的“东亚父母”“东亚子女”论，看似是“东亚孩子”的觉醒和反抗，但是却进入了一种无法跳脱的循环——仿佛“东亚性”是原罪，是无法改变的基于文化 / 血缘 / 族裔的属性。这背后是内化的种族主义和殖民主义观念，忽略了帝国主义、殖民主义、资本主义和父权制的结构性压迫，是对基层女性的进一步的剥削。母亲确实伤害了孩子，需要承担起相应的责任，但是如果把她放在关系的脉络和社会环境中去理解，她也是创伤的一环，是果而非因。聊到这里，可能会有伙伴问：“你说得太抽象了，对我和我妈紧张的关系有何帮助？”我想说的是，这关乎和解。

疗愈的第一步是打破幻想。如果我们认为母亲是问题的始作俑者，就意味着她是“全能的”，只要改变了她就能打破创伤的循环，我们就不用再去面对自身现实的挑战。但这忽略了母亲也是创伤的继承者。我们有多难疗愈自己，就意味着母亲多难改变。她不是那个理想化的“母亲”，而是一个跟我们一样平凡的女性。如果说母亲那种“孩子要按照我的想法来”的期待是一种自恋的投射，那么孩子对于“完全理解我、懂我的母亲”的想象何尝不是一个自恋的议题呢？从这种去背景化、个人主义的视角去理解母女关系，我们看到的将只有对立，会陷入自恋的死循环。

那么，如何超越对立，建立深度的联结？书写和对话的过程也是我探索的过程。爱是公义，也是宽恕；爱是独立，也是亲密。在我的理论框架中，我希望既不忽略母女双方所经历的依恋与挣扎，同时又能超越创伤的循环，建立一种新的可能。这需要两方都承担起自身的责任，也需要双方共同的努力，创造出超越“个人—家庭”的更大的团结的可能。如果一方无法承担起自身的责任，另一方可以选择不去原谅，但是依然可以超越个人母女关系的悲喜，为社会公义而奋斗。在这个过程中可以建立起超越血缘的人与人之间的联结，在实践中疗愈自己。

在对话中我意识到，创伤是双向的：“施暴者”给“受害者”造成了伤害，“施暴者”也变相地伤害了自己。“受害者”感到无力，“施暴者”变得麻木，双方都经历了情感隔离的过程。“受害者”选择自我疗愈，本身就是跳出“施暴者”所造成的暴力循环的选择。

即便无法改变过去，“受害者”也可以选择在当下善待自己，而不是再去用过去的伤害惩罚自己。当“施暴者”承认自己所造成的伤害，那这不仅是对“受害者”不公经历的一种见证，也是对自身情感隔离的一种释放。这种因伤痛陷入的恨意与纠缠，终需双方在坦诚面对自己和现实的前提下共同解开，去完成对彼此人性的救赎和解放。这种超越性不仅具有疗愈性，还能给人以希望。

我找到了创作这本书的意义所在：我和母亲的创伤是一致的，创伤性的部分也把我们紧密相连。当我疗愈好自己的时候，也就意味着我可以影响到我的母亲。她是否改变仍然她的议题，但当我发生了改变，我们关系的动态也会有所改变。她对我也有同样的影响。我们不再是对立的，而成为了紧密联系在一起的，而且有潜力创造出超越个体关系的改变的可能。

20 世纪 80 年代的全家福 ▼

这张照片拍摄于 20 世纪 80 年代，地点是姥姥的老家——河北省石家庄市栾城区窦妪镇窦妪村。坐在照片中央的老人家是我的太姥姥，太姥姥左边的是我的姥姥，身后转头的年轻姑娘是我的妈妈。

四十年后的今天，当我再次回到老家，老房子已被三层新楼取代，农村的土路变成了干净的柏油路，老家的人日子过得越来越好，第四代也陆续出生长大。照片上也有人随着时间流逝永远离开了我们。

日子好好过，别留遗憾。

姥姥的职业照 ▲

姥姥这辈子最引以为傲的身份就是医生。姥姥出身贫苦，很小的时候就失去了父亲。几个哥哥早早就去地里干活，把上学的机会留给了妹妹。今年过年的时候跟二老舅（姥姥的二哥）聊起了他们小时候的事情，他说姥姥小时候走路上学，要走八里地，只能带着个窝头充饥。泪水划过了这位九旬老人历尽沧桑的脸颊，我知道他是心疼妹妹了。

姥姥作为一个从农村贫苦家庭中走出来的女孩，虽然后来在城里扎了根，但是一辈子都惦记着老家。老乡们找她看病，她从不收钱，实在有必须的花费，她也会帮老乡们能省则省。当她看到医院有乱收费的现象，总会站出来抱打不平。她的性格一向如此。去世前，她特意嘱咐要穿着白大褂走，家里不设灵堂。她走后，家里好几天挤满听到消息，前来为她吊唁的亲朋好友和老乡们。

太姥姥名叫王巧姐，是一位话不多但是慈祥坚强的女性。她总是穿一件青蓝色的外衣，把头发盘起来，一副典型的普通农村老太太的模样。太姥姥生于旧社会，没上过学，小时候还裹过小脚。她年轻的时候就失去了丈夫，一个人拉扯着四个儿子和一个女儿长大，再未改嫁。

妈妈说，小时候她跟太姥姥睡一个被窝，太姥姥起得很早，清早起来会抽一杆子旱烟，然后就烧火做饭了。太姥姥从来不急眼，也从不训斥孩子，只是默默地照顾着孩子们的饮食起居。

对太姥姥的思念贯穿在和姥姥、母亲的对话中。在她们心中，有太姥姥在的地方，就是家。

太姥姥的半身照 ▾

这张照片拍摄于 1966 年，我妈一周岁。听大人说那时正赶上饥荒，很多人都吃不上饭。姥姥生完我妈没过多久就回到了工作岗位上，由于工作过于疲劳，得了乳腺炎，无法哺乳。我妈就被送到乳妈家照顾，后来吃米糊长大，所以我妈从小就营养不良，顶着个大脑门儿。作为双职工家庭的孩子，童年的妈妈在农村跟表兄弟姐妹们一起度过了无忧无虑的时光，也因为父母不在身边，体会到了寄人篱下的滋味，总是害怕成为别人的累赘，给人家添麻烦。

母亲二十岁工作照 ▶

母亲的周岁照 ◀

妈妈二十岁参加工作，一直到五十岁退休，有三十年的工龄。和姥姥一样，职业身份是她实现自我价值感的重要途径，她也通过工作建立了广泛的社会关系。姥姥和妈妈对工作尽职尽责的态度影响到了我。从小她们就教育我，作为女性要拥有自己的事业，不要依附于他人。她们作为女性在工作和生活中所遇到的困境，现在的我也正在经历。

这张照片拍摄于 1993 年，地点是石家庄的长安公园，那个时候的我两岁，跟着家人出去春游。这张照片反映出母女之间情感关系的张力：母亲手中握着桨，冲着前方划行，时而回头看看身后的女儿；女儿一手拉着母亲的衣袖，想要获得安全感，另一只手伸向河面，想要探索未知的世界。母亲和女儿同坐在一条船上，但是却有不同的方向，依恋和制衡便由此产生。在这个过程中如何寻求一种动态的平衡，是我们共同面对的课题。

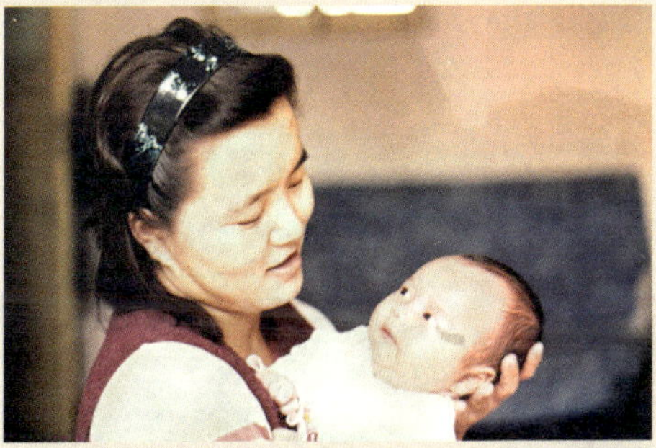

这些都是我和母亲、姥姥共同的回忆。在这些照片里，我不仅看到了她们对我的爱，也感受到了成为母亲、姥姥的不易。我们成长于不同的时代，经历了不同人生的境遇，做出了不同的选择。这些不同有时会让我们彼此之间产生隔阂，同时也给彼此创造了新的希望和可能。我们都在不断创造属于自己的人生，也受限于所处的时代。在这本书的写作过程中，我希望打造一个公共空间。在这个空间里，我们三代人可以超越时空，超越你、我、她/他，进行持续性的对话，推动和解和改变的发生。

父母合照 ▲

自从跟我妈录制了“嘿，妈妈”这档播客节目，我逐渐从她口中了解到了一个不一样的我爸。这期间我也处理了大量有关哀悼的功课，特别是告别理想中的父母，去接受他们真实的一面。

这些年我已经逐渐接受了现实——我不期待能改变我爸，也不希望他能接受和理解我的选择，但是我有权利告诉他我的想法。我能感受到他对我的爱的表达，虽然很多情况下爱与伤害是如影随形的。我逐渐看清了我爸爱的能力跟我的期待之间确实存在一定的差距，但是爱始终存在，这很重要。

我想要尽此生之所能，在跟他保持某些联结的同时，向外努力生长，活出超越的力量。

姥姥生前培育的蟹爪兰。她在离世前，已经被慢性病、癌细胞和重度抑郁折磨了很久。由于体力不支，很多事情都做不了了，但是还记得把这盆蟹爪兰摆在门口，等我归国回家，跟我分享她对生命的执着与热爱。每次看到这盆花，我都会想起姥姥，并且感受到当年她想要表达，但我后来才迟迟收到的无尽的爱意与思念。

蟹爪兰

我希望这一生能够把我所得到的爱给予更多的人，为创造一个公平与爱的世界，尽自己的一份绵薄之力。

蟹爪兰

2024 年 12 月 20 日 摄

照片中，是姥姥带着小时候的我在山西长治的表姨家过暑假。我因为贪玩弄脏了自己的衣服，不得不换上表哥的，正在牵着姥姥的手回家。这让我回想起了很多姥姥牵着我回家的场景。

记得有一年暑假，我跟小朋友们在水塘里玩耍。那个时候的我不会游泳，脚底打滑差踩进了深水区，还好我用力扑腾到了岸边，心有余悸。我从水塘里爬出来，拔腿就往家跑。路上我看到了拿着小水壶，四处张望着喊我名字的姥姥。看起来姥姥找了我很久了，她的神色有些慌张。

小时候我还会嘲笑姥姥的口音，模仿她叫我的样子。但那天，当我看到熟悉的身影，听到亲切的声音，泪便忍不住地流了下来，朝着姥姥跑了过去。姥姥没有责备我，只是笑着问我到底去哪了。她说问了好几个我的同学，都不知道我在哪里，于是她就拿着水壶（怕我玩得口渴），叫我回家吃饭。

我不记得后来是否把自己“遇险”的经历分享给了她，但令我印象深刻的是，在看到姥姥的那一刻，我终于可以把所有的恐惧和不安卸下了。因为对我来说，有姥姥在的地方就是家，她总能带我回家。

虽然姥姥不在了，但是她带给我的支持和力量一直留在我的心里，引领着我，让我不要忘记自己从哪里来，要往哪里去。当我感到迷茫的时候，仿佛总有一种温柔坚定的力量，紧紧地牵着我的手，带我回家。

我想，这就是内化了的爱与希望的力量吧。它超越时空、生死，不断延续、传递，生生不息。

图书在版编目（CIP）数据

你的近是我的远 ： 和妈妈爱的成长对话 / 邱雨薇著. 济南 ： 山东文艺出版社, 2025. 6. -- ISBN 978-7-5329-7373-6

Ⅰ. B844.5

中国国家版本馆 CIP 数据核字第 2025NP5074 号

你的近是我的远

——和妈妈爱的成长对话

NI DE JIN SHI WO DE YUAN

——HE MAMA AI DE CHENGZHANG DUIHUA

邱雨薇　著

主管单位　山东出版传媒股份有限公司
出版发行　山东文艺出版社
社　　址　山东省济南市英雄山路 189 号
邮　　编　250002
网　　址　www.sdwypress.com

读者服务　0531-82098776（总编室）
　　　　　　0531-82098775（市场营销部）
电子邮箱　sdwy@sdpress.com.cn

印　　刷　山东临沂新华印刷物流集团有限责任公司
开　　本　880 毫米 ×1230 毫米　1/32
印　　张　8.25
字　　数　160 千
版　　次　2025 年 6 月第 1 版
印　　次　2025 年 6 月第 1 次印刷
书　　号　ISBN 978-7-5329-7373-6
定　　价　59.00 元